DIE SUCHE NACH ELODIE

Die SEALs von Hawaii, Buch 1

SUSAN STOKER

Besuchen Sie Susan im Netz!
www.stokeraces.com
facebook.com/authorsusanstoker
twitter.com/Susan_Stoker
bookbub.com/authors/susan-stoker
instagram.com/authorsusanstoker
Email: Susan@StokerAces.com

KAPITEL EINS

Achtung! Achtung! Hier spricht Kapitän Conger. Unser Schiff wird von Piraten angegriffen. Dies ist keine Übung. Ich wiederhole, dies ist keine Übung. Bringen Sie sich selbst in Sicherheit, verstecken Sie sich, aber tun Sie nichts, das Sie selbst oder andere in Gefahr bringen könnte. Die Behörden wurden benachrichtigt. Wenn Sie Zugang zu einem Funkgerät haben, versuchen Sie, über die Notfallfrequenz andere Personen zu erreichen, die möglicherweise helfen können. Wir kennen dieses Schiff besser als die Piraten. Gehen Sie in Deckung und wenn Sie an Gott glauben ... dann beten Sie.

Elodie Winters, der Crew der *Asaka Express* unter dem Namen Rachel Walters – oder einfach unter der Bezeichnung Chefköchin – bekannt, setzte sich in Bewegung, bevor der Kapitän seine Durchsage über die Bordlautsprecher beendet hatte. Vor einigen Tagen war die Besatzung darüber informiert worden, dass sie in gefährliche Gewässer im Golf von Aden vor Somalia und Jemen eindringen würden. Als Vorsichtsmaßnahme hatte sie im Bett ihre Kleidung anbehalten, aber tief im Inneren hatte Elodie nicht daran geglaubt, dass tatsächlich etwas passieren würde.

An Deck des Containerschiffes, auf dem sie arbeitete, befanden sich Schläuche, die als Wasserwerfer gegen jeden eingesetzt werden konnten, der dumm genug war, sich ihnen zu nähern. Es war Jahre her, seit sie das letzte Mal davon gehört hatte, dass ein großes Schiff wie ihres entführt worden war. Sie hatte keine Ahnung, ob die Wasserwerfer versagt hatten oder wie die Piraten an Bord gekommen waren.

Aber irgendwie war es ihnen offensichtlich gelungen.

Ihr Herzschlag raste, als sie sich in ihrem Quartier im Inneren des Schiffes in Bewegung setzte. Die Ingenieure und höherrangigen Offiziere hatten Kajüten in den oberen Decks, aber Elodie hatte nichts dagegen, weiter unten im Schiff zu schlafen. Sie hielt sich gern in der Nähe der Küche auf.

Als sie an Bord kam, war sie überrascht gewesen zu erfahren, dass jeder sein eigenes Zimmer hatte. Sie hatte erwartet, eine Kajüte teilen zu müssen. Allerdings bestand die Besatzung dieses Schiffes nur aus zweiundzwanzig Personen, im Gegensatz zu Kreuzfahrtschiffen mit Hunderten von Besatzungsmitgliedern und Tausenden von Gästen.

Theoretisch wusste Elodie, warum Piraten die großen Schiffe angriffen, die durch den Golf von Aden fuhren, aber in Wirklichkeit erschien es ihr unmöglich. Sie hatte den Film über die Kaperung des Containerschiffs *Maersk Alabama* gesehen und war überrascht gewesen, wie einfach es für die Piraten gewesen war, an Bord zu gelangen. Die *Asaka Express* hatte ungefähr die gleiche Größe wie die *Maersk Alabama*, aber Kapitän Conger hatte allen versichert, dass die Sicherheitsmaßnahmen seit diesem Vorfall erheblich verbessert worden waren.

Es schien, als würde es noch Verbesserungspotenzial geben.

Elodie nahm sich die Zeit, ihre Stiefel anzuziehen, die neben ihrem Bett standen, und griff nach ihrem Notfallfunkgerät. Allen Bordmitgliedern war so ein Gerät ausgehändigt worden. Sie konnte darüber mit der Brücke sprechen und bei Bedarf zusätzliche Frequenzen nutzen.

Sie griff nach dem Funkgerät wie nach einer Rettungsleine, öffnete ihre Tür und stieß einen kleinen Schrei aus, als sie auf dem Flur fast mit jemandem zusammenstieß.

»Ich wollte nur sichergehen, dass du wach bist«, sagte Manuel. Die Angst in seiner Stimme war leicht zu hören.

Elodie war die Chefköchin an Bord und hatte einen Assistenten, den zweiten Koch. Manuel war ihr unterstellt und für das Gebäck sowie dafür verantwortlich, die Besatzung und die leitenden Offiziere zu bedienen. Der Rest der Angestellten bestand aus Ingenieuren und sonstigen Offizieren. Sie war die einzige Frau an Bord. Anfangs hatte sie gedacht, dass es komisch sein könnte, aber die meisten Männer behandelten sie respektvoll und schenkten ihr nicht viel Aufmerksamkeit.

Einer der Offiziere, Valentino, hatte gedacht, sie würde sich die Chance, mit ihm ins Bett zu gehen, nicht entgehen lassen. Als sie höflich abgelehnt hatte, war er beleidigt gewesen. Seitdem versuchte sie, ihm aus dem Weg zu gehen.

»Rachel?«, fragte Manuel. Elodie schüttelte den Kopf und versuchte, sich auf die bevorstehende Katastrophe zu konzentrieren. »Was sollen wir machen?«

»Das, worauf wir trainiert wurden«, sagte sie zu ihm. Sie bedauerte es, keinen Namen gewählt zu haben, der ihrem eigenen ähnlicher war, aber sie hatte nicht wirklich eine Wahl gehabt. Sie hatte sich mit der Identität auf den gefälschten Dokumenten, die sie gekauft hatte, zufriedengeben müssen.

Der Grund, warum sie unter falscher Identität auftrat, war ein Thema für einen anderen Tag. Im Moment musste sie einen sicheren Unterschlupf finden, und ihr Zimmer war es definitiv nicht. Im Sicherheitstraining waren sie gewarnt worden, dass Piraten höchstwahrscheinlich die einzelnen Quartiere nach Wertsachen und Bargeld durchsuchen würden. Auf keinen Fall wollte sie von den Piraten entdeckt werden. Unter den anderen Männern der Besatzung fühlte sie sich relativ sicher, aber sie hatte keine Ahnung, was die Piraten tun würden, wenn sie eine Frau an Bord fänden.

»Geh runter in den Maschinenraum«, sagte Elodie zu Manuel.

»Was ist mit dir?«, erwiderte er.

»Ich gehe in die Kombüse. Ich kann mich in einem der Schränke verstecken, wenn es sein muss. Du bist zu groß dafür. Daneben gibt es noch die Gemüsekammer und den Kühlraum, in denen ich mich verkriechen kann. Außerdem wissen wir nicht, wie lange das alles dauern wird. Ihr braucht etwas zu essen, sollten die Piraten an Bord bleiben. Ich kann bei Bedarf Mahlzeiten über den Speiseaufzug in den Maschinenraum schicken. Es ist sicherer, wenn wir uns nicht zu viel auf dem Schiff bewegen, solange die Piraten an Bord sind.«

»Aber wenn diese Piraten länger bleiben, werden sie auch hier runterkommen. Sie werden nach Nahrung und Wasser suchen«, sagte Manuel ruhig.

Elodie wusste, dass er recht hatte, aber die Küche war der Ort, an dem sie sich am sichersten fühlte. Außerdem hatte der Kapitän gesagt, dass die örtlichen Behörden bereits informiert wurden. Sie wusste nicht, wen er kontaktiert hatte, aber sie vertraute darauf, dass diese Entführung nicht wochenlang dauern würde.

»Sie werden eine Weile mit anderen Dingen beschäftigt sein«, sagte Elodie zu ihrem Assistenten.

Manuel sah aus, als wollte er protestieren. Er wollte darauf bestehen, dass sie mit ihm kam, aber bei dem Geräusch einer Tür aus dem nahe gelegenen Treppenhaus sah Manuel erschrocken über seine Schulter und riss vor Entsetzen weit die Augen auf.

»Geh«, befahl Elodie.

Ohne ihn weiter drängen zu müssen, lief er endlich los, und zwar in die entgegengesetzte Richtung, aus der sie das Geräusch gehört hatten. Elodie hatte keine Ahnung, wie viele Piraten es waren und ob sie das Schiff bereits durchsuchten, aber sie würde definitiv nicht im Flur herumstehen und darauf warten, gefunden zu werden.

Sie war nicht so weit gekommen, nachdem sie dem, was in New York City passiert war, entkommen war, nur um jetzt ein paar dahergelaufenen Piraten in die Hände zu fallen. Sie hielt das Funkgerät fest und lief zum Treppenhaus. Der Maschinenraum erstreckte sich über vier Decks und es gab einen Eingang auf dieser Ebene. Die Kombüse befand sich zwei Decks über ihrer Kajüte. Sie musste sich beeilen.

»Manuel wird es gut gehen«, sagte sie leise. Sie hatte schon immer die Tendenz, mit sich selbst zu reden. Sie hatte versucht, es sich abzugewöhnen, aber ohne Erfolg. Sie hatte einen Großteil ihres Lebens allein verbracht und hatte sich angewöhnt, mit sich selbst zu reden, um die Monotonie zu durchbrechen.

»Walter hat alles unter Kontrolle«, murmelte sie, als sie vorsichtig die Tür zum Treppenhaus öffnete. Der Kapitän hatte alle gebeten, ihn beim Vornamen zu nennen. Obwohl es ihr zunächst seltsam vorgekommen war, hatte sie sich schnell daran gewöhnt. Er war Anfang fünfzig, hatte graue Haare und lächelte immer. Er war bodenständig und behandelte alle mit größtem Respekt. Sie respektierte ihn dafür ebenfalls und fühlte sich sicher mit ihm am Ruder.

John und Troy kamen ihr im Treppenhaus entgegen und liefen an ihr vorbei, ohne sie eines Blickes zu würdigen. Sie waren Ingenieure und offensichtlich auf dem Weg in den Maschinenraum.

Sie hörte weitere Schritte aus Richtung der oberen Decks und nahm an, dass es Offiziere auf dem Weg zur Brücke waren. Elodie lief, so schnell sie konnte, zu dem Deck, auf dem sich die Kombüse befand.

Wie sie Manuel gesagt hatte, gab es viele Verstecke im Küchenbereich des Schiffes. Sie hatte sie bereits früher ausfindig gemacht, aber nicht aus Angst vor Piraten, sondern vor Paul Columbus.

Der Mann hatte ihr mehr als einmal prophezeit, dass der einzige Weg aus einer Anstellung bei ihm über einen Sarg führen würde. Sie glaubte ihm. Sie hatte nicht gewusst, dass er das Oberhaupt einer der gefährlichsten Mafia-Familien in New York war, als sie den Job als seine persönliche Köchin angenommen hatte. Sie war begeistert über die Gelegenheit gewesen, aus dem Restaurantgeschäft auszusteigen. Das gute Gehalt war auch schwer abzulehnen gewesen.

Anfangs hatte sie keine Ahnung gehabt, wie die Columbus-Familie ihre Millionen machte. Sie war einfach froh, in der Küche zu arbeiten, sich um ihre eigenen Angelegenheiten zu kümmern und köstliche Speisen für Paul und seine Gäste zuzubereiten. Aber irgendwann wurde ihr klar, dass der Mann, für den sie arbeitete, böse war. Es war ihm egal, wen er verletzte, solange er einen Weg fand, illegal Geld zu verdienen.

Alles, wovon sie in seinem Haus umgeben war, war mit schmutzigem Geld gekauft worden, sogar die Lebensmittel, deren Verarbeitung ihr so viel Freude bereitet hatte.

Elodie wusste, dass sie keine Zeit hatte, über alle Fehler nachzudenken, die sie in ihrem Leben gemacht hatte. Sie betrat die Offizierskantine. Alle Räume in diesem Teil des Schiffes waren in einer langen Reihe miteinander verbunden. Zuerst kam die Offizierskantine, dann die Offiziersvorratskammer, dahinter die Kombüse, dann die Vorratskammer der Besatzung und schließlich die Kantine für die Besatzung. Durch eine Tür in der Kombüse gelangte man in einen Flur, der zu den Lagerräumen für die Lebensmittel führte. Dort gab es verschiedene Gefrierschränke für Fisch und andere Lebensmittel und drei Kühlschränke sowie mehrere Vorratskammern zur Aufbewahrung trockener Lebensmittel.

Sie wusste genau, in welchen Schränken sie sich verstecken konnte und wie sie unbemerkt zu den Speiseaufzügen und zum Treppenhaus gelangen könnte, wenn sie musste. Sie hatte keine Ahnung, wo sie sich im Maschinenraum hätte verstecken sollen, was ein weiterer Grund war, warum sie lieber hier sein wollte. Hier fühlte sie sich sicherer. Sie wusste, dass die Piraten sich irgendwann auf den Weg in die Kombüse machen würden, wenn sie länger blieben, so wie Manuel es gesagt hatte. Auch wenn das die Situation gefährlicher für sie machte, würde sie alles dafür tun, um dafür zu sorgen, dass ihre Ausflüge in die Kombüse so kurz wie möglich blieben.

Elodie steckte das Funkgerät in eine der großen Taschen in ihrer Cargohose und machte sich an die Arbeit. Sie schob drei Träger mit Wasserflaschen in den Hauptbereich der Küche, wo sie leicht zu sehen waren. Dann holte sie mehrere Kisten mit Crackern, ein paar Brote und Tüten mit Kartoffelchips heraus und verteilte sie strategisch in der Kombüse und in den beiden Vorratskammern. Die Lebensmittel wurden eigentlich in Schränken aufbewahrt und so gesichert, dass die Kisten und Dosen bei rauer See nicht herumflogen. Sie wollte aber, dass die Nahrungsmittel für die Piraten leicht zugängig waren, ohne dass es so aussah, als wären sie absichtlich stehen gelassen worden. Sie wollte, dass die Piraten bei dem Anblick der Vorräte dachten, sie hätten einen Volltreffer gelandet, und sich nicht die Mühe machten weiterzusuchen.

Elodie fuhr sich mit dem Arm über die Stirn. Sie schwitzte und hasste es, nicht zu wissen, was hoch über ihr auf der Brücke vor sich ging. Waren die Piraten schon an Bord? Waren sie bereits auf der Brücke angekommen? Hatten sie den Kapitän und die anderen Offiziere womöglich verletzt?

Aber vor allem, was wollten sie?

Plötzlich brüllte es aus dem Funkgerät, das sie in ihre Hose gestopft hatte, und Elodie erschreckte sich.

»Heiliger Strohsack!«, rief sie aus, legte eine Hand auf ihr rasendes Herz und zog mit der anderen das Funkgerät heraus. Die Stimmen waren gedämpft, aber sie konnte hören, wie Männer mit starkem Akzent brüllten und wie Walter versuchte, sie zu beruhigen.

Elodie war verwirrt über das, was sie vernahm. Sie stand mitten in der Kombüse und versuchte zu verstehen, was los war. Es dauerte eine Minute, bis sie begriff, dass jemand auf der Brücke eines der Funkgeräte aktiviert hatte, damit alle anderen an Bord hören konnten, was vor sich ging.

Sie bekam Gänsehaut, als sie hörte, wie Walter sein Bestes gab, um die Piraten zu besänftigen. Es war schwer herauszufinden, wie viele es waren, aber es schienen mehr als nur eine Handvoll zu sein. Ihr Magen zog sich vor Angst zusammen. Je mehr Piraten es wären, umso einfacher wäre es, das Schiff zu kontrollieren. Ein paar Piraten könnten beim Kapitän und den Offizieren auf der Brücke bleiben, während die anderen die Decks durchstreiften, um nach der Besatzung und Wertsachen zu suchen. Mit Schrecken dachte Elodie daran, als Geisel zur Lösegelderpressung festgehalten zu werden. Ihr Gesicht würde überall in den Nachrichten zu sehen sein ... was bedeutete, dass Paul Columbus und sein Verbrechernetzwerk leichtes Spiel hätten, sie zu finden.

»Wo ist der Safe?«, fragte einer der Piraten laut.

»Nicht hier. Er ist unten in einem der Kartenräume«, sagte Walter zu ihm.

»Du gehst und holst Geld.«

»Sie können alles Geld bekommen, was wir haben, und dann verschwinden Sie wieder«, sagte Walter.

»Nein, geh«, sagte ein anderer Mann streng. »Du wirst Schiff dahin bringen, wo wir sagen. Unsere Männer kommen. Du öffnest Container.«

»Das ist ... das ist nicht sicher«, stammelte Walter.

»Du nicht kümmern. Wir öffnen. Du fährst!«, schrie der Mann.

Dann hörte Elodie eine Rauferei und noch mehr Schreie. Dann einen Schuss – sie hielt den Atem an und wartete, um zu hören, ob jemand verletzt worden war.

»Halt! Okay, okay! Wir werden die Container öffnen, aber schießen Sie nicht noch einmal!«, schrie Walter verzweifelt.

Die Piraten lachten nur.

»Wir schießen, wann und wo wir wollen. Wir erschießen

dich, wenn du uns nicht gibst, was wir wollen. Keine Geiseln, zu schwer, um Geld zu bekommen. Aber wenn du nicht tust, was wir sagen, töten wir«, sagte einer der Piraten.

»Ihr könnt Walter nicht erschießen«, flüsterte Elodie. »Wir brauchen ihn, um dieses verdammte Ding zu steuern.«

Als hätte der Kapitän sie gehört, entgegnete er: »Wenn Sie mich und meine Offiziere töten, wird dieses Schiff auf Grund laufen. Der Bab el-Mandeb ist verdammt schwierig zu passieren.«

»Ich bin Fischermann. Ich kann Boot fahren«, sagte einer der Piraten unbesorgt.

Elodie lachte leise. Ein Superschiff wie dieses zu steuern war etwas ganz anderes als die kleinen Boote, an die die Piraten wahrscheinlich gewöhnt waren.

»Wir wissen, dass noch mehr Leute an Bord sind«, sagte jemand anderes. »Wir werden sie finden und töten, wenn du nicht tust, was wir verlangen.«

»Niemand muss verletzt werden«, sagte Walter schnell. »Wir werden tun, was Sie wollen, solange niemand meiner Crew verletzt wird.«

Wieder gab es das Geräusch einer Rauferei, bevor die Piraten sich in einer Sprache unterhielten, die Elodie nicht verstehen konnte.

Die Dinge gerieten außer Kontrolle und sie hatte Angst. Walter hatte gesagt, er hätte die Behörden informiert. Jemand würde kommen, um ihnen zu helfen, oder? Hatte die US-Marine keine Schiffe in diesem Teil der Welt? Es war ihr unergründlich, wie diese Piraten einfach ein riesiges Containerschiff entführen können.

Elodie entschied, dass es im Moment das Beste wäre, sich zu verstecken, und verließ die Kombüse, um sich in eine der Vorratskammern zu begeben. Im hinteren Teil des Raumes befand sich ein Schrank, in den sie hineinpassen würde. Sie quetschte sich in den engen Raum und stellte ein paar große Kartoffelsäcke und andere Dinge vor sich. Es würde niemanden täuschen, wenn sie wirklich nach versteckten Menschen suchten, aber sie hoffte, es würde reichen, falls jemand nur die Tür öffnete, um hineinzuschauen.

Sie hielt das Funkgerät in ihrem Schoß und starrte es an. Sie konnte es im Dunkeln nicht wirklich sehen, aber die Lichter des Gerätes beruhigten sie. Geistig begann sie, sich Notizen über das zu machen, was sie gehört hatte. Sie wusste nicht, ob es von Nutzen sein würde, aber vielleicht könnte sie nach ihrer Rettung helfen, indem sie erzählte, was passiert war.

Elodie mochte kein Drama. Sie war eine Köchin, um Himmels willen. Wie konnte ein Mensch im Leben nur so viel Pech haben? Paul Columbus hatte bereits geschworen, sie zu töten, weil sie sich geweigert hatte, länger für ihn zu arbeiten, und jetzt versteckte sie sich auf hoher See vor Piraten.

Sie hatte doch immer nur ein ruhiges Leben führen wollen. Vielleicht einen Mann finden und heiraten, ein oder zwei Kinder haben und Gerichte zubereiten, um ihren Lebensunterhalt zu verdienen. Jetzt war sie fünfunddreißig Jahre alt und irgendwo unterwegs war ihr simpler Lebensplan vollkommen entgleist.

Dieser Containerschiffjob schien ein Segen gewesen zu sein. Sie hatte das Land verlassen können, um sich von Columbus und seiner Bande abzusetzen, die versuchten, sie um die Ecke zu bringen. Was gab es da Schöneres, als auf einem Schiff mitten auf dem Meer isoliert zu sein? Weit weg und in Sicherheit.

»Ja, in Sicherheit«, murmelte sie, schloss die Augen und lehnte den Kopf an die Rückwand des Schranks. Sie musste daran glauben, dass es bald vorbei sein würde. Walter würde tun, was die Männer wollten, sie würden alle Wertsachen bekommen, die sie in den Containern finden würden. Dann würden sie dahin zurückgehen, wo sie hergekommen waren, und sie und der Rest der Crew könnten mit ihrem Leben weitermachen.

Genau so würde es in einem Hollywood-Film passieren,

aber das hier war das echte Leben. Und bei ihrem Glück würde sie wahrscheinlich als Geisel genommen und gezwungen werden, einen afrikanischen Stammeshäuptling zu heiraten.

Scott »Mustang« Webber sah zu seinem SEAL-Team hinüber. Midas, Aleck, Pid, Jag und Slate konzentrierten sich ganz auf den Papierkram vor ihnen. Sie waren gerade auf einer Mission in Pakistan gewesen, als sie über eine Planänderung informiert wurden. Sie wurden aus der Wüste abgezogen und mit einem Hubschrauber zur *USS Paul Hamilton* geflogen, einem Kriegsschiff mit Lenkraketen, das derzeit an einer gemeinsamen Operation verschiedener Navy-Einheiten im Arabischen Meer teilnahm. Zu den anderen Schiffen in der Region gehörten die *USS Lewis B. Puller*, die *USS Firebolt*, die *USCGC Wrangell* und die *USCGC Maui*. Nachdem sie an Bord gekommen waren, wurden sie sofort in einen Konferenzraum gebracht, wo der Admiral sie über ihre aktuelle Mission auf den neusten Stand brachte.

Anscheinend war ein mittelgroßes Containerschiff im Golf von Aden von Piraten gekapert worden. In dem Notruf, den der Kapitän abgesetzt hatte, hieß es, dass eine unbekannte Anzahl von Piraten an Bord gekommen wäre und dass sie so schnell wie möglich Hilfe bräuchten. Seitdem gab es keine weitere Kommunikation mehr mit dem Kapitän oder den Piraten.

Die *USS Paul Hamilton* war zusammen mit anderen Schiffen auf dem Weg, aber im Moment hatten sie keine weiteren Informationen.

Mustang erinnerte sich, von dem Vorfall mit der *Maersk Alabama* gehört zu haben, wo die Piraten von Navy SEAL Scharfschützen ausgeschaltet worden waren, nachdem sie den Kapitän in eines der Rettungsboote des Containerschiffes gezwungen hatten. Mustang und sein Team waren keine Scharfschützen und ehrlich gesagt hasste er Rettungsaktionen, bei denen es so eng zuging wie auf einem Rettungsboot. Er zog es vor, mit den Piraten direkt auf dem Containerschiff zusammenzutreffen. Da gab es viel Platz, um sich zu verstecken und die Piraten nacheinander auszuschalten.

»Wohin sind sie unterwegs?«, fragte Midas.

»Im Moment sieht es so aus, als wären sie noch auf ihrem geplanten Kurs«, sagte der Admiral. »Westlich in Richtung Dschibuti. In Kürze sollten sie nach Norden einschlagen und durch die Bab el-Mandeb Meeresstraße fahren, bevor sie in Bur Sudan anlegen.«

»Das ist eine ziemlich schwierig zu navigierende Route«, bemerkte Aleck.

»Das stimmt«, bestätigte der Admiral.

»Wissen wir, welcher Nationalität die Piraten angehören oder was ihr Plan ist?«, fragte Pid.

»Leider noch nicht. Wir haben versucht, sie zu kontaktieren und dazu zu bringen, mit uns zu sprechen, aber entweder ist ihre Kommunikation unterbrochen oder wir werden absichtlich ignoriert.«

»Scheiße«, fluchte Jag leise.

Mustang nickte. Ohne Informationen war es fast unmöglich, einen Plan auszuarbeiten.

Fast unmöglich.

»Also gehen wir blind rein?«, fragte Slate.

Mustang musste lächeln. Slate war normalerweise der Erste, der sich freiwillig für eine gefährliche Mission meldete. Er konnte es meistens kaum erwarten, die Show zu starten.

»Solange wir niemanden dazu bringen können, mit uns zu sprechen ... ja«, antwortete Mustang, bevor der Admiral es konnte.

Es war ein glücklicher Zufall gewesen, dass sie bereits in der Gegend waren und von ihrer vorherigen Mission abgezogen werden konnten. Das Team war in der Vergangenheit schon auf einigen Containerschiffen gewesen und kannte sich mit den vielen Fluren, Ecken und Schlupfwinkeln gut aus. So sehr er es hasste, dass die Besatzungsmitglieder an Bord der *Asaka Express* wahrscheinlich Angst hatten, freute er sich doch auf die Herausforderung, jeden einzelnen Piraten zu finden und auszuschalten.

»Tut mir leid, dass ich Sie unterbrechen muss, Sir«, sagte ein Leutnant, als er den Kopf durch die Tür steckte.

»Was gibt es?«, fragte der Admiral.

»Wir haben Funkkontakt mit der *Asaka Express*.«

»Zum Glück, verdammt«, sagte Midas.

»Können Sie es durchstellen?«, fragte der Admiral.

»Jawohl, einen Augenblick.« Der Leutnant verschwand wieder.

Mustang und sein Team warteten ungeduldig darauf, dass die Verbindung zum Containerschiff hergestellt wurde. Als das Funkgerät in der Mitte des Tisches endlich ertönte, blinzelte Mustang überrascht über die Stimme am anderen Ende.

»Hallo? Ist da jemand?«

»Ja, Ma'am, Sie wurden verbunden. Bitte erzählen Sie dem Admiral, was Sie mir gerade erzählt haben.«

»Oh, okay. Ich bin auf der *Asaka Express* und es sind Piraten an Bord. Wir brauchen Hilfe.« Die Stimme der Frau zitterte. Sie hatte offensichtlich Angst, versuchte aber, ruhig zu bleiben.

»Hier spricht Admiral Light, Befehlshaber der *USS Paul Hamilton*. Wir sind auf dem Weg in Ihre Richtung. Wie ist Ihr Name?«

»El- ... ähm ... Rachel Walters.«

Mustang sah zu Jag hinüber, der eine Augenbraue hob, als er ihre Antwort hörte. Die meisten Menschen hatten keine Probleme, sich an ihren Namen zu erinnern. Selbst in einer extrem stressigen Situation wie der, in der sich Miss Walters befand.

»Und in welcher Funktion arbeiten Sie an Bord?«

»Meine Funktion? Ich bin die Köchin.«

Es war nicht ungewöhnlich, Frauen an Bord großer Containerschiffe zu haben, die durch die Gewässer im Nahen

Osten fuhren. Aber es war selten genug, um interessant zu sein.

»Was können Sie uns über die Situation erzählen?«, fragte Admiral Light.

»Richtig, ähm, ich kann nur sagen, was ich gehört habe. Ich …«

»Was meinen Sie mit *gehört haben*?«, unterbrach Mustang sie.

»Oh, äh … sind da noch mehr außer dem Admiral?«, fragte sie.

»Ja«, antwortete Mustang. »Mein SEAL-Team ist ebenfalls anwesend. Wir werden Ihnen helfen, aber wir brauchen so viele Informationen, wie Sie uns geben können, bevor wir das tun können. Wie viele Piraten sind an Bord?«

»Hier ist das Ding«, sagte Rachel, »ich habe noch keinen von ihnen gesehen. Sie haben einen ziemlich starken Akzent und es fällt mir schwer, sie zu verstehen. Walter … äh … Kapitän Conger sagte, dass sich alle an Bord verstecken sollen, was ich getan habe. Ich bin in der Kombüse … nun, nicht direkt in der Kombüse, sondern in einer der Vorratskammern. Ich habe ein Funkgerät und einer der Offiziere muss ein Funkgerät auf der Brücke eingeschaltet haben. Ich kann alles hören, was dort oben vor sich geht, aber es ist schwer zu verstehen. Ich kann nicht sehen, was passiert.«

»Wie viele Besatzungsmitglieder sind an Bord?«, fragte Aleck.

»Zweiundzwanzig, einschließlich mir«, antwortete Rachel, ohne zu zögern.

»Auf welchem Kanal haben Sie die Brücke gehört?«, fragte Pid.

»Zehn.«

»Und auf welchem Kanal senden Sie gerade?«, fragte Pid weiter.

»Äh … fünf, denke ich. Ich habe nur durch die Kanäle

geschaltet, um zu sehen, ob mich jemand hören kann, bis Sie geantwortet haben.«

Pid griff in seinen Rucksack auf dem Boden und begann, darin herumzuwühlen. Er war der Elektronikexperte des Teams. Mustang wusste, dass er versuchen würde, die von Rachel verwendete Radiofrequenz zu nutzen, um selbst zu hören, was auf der Brücke der *Asaka Express* vor sich ging.

»Wenn Sie raten müssten, was denken Sie, wie viele Piraten an Bord des Schiffes sind?«, fragte der Admiral.

Mustang hörte, wie Rachel seufzte. »Ich weiß nicht«, antwortete sie. »Wir haben alle geschlafen, als es passierte. Wir sind erst aufgewacht, als der Kapitän eine Durchsage machte, um uns zu warnen. Aber ich denke, es sind mehr als nur eine Handvoll. Es war die Rede davon, das Schiff zu durchsuchen, und ich bin mir nicht sicher, ob sie das tun würden, wenn es nur drei oder vier Männer wären, aber ich bin keine Expertin für die Kaperung von Schiffen, also weiß ich es nicht genau. Sie wollen Geld und der Kapitän soll die Container öffnen. Sie sagten etwas darüber, dass weitere Männer an Bord kommen würden, sobald wir irgendwo ankommen, und dass sie keine Geiseln wollen.«

Keine Geiseln zu wollen könnte gut oder schlecht sein. Es könnte bedeuten, dass die Piraten wirklich nur auf Bargeld und Wertsachen aus waren. Nach dem Vorfall mit der *Maersk Alabama*, wo der verantwortliche Pirat in den USA im Gefängnis gelandet war und seine Kameraden getötet worden waren, hatte die Geiselnahme bei Piratenüberfällen nachgelassen. Keine Geiseln zu nehmen könnte aber auch bedeuten, dass das Leben jedes einzelnen Besatzungsmitglieds in Gefahr war. Es wäre einfacher, die Mannschaft zu erschießen, als zu versuchen, zwei Dutzend Männer in Schach zu halten.

Mustang wollte lieber nicht darüber nachdenken, was sie einer Frau antun könnten, wenn sie sie an Bord finden würden.

»Oh, Mist ... ich höre etwas«, sagte Rachel.

»Bleiben Sie ruhig und drehen Sie die Lautstärke des Funkgerätes herunter, aber trennen Sie nicht die Verbindung«, befahl Mustang.

»Okay ... ähm ... darf ich Sie nach Ihrem Namen fragen? Ich denke ... es fühlt sich persönlicher an.«

»Ich bin Mustang«, sagte er zu ihr. »Und meine Teammitglieder sind Midas, Aleck, Pid, Jag und Slate.«

Eine Sekunde lang herrschte Stille, dann war ein leises Atmen zu hören. »Warum musste ich auch fragen«, murmelte sie.

Mustang hatte nicht einmal darüber nachgedacht, wie seltsam es für Zivilisten klingen konnte, als er ihr die Spitznamen der Teammitglieder genannt hatte. »Scott«, sagte er leise. »Ich heiße Scott.«

»Scott. Okay«, flüsterte sie und holte erschrocken tief Luft, als plötzlich ein lauter Knall zu hören war.

Alle sechs SEALs beugten sich vor, als könnte das irgendwie dazu beitragen, die Frau am anderen Ende der Leitung vor dem zu beschützen, was gerade geschah. Admiral Light saß angespannt auf seinem Stuhl und hörte ebenfalls aufmerksam zu.

Im Hintergrund waren laute Stimmen zu hören. Mustang schloss die Augen und versuchte zu verstehen, welche Sprache gesprochen wurde. Er war kein Sprachexperte, aber es klang für ihn wie eine Mischung aus Arabisch und Französisch.

»Hören Sie auf, mich zu schubsen«, sagte eine Männerstimme auf Englisch.

Rachels Atem war laut und schnell zu hören. Mustang wollte sie trösten, ihr sagen, sie solle langsamer atmen, bevor sie ohnmächtig wurde, aber er konnte es nicht riskieren, auch nur ein Wort zu sagen und womöglich ihr Versteck zu verraten.

»Hier ist niemand«, sagte der Mann, der Englisch sprach.

»Männer werden es bereuen, sich nicht zu zeigen«, sagte ein Mann, der seinem Akzent nach einer der Piraten sein musste.

»Wo mehr Essen?«, fragte ein anderer Mann.

»Es gibt ein paar Gefrierschränke und mehr Stauraum in diesem Flur«, sagte das Besatzungsmitglied, »aber die Nahrungsmittel, die ohne lange Zubereitung gegessen werden können, befinden sich in den Vorratskammern an den Seiten der Kombüse. Dort werden Snacks aufbewahrt. Da hinten sind hauptsächlich Mehl, Zucker und solche Sachen. Dinge zum Kochen.«

»Zeig uns diese Vorratskammern. Und mach keine Dummheiten.«

»Tue ich nicht«, sagte der Offizier. »Ich mache genau das, was Sie mir sagen.«

»Wir werden zurückkommen, um Wasser und Essen zu holen«, sagte einer der Piraten. »Jetzt suchen wir nach Geld.«

Die Männer im Konferenzraum konzentrierten sich auf die Geräusche der sich entfernenden Schritte und versuchten, weitere Fetzen des Gesprächs mitzubekommen. Aber alles, was sie hören konnten, waren Rachels verängstigte Atemzüge.

»Du bist okay«, sagte Mustang nach einem langen Moment leise und konnte nicht länger schweigen. »Sie haben dich nicht gefunden.«

»Ich weiß«, flüsterte sie mit einer so leisen Stimme zurück, dass alle Mühe hatten, sie zu hören.

»Wer war das?«, fragte Midas.

»Ich glaube, das war Bryce ... einer der Offiziere, die mit dem Kapitän auf der Brücke arbeiten.«

Mustang sah, wie der Admiral den Namen aufschrieb, obwohl er sicher war, dass jemand bereits daran arbeitete, eine Liste aller Besatzungsmitglieder an Bord der *Asaka Express* zu bekommen.

»Hast du einen dieser beiden Piraten zuvor schon einmal gehört?«, fragte Aleck.

»Ich weiß es nicht. Es tut mir leid. Gott, ich wünschte, ich wäre besser darin«, stöhnte sie.

»Du machst das gut«, beruhigte Mustang sie.

»Nein, tue ich nicht. Bisher habe ich euch noch nichts

gesagt, was ihr wahrscheinlich nicht schon wusstet«, widersprach sie.

»Abgesehen von dem Notruf bist du der erste Kontakt, den wir mit dem Schiff haben«, konterte Mustang.

»Wirklich?«, fragte Rachel. »Das ist komisch. Ich meine, wir wurden alle darin geschult, mit dem Funkgerät Hilfe zu rufen.«

»Sind die anderen im Maschinenraum oder weiter unten im Rumpf des Schiffes?«, fragte Pid.

»Ich vermute, die meisten sind im Maschinenraum. Dort ist es laut und es ist leichter, sich zu verstecken. Der Lärm der Motoren übertönt versehentliche Bewegungen oder ein Husten«, sagte Rachel.

»Weiter unten im Schiff wäre durch die Stahlwände auch die Funkverbindung gestört«, sagte Pid.

»Ich denke, das macht Sinn«, überlegte Rachel.

»Warum bist du nicht im Maschinenraum?« Mustang konnte nicht anders, als zu fragen.

»Ich bin die Köchin«, sagte Rachel zu ihm, als würde das alles erklären.

»Und?«, fragte Slate.

»Je nachdem, wie lange die Piraten an Bord bleiben, werden die Männer Nahrung und Wasser brauchen.«

Mustang schüttelte den Kopf. Er war beeindruckt von Rachels Engagement für ihre Arbeit, aber sie brachte sich selbst in Gefahr. Jemand auf dem Schiff hätte doch sehen müssen, dass Rachel neben dem Kapitän wahrscheinlich die verletzlichste Person der Besatzung war. Die Piraten könnten sie benutzen, um die anderen Besatzungsmitglieder zu zwingen, ihre Forderungen zu erfüllen.

Er wollte nicht einmal darüber nachdenken, wofür sie sie noch benutzen oder missbrauchen könnten.

»Ich bin drin«, sagte Pid triumphierend und deutete auf das Funkgerät vor ihm.

»Schon?«, fragte der Admiral.

»Er meint, warum hast du so lange gebraucht?«, korrigierte Aleck mit einem Grinsen.

»Du bist drin?«, fragte Rachel.

»Ich habe mich in deine Funkfrequenz eingeklinkt. Wir sprechen jetzt auf Kanal zehn.«

»Ach so, okay, gut«, sagte Rachel. »Also ... das heißt, dass ihr kommt?«

»Ja«, sagte Mustang. Er wollte ihr versichern, dass sie bald da sein würden, aber leider funktionierte das bei der Navy nicht so schnell. Sie mussten Pläne machen, das Schlauchboot vorbereiten und vor allem auf die Nacht warten ... die noch viel zu lange entfernt war.

»Die Crew verwendet Kanal drei«, erklärte sie ihnen. »Sobald ihr hier seid und die Piraten getötet habt, könnt ihr allen über diesen Kanal mitteilen, dass es sicher ist herauszukommen.«

»Blutrünstiges kleines Ding«, sagte Jag leise. »Ich mag sie.«

»Danke, dass du uns das mitgeteilt hast«, sagte Mustang und ignorierte seinen Teamkameraden. Er war nicht überrascht, dass eine Frau, die auf einem Containerschiff arbeitete, ziemlich rau sein musste. Er stellte sich vor, dass sie wie eine typische Schiffsköchin aussah ... eine ältere, große, übergewichtige Frau mit fleckiger Schürze, vielen Tätowierungen, kurzen Haaren und etwas unhöflich.

Sofort fühlte er sich wie ein Idiot, weil er überhaupt an ihr Aussehen gedacht hatte. Das war im Augenblick unwichtig. Außerdem schloss er aus dem Klang ihrer Stimme, dass sie wahrscheinlich in seinem Alter war, Mitte dreißig oder jünger, und sie schien auch kein bisschen unhöflich zu sein. Sie tat ihr Bestes, ruhig zu bleiben und ihnen so viele Informationen zu geben, wie sie konnte. »Du bleibst in deinem Versteck, egal was passiert, okay?«

»Okay – aber Scott?«

Es fühlte sich etwas seltsam an, seinen Vornamen zu hören.

Es war lange her, dass jemand ihn so genannt hatte, aber schließlich antwortete Mustang: »Ja?«

»Was ist, wenn sie drohen, die Offiziere zu töten, wenn wir uns nicht zeigen? Was sollen wir dann machen?«

»Scheiße«, sagte Slate leise.

»Sie bleiben, wo Sie sind«, sagte der Admiral streng. »Unter keinen Umständen sollten Sie oder jemand anderes sich selbst in Gefahr bringen.«

»Ich bin mir nicht sicher, ob ich hier sitzen und dabei zuhören kann, wie sie die Männer umbringen, die meine Freunde geworden sind«, antwortete Rachel.

»Ich wünschte, ich hätte eine bessere Antwort«, warf Mustang ein. »Ich wünschte, ich könnte dir sagen, dass die Piraten nur bluffen und niemanden töten werden. Ich wünschte, ich könnte sagen, dass sie ihre Drohungen nicht umsetzen, wenn du oder jemand anderes auf die Brücke geht. Aber es ist nicht vorherzusehen, was diese Männer tun werden.«

»Und ich bin eine Frau«, flüsterte Rachel.

»Und du bist eine Frau«, stimmte Mustang zu. »Wir sind auf dem Weg«, versicherte er ihr.

»Ich weiß nicht, wie die Piraten an Bord gekommen sind«, sagte Rachel, »aber ganz vorne befindet sich ein Loch im Schiff. Nicht wirklich ein Loch, aber so etwas wie ... eine Ladeluke. Verdammt, ich kenne das offizielle Wort dafür nicht. Als Walter uns das Schiff gezeigt hat, hat er noch gescherzt, dass es groß genug wäre, dass dort ein Mensch durchpassen könnte. Da sich die Brücke im hinteren Teil des Schiffes befindet und die hoch gestapelten Container die Sicht versperren, würde niemand bemerken, wenn auf diese Weise jemand an Bord käme.«

Mustang sah seine Teamkameraden an und lächelte. Sie machten sich nicht über sie lustig. Es war offensichtlich, dass diese Frau Angst hatte und dennoch ihr Bestes gab, um zu helfen, was sie zu schätzen wussten. Es war aber auch offensichtlich, dass Rachel nicht genauer über ihren Vorschlag nachgedacht hatte. Es wäre höllisch gefährlich zu versuchen, über die Vorderseite eines sich bewegenden Schiffes an Bord zu gelangen. Auf dem Deck würde es außerdem kaum Deckung geben.

»Danke für den Vorschlag«, sagte Midas diplomatisch.

»Bitte.«

»Bleib auf dieser Frequenz«, bat Pid, »damit wir mit dir in Verbindung bleiben können.«

»Aber dann kann ich nicht mehr hören, was mit Walter und den anderen auf der Brücke los ist«, sagte sie.

Mustang nickte seinem Teamkameraden zu. Es war ein guter Vorschlag. Sie wollten nicht, dass sie alles mithören müsste, wenn es zum Äußersten käme. »Aber wir können es hören«, sagte er.

»Oh, richtig. Das hatte ich vergessen. Okay, werdet ihr – ach, egal.«

»Was?«, fragte Mustang.

»Nein, es ist dumm.«

»Was?«, fragte er energischer.

»Ich wollte nur fragen, ob ihr mich ab und zu übers Funkgerät wissen lassen könnt, dass ihr immer noch da draußen seid und uns zu Hilfe kommt. Ich habe Angst. Wenn ich weiß, dass jemand kommt, fühle ich mich besser.«

»Ja«, versprach Mustang, »wir werden ständig in Kontakt bleiben, weil wir wissen müssen, was unter Deck vor sich geht.« Das stimmte allerdings nur zum Teil. Da Pid sie mit dem Kanal verbunden hatte, den einer der Offiziere auf der Brücke geöffnet hatte, könnten sie zwar hören, was in dem wichtigsten Raum des Schiffes vor sich ging, aber das würde nicht helfen, wenn die Piraten sich aufteilten.

»Okay. Danke, dass ihr kommt. Seid vorsichtig! Diese Piraten klingen wirklich ... wütend.«

Wann hatte ihnen – einem bösen, starken Team von Navy SEALs – das letzte Mal jemand gesagt, sie sollten vorsichtig sein? Wie wäre es mit *noch nie*? »Werden wir«, entgegnete Mustang. »Versuche, ruhig zu bleiben, und pass auf dich auf.«

»Ich werde mir Mühe geben.« Nach einer kurzen Pause fragte sie: »Was jetzt? Sagen wir uns jetzt immer und immer wieder gegenseitig, wir sollen auf uns aufpassen?«

Midas lachte leise.

»Das ist nicht nötig. Wir werden uns wieder bei dir melden«, versprach Mustang.

»In Ordnung. Okay. Äh ... dann tschüss.«

Mustang schüttelte den Kopf. Verflucht, sie war bezaubernd. Und es war vollkommen unangebracht, mitten in einer verdammten Operation so über jemanden zu denken.

Dann hatte er keine Zeit mehr, noch länger über Rachel Walters nachzudenken, denn Pid drehte das Funkgerät auf dem Kanal auf, der mit der Brücke des anderen Schiffes verbunden war. Sie mussten Informationen sammeln und einen Plan machen, wie sie ein Schiff mit fast zwei Dutzend Besatzungsmitgliedern befreien sollten.

KAPITEL ZWEI

Nachdem sie mit Scott gesprochen hatte, fühlte Elodie sich besser. Sie hatte noch nie zuvor einen echten Navy SEAL getroffen. Sie wusste nicht, was sie erwartet hatte, aber er klang so ... normal.

Sie versuchte herauszufinden, was außerhalb ihres Verstecks vor sich ging, aber es war nichts zu hören. Ihre Beine taten weh, weil sie schon so lange im Schrank eingequetscht waren. Mit ihren ein Meter siebzig war sie nicht außergewöhnlich groß, aber offenbar zu groß, um es ohne Schmerzen lange in diesem Versteck auszuhalten.

Ihr Herzschlag beschleunigte sich, als sie die Entscheidung traf, sich hinauszuwagen. Sie bewegte sich langsam für den Fall, dass einer der Piraten als Wachposten zurückgelassen worden war, und schaute vorsichtig aus dem Schrank.

Die Lichter in der Speisekammer waren immer noch an, aber sie sah niemanden. Unbeholfen stieg sie aus dem Schrank, stand auf und streckte ihre Muskeln, damit sie hoffentlich richtig funktionierten, wenn sie schnell entkommen musste.

Elodie steckte das Funkgerät wieder in ihre Hosentasche und schlich zur Tür. Sie lauschte und öffnete sie langsam, nachdem sie nichts außer ihrem eigenen Herzschlag gehört hatte.

Der Flur war leer. Nur das Summen der Gefrierschränke in der Nähe war zu hören und das Klappern des Geschirrs, das durch die Vibration des Schiffes verursacht wurde. Als sie an Bord gekommen war, war es anfangs etwas gewöhnungsbedürftig gewesen, aber jetzt bemerkte sie es kaum noch.

Sie war sich nicht sicher, wohin sie gehen oder was sie tun sollte, aber allein bei dem Gedanken, dass jemand kommen würde, um ihnen zu helfen, fühlte sie sich ein wenig besser. Sie schlich in die Kombüse und sah, dass eines der Pakete mit den Wasserflaschen, das sie auf die Theke gestellt hatte, jetzt weg war, ebenso wie ein Teil der Lebensmittel. Gut, ihr Plan hatte funktioniert ... bis jetzt.

Für eine Sekunde dachte Elodie darüber nach, was Steven Seagal in dem Film *Alarmstufe: Rot* getan hatte, um eine Bombe aus einer Mikrowelle herzustellen, aber sie verwarf die Idee sofort wieder. Erstens wäre es unmöglich, den richtigen Zeitpunkt für die Explosion zu bestimmen, wenn einer der Piraten in der Nähe war. Sie hatte nie verstanden, wie das im Film funktioniert hatte. Aber zweitens und noch wichtiger ... sie hatte keine Ahnung, wie man eine Bombe aus einer Mikrowelle herstellte.

Sie fragte sich, ob Scott es wissen würde.

»Vielleicht wüsste er es, aber er ist nicht hier«, sagte Elodie leise.

Sie ging durch die Kombüse, als ihr etwas auffiel: der Messerblock, den sie zum Kochen benutzte.

Niemand an Bord durfte eine Waffe haben. Sie war erleichtert gewesen, als sie das in den Regeln und Vorschriften der Reederei gelesen hatte. Jetzt erkannte sie aber, dass sie dadurch gegenüber den Piraten entschieden benachteiligt waren. Aber nur weil sie keine Schusswaffen hatten, hieß das nicht, dass sie sich nicht anderweitig bewaffnen konnten.

Ihre Messer waren scharf. Sehr scharf. Sie achtete stets

darauf, sie in bestem Zustand zu halten. Der Gedanke, tatsächlich eines davon gegen jemanden als Waffe einzusetzen, machte sie innerlich krank. Aber wenn es darum ging, vergewaltigt oder gefoltert zu werden, würde sie sich zu wehren wissen.

Paul Columbus schoss ihr durch den Kopf. Der Mann hatte ernsthafte Probleme, angemessen zu reagieren. Es machte überhaupt keinen Sinn, dass er sie umbringen wollte, nur weil sie sich geweigert hatte, das zu tun, was er verlangt hatte. Wer macht so etwas? Wenn es also darum ging, am Leben zu bleiben oder Paul und seinen Handlangern oder den Piraten in die Hände zu fallen, würde sie um ihr Leben kämpfen. Und wenn das bedeutete, dass sie eines ihrer Küchenmesser einsetzen müsste, um sich etwas Zeit zu verschaffen, dann sei es so.

Elodie hatte weder eine Messerscheide noch ein Holster, um das Messer sicher transportieren zu können. Eines der Messer mit schmalerer Klinge würde aber gut durch eine ihrer Gürtelschlaufen passen, sodass der Griff es am Herunterfallen hindern würde. Es war nicht ideal. Wenn sie stürzte, konnte sie sich ernsthaft verletzen. Aber sie wollte definitiv nicht unbewaffnet bleiben.

Langsam ging Elodie zur Speisekammer der Besatzung und bemerkte, dass sie durchsucht worden war. Die Lebensmittel aus den Schränken waren über den ganzen Boden und die Küchentheke verteilt. Sie hatte keine Ahnung, ob die Piraten nach Wertsachen oder nach etwas zu essen gesucht hatten. Es war lächerlich, davon auszugehen, dass in den Vorratskammern Wertsachen versteckt wären. Dies hier war die Kombüse und kein Geheimversteck für einen Safe oder so.

Angewidert von der Dummheit der Piraten ging Elodie durch das Chaos zur Tür am anderen Ende des Raumes und öffnete sie einen Zentimeter. Nachdem sie nichts Außergewöhnliches gehört hatte, schaute sie in den Flur. Sie hatte keine Ahnung, wonach sie suchte. Piraten? Anderen Mitgliedern der Schiffsbesatzung? Dem Kapitän?

Plötzlich fühlte sie sich allein. Es war albern, weil sie wusste, dass noch viele andere Leute an Bord waren. Sie hatte Versteckspielen nie wirklich gemocht und immer befürchtet, dass der »Suchende« irgendwann gelangweilt war und aufhörte zu suchen. Allein in ihrem Versteck würde sie vergeblich darauf warten, gefunden zu werden. Für einen Moment dachte sie darüber nach, in den Maschinenraum zu gehen und nach den anderen zu suchen. Vielleicht nach Ari oder Troy. Sie würden ihr helfen. Der Gedanke klang verlockend.

Die Neugier überwältigte sie und Elodie zog das Funkgerät aus der Tasche. Seit ihrem verzweifelten Notruf hatte sie nichts mehr von Scott oder sonst von den anderen auf dem Schiff gehört. Sie vergewisserte sich, dass die Lautstärke fast vollständig heruntergedreht war, schaltete auf Kanal zehn und hielt sich das Funkgerät ans Ohr.

Sie musste wissen, was auf der Brücke vor sich ging. Vielleicht hatten Walter und die anderen Offiziere es geschafft, die Piraten zu überrumpeln, und sie schlich grundlos hier herum.

Stattdessen gefror ihr das Blut in den Adern, als sie hörte, was wirklich geschah.

»Wir werden auf Grund laufen«, sagte Walter. Die Aufregung in seiner Stimme war sogar übers Funkgerät zu hören. »Wissen Sie überhaupt, was Sie tun?«

»Ich bin Fischer. Ich kenne Boote«, behauptete einer der Piraten.

»Ein Schiff dieser Größe unterscheidet sich aber enorm von einem kleinen Fischerboot.«

»Ich habe die Verantwortung!«, schrie der Mann und machte Elodie Angst.

Sie hörte das Geräusch einer Rangelei und dann – unverkennbar – das Geräusch eines halbautomatischen Gewehrs.

Die Männer brüllten, jemand schrie, noch mehr Schüsse.

Elodie blieb stehen und betete für die Offiziere auf der Brücke.

Dann begannen die Piraten, in ihrer Muttersprache zu reden. Es klang, als würden sie miteinander streiten.

Plötzlich und ohne Vorwarnung gingen die Lichter aus.

Um Elodie herum wurde es schwarz. Es war so dunkel, dass sie die Hand nicht vor Augen sehen konnte. Die einzige Lichtquelle im Raum war die kleine, rot blinkende Lampe an dem Funkgerät in ihrer Hand.

Die Männer auf der Brücke fluchten.

»Was mit Lichtern passiert?«, fragte einer der Piraten.

»Ich bin mir nicht sicher«, hörte Elodie Bo, einen der Offiziere, mit zittriger Stimme sagen.

»Du reparierst!«, befahl der Pirat.

»Das kann ich nicht«, erwiderte Bo. »Sie haben gerade Danny getötet. Er war unser Experte für die ganze Elektronik. Er wusste genau, was jede dieser Anzeigen hier bedeutet und wenn etwas nicht stimmt. Davon abgesehen, wird alles vom Maschinenraum aus gesteuert.«

Elodie atmete scharf ein. Danny war tot? »Nein«, flüsterte sie. Danny hatte eine Frau und zwei Kinder zu Hause in Wyoming. Er konnte nicht tot sein. Ihr ganzer Körper begann zu zittern.

»Du gehst runter und machst Lichter wieder an!«, befahl einer der Piraten Bo.

»Wenn wir es durch den Bab el-Mandeb schaffen wollen, ohne dass dieses Ding vor Perim oder Dschibuti auf der anderen Seite auf Grund läuft, dann brauchen Sie mich hier oben. Ohne die Kenntnisse des Kapitäns bin ich mir selbst nicht sicher, ob ich es schaffen kann, aber ich kenne dieses Schiff wesentlich besser als Sie«, sagte Bo mit zittriger Stimme.

Eine Träne lief aus Elodies Auge. Sie mochte überhaupt nicht, was sie da hörte. Hatten sie Walter auch getötet? Wie viele der Offiziere hatten sie bereits umgebracht?

Dann hörte sie einen weiteren Schuss und einen dumpfen Aufprall.

Sie schnappte nach Luft und legte eine Hand über ihren Mund.

Die Piraten redeten wieder in ihrer Muttersprache miteinander.

Elodie war sich nicht sicher, wie lange sie schon in der Dunkelheit gestanden und sich nicht bewegt hatte. Aber schließlich verwandelten sich ihre Traurigkeit und ihr Schock in Wut. Wie konnten diese Männer es wagen, an Bord ihres Schiffes zu kommen und ihre Freunde zu töten? Und wenn selbst Bo sich nicht sicher war, dieses Schiff durch die Meerenge zum Roten Meer in ihren Zielhafen im Sudan manövrieren zu können, wie in aller Welt glaubten diese Piraten, das schaffen zu wollen?

Dann kam ihr ein anderer Gedanke. Die Piraten interessierten sich nicht für das Leben der Menschen auf dem Schiff. Selbst wenn sie mit dem Schiff auf diese Insel zusteuerten, von der Bo gesprochen hatte, dann würde es sie nicht interessieren. Sie wollten nur Geld und Wertsachen, die sie verkaufen konnten.

Plötzlich schrillte die Gegensprechanlage des Schiffes und einer der Piraten begann, eine Durchsage zu machen. Seine Stimme hallte durch die Kombüse und die Kantinen.

»Hier spricht Hamza. Ich habe Kontrolle über Boot. Ihr machen, was ich sage, oder alle sterben. Kapitän hat nicht gemacht, er ist tot. Die anderen haben nicht gemacht, auch tot. Ihr auch tot, wenn Licht nicht wieder angeht. Ihr haben zehn Minuten Zeit, um Licht anzuschalten, oder wir kommen und finden euch. Wir wollen nur Geld. Wir interessieren uns nicht für euch. Rettet euch und macht Licht an.«

Elodie kniff die Augen zusammen. Diese Schweinehunde. Jetzt wünschte sie sich wirklich zu wissen, wie man diese Mikrowellenbombe herstellt. Diese Kerle dachten, sie könnten alle Offiziere und Ingenieure töten und irgendwie trotzdem dieses riesige Schiff dahin bringen, wo sie es hinhaben wollten? Sie waren verrückt.

Elodie drehte sich um und war froh, so viel Zeit in der Kombüse verbracht zu haben. Sie kannte diesen Ort wie ihre eigene Westentasche. Mit ausgestreckten Armen machte sie sich auf den Weg zurück durch die Mannschaftskantine. Vorsichtig schlurfte sie durch den Vorratsraum der Besatzung und ging direkt zur Rückwand der Kombüse. Sie brauchte einige Sekunden, um zu finden, wonach sie suchte, aber als ihre Hand über die Taschenlampe an der Wand streifte, griff sie triumphierend danach.

Es gab eine Notbeleuchtung, die sie aktivieren konnte, aber sie schüttelte den Kopf. »Warum sollte ich es ihnen leichter machen?«, murmelte sie leise. Dann stand sie in der Mitte ihrer Kombüse, den Strahl der Taschenlampe auf den Boden gerichtet, und diskutierte mit sich selbst.

»Ich könnte die Küche verwüsten«, argumentierte sie. »Ein paar Gläser zerbrechen und die Scherben verteilen, oder ein paar Liter Öl auskippen ... aber das würde die Arschlöcher nur darauf aufmerksam machen, dass jemand hier war. Aber kann ich einfach nur hier sitzen und nichts tun? Wie ein wehrloses Opfer? El, du bist nicht Superwoman, was kannst du schon gegen diese bewaffneten Arschlöcher ausrichten? Du kannst nur versuchen, dafür zu sorgen, dass sie nicht an andere Waffen kommen.«

Bei dem Klang ihrer eigenen Stimme fühlte sie sich besser. Auch wenn sie geflüstert hatte. Sie musste einen Plan machen. Schnell begann Elodie, die Kombüse nach scharfen Gegenständen zu durchsuchen. Sie wollte nicht, dass es offensichtlich war, dass alle Messer verschwunden waren, aber sie wollte es den Piraten auch nicht zu leicht machen, sie zu finden. Also schob sie eines der großen Fleischermesser unter den Kühler. Ein anderes legte sie in einen der Öfen. Und so ging es weiter. Sie verteilte die Schneidwerkzeuge überall in der Kombüse.

Nachdem das erledigt war, sah sie sich um und fragte sich, was sie sonst noch tun könnte.

Das Schiff schwankte unter ihren Füßen und Elodie fiel fast zu Boden.

Die Vibrationen, an die sie sich gewöhnt hatte, hörten plötzlich auf und hinterließen eine unheimliche Stille. Das unverkennbare Geräusch wasserdichter Schotten, die verschlossen wurden, erfüllte die Luft. Sie wusste, dass man sich auch bei geschlossenen Schotten auf dem Schiff bewegen konnte, aber es machte die Sache viel schwieriger. Und sie hasste es, nicht zu wissen, ob die Türen von den Ingenieuren im Maschinenraum geschlossen worden waren oder ob sie automatisch geschlossen wurden, weil sie auf Grund gelaufen waren.

Elodie zog noch einmal das Funkgerät aus der Tasche und bemerkte, dass sie versehentlich den Kanal gewechselt hatte. Sie drehte es etwas lauter und hörte, wie sich die Piraten in ihrer Muttersprache unterhielten. Sie wusste, dass sie nichts verstehen würde, also wechselte sie auf den Kanal, über den sie das US-Marineschiff erreicht hatte.

»... Mustang, kommen. Verdammt, Rachel, wo bist du?«

Elodie war noch nie in ihrem Leben so froh gewesen, die Stimme von jemandem zu hören wie die von Scott in diesem Moment. »Ich bin hier«, sagte sie leise.

»Gott sei Dank, verdammt«, hauchte Scott. »Ich versuche schon seit mindestens zwanzig Minuten, dich zu erreichen. Es gibt ein paar Neuigkeiten bezüglich deiner Situation.«

»Ich weiß«, gab sie zurück. »Ich weiß, dass ihr mir gesagt habt, ich soll auf diesem Kanal bleiben, aber ich musste herausfinden, was los war. Sie haben den Kapitän und einige der Crewmitglieder erschossen.«

»Es tut mir leid.«

»Sie waren gute Männer«, sagte Elodie zu Scott. »Ein bisschen rau an der Oberfläche und einige der Offiziere waren ein wenig eingebildet, aber sie haben es nicht verdient, so zu sterben.«

»Nein, das haben sie nicht«, stimmte Scott zu. »Aber im Moment haben wir noch ein anderes Problem.«

»Ja, sie wissen nicht, wie man dieses Ding fährt, und jetzt werden sie uns einen nach dem anderen töten.«

»Genau. Du musst dich verstecken und in Sicherheit bleiben.«

»Die wasserdichten Schotten haben sich gerade geschlossen«, sagte Elodie zu ihm.

»Was?«

»Die Schotten sind zu. Sinken wir oder waren das die Männer im Maschinenraum?«, fragte sie.

»Ihr sinkt nicht«, sagte Scott zu ihr.

Elodie atmete erleichtert aus. »Okay.«

»Aber die Dinge könnten noch brenzlig werden, wenn sie versuchen, durch diese Meerenge zu manövrieren.«

»Seid ihr immer noch auf dem Weg?« Sie konnte nicht anders als nachzufragen.

»Ja, aber es ist zu gefährlich, bei Tageslicht zuzuschlagen.«

»Scheiße!«, sagte Elodie.

»Es wird alles gut werden«, sagte Scott zu ihr.

Sie schätzte es, dass er versuchte, sie zu beruhigen, aber im Moment half es nicht wirklich. »Die Ingenieure haben auch das Licht ausgeschaltet. Es ist also stockdunkel.«

»Wir werden damit umgehen können.«

»Okay. Scott?«

»Ja, Rachel?«

Verdammt. Sie hatte schon wieder vergessen, dass alle sie nur unter dem Namen Rachel kannten. »Sollte mir etwas passieren ... es gibt niemanden, den ihr kontaktieren müsst. Bestattet mich einfach auf See und fertig, okay?« Sie war sich nicht sicher, wie gut ihr gefälschter Ausweis war ... und sie hatte sowieso keine Familie, die benachrichtigt werden müsste.

»Du wirst dort lebend wieder herauskommen«, sagte Scott entschlossen.

»Aber trotzdem ...«, begann sie.

»Du musst positiv denken. Das Schlimmste, was du in einer solchen Situation tun kannst, ist aufzugeben.«

»Ich gebe nicht auf«, sagte sie zu ihm. »Im Moment bin ich sauer und verärgert, dass Walter und die anderen unnötig sterben mussten. Die meisten dieser Männer hatten Frau und Kinder. Das ist scheiße.«

»Das ist es«, stimmte Scott zu.

»Hast du?«

»Was habe ich?«, fragte Scott.

Elodie wusste, dass sie das Funkgerät ausschalten sollte. Sie riskierte ihr Leben, indem sie weiter mit ihm sprach. Außerdem hatte er wahrscheinlich wichtigere Dinge zu tun ... zum Beispiel zu planen, wie er auf dieses Schiff kommen und die Piraten töten würde. Aber sie konnte sich nicht dazu durchringen, die Verbindung zu trennen. Scott war buchstäblich eine Stimme in der Dunkelheit, bei der sie sich besser und nicht mehr ganz so allein fühlte. »Hast du Frau und Kinder?«, fragte sie.

»Weder noch.«

»Das ist gut, denke ich.«

»Ja, halte durch, Rachel. Du machst das gut.«

»Ich habe ein Messer versteckt«, platzte sie heraus.

»Was?«

»Ich habe erst darüber nachgedacht, ein paar Gläser zu zerbrechen und Hindernisse in der Kombüse aufzubauen, aber dann fiel mir ein, dass sie dadurch wissen würden, dass jemand hier ist, und alles auf den Kopf stellen würden, um nach mir zu suchen. Also habe ich mich entschieden, alles unverändert zu lassen. Vielleicht würden sie sich dann nicht so lange aufhalten und die Mühe machen, hier nach jemandem zu suchen. Aber ich wollte auch nicht, dass sie an noch mehr Waffen kommen. Also habe ich die Messer versteckt.«

»Clever.«

Elodie war sich da nicht so sicher. »Eins habe ich behalten. Es passt genau durch die Gürtelschlaufe an meiner Hose.«

»Mit einem Messer kannst du keine Schießerei gewinnen«, sagte Scott.

Erstaunlicherweise musste Elodie jetzt lachen. »Ist das ein altes Sprichwort oder so?«

»Nein, gesunder Menschenverstand«, antwortete er.

Elodie konnte den Humor in seiner Stimme hören. Und für eine Sekunde fühlte sie sich ... normal. Als wären sie und Scott zwei Menschen, die sich online kennengelernt hatten und miteinander chatteten oder so. Seine nächsten Worte holten sie aber abrupt in die Realität zurück.

»Tu, was du tun musst, um versteckt zu bleiben«, sagte Scott zu ihr. »Sorg dafür, dass sie dich nicht finden, Rachel, okay?«

»Okay«, flüsterte sie.

»Dieser Spuk wird bald ein Ende haben.«

»Das hoffe ich.«

»Das weiß ich.«

»Ich hatte davon gehört, dass ihr Typen eingebildet seid, aber ich muss zugeben, dass ich es im Moment irgendwie erfrischend finde.«

»Es ist nicht eingebildet, wenn es den Tatsachen entspricht.« Dann wurde seine Stimme leiser. »Es tut mir leid wegen deiner Freunde.«

»Danke.«

»Ich werde mich bald wieder bei dir melden – und dich auch bald sehen. Versuche also bitte, mich oder die anderen Männer in meinem Team nicht zu verprügeln, in Ordnung?«

Elodie musste wieder leise lachen. »Ich werde mir Mühe geben.«

»Mustang Ende.«

Elodie steckte das Funkgerät wieder in die Tasche und lauschte, ob sie Piraten hörte, die eventuell in ihre Richtung kamen. Als sie nichts außer unheimlicher Stille vernahm, ging sie zurück in den Flur mit den Lagerräumen. Sie hatte das perfekte Versteck. Sie hatte vor ein paar Wochen daran gedacht, es aber wieder vergessen. Bis jetzt.

Sie ging in die kleinste der Vorratskammern und holte tief Luft, bevor sie eine Hand nach den Regalen ausstreckte. Vorsichtig kletterte sie auf den obersten Regalboden, der gut zwei Meter fünfzig über dem Fußboden lag und etwa einen Meter tief war. Sie zog ein paar Kartons nach vorne und quetschte sich dahinter. Es war eine gute Position, um sich zu verteidigen, wenn sie entdeckt würde, obwohl die Holzregale keine Kugel abhalten würden. Aber hoffentlich würden die Piraten niemals bemerken, dass sie dort oben war und sich in der Dunkelheit versteckte, selbst wenn sie den Raum durchsuchten.

Elodie legte den Kopf auf die Hände, schloss die Augen und betete, dass der Tag schnell vorbeigehen würde. Je früher die Nacht hereinbrach, desto schneller würde Hilfe kommen.

KAPITEL DREI

Mustang ging die Liste der Mitarbeiter auf der *Asaka Express* durch. Slate hatte die Männer markiert, von denen er vermutete, dass sie auf der Brücke gewesen und daher wahrscheinlich getötet worden waren. Demnach waren nur noch zwei Offiziere und die Ingenieure sowie Rachel Walters am Leben.

Sie hatten eine Liste der Angehörigen aller an Bord befindlichen Personen sowie Kopien rudimentärer Personenüberprüfungen erhalten, die für alle Mannschaftsmitglieder durchgeführt worden waren. Alles sah lupenrein aus ... außer die Unterlagen von Rachel.

»Die ältesten Einträge in ihrer Akte sind von vor drei Jahren«, sagte Pid.

Mustang nickte.

Alles war ziemlich allgemein gehalten. Das Jahr ihres Collegeabschlusses, die Tatsache, dass ihre Eltern verstorben waren, und dass sie keine Geschwister hatte. Sie hatte in einem Restaurant in Los Angeles gearbeitet, bevor sie den Job an Bord der *Asaka Express* angenommen hatte. Es lag ein Empfehlungsschreiben bei, das angeblich vom Besitzer des Restaurants stammte, in dem sie gearbeitet hatte. Als Pid den Namen dieses

Mannes überprüft hatte, konnte er aber keine Informationen darüber finden, dass er irgendwo im Land ein Restaurant besaß.

»Erinnert ihr euch, dass sie über ihren eigenen Namen gestolpert ist, als wir sie danach gefragt haben?«, fragte Midas.

»Sie ist nicht die, für die sie sich ausgibt«, stellte Aleck fest.

»Aber macht sie das zu einer Komplizin für das, was jetzt dort los ist?«, fragte Jag.

»Können wir bitte aufhören, über sie zu reden, als steckte sie mit den verdammten Piraten unter einer Decke?«, sagte Mustang frustriert.

»Keiner von uns glaubt wirklich, dass sie dabei geholfen hat«, sagte Aleck. »Aber alles, was wir bisher über sie herausgefunden haben, weist darauf hin, dass sie einige Geheimnisse hat.«

»Wenn sie sich vor jemandem versteckt, wäre es ein cleverer Schachzug, eine Stelle auf einem Containerschiff anzunehmen«, sagte Slate.

»Vielleicht ein gewalttätiger Ex-Freund«, warf Midas ein.

»Vielleicht hat sie ihren Namen auch geändert, weil sie hoch verschuldet ist«, setzte Jag dagegen.

»Ist irgendetwas davon im Moment wichtig?«, fragte Mustang.

»Nein«, sagte Midas sofort. »Für uns ist sie im Moment genauso ein Opfer wie alle anderen auf dem Schiff. Das könnte sich aber ändern, sobald wir die Kontrolle übernommen haben.«

Mustang seufzte. Er wusste, dass es stimmte. Wenn sie auf der Flucht war oder versuchte, sich vor jemandem zu verstecken, hatte diese Situation ihre Chancen zunichtegemacht, unerkannt zu bleiben. Die Behörden würden sie befragen wollen, die Medien könnten ihre Geschichte veröffentlichen wollen und die US-Navy würde auch ihre Aussage brauchen.

»Sie scheint dich zu mögen«, sagte Midas. »Ich denke, du

solltest als Erster mit ihr sprechen, wenn wir an Bord sind. Wenn sie dir vertraut, erzählt sie dir vielleicht, was los ist.«

»Und wenn wir helfen können, werden wir das tun«, fügte Aleck hinzu.

»Ich hasse es, wenn Frauen sich verstecken müssen«, murmelte Pid. »Wenn sie sich vor einem Mann versteckt, bin ich auf jeden Fall dafür, ihre Deckung aufrechtzuerhalten.«

»Im Scheinwerferlicht zu landen, falls sie das alles überlebt, wäre das Schlimmste, was ihr passieren könnte«, stimmte Jag zu.

»Da gibt es kein *Falls*«, sagte Slate. »Und wenn es endlich dunkel werden würde, könnten wir diese Scheiße beenden.«

Darum genoss Mustang es, mit diesen Männern zusammenzuarbeiten. Sie alle wollten denen am dringendsten helfen, die Hilfe brauchten. Das war der Grund, warum sie SEALs geworden waren. Um zu versuchen, das Unrecht in der Welt zu bekämpfen, egal wo.

Mustang hatte kein Problem damit, derjenige zu sein, der nach Rachel suchen würde, um ihre Sicherheit zu gewährleisten. Verdammt, nur der Gedanke daran, dass sie sich auf einen seiner Freunde verlassen müsste, war ... beunruhigend. Da war etwas an ihr, das ihn faszinierte. Er wollte sie besser kennenlernen. Er wollte sie vor jeder Gefahr auf diesem Containerschiff beschützen.

Er kannte Rachels Geschichte nicht und wusste auch nicht, ob Rachel überhaupt ihr richtiger Name war, aber er war gespannt darauf, es herauszufinden. Er kannte sie noch nicht lange, aber er hatte ein gutes Gespür für den Charakter eines Menschen. Wie sich jemand in einer echten Krisensituation verhielt, sagte viel über dessen Persönlichkeit aus. Und Rachel Walters schien ein Rückgrat aus Stahl zu haben.

Mustang saß hinten im Schlauchboot und hielt sich fest, als sie sich dem riesigen Containerschiff näherten.

Im Laufe des Tages hatte die Besatzung der *USS Paul Hamilton* ihr Bestes getan, um mit den Piraten Kontakt aufzunehmen. Es war vergeblich gewesen. Sie hatten nicht auf die Funksprüche der verschiedenen US-Marineschiffe um sie herum reagiert. Die Piraten mussten wissen, dass sie keine Chance hatten. Auf dem Radar würden sie die Armada von Schiffen längst gesehen haben, die das Containerschiff umzingelt hatte. Bisher waren sie aber stumm geblieben.

Es sah so aus, als würde die *Asaka Express* tot im Wasser treiben. Die Strömung würde das riesige Schiff schließlich näher und näher an die Küste von Dschibuti treiben. Beamte der lokalen Regierung wurden bereits kontaktiert, weigerten sich aber, sich einzumischen, und behaupteten, sie seien nicht zuständig, bis das Schiff sich offiziell in Gewässern ihrer Gerichtsbarkeit befand.

Es war frustrierend und ärgerlich, aber es gab nichts, was Mustang, sein Team oder die US-Beamten daran ändern konnten. Wenn die Piraten nicht mit ihnen redeten und ihnen verrieten, was ihr Plan oder ihre Forderungen waren, hatten sie keine Möglichkeit, über das Leben der Schiffsbesatzung zu verhandeln.

Nachdem es dunkel geworden war, konnten die SEALs sich endlich in Bewegung setzen. Es gab Hinweise darauf, dass mehr als ein Dutzend kleiner Boote aus dem nördlichen Teil von Dschibuti auf die *Asaka Express* zusteuerte. US-Geheimdienstexperten gingen davon aus, dass es sich um weitere Piraten handelte, die so viel wie möglich von der Fracht an Bord des Schiffes stehlen wollten.

Mustang und sein Team waren im Wettlauf mit den Piraten, zuerst dort anzukommen. Sobald sie das Containerschiff gesichert hatten, würde die US-Navy ihre Kriegsschiffe näher heranbringen und das Schiff beschützen, bis es wieder seetüchtig gemacht war. Wenn möglich, würden sie auch die kleineren Boote abfangen und verhindern, dass das Chaos an Bord der *Asaka Express* eskalierte.

Der Plan war einfach. An Bord gehen, verstecken und einen Piraten nach dem anderen ausschalten. Sie hatten die Erlaubnis, von ihren Schusswaffen Gebrauch zu machen und jeden zu töten, der sich illegal an Bord des Schiffes aufhielt. Die Navy machte keine Scherze.

Das Schlauchboot wurde langsamer, als sie sich dem unheimlichen, dunklen Containerschiff näherten. Auf der Brücke flackerten Lichter, aber das SEAL-Team hatte sich von der Backbordseite, der dem Ufer am nächsten gelegenen Seite, genähert und war unentdeckt geblieben. Erstaunlicherweise hing die Leiter, über die die Piraten an Bord gelangt waren, immer noch an der Reling.

»Ich bin mir sicher, dass darüber die anderen Piraten an Bord kommen sollen«, sagte Midas.

»Wahrscheinlich«, stimmte Slate zu. »Wir werden sie hochziehen, sobald wir an Bord sind. Wir müssen es den anderen Piraten ja nicht zu leicht machen, sich der Party anzuschließen.«

Keiner von ihnen dachte daran, die Leiter zu benutzen, um an Bord zu gehen. Sie könnte mit Sprengfallen bestückt sein oder überwacht werden. Mustang befahl dem Steuermann, fünfzehn Meter weiter an der Leiter vorbeizufahren.

»Glaubt ihr, sie werden dumm genug sein, sich ihren Freunden auf dem Frachter anzuschließen?«, fragte der Steuermann.

»Sie werden es versuchen«, sagte Aleck mit einem Nicken.

»Ihre einzige Motivation ist das Endergebnis«, stimmte Pid zu. »Aber die Navy wird das nicht zulassen, wenn sie es verhindern kann.«

»Weniger Worte, mehr Taten«, sagte Mustang schließlich und sah auf. Sie hatten Glück, dass dieses Containerschiff nicht noch größer war. Es würde nicht einfach werden hinaufzugelangen. Jag trat an die Seite des Schlauchbootes, holte tief Luft und sprang.

Mit seiner streng geheimen Superspion-Ausrüstung schaffte Jag es innerhalb von Minuten die Schiffswand hinauf. Wie geplant warf er ein Seil herunter, nachdem er es auf dem Deck befestigt hatte, und einer nach dem anderen kamen die anderen Teammitglieder an Bord des Containerschiffs. Das Schlauchboot zog sich so leise zurück, wie es gekommen war, sobald Slates Stiefel den Boden verlassen hatten.

Mustang und sein Team suchten Deckung hinter den Containern und verschwanden im Schutz der Schatten. Er deutete mit dem Kopf auf das Heck des Schiffes. Midas und Aleck gingen schnell in diese Richtung. Pid und Jag nahmen den langen Weg über die Vorderseite des Schiffes. Sie hatten die Pläne der *Asaka Express* auf der *USS Paul Hamilton* studiert. Das Schiff war über neunzig Meter lang und man brauchte ungefähr drei Minuten, um in normalem Tempo von hinten nach vorne zu gelangen.

Es gab fünfzehn Ladebrücken, fünf Lagerräume und der Maschinenraum war vier Decks hoch. Der Kapitän hatte recht gehabt, es gab unzählige Orte, an denen sich die Besatzungsmitglieder verstecken konnten, und Mustang betete, dass sie alle genau das taten. Offensichtlich taten sie alles in ihrer Macht Stehende, um den Piraten die Sache schwerer zu machen. Sie hatten die Schotten geschlossen, den Motor abgestellt und das Licht ausgeschaltet.

Für die Piraten mochte die Dunkelheit ein Nachteil sein, aber nicht für das SEAL-Team. Mit ihren Nachtsichtbrillen konnten sie fast so gut sehen wie bei Tageslicht. Mustang und sein Team waren auf der Jagd. Sie würden die Piraten ausschalten und hoffentlich würde diese Entführung schnell und mit nur einem Ergebnis enden – toten Piraten.

Normalerweise war Mustang nicht so blutrünstig, aber das hier war Krieg. Wenn die Piraten niemanden getötet hätten, wären ihre Befehle möglicherweise anders gewesen ... Gefangennahme und Verhör. Aber indem sie den Kapitän und die anderen Offiziere umgebracht hatten, hatten sie den Einsatz erhöht und damit ihr eigenes Schicksal besiegelt.

Die Männer trugen kleine Funkgeräte im Ohr. Sie wurden durch Sprache aktiviert, sodass sie schnell und einfach mit dem Rest des Teams kommunizieren konnten.

»Leiter entfernt«, informierte Midas die anderen.

Der Plan war, die Außendecks zu sichern, bevor sie zur Brücke gingen. Indem sie die Leiter entfernt hatten, über die die Piraten an Bord gekommen waren, würden sie es den anderen Piraten erschweren, ebenfalls das Schiff zu entern. Den Piraten an Bord hatten sie damit außerdem den Fluchtweg abgeschnitten.

Zuerst würden sie jeden ausschalten, der sich auf der Brücke befand. Dann würden sie den Rest des Schiffes durchsuchen. Sie hatten keine Ahnung, wie viele Piraten an Bord waren, aber sie würden jeden einzelnen aufspüren und die Bedrohung für die Schiffsbesatzung eliminieren.

Midas und Aleck würden mit dem Heck des Schiffes weitermachen, während Pid und Jag den Bug sicherten, bevor sie achtern gingen. Mustang und Slate würden das Mitteldeck durchkämmen und dann ebenfalls zur Brücke dazustoßen.

Durch das Funkgerät in seinem Ohr hörte Mustang, wie seine Kameraden Entwarnung gaben, als sie sich über das Schiff bewegten. Niemand befand sich auf den Außendecks, was zu einem schnellen und leisen Zugriff auf die Brücke führte. Als er und Slate sich dem Heck des Schiffes näherten, sah er, wie Midas und Aleck bereits in Deckung auf ihre Ankunft warteten. Von Steuerbord stürmten die vier die Brücke. Pid und Jag würden von Backbord außerhalb der Schusslinie dazustoßen, falls einer der Piraten versuchen sollte zu fliehen.

Mustang ging um seine Teamkameraden herum und zögerte nicht länger. Er hob die Hand und zählte von drei herunter. Er hörte durch das Funkgerät, wie Slate »los« sagte, während er den schweren Rammbock aus Metall schwang, den sie an Bord geschleppt hatten, um die Tür zur Brücke einzuschlagen.

Mit einem Schlag flog die Tür auf, und die vier Männer stürmten den Raum und überwältigten die beiden Piraten, die sich darin befanden.

Der erste griff nach dem Gewehr, das um seinen Körper hing, hatte aber nicht die geringste Chance, es anzulegen. Mustangs Kugel hatte bereits seinen Kopf durchbohrt und er fiel lautlos zu Boden.

Der andere Mann drehte sich sofort um und lief zur Tür auf der gegenüberliegenden Seite des Raumes. Blindlinks schoss er hinter sich. Mustang und der Rest des Teams gingen in Deckung. Der Mann lief aus der Tür und zwei Schüsse fielen, was darauf hinwies, dass Pid und Jag ihre Arbeit erledigt hatten.

Die gesamte Operation war innerhalb von Sekunden vorbei.

Mustang sah sich auf der Brücke um. Sechs offensichtlich tote Männer lagen auf einem Haufen an der Wand. Obwohl sie keine Uniformen trugen, wusste Mustang, dass es sich um den Kapitän und seine Offiziere handeln musste. Das bedeutete, dass noch sechzehn Mitarbeiter der *Asaka Express* an Bord waren.

»Nur zwei?«, fragte Midas, als er mit Aleck die Brücke betrat.

»Ja«, stimmte Mustang zu.

»Scheiße, das bedeutet, dass wahrscheinlich noch eine Handvoll von ihnen auf dem Schiff herumläuft«, sagte Midas.

Mustang grollte der Magen. Normalerweise würde es ihn nicht so sehr stören, vielleicht hätte er sich sogar auf das Katz-und-Maus-Spiel gefreut. Aber diesmal fühlte er sich anders, weil er wusste, dass Rachel an Bord war. Der Gedanke, dass sie verletzt oder getötet werden könnte, war inakzeptabel. Noch ein- oder zweimal hatte er vor Sonnenuntergang kurz mit ihr gesprochen. Wahrscheinlich insgesamt weniger als eine Stunde Gesprächszeit seit ihrer ersten Kontaktaufnahme. Irgendwie hatte sie diese Mission für ihn aber zu einer persönlichen Angelegenheit gemacht, was er noch nie zuvor erlebt hatte. Er wollte sie besser kennenlernen, herausfinden, was mit ihr los war.

»Sollen wir die Besatzung über die Gegensprechanlage informieren, dass wir an Bord sind?«, fragte Jag.

Mustang presste die Lippen zusammen. Einerseits würde es der Mannschaft Mut machen zu wissen, dass Verstärkung eingetroffen war, andererseits wollte er die Piraten nicht wissen lassen, dass sie hier waren ... und er wollte nicht, dass jemand vielleicht zu früh aus seinem Versteck kam und womöglich erschossen wurde, bevor das Team die Piraten ausgeschaltet hatte.

»Nein, jetzt noch nicht«, entgegnete Mustang einen Moment später.

»Wir könnten Kanal drei nutzen, über den Rachel mit der Crew kommuniziert hat«, schlug Slate vor.

Mustang nickte. Es war nicht perfekt, aber auf diese Weise würden die Crewmitglieder wissen, dass sie nicht die Bösen waren. Es war nicht auszuschließen, dass jemand mithörte, aber es war die einzige Möglichkeit, mit der Besatzung Kontakt aufzunehmen, ohne gleichzeitig die Piraten zu warnen.

Er holte sein Funkgerät heraus und stellte es auf Kanal drei. »An die Besatzung der *Asaka Express*, hier spricht ein Vertreter der US-Navy. Wir haben die Brücke gesichert und werden das Schiff nach weiteren Kriminellen durchsuchen. Bleiben Sie, wo Sie sind. Ich wiederhole, bleiben Sie, wo Sie sind.«

Mustang nickte Slate zu, der gerade Bericht an die *USS Paul Hamilton* erstattete. Nachdem sie die Brücke und die Außendecks unter Kontrolle gebracht hatten, konnte zusätzliches Personal an Bord kommen, um das Schiff zu sichern. Das Containerschiff drohte weiter auf Grund zu laufen, daher musste jemand an Bord kommen, der das große Schiff steuern konnte. Slate und Jag würden auf der Brücke bleiben, um sie zu verteidigen. Sollte einer der Piraten zurückkommen, würden sie ihn ausschalten.

Pid und Aleck patrouillierten die Außendecks, bis Verstärkung eintraf und übernehmen konnte. Im Moment würden nur Midas und Mustang die unteren Decks kontrollieren. Im Team würden sie Raum für Raum nach den weiteren Piraten durchsuchen. Es war leicht beunruhigend, dass sie nicht wussten, nach wie vielen Männern sie suchten, aber letztendlich war es egal. Sie würden sie alle finden und dafür sorgen, dass von ihnen keine Gefahr mehr ausging.

»Wir bleiben in Kontakt«, sagte Mustang seinem Team unnötigerweise.

Alle nickten. Ihr Teamleiter sagte ihnen nichts, was sie nicht schon wussten.

Mustang ging wieder voran, als er und Midas zur Tür gingen, die zu einer Treppe direkt vor der Brücke herunter führte. In dem Augenblick, in dem sich die Tür hinter ihnen schloss, wurden sie in Dunkelheit getaucht. Auf der Brücke und den Außendecks war es dunkel, aber durch die Sterne und den Mond hatten sie ein bisschen Licht gehabt. Im Inneren des Schiffes gab es absolut keine Lichtquelle mehr.

Mustang zog die Nachtsichtbrille herunter und gab seinen Augen einen Moment, sich an die grüne Welt anzupassen, die plötzlich vor ihm erschien. Dann ging er langsam die Treppe hinunter in Richtung des ersten Decks, das sie durchsuchen mussten.

Offensichtlich befanden sich hier die Quartiere der Offiziere und des Kapitäns. Die Türen standen offen und die Räume waren durchwühlt worden. Die Schubladen waren herausgerissen worden und die Habseligkeiten der Männer lagen auf dem Boden verteilt. Die Piraten hatten offenbar nach Wertsachen gesucht.

In Mustang stieg die Wut auf. Er hatte in seiner Zeit als

SEAL viele schreckliche Dinge gesehen, aber nichts machte ihn wütender als unnötige Gewalt und Tod. Die Piraten hätten die Männer auf der Brücke nicht töten müssen. Sie hätten sie in einen dieser Räume einsperren können, wenn sie dafür sorgen wollten, dass sie ihnen nicht in die Quere kamen. Stattdessen hatten sie rücksichtslos unschuldige Leben ausgelöscht.

Midas und Mustang fanden auf dem ersten Deck keine Hinweise auf Piraten und verriegelten die Räume, nachdem sie sie durchsucht hatten. Dadurch wollten sie verhindern, dass sich jemand hinter ihrem Rücken hierher schlich und die SEALs den Bereich erneut durchsuchen mussten.

Das nächste Deck sah fast genauso aus wie das vorherige – durchwühlte Kajüten. Akribisch nahmen Mustang und Midas sich jedes Zimmer vor und durchsuchten jeden Winkel, in dem sich jemand verstecken könnte, bevor sie die Räume verriegelten. Zwischendurch meldeten sie sich bei den anderen und informierten sie über ihre Fortschritte.

Mustang juckte es in den Fingern, Rachel zu kontaktieren, aber er wagte es nicht. Er konzentrierte sich auf seine momentane Aufgabe und konnte nur hoffen, dass sie in Sicherheit war, wo immer sie sich versteckt hielt.

Elodie verfluchte sich selbst. Warum war sie aus ihrem Versteck gekommen? Weil sie dumm war, das war der Grund. Sie hatte zu lange nichts mehr gehört und außerdem musste sie auf die Toilette. Sie hatte gedacht, es wäre sicher – aber sie hatte sich geirrt. In dem Moment, in dem sie aus der Toilette neben der Offizierskantine kam, hatte sie jemanden in der Kombüse gehört.

Für eine Sekunde hatte sie gehofft, dass es Scott und sein Team waren, dass die Navy SEALs endlich eingetroffen und sie und die Crew in Sicherheit waren. Aber dann hatte sie gehört, wie der Mann in einer fremden Sprache murmelte, und wusste, dass sie tief in der Scheiße steckte.

Erschrocken sah sich nach einem Versteck um. Aber in der Offizierskantine gab es nichts außer einem langen Tisch und Stühlen. Es gab weder Schränke noch andere Schlupfwinkel, wo sie sich verstecken könnte. Sie könnte zurück in die Toilette gehen, aber dort säße sie in der Falle, und sie konnte schon von Glück reden, dass, wer auch immer in der Küche war, nicht gehört hatte, wie sie die Tür geöffnet hatte.

Wenn sie es bis in die Vorratskammer schaffen könnte, würde sie sich vielleicht in einem der Schränke verstecken können, aber der Pirat würde definitiv hören, wie sie herumlief.

Elodie geriet in Panik. Sie könnte jeden Moment entdeckt werden. Der Mann würde gleich in diesen Raum kommen und sie finden. Ihr einziger Vorteil war die Dunkelheit. Sie hätte die Ingenieure unter Deck küssen können, weil sie die großartige Idee gehabt hatten, den Strom auszuschalten.

Dann kam ihr eine Idee. Es war höllisch riskant und das kleinste Geräusch würde sie vermutlich verraten, aber im Moment war es ihre einzige Möglichkeit.

Langsam tastete sie sich durch den Raum um den großen ovalen Tisch herum. Elodie stellte die Stühle auf der einen Seite etwas dichter zusammen und achtete darauf, dass die Stuhlbeine dabei nicht über den Fliesenboden kratzten. Als sie die Stühle in Position gebracht hatte, ließ sie sich nieder und kroch in den Zwischenraum zwischen Tischplatte und Sitzfläche der Stühle. Sie war noch nie so dankbar gewesen, dass aus Kostengründen offenbar auf Armlehnen an den Stühlen verzichtet worden war.

Als der Pirat in der Kombüse fertig zu sein schien, hörte sie, wie er die Speisekammer betrat. Er war jetzt in dem Raum direkt neben ihr. Hätte sie versucht, sich dort zu verstecken, wäre sie mit Sicherheit erwischt worden.

Elodie atmete flach und lag regungslos auf den Stühlen, die

sie unter dem Tisch zusammengeschoben hatte. Ihr Bauch lag auf einem Stuhl, ihre Brust auf einem anderen, ihre Beine auf einem dritten. Sie versuchte, sich flach zu machen, und hielt den Atem an, als der Pirat die Schränke durchsuchte. Sie hatte keine Ahnung, wonach er suchte. Alles, was darin war, waren Lebensmittel und Vorräte. Er schien aber große Freude daran zu haben, Sachen auf den Boden zu werfen und Flaschen zu zerbrechen.

Elodie hoffte, dass er einfach weitergehen würde, sobald er in diesen Raum kam und nur einen Tisch und ein paar Stühle sah. Er hatte eine Art Taschenlampe. Durch das kleine runde Fenster in der Tür hatte sie das Licht gesehen, das durch den Raum und über die Wände flackerte. Sie betete, dass er sich nicht dazu entschließen würde, damit unter den Tisch zu leuchten.

Sie hielt den Atem an und griff langsam nach dem Messer, das sie in ihre Gürtelschlaufe gesteckt hatte. Sie zog es heraus und hielt es in der geballten Faust. Dann wartete sie darauf, was der Mann in der Speisekammer als Nächstes tun würde.

Die Minuten vergingen wie in Zeitlupe. Elodie hatte keine Ahnung, wie lange sie schon auf den unbequemen Stühlen gelegen hatte, aber wenn der Mann nicht bald etwas tat, würde ihr Herz vor Aufregung explodieren. Es schlug so schnell, dass sie glaubte, der Pirat könnte es schlagen hören.

Als plötzlich ein Funkgerät rauschte und einer der anderen Mitpiraten anfing zu sprechen, wäre Elodie vor Schreck fast aus der Haut gefahren. Sie zuckte heftig zusammen und ließ beinahe das Messer fallen, was eine Katastrophe gewesen wäre.

Der Mann am Funkgerät klang sehr aufgeregt und Elodie wünschte, sie würde verstehen, was er sagte. Der Pirat nebenan fluchte ... zumindest dachte sie, dass er das tat.

Dann schrie er: »Wenn hier jemand ist, komm jetzt raus. Ich werde nicht töten!«

Elodie wagte es nicht, auch nur einen Muskel zu rühren.

»Wenn du versteckst, stirbst du!«

Sie bewegte sich immer noch nicht. Elodie fragte sich kurz, wen der Mann hier unten vermutete, bevor er plötzlich eine Salve von Schüssen aus seinem Gewehr abfeuerte. Sie zuckte zusammen und schnappte nach Luft. Zum Glück war das Geräusch der Schüsse leicht gedämpft gewesen, da der Pirat in der Speisekammer hinter geschlossener Tür geschossen hatte.

»Das war Warnung!«, schrie der Mann erneut.

Das Abfeuern seiner Waffe würde sie nicht dazu bewegen, aus ihrem Versteck zu kommen.

Dann murmelte er etwas vor sich hin, bevor er noch einmal in das Funkgerät sprach.

Er sprach immer noch, als die gegenüberliegende Tür zur Offizierskantine geöffnet wurde.

Wenn Elodie den Kopf nicht im richtigen Moment herumgedreht hätte, hätte sie nicht bemerkt, dass zwei Paar Beine den Raum betraten. Ein Lichtstrahl aus der Taschenlampe des Piraten durch das Fenster der Tür zur Vorratskammer hatte kurz über ihre Körper geflackert, sodass sie sie sehen konnte. Die Tür fiel lautlos ins Schloss und sie musste sich vor Angst fast übergeben, als sie die Männer aus den Augen verlor.

Waren das noch mehr Piraten? Wenn ja, warum riefen sie nicht nach ihrem Freund? Sie war verwirrt, wagte es aber nicht, sich zu bewegen, geschweige denn zu atmen. Sie konnte nicht sehen, was los war, aber sie konnte hören, wie der Stoff ihrer Hosen leise aneinanderrieb, als die beiden Gestalten an ihrem Versteck unter dem Tisch vorbeigingen.

Der Pirat in der Kombüse schien weiter mit jemandem am Funkgerät zu streiten. Er klang verärgert und sauer. Dann verstummte er – und der dumpfe Knall von etwas, das gegen die Wand geworfen wurde, ließ Elodie erneut zusammenzucken.

Während der Pirat seinen Wutanfall hatte, öffnete, wer auch immer gerade die Offizierskantine betreten hatte, die Tür zur Speisekammer. Bei dem lauten Knallen von Schüssen entwich ihr ein leises Wimmern. Die Schüsse waren diesmal viel lauter, da die Waffe im selben Raum abgefeuert wurde, in dem sie sich versteckte. Sie konnte nur noch das Klingeln in ihren Ohren hören. Elodie bemühte sich zu hören, was los war, vernahm aber für einige Sekunden nichts außer ihrem rasenden Herzen.

»Zielobjekt in Kombüse ausgeschaltet.«

Bei dem Klingeln in ihren Ohren und ihrem dröhnenden Herzschlag war Elodie sich nicht sicher, ob sie richtig gehört hatte.

Das klang nach Englisch. Englisch ohne Akzent. Und sie war sich ziemlich sicher, dass ihre Kollegen von der *Asaka Express* kein Wort wie »Zielobjekt« verwenden würden, um die Piraten zu beschreiben. Sie glaubte auch nicht, dass sie sich so anschleichen könnten wie diese beiden Männer.

Sie hatte so lange darauf gewartet, dass Scott und sein Team eintrafen – und es klang danach, als wäre es endlich so weit.

Es war ein paar Stunden her, seit sie das letzte Mal Kontakt mit Scott hatte. Er war verständlicherweise damit beschäftigt gewesen, ihren Einsatz zu planen, und konnte sich nicht alle zwei Minuten bei ihr melden, um sie zu beruhigen. Aber sie hatte sich jedes Mal so viel besser gefühlt, wenn er sie kontaktiert hatte, weniger allein.

»Wir müssen Rachel finden«, sagte einer der Männer. Sie wusste, dass es Scott war, weil sie seine Stimme erkannte.

»Vielleicht sollten wir sie in ihrem Versteck lassen«, sagte der andere Mann.

»Nein, sie hat wahrscheinlich die Schüsse gehört und ist kurz davor auszuflippen«, argumentierte Scott.

Elodie wusste es besser, als jetzt einfach aus ihrem Versteck zu kommen und die beiden Männer zu erschrecken und womöglich erschossen zu werden. Aber sie wollte definitiv auch nicht länger unter dem Tisch bleiben.

»Ich bin hier«, sagte sie leise und hoffte, dass sie die

Männer nicht so erschreckte, dass sie sich umdrehten und anfingen zu schießen.

Aber sie hätte wissen müssen, dass sie zu professionell waren, um so etwas zu tun.

»Rachel?«

Elodie zuckte zusammen, als sie den Namen aus seinem Mund hörte.

Sie wollte ihm sagen, dass es nicht ihr Name war … aber sie konnte nicht. Sie hatte ihren Namen vor allem deshalb geändert, weil Elodie ein sehr seltener Name war. Es wäre nicht schwer für Paul, sie zu finden, wenn sie ihn beibehalten hätte. Der Nachteil war allerdings, dass sie manchmal vergaß zu reagieren, wenn jemand sie Rachel nannte.

»Ja«, antwortete sie.

»Wo bist du?«, fragte Scott.

»Auf den Stühlen unter dem Tisch.«

Sie hörte, wie sich jemand auf der anderen Seite des Tisches bewegte.

»Verdammt, das ist clever«, sagte der andere Mann. »Du passt perfekt darunter und in der Dunkelheit würde man dich wahrscheinlich nicht einmal sehen, wenn man nachgeschaut hätte.«

»Wieso siehst du mich dann?«, platzte es aus Elodie heraus. Sie sah keine Taschenlampen.

»Nachtsichtbrille«, erklärte Scott.

Elodie zuckte zusammen, weil sie seine Stimme direkt neben sich hörte.

»Ganz ruhig. Wie kann ich dir helfen, dort rauszukommen?« fragte er.

»Ich schaffe das schon«, sagte sie zu ihm, erstaunt, dass sie nicht gehört hatte, wie er auf ihre Seite des Tisches gekommen war. Sie kroch unter dem Tisch hervor und sagte leise: »Ich musste improvisieren. Ich bin aus der Speisekammer geschlichen, um auf die Toilette zu gehen. Als ich wieder herauskam, war dieser Typ in der Kombüse. Es war das einzige Versteck, das ich hier finden konnte.«

Sie stand auf und stützte sich auf dem Tisch ab. Ihre Beine zitterten von dem Adrenalin in ihrem Körper.

»Vorsicht mit diesem Messer«, sagte Scott zu ihr.

Elodie hatte sich nicht einmal mehr daran erinnert, dass sie das Ding noch in der Hand hielt. Jetzt bemerkte sie, dass ihr die Finger schmerzten, weil sie es so fest umklammerte. Sie sah in die Richtung, aus der sie Scotts Stimme gehört hatte, und war frustriert, ihn nicht sehen zu können. Die Taschenlampe, die der Pirat gehalten hatte, lag auf dem Boden im Nachbarzimmer, gab ihr aber nicht genügend Licht, um die Männer zu sehen.

»Sind sie alle tot?«, fragte sie und war stolz, dass ihre Stimme nur ein wenig zitterte. Es war unwirklich, so beiläufig über den Tod von Menschen zu sprechen. Aber unter den gegebenen Umständen hoffte sie, dass es ihr verziehen wurde.

»Nein«, sagte Scott und hoffte, dass sie sich mit den anderen an Bord in Verbindung setzen könnte, damit sie den Strom wieder einschalteten.

»Das war der erste Pirat, dem wir unter Deck begegnet sind«, sagte der andere Mann.

»Und wer bist du?«, platzte Elodie heraus.

Er lachte leise. »Ich bin Midas.«

»Hallo.«

In diesem Moment erwachte das Funkgerät, das der Pirat benutzt hatte, wieder zum Leben. Ein Mann redete aufgeregt in der Sprache der Piraten.

»Scheiße«, murmelte Scott.

Elodie spürte einen Luftzug, als er sich von ihr entfernte.

»Ich gehe nicht davon aus, dass du ein Sprachexperte bist und verstehst, was sie sagen, oder?«, fragte Midas.

Sie hatte ihm und den anderen Männern im Team bereits erzählt, dass sie die Piraten nicht verstehen konnte, aber sie wusste seinen Versuch zu schätzen, die Stimmung aufzuhellen.

»Nein, tut mir leid«, sagte sie. »Aber kurz bevor ihr gekommen seid, hat er mit seinen Kameraden gesprochen und sie klangen ziemlich unglücklich. Er hat etwas gegen die Wand geworfen.«

»Ja, ich glaube das war ein Glas Tomatensoße«, sagte Midas unbekümmert.

Sie hörte weitere Geräusche aus dem anderen Raum, wagte es jedoch nicht, sich von ihrem Platz neben dem Tisch zu entfernen. Dann kam Scott zurück. Sie war sich nicht sicher, woher sie wusste, dass er wieder da war, aber sie wusste es.

Dann sprach er und bestätigte damit seinen Standort. »Okay, wir müssen das Schiff weiter durchsuchen. Du musst auf die Brücke gehen ...«

Elodie ließ ihn nicht ausreden. »Nein!«, entgegnete sie verzweifelt.

»Doch«, konterte er.

»Ich bleibe bei euch«, beharrte sie.

»Wir haben die oberen Decks geräumt. Du kannst sicher zur Brücke zurückkehren. Zwei andere Mitglieder meines Teams sind dort oben, sie werden dich beschützen.«

Elodie schüttelte den Kopf. Sie wusste, dass sie völlig irrational reagierte, aber der Gedanke daran, auch nur für den kurzen Weg zur Brücke allein zu sein, war furchterregend. »Ihr wisst nicht, wo die anderen Piraten sind. Ihr habt selbst gesagt, dass ihr das Schiff noch durchsuchen müsst. Und dem Tonfall des Gespräches nach zu urteilen, das ich mitgehört habe, wissen sie, dass ihr hier seid.«

Aus dem Funkgerät, das Scott dem toten Piraten abgenommen hatte, ertönte erneut eine Stimme. »Djama?«

Danach wurden noch ein paar Worte gesagt. Offensichtlich versuchten sie, Kontakt mit dem toten Piraten aufzunehmen.

»Sie werden ihn suchen«, sagte Elodie. »Und wenn ich zur Brücke gehe, könnte ich ihnen über den Weg laufen. Und ihr habt keine Zeit, mich dorthin zu bringen. In der Zeit könnten sie meine Freunde verletzen oder töten. Und wenn sie mich finden, werden sie auch nicht zögern, mich zu töten. Der sicherste Ort auf diesem Schiff ist momentan an eurer Seite, also möchte ich dort bleiben.«

Sie hielt den Atem an und wartete darauf, dass sie etwas erwiderten. Sie hatte ziemlich dick aufgetragen. Sie wusste auch, dass sie sich wahrscheinlich irrte mit der Annahme, dass es an ihrer Seite am sichersten war. Sie suchten nach den Piraten. Sie würde beschossen werden, sollten sie ihnen begegnen. Aber irgendetwas in ihr sagte Elodie, dass sie bei Scott bleiben sollte. Er war den ganzen Tag ihre Lebensader gewesen. Er war ruhig und zuversichtlich. Jetzt, wo er sie gefunden hatte, wollte sie ihm nicht mehr von der Seite weichen.

Als sie weder zustimmten noch dagegen argumentierten, platzte es aus ihr heraus: »Ich habe *Alarmstufe: Rot* gesehen … es werden schlimme Dinge passieren, wenn ich nicht bei euch bleibe.«

Sie hörte, wie Midas ein Lachen unterdrückte, aber Scott versuchte nicht einmal, es zurückzuhalten. Er war nicht laut, aber er lachte sie definitiv aus.

»Also, erstens bin ich nicht Steven Seagal und du bist nicht … wie hieß die Schauspielerin in dem Film?«

»Jordan Tate«, erklärte Elodie. Sie liebte diesen kitschigen Film und schämte sich nicht, es zuzugeben.

»Genau, wie auch immer, aber ohne dir zu nahe treten zu wollen, du wirst uns nur aufhalten, Rachel. Wir haben keine Nachtsichtbrille für dich und machen hier keinen Spaziergang«, sagte Scott.

»Ich weiß. Aber ich kann mich an deinem Gürtel festhalten oder so. Ich weiß, dass ich euch zur Last fallen werde, aber vielleicht kann ich mich nützlich machen. Ich kenne dieses Schiff. Ich kann euch helfen, die verriegelten Schotten zu umgehen. Und wenn die Crew mich bei euch sieht, werden die Jungs wissen, dass ihr die Guten seid.«

Scott und sein Teamkamerad sagten einen Moment lang nichts und Elodie geriet in Panik.

»Ich schwöre, ich werde nicht schreien, wenn ihr jemanden

tötet. Ich werde euer Gepäck tragen, wenn ihr wollt.« Sie wusste, dass sie lächerlich klingen musste. Diese Männer brauchten sie nicht, um ihren Kram zu tragen. Ohne Nachtsichtbrille würde sie sich wie ein hilfloses Baby an ihnen festklammern müssen. »Ich werde alles tun, was ihr sagt, ohne zu zögern«, sagte sie verzweifelt.

»Wie auf die Brücke zu gehen?«, fragte Midas trocken.

Elodie biss sich nervös auf die Lippe und starrte auf Scotts Gesicht. Er musste ihr erlauben, mit ihnen zu kommen. Er musste es einfach. Sie fühlte sich nirgendwo anders sicher.

Sie hörte, wie er seufzte, dann sagte er: »Also gut, aber wenn etwas passiert, musst du dich flach auf den Boden fallen lassen, verstanden?«

Sie nickte. »Ja, auf den Boden fallen lassen, verstanden!«

Eine Hand streifte über ihren Arm und Elodie zuckte zusammen, bevor sie es aufhalten konnte.

»Es tut mir leid. Ich hätte dich warnen sollen«, sagte Scott.

»Nein, es ist in Ordnung«, sagte sie.

»Gib mir deine Hand«, forderte Scott.

Elodie streckte sie blind aus und schluckte schwer, als Scott nach ihr griff. Er trug Handschuhe, aber seine Hand war trotzdem warm. Bis zu diesem Moment hatte sie nicht bemerkt, wie kalt ihr war.

Ohne ein weiteres Wort zog Scott sie hinter sich her, als er zur Speisekammer der Offiziere ging. »Bleib für eine Sekunde hier stehen«, befahl er.

Elodie nickte und blieb stehen. Sie hörte ein Rascheln, dann tauchte er wieder vor ihr auf. »Hast du schon einmal eine Waffe benutzt?«

»Ein paarmal auf dem Schießstand. Das Zielfernrohr hat mir ein blaues Auge verpasst, als ich zum ersten Mal mit einem Gewehr geschossen habe.«

Sie hörte ein leises Lachen hinter sich und machte Midas keinen Vorwurf. Es war ziemlich lustig. Sie hatte nicht gewusst, dass sie ihr Auge nicht direkt auf das Zielfernrohr drücken sollte, bis sie das verdammte Ding abgefeuert hatte. Der Rückschlag hatte es direkt in ihre Augenhöhle gedrückt.

»In Ordnung, dieses Ding hat keine Sicherung. Also richte es nicht auf Leute, die du nicht sterben sehen willst ... insbesondere nicht auf mich oder meine Teamkameraden, okay?«

»Okay«, stimmte Elodie zu, möglicherweise etwas euphorischer, als es die Situation erlaubte. Sie hatte nicht vor, jemanden zu erschießen, aber sie würde die Waffe nehmen, wenn das bedeutete, dass sie bei den SEALs bleiben durfte.

»Beschreibe mir den Aufbau dieses Decks«, forderte Scott, nachdem sie sich das Gewehr um die Schulter gelegt hatte. »Wir haben den Bauplan des Schiffes studiert, aber erzähl uns, was du über die unmittelbare Umgebung weißt. Wohin führen diese Türen?«

Elodie hatte das Gefühl, dass er genau wusste, wohin diese Türen führten, und dass er sie nur davon ablenken wollte, dass sie über das Schiff schleichen würden, um nach versteckten Piraten zu suchen, die sie, ohne zu zögern, töten würden. Sie erinnerte sich daran, dass sie selbst darum gebeten und gebettelt hatte mitzugehen, und schwor sich, ihnen keine weiteren Probleme zu bereiten.

Es war gut, dass sie die Kombüse und die Räume auf diesem Deck wie ihre Westentasche kannte, denn Midas hatte die Taschenlampe ausgeschaltet, die der Pirat kurz nach seinem Tod fallen gelassen hatte. Es war wirklich stockdunkel. Egal wie oft sie blinzelte, Elodie konnte nichts sehen.

»Wir gehen weiter, während du redest«, sagte Scott zu ihr. Sie spürte, wie er ihre Hand hob und an seine Hose führte. Er wandte sich von ihr ab und Elodie klammerte sich an seinem Hosenbund fest. Sie würde ihn unter keinen Umständen loslassen.

»Geh vorsichtig«, mahnte Midas.

Elodie wusste, dass sie wahrscheinlich dumm aussah, kümmerte sich aber nicht darum, da niemand anderes außer den beiden SEALs sie sah. Mit übertrieben vorsichtigen

Schritten folgte sie Scott und Midas, als sie langsam durch die Speisekammer in die Kombüse gingen. Sie erzählte ihnen alles, was sie über den Aufbau des Decks wusste, und bemühte sich, so leise wie möglich zu gehen. Sie würde es später vielleicht bereuen, mit ihnen gegangen zu sein, aber im Moment war sie erleichtert, dass sie nicht allein durch das dunkle Schiff schleichen musste.

KAPITEL VIER

Mustang konnte das Bild nicht mehr aus dem Kopf bekommen, wie Rachel sich auf die Lippe gebissen und tapfer den Kopf gehoben hatte. Als sie in der Kombüse angekommen waren, hatte er gehofft, dass sie die Köchin lebend und gesund vorfinden würden, und sie hatte ihn erschreckt, als sie sich zu Wort gemeldet hatte. Trotz der Nachtsichtbrille waren sowohl er als auch Midas an ihr vorbeigegangen. Sie hatte den einzigen Ort in dieser Kantine gefunden, der als Versteck geeignet war, und es war absolut perfekt gewesen.

Und Rachel Walters sah nicht so aus, wie er es erwartet hatte.

Er gab zu, dass das, was er erwartet hatte, unfair war und auf Vorurteilen beruhte, aber in dem Moment, in dem er sie gesehen hatte, hatte es ihm, selbst durch die Nachtsichtbrille, einen Ruck versetzt.

Sie hatte langes Haar, das etwas unordentlich über ihre Schultern hing. Er vermutete, dass sie es wahrscheinlich hochstecken musste, wenn sie kochte, aber da sie mitten in der Nacht aus dem Schlaf gerissen wurde, als die Piraten das Schiff geentert hatten, hatte sie offensichtlich keine Zeit gehabt, sich darum Sorgen zu machen. Durch die Brille konnte er nicht erkennen, welche Farbe ihr Haar oder ihre Augen hatten. Ihr Körper war zierlich und sie war mindestens einen Kopf kleiner als er mit seinen Einsdreiundachtzig.

Aber es war ihr Gesicht, das sofort seine Aufmerksamkeit auf sich gezogen hatte. Sogar in der Dunkelheit und mit Nachtsichtbrille konnte er jeden ihrer Gedanken lesen, der über ihr ausdrucksstarkes Gesicht huschte. Sie hatte Angst gehabt, als sie aus ihrem Versteck gekommen war, gleichzeitig war sie aber entschlossen, mutig zu sein. Sie war erleichtert und glücklich, nicht mehr allein zu sein, und sie hatte Angst gehabt, als er sie gebeten hatte, zur Brücke zu gehen. Sie hatte entschlossen die Augenbrauen zusammengezogen, als sie vorgeschlagen hatte, bei ihnen zu bleiben, obwohl sie sich dabei auf die Lippe gebissen hatte.

Er war es gewohnt, dass seine Teamkameraden und andere Soldaten und Seeleute immer einen ernsten Gesichtsausdruck behielten, egal was passierte. Ihre Emotionen so leicht lesen zu können war erfrischend ... und anziehend.

Er spürte, wie sie mit den Fingern die Gürtelschlaufe seiner Hose umklammerte, und bekam unerwartet Gänsehaut auf den Armen, als sie ihren Griff korrigierte und ihn dabei berührte.

Er konnte nicht glauben, wie schnell er so auf sie reagierte. War ihm das jemals zuvor passiert? Nein, er glaubte nicht.

Mustang hatte Midas die Führung übernehmen lassen, der gerade den Flur, der von der Kombüse wegführte, nach Bewegungen überprüfte. Er bedeutete ihnen zu folgen, als alles sicher schien.

»Die Tür auf der linken Seite am anderen Ende des Flurs führt zu einer Treppe«, flüsterte Rachel. »Nach oben geht es zu einem Deck mit Quartieren. Nach unten gelangt man zu den Lagerräumen und der Waschküche. Darunter befindet sich ein weiteres Deck mit Kajüten, wo auch mein Zimmer ist. Außerdem gelangt man von dort aus in den Maschinenraum. Zumindest in das Oberdeck davon. Der Maschinenraum ist riesig und erstreckt sich über vier Decks. Normalerweise ist es dort sehr laut und heiß, aber ich habe keine Ahnung, wie es jetzt dort aussieht, wo der Strom abgeschaltet ist.«

Mustang nickte. Er und die anderen hatten die Baupläne des Maschinenraums sorgfältig studiert. Sie gingen davon aus, dass die Piraten dort nach weiteren Crewmitgliedern suchen würden.

Er hatte erste Zweifel daran, ob es eine gute Idee war, dass Rachel bei ihnen war. Wenn sie in diesen Maschinenraum kamen, würden die Dinge um ein Vielfaches gefährlicher werden. Er würde Rachel lieber an einem sicheren Ort wissen, aber er wusste so gut wie sie, dass es technisch gesehen nirgendwo sicherer war, solange Piraten auf dem Schiff herumliefen. Er musste davon ausgehen, dass die Piraten wussten, dass etwas nicht stimmte, da ihre Kameraden nicht mehr auf ihre Funksprüche reagierten.

Sie kontrollierten schnell das Deck unterhalb der Kombüse, bevor sie sich auf das nächste Deck mit den Mannschaftsunterkünften begaben. Bisher hatte Rachel alles getan, wonach er verlangt hatte. Sie hatte geschwiegen und sich leise bewegt. Sie war nicht ganz so leichtfüßig wie er und Midas, aber für eine Zivilistin war sie ziemlich gut.

»Auf dieser Etage befinden sich fünf Quartiere. Mein Assistent und ich, der Chefingenieur und zwei andere Mannschaftsmitglieder wohnen hier. Sie wollten in der Nähe des Maschinenraums sein«, flüsterte sie.

Die Piraten hatten dieses Deck bei ihrer Durchsuchung nicht verschont. Mustang sah vorsichtig in den ersten Raum und entdeckte Kleidung auf dem Boden verstreut und umgeworfene Möbel.

Als sie den letzten Raum erreichten, war Mustang froh, dass Rachel nicht sehen konnte, was er durch seine Nachtsichtbrille sah.

Ihr Zimmer war ebenfalls durchwühlt worden – aber ihre Unterwäsche und ihre BHs lagen auf ihrem Bett, als hätte sie jemand zur Begutachtung dort ausgebreitet. Sie wussten jetzt, dass eine Frau an Bord war. Aber Mustang war sich nicht sicher, ob Rachel ein Ziel war oder nicht.

»Das ist mein Zimmer«, sagte Rachel leise. »Sieht es genauso schlimm aus wie die anderen Räume?«

»Sie haben es auch durchsucht, wenn du das meinst«, erklärte Mustang.

»Aha.«

Ihr Tonfall war ... merkwürdig. Sie klang verärgert, was nicht ungewöhnlich war. Wenn jemand ausgeraubt wurde, fühlte es sich manchmal an wie eine körperliche Verletzung. Als er sich zu ihr umdrehte, starrte sie mit großen Augen in die Leere und biss sich wieder auf die Lippe.

Er wollte sie fragen, ob sie besorgt darüber war, dass etwas Besonderes aus ihrem Raum gestohlen worden war, aber jetzt war nicht der richtige Zeitpunkt dafür. Sie mussten weitergehen.

Mustang hörte, wie Slate dem Team über Funk mitteilte, dass der erste Verstärkungstrupp in ungefähr dreißig Minuten das Schiff erreichen würde. Zuvor hatte er erklärt, dass sich die Verstärkung verzögerte, weil mehrere Boote mit Dschibuti-Nationalisten auf dem Weg zur *Asaka Express* abgefangen werden mussten. Sie hatten behauptet, Fischer zu sein. Die US-Beamten hatten jedoch Unmengen an Waffen und lange Leitern mit Enterhaken an Bord der Boote gefunden und daraus geschlossen, dass es sich um Landsleute der Piraten handelte, die gekommen waren, um die Wertsachen von dem Frachter abzutransportieren.

Sie sicherten gerade den letzten dieser Männer. Um das Containerschiff herum befand sich jetzt eine wahre Flotte der US-Navy, sodass sie sich keine Sorgen mehr machen mussten, dass weitere Piraten an Bord kamen. Sie mussten aber immer noch die Männer finden und eliminieren, die sich noch auf dem Schiff versteckt hielten.

»Das Schiff nähert sich gefährlich seichten Gewässern«,

informierte Slate alle. »Wir müssen den Strom wieder einschalten. Unter dem ersten Verstärkungsteam sollte sich ein Kapitän befinden, aber wir müssen die Kommunikation mit dem Maschinenraum wiederherstellen, um das Schiff aus der Gefahrenzone zu bringen.«

»Verstanden«, antwortete Midas leise. »Wir sind zwei Minuten vom Maschinenraum entfernt. Haltet euch bereit.«

»Passt auf euch auf«, mischte Pid sich ein. »Ich habe einen Mann auf den Außendecks entdeckt. Er war mehr an dem interessiert, was sich in dem Container befand, den er geöffnet hatte, als daran, dass jemand sich anschleichen könnte. Sobald er mich bemerkt hatte, hat er aber geschossen. Es war natürlich zu spät. Aber diese Jungs schießen zuerst und stellen hinterher die Fragen.«

»Verstanden«, sagte Mustang. »Haben wir eine Vorstellung, nach wie vielen Männern wir noch suchen?«

»Nein«, sagte Jag.

»Verdammt«, murmelte Midas.

Rachel konnte nur ihre Seite des Gesprächs hören, weil sie kein Funkgerät im Ohr hatte, aber sie schwieg und bat nicht um weitere Informationen. Mustangs Respekt für sie wuchs.

Er drehte den Kopf und fragte: »Bereit, Rachel?«

Als sie nicht reagierte, fast als hätte sie ihn nicht gehört, dachte Mustang über die Personalakte nach, die ihr Arbeitgeber über sie angefertigt hatte ... und wie unstimmig alles ausgesehen hatte. Es wurde immer offensichtlicher, dass Rachel nicht ihr echter Name war. Besonders wenn sie nicht darauf reagierte, wenn sie angesprochen wurde.

Er griff nach hinten und berührte sie am Arm. Sie zuckte zusammen, als wäre seine Hand ein Elektroschocker.

»Tut mir leid. Ich wollte dich nicht erschrecken. Bist du bereit?«, fragte er erneut. »Es ist noch nicht zu spät, zur Brücke zu gehen. Die Außendecks sind sicher und du solltest ohne Zwischenfälle hochkommen können.«

»Ich bin bereit und nein, ich bleibe bei euch«, sagte sie leise, aber entschlossen.

Es war ein Fehler, aber Mustang war nicht bereit, sie gehen zu lassen. Etwas sagte ihm, sie lag richtig damit, dass der sicherste Ort für sie bei ihm war. Besonders nachdem er ihr Zimmer gesehen hatte. Er wollte nicht, dass die Piraten sie in die Hände bekamen.

»Wenn du nicht genau das tust, was wir sagen, könntest du uns alle damit umbringen«, sagte Midas zu ihr.

»Ich weiß. Ich werde genau tun, was ihr sagt«, versprach sie.

»Und wenn wir dir sagen, du sollst jetzt nach oben gehen?«, fragte Midas.

Mustang blickte zurück und sah, dass Rachel die Nase rümpfte, bevor sie seufzte. »Ich würde gehen, wenn ihr mich dazu zwingt«, sagte sie nach einem Moment.

Mustang sah zu Midas hinüber und sie starrten sich einen Moment lang an. Sie arbeiteten schon lange genug zusammen, um zu wissen, was der andere dachte. Midas zuckte schließlich die Achseln, hob seine Hand in die Luft und machte eine kreisende Bewegung mit seinem Finger ... im Wesentlichen sagte er: »Lasst uns weitergehen.«

Mustang nickte seinem Teamkameraden zu und wandte sich dann wieder an Rachel. Besorgt starrte sie in die Richtung, von der sie dachte, seinen Kopf zu sehen. Er wollte die Sorgenfalten auf ihrer Stirn lindern und ihr sagen, dass alles in Ordnung kommen würde, aber er wusste, dass sie wirklich weitergehen mussten. Die Situation würde noch brenzliger werden, sollte das Schiff auf einem Riff oder sogar vor der Küste von Dschibuti auf Grund laufen.

Der Maschinenraum musste gesichert werden, damit sie zur *USS Paul Hamilton* zurückkehren und die Mitarbeiter der *Asaka Express* mit ihrem Leben weitermachen konnten. Sie mussten Leichen zusammentragen und die Reederei musste sich um die Überführung ihrer Mitarbeiter zurück in die Vereinigten Staaten kümmern.

Mit anderen Worten ... sie hatten keine Zeit, in einem dunklen Flur zu stehen und eine Frau anzustarren, die ihn verdammt noch mal faszinierte.

»Bleib in meiner Nähe«, sagte Mustang zu Rachel. »Und sei so leise, wie du kannst.«

Sie nickte, offensichtlich erleichtert, dass sie nicht gehen musste.

Midas ging an ihnen vorbei und schlich den Flur entlang, über den sie gekommen waren. Sie mussten den Maschinenraum erreichen.

Die nächsten paar Minuten waren angespannt, als das Trio die Treppe hinunterging und den riesigen Maschinenraum betrat. Überall waren Schächte und Rohre. Die Beleuchtung war unheimlich durch die hier und da angebrachten Notlichter, die einen Teil des Raumes beleuchteten und andere Bereiche im Schatten ließen. Das Notlicht machte die Nachtsichtbrillen unbrauchbar und Mustang und Midas mussten sie abnehmen.

Einen Moment lang standen sie an der Wand mit Blick auf die Motoren und warteten darauf, dass ihre Augen sich anpassten. Rachel sagte die ganze Zeit über kein einziges Wort.

Mustang studierte die Lage. Von der Ebene, auf der sie standen, verlief ein Laufsteg über die riesigen Decks darunter, der offensichtlich so gebaut war, dass die Arbeiter leichten Zugang zu den Schächten und Rohren hatten.

Über das Geländer konnten sie vier Decks nach unten bis zum Boden sehen. Laut Rachel gab es in den unteren drei Decks weitere Flure und Räume mit Maschinen und Behältern für Müll, Wasser, Öl, Treibstoff und alles, was an Ausrüstung für ein Containerschiff notwendig war. Es war ein Ding der Unmöglichkeit, diesen riesigen Bereich zu durchsuchen. Je länger Mustang dort stand, desto klarer wurde ihm, dass sie Hilfe brauchten. Sie konnten den Maschinenraum oberflächlich durchsuchen, aber für eine intensive Suche würden sie Unterstützung brauchen.

»Scheiße«, murmelte er.

»Wir brauchen Verstärkung«, stimmte Midas zu. »Und jeder Schuss hier drinnen ist verdammt gefährlich.«

Mustang nickte. »Komm nicht zu nahe an das Geländer. Wenn jemand dort unten steht, könnte er uns sehen und schießen.«

Midas nickte. »Wir werden den Bereich soweit durchsuchen, wie wir können. Vielleicht finden wir einige der vermissten Männer. Dann warten wir auf Verstärkung.«

Mustang wusste, dass Midas mehr zu dem Rest des Teams sprach, als er erklärte, was sie tun würden. Somit wussten alle Bescheid. Er hatte gehofft, dass sie es allein schaffen könnten, aber die Baupläne hatten nicht vermittelt, wie groß dieser Raum tatsächlich war und wie viele Schlupfwinkel es gab, wo sich jemand verstecken konnte.

Dicht an die Wand gepresst gingen die drei um den Raum herum, wobei sie darauf achteten, sich vom Geländer fernzuhalten. Auf der linken Seite fanden sie einen Raum mit Rohren, die in alle Richtungen führten. Daneben gab es einen kleinen Kontrollraum, dessen Tür weit offen stand. Es gab nur ein Notlicht in der Decke, das durch die erzeugten Schatten mehr verbarg als beleuchtete.

»Bleib, wo du bist«, befahl Mustang Rachel.

Er spürte, wie sie mit ihren Fingern für eine Sekunde an seiner Gürtelschlaufe zog, bevor sie nickte und ihn losließ. Sie zog das Gewehr nach vorne, das hinter ihrem Rücken hing, und hielt es bereit. Sie hätte verdammt süß ausgesehen, wenn die Waffe nicht geladen und scharf gewesen wäre und sie nicht Teil eines tödlichen Versteckspiels gewesen wäre.

Er nickte Midas zu und sie trennten sich, als sie den Raum betraten. Ihre Suche führte weder zu Piraten noch zu Schiffsangestellten, also gingen sie weiter in den nächsten Raum, der abseits des Hauptteils des Maschinenraums lag, in dem sie Rachel zurückgelassen hatten.

Ihre Suche führte sie weiter in den nächsten Raum und

dann in einen letzten kleinen Raum am Ende des Decks. Dort fanden sie schließlich eines der Besatzungsmitglieder. Der Mann hatte sich hinter einem der großen Schächte verkrochen.

»US Navy«, sagte Midas.

»Oh, Gott sei Dank!«, entgegnete der Mann.

»Wie heißen Sie und was ist Ihre Position auf dem Schiff?«, fragte Mustang.

»Ich bin Manuel, der zweite Koch.«

Mustang war froh, den Mann lebend und gesund zu sehen, aber er hatte gehofft, einen der Ingenieure zu finden.

»Ich hatte zu viel Angst, um weiter runter in den Maschinenraum zu gehen, als uns mitgeteilt wurde, dass das Schiff gekapert wurde«, erklärte der Mann. »Ist es sicher, wieder nach oben zu gehen?«

»Nein, noch nicht. Wir empfehlen Ihnen, sich weiterhin zu verstecken. Unser Team markiert Ihren Standort. Wir werden eine Durchsage machen, wenn es sicher ist«, sagte Midas.

»Okay«, stimmte Manuel zu. »Oh, haben Sie Rachel gefunden? Sie ist die Köchin und sie hat sich in der Kombüse versteckt.«

»Wir haben sie gefunden«, sagte Mustang zu dem Mann, ohne näher darauf einzugehen.

Dieser seufzte erleichtert. »Gut.«

»Bleiben Sie in Ihrem Versteck«, sagte Mustang noch einmal und sah zu, wie Rachels Helfer hinter den Schacht zurückrutschte.

Midas und Mustang gingen durch die Nebenräume zurück in den Maschinenraum. Rachel stand immer noch genau dort, wo sie sie zurückgelassen hatten, mit dem Gewehr in der Hand, großen Augen und entschlossen zusammengepressten Lippen.

»Habt ihr jemanden gefunden?«, flüsterte sie in einem so leisen Ton, dass Mustang sie fast nicht hören konnte.

»Ja, Manuel.«

»Geht es ihm gut?«

»Ja, er hat Angst, aber er hat sich gut versteckt.«

»Gott sei Dank.«

Mustang griff nach Rachels Hand und legte sie wieder an seine Gürtelschlaufe. Ohne ein Wort gingen sie weiter um den riesigen Maschinenraum herum zu den nächsten Räumen.

Schnell durchsuchten sie den ersten Stock und alle Räume, so gut sie konnten, bevor sie sich auf die nächste Ebene begaben. Der Lärm wurde immer lauter, als sie nach unten gingen. Der Strom und der Motor waren zwar aus, aber die Pumpen und andere Maschinen liefen noch. Je weiter sie nach unten gelangten, desto höher wurde auch die Temperatur.

Nachdem Midas und Mustang die drei Ebenen über dem Boden des Maschinenraums vorläufig geräumt hatten, standen sie vor der Entscheidung, ob sie fortfahren oder auf Verstärkung warten sollten. Sie würden nicht so gründlich vorgehen können, wie sie wollten, aber die Nachhut könnte eine intensivere Suche durchführen, sobald sie eintraf und die Lichter wieder eingeschaltet waren.

Sie hatten weitere vier Angestellte gefunden, die sich in verschiedenen Räumen in den oberen drei Decks versteckt hielten. Damit verblieben noch zu viele Crewmitglieder unentdeckt. Mustang musste unbedingt vermeiden, womöglich von einem der Mitarbeiter angegriffen zu werden, sollte dieser ihn und Midas für Piraten halten. Ganz zu schweigen davon, dass sie noch keinen der Piraten gefunden hatten.

Für eine Sekunde fragte Mustang sich, ob sie vielleicht nach Gespenstern suchten und es keine weiteren Piraten mehr gab. Aber er lehnte diesen Gedanken sofort ab. Sie hatten die Aufzeichnungen von der Brücke gehört und es wurde geschätzt, dass mindestens sechs Männer an Bord des Schiffes gekommen waren. Das bedeutete, dass sie noch mindestens drei weitere Piraten finden mussten.

Er und Midas standen am Fuß der Treppe, die zu den oberen Decks führte. Hinter ihnen befand sich eine halbhohe Trennwand mit drei großen Lagertanks dahinter. Er nickte Midas zu und sein Teamkamerad sicherte schnell diesen

Bereich. Als er wiederkam, wandte Mustang sich an Rachel. »Bleib hier. Wir sind gleich zurück.«

Sie öffnete den Mund, um zu protestieren, presste dann aber die Lippen zusammen und nickte.

Er wollte sie beruhigen und ihr versichern, dass es ihnen gut gehen wird, dass es ihr gut gehen wird, aber es war keine Zeit dafür. Er nahm sie am Arm und führte sie zu der Trennwand, dann drückte er sie sanft runter. Dort wäre sie für den Moment sicher. Davon musste er ausgehen, sonst würde er sie niemals verlassen können. Er konnte sie bei der Suche, die Midas und er hier unten durchführen mussten, aber nicht mitnehmen.

Sie sah zu ihm auf und obwohl sie im Schatten saß, konnte er die Angst in ihren Augen sehen. Eine Haarsträhne klebte auf ihrer Stirn und bevor er darüber nachdachte, was er tat, streckte Mustang die Hand aus und strich sie sanft zurück. Dann richtete er sich wortlos auf und kehrte zu Midas zurück.

»Wie lange dauert es noch, bis Verstärkung eintrifft?«, fragte Mustang seine anderen Teamkameraden.

»Weniger als fünf Minuten«, antwortete Aleck.

»Wir können jetzt runterkommen und helfen, bevor die anderen eintreffen«, bot Jag an.

»Nein, wir brauchen euch dort oben, falls die Ratten versuchen, vom Schiff zu fliehen«, erwiderte Mustang leise. »Wir werden uns kurz umschauen und dann auf die Verstärkung warten.«

»Seid vorsichtig«, sagte Slate.

Mustang nickte Midas zu und mit einem letzten Gedanken an die mutige Frau hinter der Trennwand machten sie sich auf den Weg, um die Piraten zu finden.

<hr>

Elodie blieb hinter der Trennwand versteckt und hielt das Gewehr fest in den Händen. Sie wagte es nicht, ihren Finger auch nur in die Nähe des Abzugs zu legen. Sie war nervös und hatte Todesangst und sie wollte nicht versehentlich das verdammte Ding abfeuern.

Sie hatte protestieren wollen, als Scott und sein Teamkamerad sie gebeten hatten, sich hier zu verstecken, aber sie hatte ihnen versprochen, zu tun, was sie sagten. Der Gedanke, im Maschinenraum herumzuschleichen, stand davon abgesehen nicht besonders weit oben auf der Liste ihrer Lieblingsbeschäftigungen.

Also blieb sie, wo sie war, und betete, dass die SEALs entweder die Piraten finden würden oder dass Verstärkung eintreffen würde, damit sie von dort verschwinden konnte.

Elodie fragte sich, was ihre nächsten Schritte sein würden. Sie hatte diesen Job angenommen, weil es sicherer schien, als in den USA zu bleiben. Sie hatte versucht, Paul Columbus einen Schritt voraus zu sein. Sie hatte über Piraten gelesen, aber es schien so unwahrscheinlich, dass eine Situation wie diese tatsächlich eintrat. In letzter Zeit hatte sie von keinen neuen Angriffen gehört.

Sie hatte versucht unterzutauchen und war nun doch irgendwie im Rampenlicht geendet. Diese Entführung würde für viel Aufsehen sorgen, dessen war sie sich sicher. In allen Medien würde darüber berichtet werden, dass der Kapitän und die Offiziere getötet wurden. Und allein die Tatsache, dass sie eine Frau war, wäre für die Reporter Sensation genug, um sie vor die Kamera zu bekommen.

Das durfte sie nicht zulassen. Wenn auch nur ein einziges Bild von ihr veröffentlicht würde, wäre sie so gut wie tot.

Könnte sie sich im Sudan vielleicht vom Schiff schleichen und untertauchen? Scheiße, sie hatte keine Ahnung, ob das Schiff überhaupt nach Bur Sudan weiterfahren würde. Sie hatte auch nichts sehen können, als sie vor ihrem Zimmer gestanden hatten. Aber so, wie Scott sich angespannt hatte, musste es übel ausgesehen haben. Sie fragte sich, ob die Piraten ihren echten Ausweis, den sie in einem der Luftschächte versteckt hatte, gefunden hatten. Es war dumm von ihr gewesen, ihn überhaupt mitzubringen. Das erkannte sie jetzt. Hatte Scott ihn gesehen? War er deshalb angespannt gewesen?

Sie hatte das Gefühl, dass den SEALs nicht viel entging. Sie wusste auch, dass sie mindestens einmal nicht auf ihren Namen reagiert hatte. Hatten sie bereits den Verdacht, dass sie nicht die war, für die sie sich ausgab? Würden sie ihre Deckung hochgehen lassen?

Vielleicht würde sie in Gewahrsam genommen werden, sobald die Navy an Bord kam. Vielleicht würden alle überlebenden Besatzungsmitglieder vom Schiff für ein Verhör mitgenommen werden. Elodie hatte keine Ahnung, was passieren würde, nachdem alle Piraten gefangen genommen oder getötet worden waren. Aber sie hatte das Gefühl, dass es ihr Leben noch einmal auf den Kopf stellen würde.

Seufzend lehnte sie den Kopf an die Wand und schloss die Augen. Es war kaum zu glauben, dass vor ein paar Tagen ihre größte Sorge gewesen war, was sie zum Abendessen zubereiten und wie sie Valentino davon überzeugen sollte, dass sie nicht mit ihm schlafen wollte.

Sie war so in Gedanken verloren, dass sie nicht darauf achtete, was um sie herum geschah. Das Summen der Maschinen, die Hitze des Raumes und der Stress machten sie tatsächlich schläfrig. Wenn man bedachte, dass sie mitten in der Nacht aufgeweckt worden war, nur um zu erfahren, dass ihr Schiff gekapert wurde, war es kein Wunder, das sie erschöpft war, nachdem sie den ganzen Tag wach gewesen war und versucht hatte, sich zu verstecken.

Ein Geräusch in der Nähe riss sie plötzlich aus den Gedanken.

Sie rutschte weiter hinter die Wand und zog sich dann hinter einen der großen Lagertanks zurück. Sie spähte dahinter hervor und hielt das Gewehr bereit. Sie versuchte, sich einzureden, dass es wahrscheinlich Scott und Midas waren, die von ihrer Patrouille zurückkamen, aber ihr sträubten sich die Nackenhaare und sie glaubte ehrlich gesagt nicht, dass sie so schnell wieder da wären.

Als Elodie versuchte, ihre Atmung zu verlangsamen, weiteten sich ihre Pupillen, als sie sah, wie eine dunkle Gestalt die Treppe hinunterkroch, die sie vor nicht allzu langer Zeit selbst mit Scott und Midas heruntergekommen war. Er gehörte nicht zur Mannschaft, das erkannte sie sofort. Er trug ein schwarzes T-Shirt, zerrissene dunkle Shorts und Flipflops. Auf dem Schiff mussten alle geschlossene Schuhe tragen, wenn sie sich außerhalb ihrer Zimmer aufhielten.

Sie hatte diesen Mann noch nie zuvor gesehen und ihr Adrenalinspiegel schoss in die Höhe.

Er drehte sich in die Richtung, in die Scott und Midas gegangen waren, aber anstatt ihnen zu folgen, versteckte er sich hinter der Trennwand, hinter der sie noch vor dreißig Sekunden gekauert hatte. Wenn sie sich nicht bewegt hätte, wäre er ihr direkt in die Arme gelaufen.

Elodies Herz raste und sie wusste nicht, was sie tun sollte. Sollte sie ihn erschießen? Der Gedanke war abstoßend. Sie hatte noch nie in ihrem Leben jemanden verletzt und wollte auch jetzt nicht damit anfangen. Aber wenn Scott zurückkam, würde er direkt auf die Stelle zugehen, wo der Pirat sich versteckt hatte, und erschossen werden, bevor er die Chance hätte, sich zu verteidigen.

Schweiß lief ihr über die Schläfen, aber sie wagte es nicht, ihn wegzuwischen. Sie wollte nicht auf sich aufmerksam machen. Der Gestank des Körpers des Mannes drang bis in Elodies Versteck und ihr wurde übel.

Einige Minuten vergingen und Elodie dachte, sie würde bald einen Herzinfarkt bekommen.

Dann bewegte sich der Mann und hob sein Gewehr.

Elodie schaute, wohin er zielte, und sah Bewegungen. Scott und Midas kehrten zurück – und sie hatten keine Ahnung, dass sie gleich erschossen werden würden.

Elodie schluckte schwer und bewegte sich, ohne länger nachzudenken. Sie ging auf die Knie und legte ihr Gewehr an.

Sie musste ein Geräusch gemacht haben, denn der Mann drehte den Kopf herum ... und sah ihr direkt in die Augen.

Seine Pupillen weiteten sich, wahrscheinlich weil er bemerkt hatte, wie nahe sie ihm die ganze Zeit gewesen war. Er schwang sein Gewehr herum, um es auf sie zu richten ...

Elodie drückte den Abzug ihrer Waffe, bevor er die Bewegung beenden konnte.

Das Geräusch des Gewehrfeuers war überraschend laut und Elodie zuckte zusammen, aber sie drückte den Abzug noch zweimal, fast ohne nachzudenken.

Der Mann, der darauf gewartet hatte, Scott und Midas zu überfallen, sah auf seine Brust hinunter und sackte dann auf dem Boden zusammen.

Elodie keuchte, als hätte sie gerade einen Hundertmetersprint absolviert. Sie konnte den Blick nicht von dem Mann abwenden, den sie gerade erschossen hatte. Eine Blutlache breitete sich um seinen Körper aus und sie musste würgen.

»Rachel!«

Elodie sah auf und entdeckte Scott, der neben ihr kniete. Sie hatte keine Ahnung, wie lange er schon dort war oder wie oft er ihren Namen gesagt hatte, bevor sie gemerkt hatte, dass er mit ihr sprach. Ihre Ohren klingelten leicht. Midas stand mit seiner Waffe in der Nähe der Treppe.

»Wir müssen hier raus«, sagte Scott dringend.

»Er ist von dort oben gekommen«, sagte Elodie hölzern und schaute auf die Treppe und das Deck über ihnen.

»Scheiße, alles klar. Er muss herumgeschlichen sein und wir haben ihn bei unserer Suche übersehen«, sagte Scott.

»Er wollte euch erschießen«, erklärte Elodie.

»Ich weiß.«

»Er hat auf euch gewartet.«

»Du hast uns das Leben gerettet. Danke«, entgegnete Scott.

Elodie bemerkte, dass sie das Gewehr immer noch fest

umklammerte. Sie wollte gleichgültig über das hinwegsehen, was sie gerade getan hatte, aber sie konnte es nicht.

»Komm schon, wir müssen dich hier rausbringen«, schlug Scott vor, packte sie am Ellbogen und zog sie hoch. »Wir haben ein paar der Ingenieure gefunden. Sie sind bereit, den Strom wieder einzuschalten, wenn wir ihnen das Signal dafür geben. Aber wir müssen warten, bis die Verstärkung hier ist, damit wir die Besatzungsmitglieder beschützen können, wenn sie zu ihren Stationen gehen, um das Schiff wieder funktionsfähig zu machen.«

Elodie hörte die Worte kaum.

»Rachel? Hörst du mich?«

»Hä?«

»Sie steht unter Schock«, sagte Midas aus der Nähe.

»Ich weiß«, sagte Scott zu seinem Freund. »Ich hätte sie oben lassen sollen.«

Elodie konzentrierte sich dann auf ihn. »Aber dann wärst du erschossen worden.«

»Vielleicht«, sagte Scott. »Komm schon, die Ingenieure haben uns im hinteren Bereich eine Nottreppe gezeigt, über die wir zur Vorderseite des Schiffes und dann zur Brücke gelangen können.«

Elodie fiel etwas anderes ein. »Wenn ich nicht hier wäre, hättest du nicht für mich zurückkommen müssen ... dann wärst du gar nicht erst in Gefahr gewesen.«

Scott beugte sich vor und nahm ihr Gesicht zwischen seine Hände. Er neigte ihren Kopf, sodass sie keine andere Wahl hatte, als ihn anzusehen. Sein Gesicht schimmerte vor Schweiß und sie konnte deutlich seinen Bart sehen. Der Bart reichte ihm fast bis zur Brust, war aber weder zottelig noch ungepflegt.

Sie hatte plötzlich das Bedürfnis, mit den Fingern über das Barthaar zu fahren, um zu fühlen, ob es weich oder rau war. Sie war noch nie jemandem mit einem so langen Bart so nahe gewesen. Eine tiefe Falte entstand zwischen Scotts Augenbrauen, als er die Stirn runzelte.

Ehrlich gesagt war dieser Mann wunderschön. Es war ein Schock, das erst jetzt zu erkennen, nachdem sie den ganzen Tag mit ihm gesprochen hatte und ihm dann im Dunkeln gefolgt war.

»Du hattest recht. Der sicherste Ort für dich war an unserer Seite. Die Tatsache, dass dieser Typ sich irgendwie hinter uns auf die Lauer legen konnte, ist der Beweis. Du hättest auf dem Weg zur Brücke auf ihn treffen können. Ich weiß, es war schwer, ihn zu erschießen, aber du hast uns gerettet, und wir stehen für immer in deiner Schuld, in Ordnung?«

Sie nickte. Was konnte sie auch sonst tun?

»Wir müssen weiter«, sagte Midas.

Ohne ein weiteres Wort ergriff Scott Elodies Hand und zog sie hinter sich, als er um den Toten auf dem Boden herum zurück in den Maschinenraum ging.

Elodie hielt seine Hand fest und war sich der Tatsache bewusst, dass er sie nicht gebeten hatte, sich an seiner Gürtelschlaufe festzuhalten. Sie ging jetzt zwischen Scott und seinem Teamkameraden und sie schlängelten sich schnell um die Pumpen und Rohre herum. Sie kamen zu einer Tür, die nur halb so groß war wie die normalen Türen auf dem Schiff. Sie musste auf die Knie gehen, um durchzukommen. Auf der anderen Seite sah sie keine Treppe, sondern Metallsprossen wie von einer Leiter.

Eine Bewegung an ihrer rechten Seite erschreckte sie so sehr, dass sie aufschreckte und nach dem Gewehr griff, das wieder hinter ihrem Rücken hing. Aber Midas packte sie am Arm und hinderte sie daran, es nach vorne zu ziehen.

»Es ist okay, das sind die Guten.«

Elodie konzentrierte sich auf die dunklen Gestalten und erkannte, dass es sich um Troy, Ari und Pablo handelte.

Sie konnte ihre Reaktion nicht unterdrücken und stürzte sich auf sie und umarmte jeden Mann heftig. »Gott sei Dank, ihr seid in Ordnung!«, entfuhr es ihr.

»Wir sind auch froh, dich zu sehen«, entgegnete Troy.

»Was ist mit den anderen?«, fragte sie.

»Sie sind irgendwo hier versteckt«, erklärte Ari vage. »Wir haben es geschafft, einen der Piraten auszuschalten, aber die anderen sind seitdem viel vorsichtiger.«

»Rachel hat vor ein paar Minuten einen weiteren erledigt«, sagte Midas und Elodie hätte schwören können, Stolz in seiner Stimme zu hören. Aber sie wollte jetzt nicht darüber nachdenken, was sie getan hatte.

»Also, das heißt, es sind noch zwei oder drei übrig?«, fragte Pablo.

»Vielleicht auch nur einer«, sagte Scott.

»Stimmt es, dass sie den Kapitän getötet haben?«, fragte Troy.

Elodie nickte. »Und den Rest der Offiziere, die mit ihm auf der Brücke waren.«

»Verdammt.«

»Ja.«

»Ich muss Rachel nach oben bringen«, sagte Scott und unterbrach sie.

»Richtig, Entschuldigung«, sagte Troy.

»Wir dürfen nicht leichtfertig werden«, befahl Midas. »Selbst wenn nur noch ein Mann übrig ist, wird er verzweifelt sein. Wartet auf unser Signal, das Licht wieder einzuschalten, und bleibt in eurem Versteck. Bald wird es hier von den guten Leuten nur so wimmeln und der Spuk wird ein Ende haben.«

Die drei Männer nickten und verschwanden in den Schatten.

»Ich gehe zuerst«, erklärte Midas.

»Wir sind direkt hinter dir«, sagte Scott zu seinem Teamkameraden.

Elodie sah zu, wie Midas auf die Knie ging und sich irgendwie durch die Luke quetschte.

»Jetzt du«, sagte Scott.

Sie sah ihn überrascht an. »Ich? Ich dachte, ich gehe zuletzt.«

»Nein, ich halte dir den Rücken frei.«

»Aber wer hält deinen frei?«

Dann lächelte er sie an und sie hätte schwören können, dass er sich ein wenig zu ihr vorbeugte, bevor er sagte: »Ich denke, du hast bereits bewiesen, dass du das tust. Jetzt los! Midas wartet.«

Elodie dachte nicht zu viel über seine Worte nach und wie gut sie sich anhörten, rutschte durch die kleine Luke und stieg nach oben. Sie atmete die frische Luft ein, als sie auf halber Höhe war, und kletterte dadurch schneller. Sie hörte, wie Midas den Riegel öffnete, und bevor sie sich versah, zog er sie hoch und sie stand auf dem offenen Deck.

Draußen war es noch dunkel, aber der Wind und der Geruch der salzigen Seeluft waren noch nie so einladend gewesen wie in diesem Augenblick. Sie hatte nicht bemerkt, wie stickig es unten in der Kombüse und im Maschinenraum gewesen war.

Sie hörte etwas und drehte sich alarmiert um. Als sie vier Männer auf sich zukommen sah, die genauso gekleidet waren wie Midas und Scott, entspannte sie sich.

»Die Brücke ist gesichert.«

»Zwei Dutzend unserer Männer sind bereits an Bord und weitere Verstärkung ist unterwegs.«

»Schön, euch beide zu sehen.«

Elodie hörte dem Austausch aufmerksam zu. Es schien, als würde die Navy keine Spielchen treiben. Wenn sie sagte, sie schickt Hilfe, dann schickte sie wirklich Hilfe.

»Irgendwo unter Deck versteckt sich mindestens noch ein Pirat«, informierte Midas den Rest des Teams.

»Ich habe gehört, dass sie sich um einen von ihnen gekümmert hat«, sagte einer der Neuankömmlinge.

Elodie fühlte sich unbehaglich und fehl am Platz und hielt den Mund, als die anderen sie anstarrten.

»Hat sie. Sie hat uns die Ärsche gerettet. Er hatte sich da versteckt, wo wir Rachel zurückgelassen hatten, und wir wären ihm direkt in die Arme gelaufen, wenn sie ihn nicht ausgeschaltet hätte. Männer, das ist Rachel. Rachel, das ist der Rest meines Teams. Aleck, Pid, Jag und Slate.«

Elodie nickte den Männern zu. Sie standen direkt unter einem der Notlichter. Um sie herum befanden sich große hydraulische Winden und die Container waren bis hoch über ihre Köpfe gestapelt. Sie war öfter hier oben gewesen, als sie sich erinnern konnte, aber niemals nachts und niemals nur bei Notbeleuchtung. Es schien unwirklich, wie auf einem anderen Planeten.

Besonders weil sie hier mit diesen sechs Männern zusammenstand, die sie alle ansahen, als wäre sie etwas Besonderes.

Es war schwer, sie auseinanderzuhalten, da sie alle schwarze Kleidung und kugelsichere Westen trugen. Scott war der einzige mit Vollbart. Es gefiel ihr, wie er sich dadurch vom Rest des Teams abhob.

Elodie mochte es nicht wirklich, im Mittelpunkt der Aufmerksamkeit zu stehen, und sagte leise: »Hallo.«

Alle sechs Männer grinsten sie an und sie hatte sofort das Gefühl, dass sie ihr etwas verheimlichten.

»Sie sieht gar nicht so aus, als wäre sie in der Lage gewesen, eure Haut zu retten«, stellte Slate fest.

Elodie konnte nicht anders, als die Stirn zu runzeln.

Die anderen lachten in sich hinein.

»Ist sie bereit?«, fragte eine Stimme hinter ihr.

Wieder erschrak Elodie. Sie glaubte, dass sie nach dieser Erfahrung für immer ein Problem haben würde, wenn sich jemand an sie heranschlich. Sie drehte sich um und entdeckte eine weitere Gruppe von Männern, die auf dem Achterdeck stand.

»Ja«, antwortete Scott für sie.

»Bereit wofür?«, fragte Elodie.

»Rocco und sein SEAL-Team werden dich auf die Brücke begleiten, wo du in Sicherheit bist, während wir wieder unter

Deck gehen, um das Schiff ein für alle Mal zu sichern«, sagte Scott.

Elodie sah von Scott zu den anderen Männern und dann zurück zu Scott. »Du gehst wieder runter?«

»Ja, wir müssen das zu Ende bringen.«

Sie starrten sich einen Moment lang an. Elodie wollte ihn bitten, nicht zu gehen, sie wollte ihm sagen, dass er hierbleiben und das andere SEAL-Team den letzten Terroristen jagen lassen sollte, aber das wäre nicht angemessen gewesen ... und nicht fair, dass sich lieber die Männer, die sie nicht kannte, in Gefahr bringen sollten als Scott und sein Team.

Scott trat einen Schritt näher und schien unter vier Augen mit ihr reden zu wollen. »Du wirst bei ihnen sicher sein«, sagte er zu ihr. »Sie gehören zu den besten Teams der Navy und sind in Kalifornien stationiert. Sie werden nicht zulassen, dass dir etwas passiert.«

»Kommst du auch von dort?«, fragte sie, wissentlich, dass sie absichtlich versuchte, das Unvermeidliche hinauszuzögern.

Scott lächelte. »Nein, mein Team und ich sind in Hawaii stationiert, in Honolulu.«

»Dort wollte ich schon immer einmal hin. Ich wette, es ist sehr schön dort.«

»Es ist Hawaii, Rachel, natürlich ist es schön dort.« Er grinste breit.

Als sie den falschen Namen aus seinem Mund hörte, kehrte Elodie in die Gegenwart zurück. Was machte sie hier? Mit dem Mann flirten? Mitten in einer Entführung? Nichts durfte zwischen ihnen passieren. Sie war auf der Flucht und er war ein angesehener Navy SEAL.

Sie trat einen Schritt zurück. »Gut, ich bin bereit. Je schneller ihr die Piraten findet, desto eher können wir alle mit unserem Leben weitermachen.«

Sie hasste den Ausdruck der Enttäuschung auf Scotts Gesicht, aber sie ignorierte ihn, schenkte ihm ein kleines Lächeln und winkte seinen Teamkameraden zu, die hinter ihm standen. Dann drehte sie ihnen den Rücken zu und machte sich auf den Weg zu dem anderen SEAL-Team.

»Rachel ...«

»Rachel!«

Wieder erinnerte Elodie sich zu spät, dass das der Name war, auf den sie hören sollte, und sie drehte sich um. Scott runzelte die Stirn, aber als er sah, dass er ihre Aufmerksamkeit hatte, sagte er: »Ich werde dafür sorgen, dass es dir gut geht, bevor wir aufbrechen.«

Sie wollte ihm danken und aufgrund ihrer offensichtlichen Erleichterung lächeln, aber je früher sie es in ihren Dickschädel bekam, dass sie dazu bestimmt war, allein zu sein, desto besser. Sie würde niemanden in dieses Chaos mit hineinziehen, das ihr Leben war. Sie würde niemanden in Gefahr bringen. Paul Columbus würde sie eines Tages finden und töten. Das wusste sie mit Sicherheit.

Also nickte sie nur und drehte Scott wieder den Rücken zu, als sie sich dem zweiten SEAL-Team anschloss. Die Männer nahmen sie in ihre Mitte und begannen den langen Weg über das Deck zur Brücke.

KAPITEL FÜNF

Mustang wusste es zu schätzen, dass sein Team das kurze Gespräch mit Rachel ignorierte. Er wusste, dass die anderen jedes Wort über die Funkgeräte mitgehört hatten, aber das war ihm egal. Natürlich hatten sie keine Intimitäten ausgetauscht, aber er konnte nicht leugnen, dass es ihm gefiel, dass sie mehr über ihn wissen wollte. Ihr zu erzählen, dass er in Hawaii stationiert war, war nicht gerade ein Staatsgeheimnis, aber es gab ihm ein gutes Gefühl, dass sie interessiert war.

Aber dann schien sie sich verschlossen zu haben. Er hatte gesehen, wie alle Emotionen von ihrem Gesicht gewichen waren, als hätte er etwas Beleidigendes gesagt. Er zermarterte sich das Gehirn, um herauszufinden, was er Falsches gesagt oder getan hatte, aber er kam nicht darauf.

Er wusste jedoch mit Sicherheit, dass Rachel nicht ihr echter Name war. Und das störte Mustang mehr, als er zugeben wollte. Er hatte ihren Namen zweimal sagen müssen, bevor sie sich umgedreht hatte. Er glaubte nicht, dass es daran lag, dass sie ihn nicht gehört hatte. Er glaubte auch nicht, dass sie diesen Decknamen schon lange benutzte, sonst hätte sie sofort reagiert.

Wenn Mustang etwas nicht mochte, dann waren es

Geheimnisse. Besonders wenn es dabei um jemanden ging, für den er sich interessierte.

Rachel Walters, oder wie auch immer ihr Name lautete, hatte ihm und Midas das Leben gerettet. Sie hatten weder gesehen noch gehört, dass der Pirat die Treppe herunterkam, und sie wären ihm hinter dieser Wand direkt in die Arme gelaufen, bevor sie bemerkt hätten, dass es nicht Rachel war, die dort auf sie wartete.

Es hatte ihr nicht gefallen, ihn zu töten, das war offensichtlich, aber sie hatte es getan. Sie war ein Rätsel für Mustang und er wollte dieses Rätsel lösen. Er wollte herausfinden, wer sie wirklich war und was sie auf diesem Schiff mitten im Nirgendwo tat.

Aber zuerst hatten er und sein Team mit Hilfe von Rocco und den anderen SEALs einen Piraten zu finden und zu eliminieren.

———

Eineinhalb Stunden später war die *Asaka Express* wieder in Betrieb. Es hatte vierzig Minuten gedauert, bis die SEALs den letzten Piraten ausfindig gemacht hatten. Er war in einen der Luftschächte geklettert und hatte versucht, nach draußen zu kriechen. Sie hatten ihn gefunden, als der Schacht unter ihm zusammenbrach und er ihnen praktisch in den Schoß fiel. Dann hatte er den Fehler gemacht und versucht, sich seinen Weg freizuschießen, was keine gute Idee war, wenn man von sechs bewaffneten Navy SEALs umzingelt war.

Bei Sonnenaufgang war bekannt gegeben worden, dass die Ingenieure den Strom wieder eingeschaltet hatten und das Schiff einsatzbereit wäre. Gerade rechtzeitig, bevor das riesige Containerschiff auf einem flachen Riff vor der Küste von Dschibuti auf Grund gelaufen wäre. Als Nächstes würden die SEALs von dem Schiff abgezogen werden, bevor es von drei bewaffneten Schiffen der US-Navy nach Bur Sudan eskortiert würde.

Mustang hatte keine Ahnung, was dort mit der Crew passieren würde. Höchstwahrscheinlich würde das Frachtunternehmen ihnen die Wahl geben, entweder an Bord zu bleiben oder nach Hause geflogen zu werden. Er hatte keinen Zweifel daran, dass eine Ersatzmannschaft in kurzer Zeit einsatzfähig sein würde. Hoffentlich mit zusätzlichen Sicherheitsvorkehrungen, wenn das Schiff weiter in diesem Teil der Welt operierte.

Er und sein Team würden auf die *USS Paul Hamilton* zurückkehren und von dort nach Hawaii fliegen. Alles Teil ihrer alltäglichen Arbeit.

Aber er hoffte, Rachel abfangen zu können, bevor sie das Schiff verließen. Auf den Decks wimmelte es im Moment von Navy-Mitarbeitern. Wahrscheinlich waren gerade mehr Leute an Bord als jemals zuvor auf diesem Schiff.

Mustang ging mit dem Rest des Teams zur Brücke. Sie alle wollten Rocco und seinem Team wenigstens Hallo sagen, bevor sie nach Hause aufbrachen. Auf der Brücke ging es chaotisch zu, als sie eintraten. Die Leichen des Kapitäns und der Offiziere waren entfernt worden. Mustang nahm an, dass sie in einen der Gefrierschränke gebracht worden waren ... was Rachel wahrscheinlich nicht gefallen würde.

Er schaute sich im Raum um und sah die wenigen Offiziere der *Asaka Express*, die es geschafft hatten, dem Gemetzel zu entkommen, indem sie sich im Maschinenraum versteckt hatten. Sie arbeiteten jetzt mit den Seeleuten zusammen, die von der Navy von den anderen Schiffen an Bord gebracht worden waren.

Rocco stand mit Gumby, Ace, Bubba, Rex und Phantom auf der gegenüberliegenden Seite des Raumes und beobachtete das Geschehen. Aber die Person, die er am dringendsten sehen wollte, konnte er nicht finden – Rachel.

Er sah, wie Rocco zu ihnen kam. »Hallo.«

»Hey«, erwiderte Mustang und schüttelte dem anderen Mann die Hand. »Schön, dich zu sehen. Danke für die Unterstützung.«

»Na sicher. Wir waren gerade in der Gegend«, erwiderte Rocco mit einem Grinsen. »Geht es für euch jetzt nach Hause?«

»Soweit ich weiß, ja. Ich bin mir sicher, dass eine Menge Papierkram erledigt werden muss und zwei Nachbesprechungen anstehen, da wir von einem anderen Auftrag abgezogen wurden, um hier auszuhelfen.«

Rocco nickte. »Ja, mir geht es genauso. Wir konnten unsere ursprüngliche Mission beenden, aber trotzdem stehen zwei Besprechungen an.«

Während seine Freunde und Roccos Teamkameraden sich begrüßten und miteinander redeten, haderte Mustang mit sich selbst und überlegte, ob er nach Rachel fragen sollte.

»Es geht ihr gut«, sagte Rocco, als könnte er seine Gedanken lesen.

Mustang tat nicht so, als wüsste er nicht, wovon er sprach, und fragte: »Bist du sicher? Sie sah am Ende ziemlich fertig aus.«

»Ich bin mir sicher«, sagte Rocco. »Sie ist so hart wie Kruppstahl. Als wir ihr das Gewehr abnehmen wollten, schien sie es wirklich behalten zu wollen. Erst als wir auf der Brücke ankamen und sie sich selbst überzeugt hatte, dass die Lage sicher zu sein schien, hat sie es Phantom übergeben.«

»Wo ist sie jetzt?«, fragte Mustang.

»Ich bin mir nicht sicher. Einer der Offiziere schien sich sehr gefreut zu haben, sie zu sehen, und hat sie nach der Entwarnung unter Deck begleitet. Sie sind erst vor ein paar Minuten gegangen.«

Mustang biss die Zähne zusammen, als er das hörte, was lächerlich war. Rachel hatte ein eigenes Leben und war wahrscheinlich froh gewesen, jemanden zu sehen, der ihr vertraut war. Irgendwie hatte er gehofft, dass sie sich von ihm verabschieden wollte, aber wahrscheinlich war sie erleichtert, sein

Gesicht nie wiedersehen zu müssen. Besonders nach allem, was passiert war.

»Willst du einen Rat?«, fragte Rocco.

Mustang schüttelte den Kopf und bemerkte, dass er für einige Sekunden geistesabwesend gewesen war. »Von dem einzig wahren Rocco? Natürlich«, witzelte Mustang.

Aber Rocco ging nicht auf die Anspielung ein. »Frauen können verdammt verwirrend sein. Sie sagen das eine und tun etwas ganz anderes. Sie können äußerlich schüchtern wirken, aber innerlich unbarmherzige Kriegerinnen sein. Und wenn ich aus meiner Ehe mit Caite etwas gelernt habe, dann, dass ich niemals davon ausgehen darf zu wissen, was sie wirklich denkt.«

Mustang nickte. Er kannte die Geschichte, wie Rocco seine Frau auf einer Mission kennengelernt und dass sie ihm das Leben gerettet hatte.

Mustang versuchte, aufgeschlossen zu sein und nicht davon auszugehen, dass jemand aufgrund seines Geschlechts schwächer war als er. In der Navy hatte er schon einige erstaunlich starke Frauen gesehen. Er glaubte also nicht, dass Frauen nur für den Haushalt und die Kinder zuständig sein sollten oder so. Trotzdem hatte Rachel ihn überrascht, als sie nicht gezögert hatte, diesen Piraten zu töten. Sie hatte sogar zugegeben, dass sie Waffen nicht wirklich mochte, obwohl sie zuvor geschossen hatte.

»Sie fasziniert mich. Ich weiß nichts über sie und kann dennoch nicht aufhören, an sie zu denken. Ich weiß, dass es lächerlich ist. Vielleicht hat sie eine Beziehung mit diesem Offizier oder ist sogar verheiratet, oder sie ist lesbisch ... es macht mich verrückt.«

Rocco grinste. »Fürs Protokoll: Wenn der lange Blick zurück in deine Richtung, als wir gegangen sind, irgendetwas zu sagen hatte, dann, dass sie weder verheiratet ist, noch, dass sie Frauen mag. Natürlich könnte ich mich irren, aber es ist so, Mustang, es gibt nicht viele Frauen, die mit dem umgehen können, was wir beruflich tun. Deine Frau zum Abschied zu küssen, ohne ihr sagen zu können, wohin du gehst oder wann du zurückkommst, ist scheiße. Du musst jemanden finden, der stark genug ist, mit dem Stress umzugehen, der damit klarkommt, mit einem SEAL liiert zu sein.

Sie hat dir das Leben gerettet, Mann. Ich hätte selbst nie gedacht, dass mir eine Zivilistin mal die Haut retten muss, aber so war es und Caite ist das Beste, was mir jemals passiert ist. Ich rate dir, Rachel zu suchen. Sag ihr, dass du sie wiedersehen möchtest. Ich weiß nicht, woher sie kommt oder ob es mit euch funktionieren wird, aber wenn du an ihr interessiert bist, rate ich dir, alles in deiner Macht Stehende zu tun. Mach ihr wenigstens klar, dass du sie wiedersehen willst. Du wirst es bereuen, wenn du es nicht tust.«

Die lange Rede hatte ihn überrascht, aber es war genau das, was Mustang hatte hören müssen. Er spürte, dass zwischen ihm und Rachel eine Bindung entstand, wie er es nur bei sehr wenigen Menschen in seinem Leben gefühlt hatte. Sie hatte Todesangst gehabt und hatte trotzdem nicht gezögert, das zu tun, was getan werden musste.

»Sie ist die Köchin«, sagte Mustang zu seinem Freund. »Ich wette, sie ist runtergegangen, um ihre Küche in Ordnung zu bringen. Oder zumindest um sich davon zu überzeugen, dass die Leichen ihrer Mannschaftskollegen ordnungsgemäß aufbewahrt werden.«

»Wenn jemand nach dir fragt, werde ich ihm sagen, dass du offiziellen SEAL-Mist erledigst, damit du genügend Zeit hast, mit ihr zu sprechen.«

»Danke, Rocco. Ich schulde dir etwas.«

»Nein, das machen Freunde so.«

Sie gaben sich noch einmal die Hand und Mustang drehte sich zum Ausgang um.

»Hast du vor, sie zu suchen?«, fragte Midas, als er an ihm vorbeikam.

»Ja, ich möchte mich vergewissern, dass es ihr gut geht nach allem, was passiert ist«, antwortete Mustang.

»Danke ihr auch von dem Rest von uns«, sagte Aleck zu ihm. »Es wäre scheiße gewesen, sich an einen neuen Mann im Team gewöhnen zu müssen, wenn du getötet worden wärst.«

Mustang verdrehte die Augen. Seinen Spitznamen hatte Aleck – das englische Wort für Schlaumeier – einerseits bekommen, weil sein Nachname Smart war, andererseits war er aber auch ein kleiner Klugscheißer.

»Es könnte euch allen vielleicht guttun, jemand anderen als Teamleiter zu bekommen. Derjenige würde sich eure dummen Sprüche mit Sicherheit nicht lange anhören«, konterte Mustang.

»Du weißt selbst, dass du uns zu sehr magst«, mischte Pid sich ein.

»Ja, du wärst verdammt traurig, wenn wir nicht da wären, um dumme Kommentare abzugeben«, fügte Jag hinzu.

Slate verschränkte nur die Arme und grinste.

»Ich werde bald zurück sein. Verschwindet nicht ohne mich«, sagte Mustang zu seinem Team.

»Niemals, wer soll denn dann den Papierkram erledigen, wenn wir dich hierlassen würden?«, fragte Midas.

Mustang lachte leise, als er die Brücke verließ. Er kam an einigen Navy-Seeleuten vorbei, die Wache standen, und ging zu der Treppe, die zu den unteren Decks führte. Er war sich nicht sicher, was er zu Rachel sagen würde, aber er würde es hoffentlich herausfinden, sobald er sie fand.

Elodie fühlte sich schrecklich. Sie war erschöpft und jeder Muskel in ihrem Körper tat weh. Wahrscheinlich von all der Anstrengung, an die sie nicht gewöhnt war. Ganz zu schweigen von dem Stress und den Angstanfällen, die sie während der letzten vierundzwanzig Stunden durchgemacht hatte.

Als sie von den anderen SEALs zur Brücke gebracht wurde, war sie einerseits erleichtert, dass sie aus dem Maschinenraum heraus war, aber anderseits hatte sie Angst um Scott und sein Team gehabt. Sie hatte gewusst, dass sie wieder unter Deck gehen würden, um den oder die versteckten Piraten zu finden.

Sie konnte nicht glauben, dass sie tatsächlich jemanden getötet hatte. Es fühlte sich an, als wären die letzten Stunden nicht ihr selbst, sondern jemand anderem passiert. Sie war nicht G.I. Jane, nicht einmal ansatzweise, und doch hatte sie nicht gezögert, diesem Mann das Leben zu nehmen. Was, wenn er Frau und Kinder hatte? Würden sie jemals erfahren, was mit ihm passiert war? Nein, er hatte nicht gerade nette Dinge getan, aber rechtfertigte das, dass sie ihm das Leben genommen hatte?

Sie hatte gewusst, dass er, ohne zu zögern, Scott und Midas getötet hätte. Deshalb hatte sie den Abzug gedrückt. Es war entweder er oder die Männer, die ihr Leben riskiert hatten, um sie und alle anderen an Bord zu retten.

Als sie auf die Brücke gekommen war, waren da eine Menge Leute versammelt, die sie noch nie gesehen hatte, die alles taten, um zu verhindern, dass das Containerschiff auf Grund lief. Eine Seefrau versuchte, das Schiff ohne Strom und Motoren manuell zu steuern. Sie hatte unentwegt geflucht, aber erstaunlicherweise hatte sie die Fahrtrichtung des Schiffes neu ausrichten können, damit es nicht mehr seitlich durch die Meerenge trieb.

Elodie hatte sich so weit wie möglich von den Leichen des Kapitäns und der anderen entfernt. Die Männer des anderen SEAL-Teams hatten sich zwischen sie und die Toten gestellt, was sie mehr zu schätzten gewusst hatte, als sie sagen konnte.

Sie war erleichtert gewesen, als auf der Brücke bekannt gegeben wurde, dass Scott und sein Team den letzten Piraten ausgeschaltet hatten. Kurz darauf erschienen einige Offiziere auf der Brücke, die in den Maschinenraum geflüchtet waren ... einschließlich Valentino. Elodie war froh, ihn am Leben zu sehen, aber sie war nicht darauf vorbereitet gewesen, dass er sie umarmte, als wäre sie sein Eigentum. Sie hatte sich aus seinen Armen lösen und ihm versichern müssen, dass es ihr gut ging.

Die anderen Offiziere hatten ihr versichert, dass sie froh waren, sie zu sehen. Dann hatten sie sich an die Arbeit gemacht und den Seeleuten geholfen, die Systeme wieder in Betrieb zu nehmen, nachdem der Strom wieder eingeschaltet war und sie Funkkontakt mit den Ingenieuren unter Deck hatten.

Das SEAL-Team hatte den Seeleuten geholfen, die Leichen von der Brücke zu entfernen. Sie wusste, dass sie sie nach unten in die Gefrierschränke brachten. Der Gedanke, jemals wieder einen der Gefrierschränke zu benutzen, war abstoßend. Nachdem die Gefahr vorbei war, wollte Elodie nur noch von dem Schiff herunter, was im Moment nicht möglich war.

Sie war noch eine Weile auf der Brücke geblieben und hatte das Geschehen um sie herum halb in Trance beobachtet. Sie war sich nicht sicher gewesen, was sie tun sollte. Valentino hatte angeboten, sie zur Kombüse zu begleiten. Elodie nahm an, dass sie dort unten aufräumen musste. Als sie sich daran erinnerte, wie die Piraten die Vorratskammern durchwühlt und Gläser und andere Sachen zerbrochen hatten, zuckte sie zusammen. Das Glas Tomatensoße, das der Pirat laut Scott gegen die Wand geworfen hatte, hatte mit Sicherheit Dreck gemacht.

Ja, obwohl sie von dem Schiff herunterwollte, hatte sie trotzdem noch einen Job zu erledigen. Die Besatzung musste essen. Wahrscheinlich waren alle sehr hungrig, nachdem sie so lange nichts mehr gegessen hatten.

Also hatte sie Valentinos Eskorte zugestimmt. Er war nicht gerade ein großer, starker Navy SEAL, aber seine Gegenwart war besser als die Alternative ... allein unter Deck zu gehen. Es würde lange brauchen, bis sie sich wieder vollkommen sicher fühlen würde, wenn sie allein durch das Schiff ging. Im

Moment hatte sie einfach Angst, dass hinter jeder Ecke ein Pirat hervorspringen könnte.

Als sie unten angekommen waren, fanden sie das reinste Chaos in der Kombüse vor. Überall lagen Lebensmittel und Glasscherben herum. Elodie überlegte, wo sie mit dem Putzen beginnen sollte, als Valentino sie packte und in seine Arme zog.

Er hielt sie so fest, dass es ihr unangenehm war.

»Ich bin so froh, dass es dir gut geht«, murmelte er ihr ins Ohr, als er sie festhielt.

Elodie versteifte sich in seinem Griff. »Vielen Dank. Ebenfalls.«

»Ich hatte solche Angst um dich«, fuhr er fort. »Ich wollte hierherkommen und nach dir suchen, um dich zu beschützen, aber wir wussten nicht, wo die Piraten waren. Nachdem ich gehört hatte, dass sie die anderen Offiziere erschossen hatten, wusste ich, dass sie mich auch auf Anhieb töten würden.«

Elodie wollte die Augen verdrehen. Es war nicht nur er, den sie getötet hätten. Er stellte sich immer an erste Stelle. Während der Mahlzeiten sprach er nur sehr selten mit den Ingenieuren und er war derjenige, der den Offizieren und dem Rest der Besatzung unterschiedliche Trainingszeiten vorge-schlagen hatte. Es war lächerlich, aber er schien zu glauben, als Offizier etwas Besseres zu sein.

Elodie versuchte, sich von ihm zu entfernen, aber Valentino verstärkte seinen Griff.

»Ich weiß, dass du Trost brauchst. Du musst es nur zulassen.«

Das reichte. Elodie hatte genug.

Sie drückte ihn weg, so fest sie konnte, und Valentino ließ sie schließlich los. »Mir geht es gut, danke«, sagte sie zu ihm. Sie wollte ihm nicht die Meinung sagen, da sie Konfronta-tionen immer gehasst hatte, aber seine Umarmung hätte sie keine Sekunde länger ausgehalten.

»Ich bin für dich da«, sagte Valentino. »Was auch immer du

brauchst, ich bin hier. Du musst dich nicht schämen, wenn du jemanden brauchst«, sagte er. »Extreme Situationen bringen Menschen oft näher zusammen und ich fühle mich dir gerade sehr nahe. Ich hätte mit den anderen zusammen sterben können, wenn ich auf der Brücke gewesen wäre.«

Elodie runzelte die Stirn. »Warum *warst* du nicht auf der Brücke?«

»Ich ... äh ... ich hatte keinen Dienst«, stammelte Valentino.

»Ich glaube, Danny hatte auch keinen Dienst, ist aber sofort hochgegangen, als der Kapitän die Durchsage gemacht hat«, sagte Elodie. Sie kannte die Schichten der meisten Männer an Bord, weil sie wissen musste, wie viele Mahlzeiten sie zubereiten musste und wer wann in der Schiffskantine essen würde.

»Ich wollte hochgehen«, verteidigte Valentino sich. »Aber ich hatte mich entschlossen, zuerst nach den Ingenieuren zu sehen.«

Das war totaler Blödsinn. Valentino hätte niemals das Bedürfnis gehabt, sich um andere zu kümmern. Er war nur in den Maschinenraum gegangen, um sich zu verstecken. Ihr Ekel gegenüber dem Mann verzehnfachte sich.

Offensichtlich bemerkte Valentino ihre Verachtung nicht und trat ihr erneut einen Schritt näher. Er hob eine Hand und strich ihr eine Haarsträhne aus dem Gesicht.

Als Scott das getan hatte, hatte es Elodie gefallen, aber als Valentino sie berührte, nicht so sehr.

»Bei mir kannst du dich lebendig fühlen«, sagte er sanft. »Du kannst dem Universum beweisen, dass du noch hier bist.«

Das konnte doch wohl nicht sein Ernst sein! Würde er tatsächlich gleich sagen, was sie zu hören erwartete?

»Sex ist großartig, um Stress abzubauen«, fuhr er fort. »Ein guter Orgasmus bringt die Endorphine auf Trab. Und ich garantiere dir, dass ich dich zumindest für eine Weile vergessen lassen kann, was passiert ist.«

Elodie trat einen Schritt zurück. Ekelhaft. »Ich kann nicht

glauben, dass du immer noch versuchst, mich anzumachen! Besonders jetzt, wo deine Freunde tot sind und in einem Gefrierschrank auf der anderen Seite dieses Raumes gestapelt sind. Glaubst du ernsthaft, ich würde jemals mit dir ins Bett gehen? Das wird nicht passieren, Valentino«, sagte sie ernst.

Für einen Moment sah sie Wut in seinem Gesicht. Er trat einen weiteren Schritt auf sie zu. Elodie hatte keine Ahnung, was er vorhatte – und sie würde es nicht erfahren müssen, da in diesem Moment eine tiefe Stimme hinter Valentino ertönte.

»Ich würde ihr an Ihrer Stelle keinen Schritt näher kommen. Ich habe gehört, dass sie verdammt gut mit Messern umgehen kann.«

Elodie schaute über Valentinos Schulter und sah, wie Scott in der Tür zur Kombüse stand. Er war durch die Mannschaftskantine und den Vorratsraum hereingekommen. Jetzt, wo die Lichter an waren, schien er noch größer und stärker zu sein, als sie es in der Dunkelheit wahrgenommen hatte.

Sie schmolz in seinen Gesichtszügen dahin. Er war immer noch komplett in Schwarz gekleidet, aber jetzt konnte sie sehen, dass er seine Haare an den Seiten kurz und oben etwas länger trug. Sie hatte immer noch das Bedürfnis, seinen Bart anzufassen, um herauszufinden, ob er weich oder kratzig war. Er war fast einen Kopf größer als sie und bei seinem Anblick wollte sie sich am liebsten in seine Arme werfen. Wenn er es anstelle von Valentino gewesen wäre, der sie umarmte, hätte sie sich gern an ihn gekuschelt und sich von ihm trösten lassen. Mit seinen braunen Augen funkelte er den Offizier an und selbst unter seinem langärmeligen schwarzen Hemd konnte sie sehen, wie Scott die Muskeln in seinen Armen anspannte.

Das war ein Mann, der kurz davor stand, sich auf einen Feind zu stürzen. Wie ein Panther in Angriffsstellung.

Elodie hielt den Atem an und wartete darauf, was als Nächstes passieren würde.

Valentino behielt Scott im Auge, was seine klügste Entscheidung war, seit sie nach unten gegangen waren. Er erkannte offensichtlich die Bedrohung in Form von diesen ein Meter dreiundachtzig, die in der Tür standen.

Scott wartete nicht darauf, dass Valentino etwas sagte. Er kam in den Raum und stellte sich bewusst zwischen den Offizier und Elodie. »Ich glaube, Sie werden auf der Brücke gebraucht«, sagte Scott zu ihm. »Dort oben wird jede Hilfe benötigt. Davon abgesehen liegen Ihre Pflichten dort und nicht hier.«

»Ich habe nur meine Hilfe angeboten«, murmelte Valentino.

»Hilfe, ja, genau danach klang das für mich«, entgegnete Scott sarkastisch. »Ich denke, Rachel hat hier alles unter Kontrolle. Immerhin ist es ihre Küche.«

Valentino öffnete den Mund, um etwas zu sagen. Wahrscheinlich etwas Unbedachtes, aber Scott gab ihm keine Chance. Er lehnte sich zu dem Mann vor und sagte in einem leisen, aber bedrohlichen Ton: »Lass sie in Ruhe, Valentino. Sie sagte, sie sei nicht interessiert. Klar und deutlich, könnte ich hinzufügen. Ich habe sie bis durch die Tür in den anderen Raum gehört«, erklärte Scott und deutete mit dem Kopf auf den Speisesaal. »Hör auf, mit deinem Schwanz zu denken, und fang an, dein Gehirn zu benutzen. Du bist ein Offizier. Benimm dich auch so.«

Valentino starrte Scott wütend an, drehte sich dann um und ging zu der Tür, die zum Flur neben der Kombüse führte, wo sich die Gefrierschränke und Lagerräume befanden. Er schlug mit der Hand gegen die Tür und verschwand ohne ein weiteres Wort.

Elodie seufzte erleichtert auf.

»Wenn dieses Arschloch diese Scheiße noch einmal abzieht, musst du ihn melden«, sagte Scott zu ihr.

»Das werde ich.«

»Ich meine es ernst. Typen wie er haben ein Problem zu begreifen, dass nicht jede Frau mit ihnen ins Bett will. Offensichtlich hat er dich im Visier und außerdem bist du die einzige Frau an Bord. Du musst vorsichtig sein.«

»Das werde ich. Ich glaube, er ist nach allem, was passiert ist, einfach aus dem Gleichgewicht geraten«, sagte Elodie.

»Genau, der Mann, der seine Kollegen im Stich gelassen hat, um sich wie ein Feigling im Maschinenraum zu verstecken, bis es sicher war, wieder herauszukommen«, sagte Scott sarkastisch.

»Aber habe ich nicht das Gleiche getan?«, fragte Elodie. »Ich habe mich hier in der Kombüse versteckt.«

»Das ist nicht das Gleiche«, sagte Scott und trat einen Schritt näher.

Als Valentino das getan hatte, hatte sie der Ekel überkommen, aber als dieser Mann es tat, wollte Elodie ihm noch näher kommen.

»Lass mich raten, weil ich eine Frau bin?«, fragte sie und versuchte, sich nicht lächerlich zu machen, indem sie sich ihm sofort an den Hals warf. Sie hatte keine Ahnung, was dieser Mann an sich hatte, das sie so anzog. Sie hatte ihn gerade erst kennengelernt, um Himmels willen. Aber er machte mit ihr, was lange Zeit kein anderer Mann mehr mit ihr gemacht hatte ... er brachte sie dazu, sich auf ihn verlassen zu wollen, sich ihm anzuvertrauen.

Aber das konnte sie nicht. Das wäre nicht fair.

»Nein, dein Geschlecht hat damit nichts zu tun. Er ist ein Offizier. Er sollte ein Anführer auf diesem Schiff sein und mit gutem Beispiel vorangehen. Und ein Feigling ist kein Anführer. Ich sage nicht, dass er sich hätte erschießen lassen sollen, aber er hätte versuchen sollen, was du getan hast ... Hilfe für seine Besatzung und seine Kollegen zu holen.«

Elodie starrte Scott an. »Warum bist du noch hier? Ich dachte, du wolltest von hier verschwinden, nachdem du alle Bösewichte ausgeschaltet hast.«

»Nun, ich wollte noch mit dir reden, bevor wir uns auf den Weg machen«, sagte Scott.

Elodies Augen wurden größer. »Du bist meinetwegen geblieben?«

»Ja, Rach.«

Sie konnte nicht anders, als kurz zusammenzuzucken, als sie die Koseform des Namens hörte, der ihr nicht gehörte.

Scott nahm ihre Hand in seine und führte sie zurück zum Essbereich.

Er hatte seine Handschuhe ausgezogen und seine Hand fühlte sich warm und beruhigend an. Er zog einen der Stühle unter dem Tisch hervor und drängte sie, sich zu setzen. Sie tat es und hielt seinen Blick fest, als er sich vor sie hockte und immer noch ihre Hand festhielt.

»Ich weiß, wir kennen uns nicht wirklich, aber du kannst mir vertrauen«, sagte Scott.

Elodie nickte. Aber er sagte nichts weiter, als würde er darauf warten, dass sie antwortete.

»Oh, okay.«

Scott seufzte. Dann griff er in eine Hosentasche und zog einen kleinen Notizblock heraus. Er ließ ihre Hand los, holte einen Stift hervor und kritzelte etwas aufs Papier. Er riss die Seite aus dem Notizbuch und hielt sie ihr hin.

Elodie sah auf das Papier hinunter und nahm es, ohne nachzudenken. Er hatte seinen Namen und eine Telefonnummer darauf geschrieben.

»Dies ist meine private Handynummer«, sagte er zu ihr. »Wenn du bei irgendetwas Hilfe brauchst – und ich meine, egal was –, dann ruf mich an oder schick mir eine SMS.«

Elodie war verblüfft ... und verwirrt. Sie sah den Mann an, der immer noch vor ihr hockte. »Warum?«

»Weil ich dich bewundere. Weil du mir das Leben gerettet hast und ich dir etwas schuldig bin. Weil ich weiß, dass irgendetwas bei dir nicht in Ordnung ist und du zu viel Angst hast, es zuzugeben. Ich weiß, dass dein Name nicht Rachel ist, und wenn jemand unter falschem Namen auftritt, stimmt etwas nicht. Ich weiß nicht, was es ist, und es ist mir eigentlich auch egal.«

»Was ist, wenn ich gesucht werde, weil ich jemanden getötet habe?«, flüsterte Elodie.

Scott lachte. Er warf den Kopf in den Nacken und lachte, als hätte sie ihm etwas extrem Lustiges erzählt. Als er sich wieder unter Kontrolle hatte, nahm er ihre freie Hand wieder in seine. »Du hast niemanden getötet«, sagte er fest. »Du hast so stark gezittert, nachdem du dieses Piratenschwein erschossen hattest, das darauf aus gewesen war, Midas und mich zu erschießen, dass du kaum laufen konntest. Nein, wovor auch immer du wegläufst, es ist nicht das Gesetz.«

Elodie schluckte schwer. Sie konnte sich nicht erinnern, wann jemand das letzte Mal etwas so Großzügiges getan hatte.

»Wovor auch immer du dich versteckst, ich kann dir helfen«, sagte Scott leise. »Ich nehme an, du hast gehofft, dass du durch diesen Job für eine Weile von der Bildfläche verschwinden kannst. Ich habe keine Ahnung, wie versessen die Presse auf diesen Vorfall sein wird, aber angesichts der Tatsache, dass sie im Fall der *Maersk Alabama* einen Kinofilm daraus gemacht haben, würde ich davon ausgehen, dass die Reporter in Bur Sudan bereits auf das Schiff warten.«

Elodie biss sich auf die Lippe.

»Und als einzige Frau an Bord wird es schwierig werden, deinen Namen und dein Gesicht vom Rampenlicht fernzuhalten. Dein Name ist vielleicht nicht das Problem, da es offensichtlich nicht dein echter Name ist, aber ...«

Er verstummte. Er hatte recht. Wenn auch nur ein einziges Bild von ihr in den Nachrichten erschien, würde Paul definitiv in der Lage sein, sie aufzuspüren. Sie hatte ihren Job als Köchin behalten, weil sie ihn mochte, aber wenn er herausfand, dass sie auf der *Asaka Express* weiter als Köchin gearbeitet hatte, würde ihm das eine weitere Möglichkeit geben, sie aufzuspüren.

»Mein Team und ich sind in Honolulu stationiert«, erinnerte er sie. »Wenn du einen sicheren Zufluchtsort brauchst, kannst du zu uns kommen. Wir werden dich beschützen.«

Elodie konnte ihren Ohren nicht trauen. Es war so lange her, dass jemand sich für sie eingesetzt hatte, und dieser Mann kannte sie überhaupt nicht. Er bot seine Unterstützung an, ohne überhaupt zu wissen, wovor sie weglief.

Es war unglaublich und sie wollte sein Angebot mit beiden Händen ergreifen, aber wäre das fair ihm gegenüber? Die Columbus-Familie war eine der größten und mächtigsten Mafia-Familien in New York und sie hatte auf die harte Tour gelernt, dass man ihren Einfluss nicht unterschätzen durfte. Könnte Paul Scott Schwierigkeiten mit der Navy bereiten? Könnte er dafür sorgen, dass Scott seinen Job verlor? Sie war klug genug zu wissen, dass Paul jeden, der ihr half, nicht ungeschoren davonkommen lassen würde.

Sie hatte sich ihm widersetzt – und niemand durfte gegen Paul Columbus vorgehen.

»Danke«, sagte sie leise nach einem langen Moment der Stille.

»Ich meine es ernst«, sagte Scott. »Wir können dir helfen. Wir haben Kontakte, viele Kontakte. Wenn du von Bord dieses Schiffes gehst und überlegst, was du als Nächstes tun wirst, steht dir Hawaii als Zufluchtsort offen. Ich ... ich möchte dich besser kennenlernen. Ich weiß bereits, dass du tapfer bist, und ich vermute, dass du als Köchin halbwegs etwas taugen musst, wenn du angeheuert wurdest, für die Mannschaft zu kochen.« Er lächelte und ließ sie damit wissen, dass er Spaß machte.

»Ich weiß, dass du entschlossen und klug genug bist, um instinktiv zu wissen, wo du am sichersten bist, wenn dein Griff an meiner Gürtelschlaufe ein Indiz war.« Scott hob eine Hand und legte sie an ihre Wange. »Du faszinierst mich, Rachel, oder wie auch immer du heißt. Und das ist mir noch nie passiert.«

Elodie wollte ihm unbedingt ihren richtigen Namen nennen und alles über ihre Situation erzählen, aber sie presste die Lippen zusammen, bis der Drang vorüber war.

»Wirst du wenigstens darüber nachdenken, nach Hawaii zu kommen?«, fragte er.

Elodie nickte, bevor sie überhaupt realisierte, was sie tat.

»Also gut. Ich werde mir Sorgen um dich machen«, sagte er. »Selbst wenn du nichts mehr mit mir oder meinem Team zu tun haben möchtest und nicht nach Honolulu kommst, wirst du mir trotzdem eine Nachricht schicken und mich wissen lassen, dass du irgendwo da draußen bist, gesund und munter?«

Oh mein Gott, wollte er sie umbringen? »Ja, das kann ich machen.«

»Danke.« Er hatte seine Hand nicht von ihrem Gesicht genommen und streichelte jetzt mit seinem Daumen sanft ihre Wange, als wäre er sich dessen nicht bewusst. »Weißt du, es gab bisher nur fünf Menschen, für die ich mein Leben geben würde – die Mitglieder meines Teams. Sie haben mir mehr als einmal den Hals gerettet und ich ihren. Jetzt sind es sechs.«

Elodie konnte keinen Ton herausbringen.

»Benutze das«, befahl er und deutete mit dem Kopf auf das Stück Papier, das sie immer noch in der Hand hielt.

»Das werde ich«, sagte sie zittrig.

Elodie hätte schwören können, dass Scott sich näher zu ihr beugte, als sie den Atem anhielt und sich fragte, ob er sie tatsächlich küssen würde – bis die Tür hinter ihnen mit einem Knall aufgeschlagen wurde.

Scott drehte sich sofort herum, stand auf und schirmte sie mit seinem Körper vor jeder drohenden Gefahr ab.

»Oh, Entschuldigung, ich wollte euch nicht erschrecken«, sagte Manuel. »Ich wollte Rachel beim Aufräumen helfen. Alle sind hungrig und ich dachte, wenn ich beim Saubermachen helfe, kann sie vielleicht anfangen, etwas zu essen zu kochen, bevor die Leute anfangen, sich gegenseitig aufzuessen.«

Elodie steckte das Papier mit Scotts Nummer schnell in ihre Gesäßtasche, als sie aufstand. Sie legte eine Hand auf Scotts Rücken und fühlte nichts als harte Muskeln, die sich unter ihrer Berührung bewegten. »Ich wollte gerade anfangen«, sagte sie leise und drehte die Wahrheit ein wenig zu ihren Gunsten.

»Ich denke, wir werden zusätzliche Belegschaft an Bord haben, bis wir im Hafen ankommen«, sagte Manuel. »Die Männer und Frauen von der Navy bleiben zu unserem Schutz und damit wir genügend Personal für die Steuerung dieses Teils haben, an Bord.«

»Danke, dass du mich informiert hast«, sagte sie zu ihrem Assistenzkoch. Geistig begann sie zu berechnen, wie viele Mahlzeiten sie zubereiten musste. Auf jeden Fall mehr Portionen als normal, allein weil die Leute hungriger waren als sonst. Sie würden Protein und Kohlenhydrate brauchen und es müsste schnell gehen. Vielleicht Parmesan-Hähnchen mit viel Nudeln.

Sie war so in Gedanken verloren, dass sie fast vergessen hätte, dass Scott immer noch vor ihr stand. Manuel ging zur Speisekammer und sie betrachtete den SEAL vor sich. Er hatte ein leichtes Lächeln auf dem Gesicht.

»Was?«, fragte sie ein wenig selbstbewusst.

»Dir gefällt dein Beruf.«

»Das tut er«, stimmte sie zu. »Bleiben du und dein Team oder das andere SEAL-Team auch an Bord?«

»Leider nein«, sagte Scott und Elodie konnte nicht anders, als enttäuscht zu sein. »Aber du hast meine Nummer. Du kannst mich jederzeit anrufen«, erinnerte er sie.

Elodie wollte ihm im Gegenzug ihre Nummer geben, aber sie hatte kein Handy. Sie hatte nicht einmal mehr eine E-Mail-Adresse. Sie hatte auf die harte Tour erfahren, wie einfach es war, diese Dinge nachzuverfolgen. Außerdem hatte sie niemanden, mit dem sie in Kontakt bleiben wollte, keine Familie, keine Freunde. Sie war wirklich allein auf der Welt.

»Nochmals vielen Dank, dass du mir das Leben gerettet hast«, sagte Scott.

»Danke, dass du meins gerettet hast«, gab Elodie zurück.

»Pass auf dich auf«, sagte er zu ihr, als er einen Schritt in Richtung Ausgang machte.

»Und du bleib da draußen in Sicherheit«, erwiderte Elodie.

»Immer.«

Dann nickte er ihr zu und verschwand durch die Tür.

Elodie stand mitten in der Mannschaftskantine und starrte einen Augenblick die Tür an. Ihr Leben war in den letzten vierundzwanzig Stunden so verrückt gewesen, dass sie es nicht geglaubt hätte, wenn sie es nicht selbst erlebt hätte.

»Rachel, beeil dich!«, rief Manuel.

Elodie schloss für eine Sekunde die Augen und griff in ihre Gesäßtasche, um zu prüfen, ob der Zettel noch da war, bevor sie sich umdrehte und in die Kombüse ging. Sie hatte keine Ahnung, was sie als Nächstes machen würde, aber es war schön, eine weitere Option zu haben, auch wenn diese Option bedeuten würde, Scott und sein Team in Gefahr zu bringen. Sie glaubte nicht, dass sie sein Angebot annehmen könnte, aber es war beruhigend, es in der Gesäßtasche zu haben.

Elodie schob die Gedanken darüber, was sie tun würde, sobald das Schiff anlegte, beiseite und konzentrierte sich auf das, was sie am besten konnte ... kochen.

Tage später saß Paul Columbus in seinem Büro in New York City und kochte vor Wut. Das Penthouse, das sich über die gesamte fünfzigste Etage des Apartmentgebäudes erstreckte, gehörte ihm. Er hatte mehr Geld, als er in zwei Leben ausgeben könnte. Die Leute respektierten und fürchteten ihn.

Und doch war er zutiefst verunsichert.

Als Oberhaupt einer der mächtigsten Mafia-Familien in New York musste er ständig auf der Hut sein. Es war nicht mehr so einfach wie früher, sich den Kontrollen der Behörden zu entziehen. Sein Großvater hatte die Polizei noch bestochen, damit sie ihn so ziemlich alles tun ließ, was er wollte.

Pauls Vater hatte schon vorsichtiger sein müssen, aber einige der älteren Polizeibeamten hatten immer noch auf seiner Gehaltsliste gestanden. Nach seinem Tod hatte Paul getan, was er konnte, um die Kontakte bei der Polizei zu pflegen, aber selbst mit Zwang und Erpressung war er nicht sehr erfolgreich gewesen. Das bedeutete, dass er sein Reich nun mit äußerster Vorsicht regieren musste.

Er musste sich auf seine Leute verlassen können. Und vor einigen Monaten hatte er nach gründlicher Suche die perfekte Ergänzung für sein Team gefunden. Diese verdammte Frau hatte fast niemanden, keine Familie und nur wenige Freunde. Außerdem war sie unglaublich naiv ... die perfekte Wahl, um sie für seine Organisation zu rekrutieren.

Er hatte sie freundlich behandelt und sein Bestes getan, damit sie sich wie zu Hause fühlte, um ihre Loyalität gegenüber seiner Familie zu stärken. Er hatte gedacht, dass er erfolgreich gewesen wäre. Sie schien glücklich und zufrieden gewesen zu sein ... und dankbar.

Und das war es, was er brauchte.

Ohne Polizisten auf seiner Gehaltsliste war es verdammt schwer geworden, seine Feinde zu beseitigen. Sein Großvater hatte es im Vergleich zu ihm leicht gehabt. Paul hatte keine Ahnung, wie vieler Männer sein Großvater sich in seinem Leben entledigt hatte, aber dank einer ganzen Armee von Beamten und Anwälten, die ihm den Rücken frei gehalten hatte, hatte er keinen einzigen Tag hinter Gittern verbracht.

Paul musste sich dagegen mit treuen Angestellten umgeben. Menschen, die alles tun würden, was er verlangte, einschließlich, die Behörden zu belügen, wenn es sein musste. Im Gegenzug erhielten sie großzügige Gehälter, schöne Wohnungen in der Stadt und wurden als Teil seiner einflussreichen Familie behandelt.

Aber seine private Köchin ...

Paul hatte viele Feinde. Sie zu erschießen war laut und dreckig. Und mit den neuen Kameras überall in der verdammten Stadt würden Schießereien unweigerlich auf Film festgehalten werden.

Aber jemanden in der Privatsphäre seines Hauses zu töten, ohne dass die Person sich wehren konnte? Ohne dass sie überhaupt wusste, was geschah, bis es zu spät war? Das war ideal. Er könnte die Leichen im Fluss entsorgen und es würde aussehen, als wären sie ertrunken. Oder eine Heroinnadel in den Arm stecken und irgendwo in einer Seitengasse ablegen.

Es gab unzählige kreative Möglichkeiten, die Leichen nach einer Vergiftung loszuwerden.

Paul dachte, er hätte die perfekte Person gefunden, um ihn bei seinem Plan zu unterstützen.

Er hatte falschgelegen.

Völlig falsch.

Als er sich an seine neue Köchin gewandt hatte, um ihr zu erklären, was er vorhatte ... hatte sie tatsächlich die Nerven gehabt, Nein zu sagen – zu ihm.

Sie war in seinem Haus und stand unter seinem Schutz. Sie hätte »Ja, Sir« sagen und tun sollen, was er verlangt hatte. Das war die einzig akzeptable Antwort.

Sie hätte nichts weiter tun müssen, als etwas von dem Arsen, das er besorgt hatte, in eine der Suppentassen zu rühren, die sie zum Abendessen servieren sollte. Das war alles. Die Zielperson war bereits einige Male wegen Drogenverkaufs verhaftet worden. Wenn die Leiche gefunden wurde, würde die Polizei einfach von einer Überdosis ausgehen. Es war der perfekte Plan gewesen – bis diese Schlampe ihren Kopf geschüttelt und ihn schockiert angestarrt hatte.

Paul konnte sie nicht sofort für ihre Untreue bezahlen lassen. Er hatte Gäste zum Abendessen eingeladen, die auf ihn warteten. Aber er hatte ihr definitiv klargemacht, dass sie tief in der Scheiße steckte.

Nach der Verabschiedung seiner Gäste hatte er vorgehabt, seiner Köchin eindeutig zu verstehen zu geben, dass sie zu ihm nicht Nein sagen durfte. Sie musste alles tun, was er von ihr verlangte.

Aber sie war durchgebrannt. Sie hatte nicht einmal ihre Sachen mitgenommen. Eine kleine Tasche war alles, was sie mitgenommen hatte. Die verdammte Flasche Arsen, die er in der Hoffnung, dass sie zu Sinnen kommen würde, in der Küche gelassen hatte, hatte sie weggeworfen.

Diese dumme Schlampe war sogar zu dumm, die Flasche mitzunehmen ... das einzige Beweisstück.

Aber sie hatte immer noch etwas gegen ihn in der Hand. Sie kannte seinen Plan. Und Paul Columbus würde es auf keinen Fall darauf ankommen lassen, von einer verdammten Köchin angezeigt zu werden. Einer dummen Köchin noch dazu.

Paul stand auf, ging in seinem Büro auf und ab und murmelte etwas vor sich hin. Gelegentlich fuhr er sich mit der Hand durch die Haare und zog fest daran. Sein Sohn hätte es sofort bemerkt.

Paul wusste, dass sein ältester Sohn Jerry seinen alten Herrn für verrückt hielt, aber das war er nicht. Er hätte alles dafür getan, um seine Familie und seinen Namen zu schützen. Und die Tatsache, dass da draußen eine Frau herumlief, die wusste, was er für das Abendessen geplant hatte und damit zur Polizei gehen konnte, machte ihn fertig.

Nein, Paul war nicht verrückt, aber er war paranoid. Wenn seine Mitarbeiter nicht *für* ihn waren, dann waren sie *gegen* ihn.

Paul zuckte nervös und grummelte frustriert. Er hatte monatelang nach der verdammten Köchin gesucht. Ein paarmal hatte er gedacht, sie gefunden zu haben, wurde aber jedes Mal enttäuscht.

Er hatte nichts zu seinem Sohn oder seiner rechten Hand gesagt ... seinem Onkel. Er war für einige ihrer Leute verantwortlich. Nein, das hatte er selbst versaut, und er musste es wieder in Ordnung bringen.

Solange Elodie Winters da draußen war, bestand die Möglichkeit, dass sie etwas ausplauderte. Sie hatte Informationen, die ihn möglicherweise in Schwierigkeiten bringen könnten. Und weil sie die Nerven gehabt hatte, ihm zu widersprechen, würde sie verdammt noch mal sterben müssen.

Aber zuerst musste er sie finden.

Sie hatten sie in Pennsylvania und Los Angeles aufgespürt, aber sie war beide Male wieder verschwunden, bevor sie sie töten konnten. Sie hatte keine Familie, mit der er ihr drohen konnte. Sie hatte keine echten Freunde, denen er die Finger abhacken und an Elodie schicken konnte ... davon abgesehen, dass er sowieso nicht wusste, wohin er sie schicken sollte.

Die Frau war wie ein Geist. Ein Geist ohne Freunde und ohne Kontakte. Er hatte gedacht, dass es sie zu der perfekten Angestellten machen würde, aber er hatte sich geirrt. Und Paul Columbus hasste es, sich zu irren.

Es klopfte an seiner Tür und Paul wurde aus seinen Gedanken gerissen. »Herein!«, rief er.

Andrew kam ins Büro und schloss die Tür hinter sich. Andrew war einer seiner Kartellchefs, aber sie waren nicht miteinander verwandt. Er hatte einen niedrigeren Rang als Pauls Onkel, aber er war verdammt treu und Paul vertraute ihm. Er war der Einzige, dem er sein Problem anvertraut hatte, und Andrew hatte monatelang daran gearbeitet, Elodie zu finden.

Andrew hatte ein breites Grinsen auf dem Gesicht und sah für Pauls Geschmack viel zu fröhlich aus.

»Du hast besser gute Neuigkeiten für mich. Wenn nicht, kannst du dich gleich umdrehen und wieder verschwinden. Ich bin heute nicht in Stimmung.«

»Ich habe gute Neuigkeiten«, sagte Andrew sofort und kam zu seinem Schreibtisch.

Paul ging herum und setzte sich. Andrew legte einen USB-Stick auf den Tisch und trat dann immer noch lächelnd zurück.

»In Ordnung, was zum Teufel ist das?«, fragte Paul.

»Es ist ein Video, von dem ich glaube, dass es dich interessieren wird.«

»Ich will es nur sehen, wenn diese Schlampe darauf zu sehen ist«, murmelte Paul. Er beugte sich vor und griff nach dem Datenträger, während er sprach.

Andrew antwortete nicht und Pauls Herz begann, schneller zu schlagen.

War das ihre erste echte Spur, seit die dreckige Schlampe sich in Luft aufgelöst hatte? Es war unglaublich, dass jemand, der so dumm war, seine Spuren so gut verwischen konnte.

Er steckte den USB-Stick ein und wartete ungeduldig darauf, dass sich ein Fenster öffnete. Er klickte auf die Videodatei und sah eine Nachrichtensendung. Sie war in deutscher Sprache mit Untertiteln. Hinter dem Nachrichtensprecher lief ein Clip, auf dem ein riesiges Containerschiff mit dem Namen *Asaka Express* zu sehen war. Paul erinnerte sich daran, dass der idiotische Kapitän sich selbst und einen Teil seiner Besatzung hatte umbringen lassen. Es war ihm ein Rätsel, wie ein paar Piraten aus einem Drittweltland ein so großes Schiff wie die *Asaka Express* hatten kapern können, aber es hatte ihn auch nicht wirklich interessiert.

»Schau genau hin, Boss«, sagte Andrew. »Sieh dir die Besatzungsmitglieder an, die das Schiff verlassen.«

Paul beugte sich vor und sah, wie einige Männer in Overalls von Bord gingen. Dann kamen ein paar Offiziere in weißen Uniformen, begleitet von Navy-Angehörigen. Paul wusste, dass sie angefordert worden waren, um das Schiff sicher in den Hafen zu steuern.

Die Besatzung versammelte sich am unteren Rand der Gangway und blieb für ein Gruppenfoto stehen. Paul wollte Andrew gerade fragen, warum zum Teufel er ihm das zeigte, als eines der Besatzungsmitglieder seine Aufmerksamkeit auf sich zog. Die Person war kleiner als die anderen und stand hinter einem der Offiziere.

Paul kniff die Augen zusammen und beugte sich vor. Das war kein Mann, das war eine Frau.

Einer der Offiziere legte seinen Arm um ihre Schultern und zog sie an seine Seite, bevor das Video ausgeblendet wurde und der deutsche Nachrichtensprecher wieder auf dem Bildschirm erschien.

Paul spulte das Video zurück und hielt es an.

Er sah zu Andrew auf. »Das ist sie.«

»Ich glaube schon.«

»Wo ist sie?«

Andrews Lächeln verschwand. »Ich weiß es nicht. Aber wenn sie auf der *Asaka Express* war, muss es Aufzeichnungen geben, wohin sie von dort aus gereist ist. Ich habe herausgefunden, dass die Chefköchin an Bord Rachel Walters heißt.«

»Dieser Nachname kann kein Zufall sein«, sagte Paul.

»Da stimme ich zu«, sagte Andrew zu seinem Chef.

»Gut, finde heraus, wer dieses Arschloch ist, das seinen Arm um ihre Schulter gelegt hat. Wenn wir ihn finden, können wir vielleicht mehr herausbekommen und ihn vielleicht sogar als Druckmittel gegen sie einsetzen.«

»Schon dran, Boss«, sagte Andrew. Dann nickte er, drehte sich um und ging zur Tür.

Paul konzentrierte sich bereits wieder auf das Video. Er spielte es noch einmal ab. Und noch einmal. Dann lehnte er sich zurück und seufzte erleichtert, als er auf das leicht verschwommene Standbild starrte. Auf den ersten Blick war er sich nicht sicher, ob es die Frau war, nach der er suchte, aber die Größe und ihre Haarfarbe passten, genau wie die Tatsache, dass sie als Köchin an Bord des Schiffes gearbeitet hatte.

Er musste Elodie Winters tot sehen. Egal wie lange es dauerte, es würde passieren. Niemand in seiner Familie durfte wissen, warum sie gegangen war. Sein ältester Sohn wäre nicht begeistert, wenn er herausfinden würde, dass er ihr gesamtes Familienunternehmen riskiert hatte, indem er versucht hatte, die Köchin mit einzubeziehen.

Jerry würde irgendwann das Familienoberhaupt werden, aber nicht solange Paul am Leben und gesund war. Er würde seinen Platz nicht einnehmen, bis Paul es ihm erlaubte. Wenn sein eifriger Sohn aber von der Frau auf der Flucht erfuhr, die die gesamte Columbus-Familie in den Abgrund reißen könnte, würde er das sicher zu seinem Vorteil ausnutzen und versuchen, Paul vom Thron zu stoßen.

Das würde er nicht zulassen. Er war verantwortlich, verdammt noch mal, und sobald er diese Schlampe gefunden und getötet hatte, würde er sich wieder entspannen können und es genießen, der Boss zu sein.

»Du kannst davonlaufen, aber du wirst dich nicht für immer verstecken können, Elodie«, sagte Paul zu sich selbst. Er lehnte sich in seinem Stuhl zurück und lächelte zum ersten Mal seit langer Zeit wieder. »Ich werde dich finden ... und du wirst dafür bezahlen, dich mir widersetzt zu haben«, murmelte er.

KAPITEL SECHS

»Es sind jetzt schon zwei Monate vergangen, Mann. Du musst endlich aufhören, alle zwei Sekunden auf dein Telefon zu schauen«, sagte Slate zu Mustang nach ihrem morgendlichen Trainingslauf. Nachdem sie wieder bei ihren Wagen waren, hatte er sofort sein Handy überprüft.

Mustang seufzte. »Ich weiß.« Er hatte gehofft, dass Rachel sich mit ihm in Verbindung setzen würde, aber es wurde immer offensichtlicher, dass sie nicht vorhatte, ihn anzurufen oder ihm zu schreiben.

»Tut mir leid, Mann. Ich weiß, dass du gedacht hast, zwischen euch hätte es gefunkt«, sagte Jag.

»Das hat es«, beharrte Mustang. »Ich weiß, es klingt komisch, aber irgendetwas an ihr fasziniert mich. Es hat definitiv zwischen uns gefunkt.«

»Das stimmt«, bestätigte Midas. »Ich meine, die beiden waren wie im Einklang miteinander. Sie waren wie eins, sobald sie sich an seiner Gürtelschlaufe eingeklinkt hatte. Es klingt total beschissen und kitschig, aber es ist wahr.«

Mustang wusste nicht, ob er seinem Freund danken oder ihm sagen sollte, er solle sich verpissen.

»Glaubst du wirklich, sie steckt in Schwierigkeiten?«, fragte Pid.

»Ich weiß nicht, was ich glauben soll«, gab Mustang zu.

»Sollen wir Tex um Hilfe bitten?«, fragte Slate. »Du weißt, er würde sie mit Sicherheit gern für dich ausfindig machen. Es wäre eine kleine Herausforderung für ihn.«

Mustang schüttelte den Kopf, noch bevor sein Freund den Satz beendet hatte. »Nein, ich habe keine Ahnung, warum sie die Stelle auf diesem Containerschiff angenommen hat oder warum sie unter falschem Namen auftritt, aber ich möchte mich nicht in ihre Angelegenheiten einmischen und damit womöglich wen auch immer direkt zu ihr zu führen.«

»Erstens weißt du, dass Tex keine Spuren hinterlässt«, sagte Aleck kopfschüttelnd. »Zweitens wissen wir nicht einmal, ob Rachel nicht doch ihr Name ist.«

»Das ist er nicht«, sagte Mustang. Da war er sich hundertprozentig sicher. Selbst nach mehrmaligem Rufen des Namens war es schwer gewesen, ihre Aufmerksamkeit zu erregen. Außerdem konnte er den traurigen Ausdruck in ihren Augen nicht aus dem Kopf bekommen, als er sie Rach genannt hatte. Er hätte auf seine SEAL-Karriere gewettet, dass Rachel nicht ihr echter Name war.

»Also, was nun? Wirst du einfach nur das ganze nächste Jahr über hoffen und beten, dass sie sich mit dir in Verbindung setzt?«, fragte Slate.

Mustang war nicht überrascht über die Einstellung seines Freundes. Slate war schon immer der Ungeduldige im Team gewesen. Wenn sie die Nachricht über eine neue Mission erhielten, war er immer derjenige, der sofort losziehen wollte. Er wusste die Informationen zu schätzen, die sie im Vorfeld durch Nachforschungen sammeln konnten, aber er war eher dafür, Taten sprechen zu lassen, als herumzusitzen und zu diskutieren.

»So in etwa«, antwortete Mustang. »Ich bin nicht sicher, was ich sonst tun kann. Sie hat weder ein Telefon noch eine E-Mail-Adresse, daher kann ich sie nicht kontaktieren.«

»Wer hat heutzutage keine E-Mail-Adresse?«, überlegte Midas.

»Genau«, sagte Aleck. »Das bedeutet, dass Mustang wahrscheinlich recht hat und sie sich vor etwas oder jemandem versteckt.«

»Ich sage immer noch, dass Tex helfen könnte«, sagte Slate.

Mustang wusste, dass Slate recht hatte, und er hatte selbst bereits mehr als einmal darüber nachgedacht, den ehemaligen Navy SEAL anzurufen. Tex war ein Genie, was Elektronikscheiße anging. Pid war auch gut, aber Tex war einfach unübertroffen. Und nicht nur das. Der Mann hatte auch einige ziemlich mächtige Freunde. Männer, die Teams außerhalb des wachsamen Auges der Regierung leiteten. Männer, die Dinge vollbringen konnten, ohne sich um lästige Kleinigkeiten wie Gesetze sorgen machen zu müssen.

Früher hatte es ihn gestört, dass es da draußen ehemalige Militärangehörige gab, die sich im Wesentlichen zum Töten anderer Menschen zusammengeschlossen hatten. Aber dann hatte er über einen Vorfall gelesen, bei dem ein berüchtigter Menschenhändler in Peru überfallen und ermordet worden war, und hatte es verstanden. Der Mann war von einem der Teams ausgeschaltet worden, die Mustang zuvor missbilligt hatte. Nachdem er davon erfahren hatte, welche Qualen seine Opfer erlitten hatten, darunter eine Frau, die in Las Vegas entführt und ein Jahrzehnt lang festgehalten worden war, hatte er seine Meinung geändert.

Gerüchten zufolge gab es ein Team in Indiana, das sich um den Abschaum der Menschheit kümmerte. Während Mustang wusste, dass er für diese Art von Arbeit nicht geeignet war – er bevorzugte es, Menschen zu retten, anstatt sie zu töten –, hatte er erkannt, dass es wichtig war, Leute da draußen zu haben, die bereit waren, ihr Leben aufs Spiel zu setzen, um die Welt vom Bösen zu befreien.

Aber er war nicht bereit dazu, Tex anzurufen und sich in Rachels Leben einzumischen. Er hatte keine Ahnung, wovor sie sich versteckte, aber er würde sich nicht einmischen, solange sie ihn nicht einbeziehen wollte – und offensichtlich wollte sie das nicht, wenn man bedenkt, wie lange er nichts von ihr gehört hatte. Er hatte sich noch nie einer Frau aufgezwungen und würde jetzt nicht damit anfangen.

Aber es machte ihn trotzdem fertig, weil er wusste, dass es zwischen ihnen gefunkt hatte. Außerdem mochte er Rachel.

»Worüber denkst du da drüben so sehr nach?«, fragte Pid. Sie standen um ihre Wagen auf dem Parkplatz neben dem Strand und machten eine Pause nach dem morgendlichen Training.

Mustang bemerkte, dass er in Gedanken versunken auf die Wellen gestarrt hatte. Er seufzte. »Nicht viel.«

»Weißt du, was ich denke?«, fragte Midas.

Mustang machte sich bereit, eine der verrückten Ideen seines Teamkameraden zu hören. Midas war derjenige, der immer die ausgefallensten Aktivitäten für sie zu finden schien. Er mochte jede Art von Adrenalinschub. Deswegen war er ein großartiger SEAL. Aber wenn sie nicht auf Mission waren, brauchte er trotzdem diese Art von Aufregung in seinem Leben. Mustang hatte sich früher Sorgen um ihn gemacht, bis er begriffen hatte, dass es für Midas' geistige Gesundheit besser war, ihn ein paar verrückte Dinge machen zu lassen.

»Gott steh mir bei, jetzt geht es los«, sagte Aleck seufzend.

»Bitte schlag nicht wieder vor, dass wir mit Haien schwimmen«, murmelte Pid.

»Oder freiwillig um einen aktiven Vulkan wandern, um Lavaproben zu nehmen«, fügte Jag hinzu.

»Nein, nichts dergleichen«, sagte Midas. »Ich dachte an Hochseeangeln. Ich denke, wir brauchen alle eine Auszeit. Wir könnten uns ein Boot mieten und den Tag auf dem Wasser verbringen.«

»Weil wir nicht schon genug Zeit auf See verbracht haben«, witzelte Jag.

Mustang unterdrückte sein Lächeln. Seine Teamkameraden hatten seine Stimmung etwas aufgehellt.

»Ach, kommt schon. Es wird lustig sein, nicht wegen einer Mission auf einem Boot zu sein. Wir können ein paar Biere trinken, uns entspannen und vielleicht nebenbei einen Speerfisch oder einen Tunfisch fangen«, versuchte Midas, die anderen zu überzeugen.

»Ich bin dabei«, sagte Mustang. Es klang tatsächlich lustig. Er war lange nicht mehr zum Hochseeangeln gewesen und es machte immer Spaß, mit seinem Team abzuhängen.

»Ich kenne da einen Typen«, sagte Aleck. »Ich bin mir sicher, dass er uns rausfahren kann. Ich möchte nicht mit einer dieser kitschigen Firmen mit so einem Touristenführer fahren, der keine Ahnung von nichts hat.«

»Die meisten sind gar nicht so schlecht«, sagte Midas.

»Ich weiß, aber trotzdem. Dieser Typ hat sein eigenes Boot, das genügend Platz für uns alle hat, damit wir nicht die ganze Zeit übereinandersitzen müssen. Darüber hinaus vertraue ich ihm. Sein Boot ist in gutem Zustand und wir müssen uns keine Sorgen machen, auf hoher See festzusitzen oder so etwas«, sagte Aleck.

»Großartig, also ... dieses Wochenende?«, forderte Midas. »Was habt ihr alle vor?«

»Nun, da sind diese Zwillingsschwestern ...«, begann Pid und verstummte.

Jag schlug ihm auf den Hinterkopf. »Vielleicht in deinen Träumen«, scherzte er.

Pid lachte. »Richtig, natürlich habe ich nichts vor. Wann hatte einer von uns das letzte Mal ein Privatleben?«

»Wir waren zu beschäftigt für soziale Kontakte«, sagte Aleck.

»Was mir ganz gut passt«, fügte Slate hinzu.

»In Ordnung, also Mustang, bist du dabei?«, fragte Midas.

»Hört sich gut an«, stimmte Mustang zu. Es war nicht so, als müsste er in seiner Wohnung sitzen und darauf warten, dass Rachel anruft.

Die Männer verabschiedeten sich und alle stiegen in ihre Wagen. Sie hatten noch anderthalb Stunden Zeit, bevor sie auf dem Navy-Stützpunkt sein mussten. Genügend Zeit, um nach Hause zu fahren, zu duschen, sich umzuziehen und sich wieder auf den Weg zu machen.

Während der Heimfahrt und während Mustang sich auf die Arbeit vorbereitete, dachte er an nichts anderes als an Rachel ... einschließlich ihres letzten Gesprächs auf dem Schiff. Vielleicht hatte er sich nicht klar genug ausgedrückt, dass sie ihm vertrauen konnte.

Vielleicht hatte er sie verunsichert, als er sich vorgebeugt hatte, um sie zu küssen ...

Es war instinktiv gewesen. Wenn ihr Assistenzkoch nicht genau im richtigen – beziehungsweise falschen – Moment hereingekommen wäre, hätte er etwas getan, was er noch nie zuvor getan hatte.

Eine Frau kurze Zeit nach ihrem ersten Aufeinandertreffen zu küssen.

Er war nicht prüde, aber bedeutungsloser Sex war nie Mustangs Ding gewesen. Und mit sechsunddreißig war das immer noch nicht so. Er wollte eine Frau gern kennenlernen, bevor er irgendeine Art von Intimität mit ihr initiierte. Aber er nahm an, dass das, was sie gemeinsam durchgemacht hatten, ausreichte, um sie in so kurzer Zeit einander näherzubringen. Rachel hatte ihm buchstäblich das Leben gerettet und sie hatte sich während der gesamten Tortur so tapfer gehalten. Mustang konnte nicht anders, als sie zu bewundern. Er wollte sie kennenlernen. Herausfinden, wie sie wirklich war.

Seufzend stand er in der kleinen, aber funktionalen Küche seiner Wohnung und starrte aus dem Fenster aufs Meer. Er hatte diese Wohnung ausgesucht, weil man von der Küche und vom Schlafzimmer aus die Wellen sehen konnte. Neben dem

Wohnzimmer und dem Schlafzimmer gab es nur noch ein weiteres, winziges Zimmer, das er derzeit als Trainingsraum nutzte. Aber er konnte im Bett liegen und das Meer sehen, und das allein war die exorbitante Miete wert.

Davon abgesehen war nichts in Hawaii billig. Nahrung, Unterkunft, Kleidung ... alles kostete ein kleines Vermögen.

Mustang wusste, dass er sich beeilen musste, um pünktlich auf dem Stützpunkt zu sein. Er spülte den Rest seines Kaffees herunter und stellte die Tasse in die Spüle. Er hoffte, dass Rachel in Sicherheit und glücklich war, wo auch immer sie sich aufhielt. Er könnte enttäuscht sein, dass sie ihn nicht kontaktiert hatte, aber er wollte mit keiner Frau zusammen sein, die nicht hundertprozentig in ihn verliebt war. Er hatte bei der Navy schon zu viele Beziehungen gesehen, die nicht funktioniert hatten. Er wollte eine Frau finden, die ihn unterstützte und liebte. Im Gegenzug würde er sich auch hundertprozentig ihr widmen.

***

Elodie rollte sich im Bett herum und stöhnte. Die letzten zwei Monate waren extrem stressig gewesen. Als sie sich hatte entscheiden müssen, wohin sie nach dem Verlassen der *Asaka Express* gehen sollte, hatte sie in Sekundenbruchteilen eine Entscheidung getroffen, von der sie hoffte, sie nicht zu bereuen.

Sie war jetzt seit anderthalb Monaten in Hawaii ... und war Scott nicht näher gekommen als am ersten Tag ihrer Ankunft.

Es war dumm gewesen, nach Honolulu zu reisen, aber sie hatte keine bessere Idee gehabt ... also war sie hier. Die Wahrscheinlichkeit, den hübschen Navy SEAL zu finden, der zu ihrer Rettung gekommen war, war jedoch gering.

Sie war eine Idiotin und hatte das Stück Papier mit seiner Handynummer verloren.

Die Tage, nachdem die SEALs die *Asaka Express* verlassen

hatten, waren verrückt gewesen. Sie hatten an mehreren Treffen mit Navy-Mitarbeitern und Regierungsbeamten teilnehmen müssen. Sie musste ihre Geschichte immer wieder verschiedenen Leuten erzählen. Die Firma, der das Schiff gehörte, hatte jedem einen hohen Bonus gezahlt ... Elodie hatte das Gefühl, das man sie auszahlen wollte, damit sie nichts Schlechtes über die Sicherheit an Bord sagten. Da sie das Geld brauchte, hatte sie aber kein Problem damit, es anzunehmen, obwohl sie sich danach ein wenig schuldig fühlte.

Elodie und Manuel hatten alle Hände voll zu tun gehabt, die Kombüse und die angrenzenden Räume aufzuräumen, ganz zu schweigen von den Mahlzeiten, die sie für die Besatzung und das zusätzliche Personal an Bord hatten zubereiten müssen.

Nach einem sehr langen Tag, an dem die Firma den Angestellten mitgeteilt hatte, dass sie vierundzwanzig Stunden Zeit hätten, sich zu entscheiden, was sie tun wollten – auf der *Asaka Express* bleiben, auf ein anderes Schiff wechseln oder mit einem Abfindungspaket kündigen –, hatte Elodie ernsthaft über Scotts Angebot nachgedacht, nach Hawaii zu gehen.

Sie wusste, dass es ausgeschlossen war, an die Ostküste der USA zurückzukehren. Paul Columbus hatte dort zu viel Einfluss. Er war ein New Yorker Gangsterboss, extrem rücksichtslos und mächtig und er kannte viele Leute. Sie würden alle, ohne zu zögern, tun, was er verlangte – einschließlich eine ehemalige Angestellte, die zu viel wusste, aus dem Weg zu räumen, nachdem sie sich geweigerte hatte, seine schändlichen Pläne in die Tat umzusetzen.

Sie hatte die USA verlassen, weil sie sich nirgendwo sicher gefühlt hatte. Je mehr sie darüber nachdachte, desto mehr erschien Hawaii ihr als eine gute Lösung. In Honolulu gab es Millionen von Touristen. Es war ein ständiges Kommen und Gehen. Es sollte für sie ein Leichtes sein, dort unterzutauchen. Sie könnte eine Weile in der Tourismusbranche arbeiten und niemand würde sich wundern, wenn sie ein paar Monate später wieder verschwand.

Elodie hoffte, dass sie ihre Deckung eines Tages ein wenig vernachlässigen könnte, vielleicht sogar heiraten und eine Familie gründen. Aber das würde sie nicht riskieren, solange sie nicht sicher war, dass Paul es aufgegeben hatte, nach ihr zu suchen. Vielleicht würde er irgendwann zu der Einsicht gelangen, dass sie den Mund halten würde, solange sie nicht zur Polizei ging.

Seufzend starrte Elodie an die Decke ihres Apartments. Es war nicht wirklich eine Wohnung, sondern nur ein Zimmer in dem Haus einer älteren Frau, das sie gemietet hatte. An der Decke waren Wasserflecke und es gab keine Klimaanlage. Die meiste Zeit störte sie das nicht, da nachmittags eine frische Brise vom Meer durch den Raum wehte. Aber an die hohe Luftfeuchtigkeit konnte sie sich nur schwer gewöhnen. Alles fühlte sich feucht an. Und wenn sie sich über die Lippen leckte, schmeckte es salzig.

Elodie schloss die Augen und erinnerte sich an den Tag auf der *Asaka Express*, als ihr klar geworden war, dass sie das Stück Papier mit Scotts Nummer irgendwie verloren hatte. Sie hatte Wäsche gewaschen und hätte schwören können, dass der Zettel in einer anderen Jeans gewesen war. Sie hatte ihren Wäschekorb in die Waschküche gebracht, wo sie normalerweise noch einmal die Hosentaschen überprüfte, bevor sie die Sachen in die Maschine warf. Diesmal hatte sie es aber eilig gehabt. In der Waschküche war sie auf Valentino gestoßen, der wieder versucht hatte, sie anzubaggern.

Als sie den Zettel mit Scotts Nummer kurze Zeit später nicht mehr finden konnte, wurde Elodie klar, dass sie ihn mitgewaschen haben musste. Mittlerweile musste er sich in der Waschmaschine aufgelöst haben. Und natürlich hatte sie sich die Nummer auch nicht gemerkt. Sie wusste, dass die Vorwahl für Honolulu acht null acht war und dass es in seiner Nummer eine Null, ein paar Dreien und eine Eins gab. Aber das war alles, woran sie sich erinnerte.

Sie wusste, dass es eine dumme Idee war, aber sie hatte sich dennoch entschlossen, nach Hawaii zu reisen, auch ohne die Möglichkeit, Scott kontaktieren zu können. Sie hatte gehofft, dass sie ihn irgendwie finden würde, ihm vielleicht sogar über den Weg laufen würde. Aber das war ein Irrglaube gewesen. Es gab auf der Insel viel mehr Menschen und viel mehr Militärangehörige, als sie erwartet hatte. Und es war nicht so, als könnte sie einfach auf den Navy-Stützpunkt marschieren und Fragen stellen.

Also hatte sie die Abfindung genommen und das günstigste Zimmer gemietet, das sie hatte finden können. Aber selbst das war teurer gewesen als erwartet. Sie musste Arbeit finden, sonst könnte sie sich schon bald zu den unzähligen Obdachlosen gesellen, die sie täglich auf der Straße sah.

Obwohl Elodie wusste, dass sie wahrscheinlich irgendwo in einem Restaurant Arbeit finden könnte, lehnte sie diese Idee ab. Sie hatte Angst, dass Paul sie so leichter finden könnte. Wenn er irgendwie herausfand, dass sie als Köchin an Bord der *Asaka Express* gearbeitet hatte, wäre es einfach, davon auszugehen, dass sie irgendwo anders wieder einen anderen Job als Köchin annahm. Sie hatte Angst, dass er die Ressourcen hatte, um sie irgendwie ausfindig zu machen, wenn sie weiter in ihrem erlernten Beruf arbeitete.

Darüber hinaus hatte Elodie die Arbeit in der Küche satt.

Sie hatte es früher geliebt, neue und aufregende Gerichte zu erfinden. Aber auf der Flucht und immer auf der Hut sein zu müssen, hatte ihr die Freude am Kochen verdorben.

Es hatte zwei Wochen gedauert, aber schließlich hatte sie eine Anstellung bei einem Charterfischer bekommen. Die Arbeit war nicht sehr schwer und intellektuell wenig fordernd, was ihr eigentlich gefiel. Die beiden Männer, denen das Boot gehörte, waren verheiratet und Anfang vierzig. Beide waren nett, aber nicht übermäßig freundlich. Nachdem sie permanent Valentinos Anmach-versuche hatte abwehren müssen und versuchen musste, ihm aus dem Weg zu gehen, war das eine willkommene Abwechslung.

Wenn Touristen das Boot mieteten, fuhren sie am frühen Morgen gegen sechs Uhr hinaus aufs Meer. Ihre Aufgabe war es, die Gäste bei Laune zu halten, sich um etwaige Kinder zu kümmern, die unter den Passagieren waren, das Boot sauber zu halten, den Papierkram zu erledigen, ein leichtes Mittagessen und Snacks zu servieren und Fotos zu machen. Sie verdiente gerade genug, sodass es für Lebensmittel und die Miete reichte.

Das Boot kehrte normalerweise am frühen Nachmittag zum Dock zurück. Nachdem sie aufgeräumt und alles für den nächsten Tag wieder an seinen Platz gelegt hatte, hatte sie den Rest des Tages frei. Elodie hatte kein Auto und konnte die Insel nicht auf eigene Faust erkunden, aber sie hatte schnell heraus-bekommen, wie die öffentlichen Verkehrsmittel funktionierten.

Sie würde Scott nicht zufällig über den Weg laufen, wenn sie die ganze Zeit in ihrem Zimmer verbrachte. Sie hatte aber bereits realisiert, dass Scott nicht einfach aus dem Nirgendwo auftauchen und sie voller Wiedersehensfreude in den Arm nehmen würde, auch wenn sie alle Touristenziele besuchte, die mit dem Navy-Stützpunkt verbunden waren, wie zum Beispiel Pearl Harbor und das ehemalige Schlachtschiff *USS Missouri*.

Elodie war sich nicht sicher, was sie auf lange Sicht tun würde. Sie mochte ihren Job, konnte aber schlecht für immer auf einem Fischerboot arbeiten. Sie war fünfunddreißig Jahre alt, eine renommierte Köchin und ein halbwegs anständiger Mensch. Leider war sie auf der Flucht vor einem verrückten Gangsterboss, für den sie unglücklicherweise gearbeitet hatte.

Als der Wecker auf dem Nachttisch klingelte, schaltete Elodie widerwillig den Alarm aus und ging ins Badezimmer. Sie musste die Entscheidung über den Rest ihres Lebens nicht heute treffen. Sie musste lediglich lächeln und freundlich zu den Touristen sein, die beschlossen hatten, das Boot für den heutigen Tag zu mieten. Wenn sie von der Arbeit kam, würde sie vielleicht zum Strand von Ewa gehen. Sie hatte viel Positives darüber gehört. Definitiv würde es dort nicht so voll sein wie Waikiki. Sie war nur einmal dort gewesen, und das hatte ihr gereicht. Zu viele Leute, zu viele Geschäfte und zu wenig Platz.

Sie wusste, dass sie sich nicht beschweren sollte. Nachdem Elodie dem Tod nicht nur einmal, sondern zweimal knapp entkommen war – das erste Mal, als sie es geschafft hatte, aus New York und damit der Reichweite der Familie Columbus zu entkommen, und das zweite Mal, als die *Asaka Express* entführt worden war –, versuchte sie, sich mit ihrem langweiligen Leben zu arrangieren. Langweilig war besser als tot.

Aber sie konnte nicht anders, als sich ständig zu fragen, was Scott gerade tat. Ob er überhaupt an sie dachte.

Sie hatte fast jeden Tag an ihn gedacht, seit er dieses Containerschiff verlassen hatte. Er hatte sich so aufrichtig angehört, als er seine Hilfe angeboten hatte. Sie wusste nicht, wie er gemerkt hatte, dass Rachel nicht ihr richtiger Name war, und sie hätte sich ihm fast anvertraut. Aber sie hatten keine Zeit gehabt.

Sie wollte ihn nicht in Gefahr bringen, indem sie nach Hawaii kam, aber nun war sie hier. Aber sie hatte Angst gehabt. Sie hatte keine Ahnung, was sie sonst hätte tun sollen. Also war sie nach Hawaii gereist, trotz der Tatsache, dass sie Scott dadurch in Gefahr bringen könnte.

Elodie fühlte sich schwach, weil sie solche Angst vor Paul hatte und weil sie so einsam war. Scott hatte ihr das Gefühl gegeben, in Sicherheit zu sein. Sie hoffte nur, dass er immer noch dazu bereit wäre, ihr zu helfen, und dass er ihr vergeben würde, dass sie ihn mit ihrem Mist belastete, falls sie ihn jemals finden sollte.

Spät in der Nacht, wenn sie im Bett lag und die leichte Meeresbrise auf ihrem Körper spürte, träumte Elodie davon, wie ihr Leben sein könnte, wenn sie nicht auf der Flucht wäre, wenn sie bei ihm sein könnte. Würde es unter normalen

Umständen überhaupt so zwischen ihnen funken, wie es auf dem Schiff passiert war? Oder war es nur die Gefahrensituation gewesen, die ihre Sinne getrübt hatte?

In der Vergangenheit war Elodie mit netten, anständigen Männern oder Geschäftsleuten ausgegangen, die dachten, dass sie gern für sie kochen würde. Elodie hatte aber immer das Abenteuer gesucht – und davon hatte sie nun mehr bekommen, als ihr lieb war.

Seufzend zwang sie sich aufzustehen und zog ihren Badeanzug an. Mit Scott hätte es wahrscheinlich sowieso nicht funktioniert. Er war ... größer als alles in ihrem Leben. Er war ein Held. Sie war nur ein dummes Mädchen auf der Flucht. Sie wünschte, sie wäre mutig genug, sich selbst gegen Paul zu wehren und zur Polizei zu gehen. Aber das war sie nicht.

Sie war auch keine Idiotin. Er würde gewinnen. Er würde nicht fair kämpfen, wie die vielen Menschen bewiesen, die gestorben waren, bevor sie gegen seine Familie hatten aussagen können. Er hatte von ihr verlangt, sich an der Tötung eines Mannes zu beteiligen. Weil sie sich geweigert hatte, würde sie ihr Leben lang auf der Flucht sein.

Und jetzt war sie hier im Paradies, wo sie jeden Tag von Menschen umgeben war. Sie lächelte und lachte, fühlte sich aber immer noch allein.

Elodie versuchte, die Melancholie abzuschütteln und sich auf die positiven Dinge zu konzentrieren. Sie war am Leben. Sie war in Hawaii. Sie hatte ein Dach über dem Kopf und genug zu essen. Was machte es schon aus, dass sie keine Freundinnen hatte? Dass sie keinen festen Freund hatte? Es ging ihr gut ... gewissermaßen.

Eine Träne rollte über ihre Wange, als sie zur Bushaltestelle ging. Sie konnte niemandem etwas vormachen, am allerwenigsten sich selbst. Nach Hawaii zu kommen war eine dumme Idee gewesen. Dadurch musste sie nur noch mehr an Scott denken und bedauerte es umso mehr, seine Nummer verloren zu haben. Sie hatte keine Ahnung, ob die Dinge mit ihm irgendwohin geführt hätten, aber vielleicht wäre er ein Freund gewesen und sie hätte sich auf der Welt nicht mehr so allein gefühlt.

»Vielleicht ziehe ich nach Australien«, sagte Elodie zu sich selbst, als sie tief Luft holte und sich die Tränen aus dem Gesicht wischte. Es wäre nicht gut fürs Geschäft, wenn die Touristen eine verheulte Angestellte sehen würden.

Sie wusste, dass sie nicht nur eingestellt worden war, weil sie sofort hatte anfangen können und ihr das niedrige Gehalt nichts ausmachte, sondern weil sie auch im Badeanzug halbwegs anständig aussah und die meisten Gäste Männer waren. Natürlich war das diskriminierend und widerlich, aber welche Wahl hatte sie schon. Außerdem mochte sie Perry und Kahoni, die Besitzer des Bootes. Sie achteten darauf, dass ihre Gäste sich ihr gegenüber anständig benahmen. Einer der beiden begleitete sie auf jeden Ausflug zusammen mit Kai, ihrem einzigen anderen Angestellten, einem Einheimischen Anfang zwanzig.

Als sie im Bus auf dem Weg zum Hafen saß, dachte Elodie darüber nach, wohin sie in Australien gehen würde. Vielleicht nach Adelaide. Es war nicht so groß wie Sydney oder Perth und sie hatte einmal mit einem Mann zusammengearbeitet, der von dort stammte. Er hatte immer in den höchsten Tönen über die Stadt gesprochen, einschließlich der ausgezeichneten Restaurants. Es wäre zu gefährlich, jemanden zu kontaktieren, mit dem sie früher zusammengearbeitet hatte. Sie wusste, dass Paul alle ihre früheren Kontakte überprüfen würde. Er würde nicht davor zurückschrecken, jemanden zu verletzen oder zu töten, wenn er glaubte, dass derjenige Informationen über ihren Aufenthaltsort hatte. Aber sie könnte nach Adelaide gehen und dort ein kleines, abgelegenes Restaurant finden, wo sie den ganzen Tag Apfelstrudel und Fleischpasteten zubereiten könnte.

Der Hafen kam in Sichtweite und Elodie packte ihre Sachen zusammen. Sie hatte bereits auf die harte Tour gelernt, dass Sonnencreme allein nicht ausreichte, um ihre Haut vor der hawaiianischen Sonne zu schützen. Sie hatte sich ein langärmeliges Hemd mit UV-Schutz gekauft. Es bestand aus schnell trocknendem Material und half ihr, am Ende des Tages nicht rot wie ein Hummer auszusehen.

Nachdem sie aus dem Bus gestiegen war, ging sie an einer Reihe im Hafen liegender Boote vorbei, bis sie die *Fish Tales*, das Boot von Perry und Kahoni, erreichte.

Perry winkte ihr zu, als sie an Bord ging, und Kai hob zum Gruß leicht das Kinn. Beide waren damit beschäftigt, das Boot für den Tag vorzubereiten. Kahoni würde ihre Kunden in einer kleinen Hütte am Pier empfangen.

»Aloha, Melody, wie geht es dir?«, fragte Kai, während er arbeitete.

Elodie hatte ihre Lektion gelernt und einen guten Teil des Geldes, das sie als Abfindung nach dem Verlassen der *Asaka Express* erhalten hatte, investiert, um sich eine neue Identität zuzulegen. Sie hatte einen Namen gebraucht, der ihrem eigenen ähnlicher war, damit sie sich daran erinnerte zu reagieren, wenn sie angesprochen wurde. Melody klang fast wie Elodie, sodass sie nicht zweimal überlegen musste, wenn sie das Wort hörte.

»Mir geht es großartig, aber bald wird es noch besser. Und dir?«, antwortete sie. Es war eine Tradition zwischen ihnen, jeden Morgen die gleiche Antwort zu geben.

»Gut. Bereit, heute einen Speerfisch zu fangen!«, sagte Kai. Das sagte er auch jeden Tag.

Es war gut, eine Routine zu haben. Das war es, was Elodie brauchte.

Zwanzig Minuten später kamen zwei Paare zusammen mit Kahoni auf das Boot zu. Sie lächelten und sahen aus, als könnten sie es kaum erwarten, angeln zu gehen.

Elodie sprach ein leises Gebet – wie vor jedem Ausflug –, dass die Kunden nicht anfällig für Seekrankheit wären, da es ihre Aufgabe wäre, sich im Ernstfall um die Kotztüten zu kümmern. Sie lächelte und hieß sie willkommen, als sie an Bord kamen. Jetzt galt es, acht Stunden zu überstehen, bis sie wieder freihatte, um nach Oahu zu fahren, in der Hoffnung, wie durch ein Wunder dort auf den Mann zu stoßen, den sie nicht aus dem Kopf bekommen konnte.

KAPITEL SIEBEN

Es war Samstagmorgen und Mustang fragte sich, was zum Teufel er tat. An einem der wenigen Tage der Woche, an denen er ausschlafen könnte, stand er bei Morgengrauen auf und traf sich mit seinen Freunden, die er ohnehin jeden verdammten Tag sah, nur um den ganzen Tag in einem Boot auf dem Meer zu verbringen, wo er bereits einen Großteil seines Lebens verbrachte. Zuerst hatte er sich auf diesen Angelausflug gefreut, aber jetzt hatte er Bedenken.

Aber Midas schien sehr aufgeregt über die Aussicht zu sein, einen riesigen Speerfisch zu fangen. Und Mustang konnte nicht leugnen, dass es angenehm sein könnte, herum-zusitzen und sich über Mist zu unterhalten, der nicht die nationale Sicherheit oder Terroristen betraf. Also stieg er aus dem Bett und machte sich fertig, bevor Aleck kam, um ihn abzuholen.

Aleck war genau um sieben Uhr da und sie fuhren gemeinsam zum Hafen hinunter, wo sie sich mit dem Mann treffen würden, dem das Boot gehörte. Das Boot war groß und sah komfortabel aus. Nachdem der Rest des Teams aufgetaucht war, machten sie sich auf den Weg.

Es war ein wunderschöner Tag. Die Sonne schien und es

wehte eine leichte Brise. Die Männer lachten, tranken ein paar Biere und hatten insgesamt viel Spaß.

Pid fing einen riesigen Speerfisch. Sie mussten alle mit anpacken, um die Leine einzuholen. Alecks Bekannter, der Typ, dem das Boot gehörte, wollte den Fisch filetieren, sobald sie zurück an Land waren, damit jeder etwas davon mitnehmen könnte. Sie waren sich einig, den Rest des Fisches dem Mann zu überlassen, als Dank dafür, dass er sie auf seinem Boot mit hinaus aufs Meer genommen hatte.

Es war noch früh am Nachmittag, als sie wieder im Hafen eintrafen. Mustang saß vorne auf dem Boot und genoss die Sonne und den Wind auf seinem Gesicht. Es war ein reges Treiben am Pier und es gab viele Boote mit Touristen an Bord. Mustang lächelte ein paar Kindern zu, die ihm von einem anderen Boot begeistert zuwinkten, als sie sich auf den Weg machten, um einen Nachmittag lang Wale zu beobachten, zu schnorcheln oder Parasailing zu machen.

Trotz seiner morgendlichen Bedenken hatte er das gebraucht. Einen Tag lang zu entspannen und sich keine Sorgen darüber zu machen, was in der Welt los war ... oder ob sein Handy gleich klingelte. Heute war er einfach nur Scott Webber, der Durchschnittstyp, und nicht Mustang, der Navy SEAL.

Seine Teamkameraden alberten hinter ihm herum und Mustang achtete nicht wirklich darauf, als ihm an Land etwas auffiel. Ein Boot wurde gerade am Dock festgemacht, nicht weit von dem Platz entfernt, an dem sie anlegen wollten. Zwei Paare, offensichtlich Touristen, hatten gerade das Boot verlassen. Sie verabschiedeten sich und bedankten sich bei den Touristenführern, als ihm etwas auffiel, das ihn zweimal hinschauen ließ.

Ihr dunkles Haar war zu einem Pferdeschwanz zusammengebunden und sie trug ein langärmeliges weißes Hemd und schwarze Shorts. Erst als sie die Paare anlächelte, wurde Mustang klar, wen er da sah.

Abrupt stand er auf und schrie: »Rachel!«

Aber die Frau drehte weder den Kopf herum, noch machte sie den Anschein, als hätte sie ihn gehört.

»Rachel!«, rief Mustang erneut.

»Was zum Teufel tust du, Mustang?«, fragte Aleck und trat neben ihn.

»Sie ist es!«, sagte Mustang ungeduldig.

»Wer?«

»Rachel! Die Frau von der *Asaka Express*.«

»Du weißt, dass das ziemlich unwahrscheinlich ist, oder?«, fragte Pid und trat vor, um zu sehen, was Mustang so in Aufregung versetzt hatte.

»Ist es nicht. Ich bin mir sicher, dass sie es ist«, bestand Mustang auf seiner Aussage. Er drehte sich um und starrte den Fischer an, der das Boot lenkte. »Zieh an diesem Boot vorbei!«, rief er.

»Unser Liegeplatz ist da drüben«, sagte der Mann und deutete mit dem Kopf auf einen Steg vor ihnen.

»Scheiße!« Mustang fluchte, drehte sich um und streckte den Hals, um die Frau im Auge zu behalten, von der er überzeugt war, dass er sie vor ein paar Monaten auf diesem entführten Containerschiff getroffen hatte.

»Wo ist sie?«, fragte Midas und drängte sich ebenfalls vorne auf das Boot.

»Dort drüben«, sagte Mustang und zeigte auf das Boot, das jetzt hinter ihnen war. »Auf der *Fish Tales*.«

Midas kniff die Augen zusammen und sah, wie die Frau mit zwei anderen Männern wieder an Bord des kleineren Fischerbootes ging. »Ich weiß nicht, Mann«, meinte er nach einem Moment.

»Ich sage euch, dass sie es ist«, beharrte Mustang.

»Warum sollte sie hier sein?«, fragte Jag.

»Und wenn sie es ist, warum hat sie dich nicht angerufen?«, fügte Slate hinzu.

»Ich habe ihr gesagt, dass ich hier stationiert bin und dass ich ihr helfen kann, sollte sie jemals etwas brauchen«, erklärte Mustang seinen Freunden. Der einzige Mensch, der davon wusste, dass er seine Hilfe angeboten hatte, war Midas. Die anderen wussten nur, dass er ihr seine Telefonnummer gegeben hatte, aber nicht, dass er sie förmlich eingeladen hatte, nach Honolulu zu kommen. »Ich weiß nicht, warum sie mich nicht angerufen hat«, gab Mustang zu.

»Alter, sie hängt auf einem Touristenboot rum. Ich kann mir nicht vorstellen, dass sie den ganzen Weg gekommen ist, um diesen Job anzunehmen. Ist sie nicht Köchin?«, fragte Aleck.

»Ja«, bestätigte Mustang. Er streckte erneut den Hals, als das andere Boot außer Sicht geriet. Sein Herz hämmerte in seiner Brust. Wenn das seine Rachel war, musste er mit ihr sprechen und sich davon überzeugen, dass es ihr gut ging. Er musste herausfinden, warum sie hier war und warum sie ihn nicht kontaktiert hatte.

»Herrgott, eigentlich bin ich der Ungeduldige«, scherzte Slate, als Mustang gespannt darauf wartete, dass das Boot sich dem Dock näherte.

Normalerweise hätte Mustang geholfen, das Boot festzumachen und den Müll aufzuräumen, aber er wollte nur noch an Land gehen und herausfinden, ob die Frau, die er gesehen hatte, wirklich Rachel war. Es dauerte noch einige Minuten, aber schließlich war ihr Boot nahe genug am Dock, sodass Mustang an Land springen konnte. Er lief los, obwohl er wusste, dass seine Freunde sich über ihn lustig machen würden.

Er konnte das Boot mit dem Namen *Fish Tales* vor sich sehen, geriet aber für einen Moment in Panik, als er niemanden mehr an Bord sah.

Mustang schaute hinter sich zum Parkplatz und entdeckte die Frau, die er zuvor mit einem größeren Mann gesehen hatte. Er sprintete auf sie zu und konnte sich nicht davon abhalten, noch einmal zu rufen.

»Rachel!«

Die beiden wurden nicht langsamer und sahen sich nicht um.

»Scheiße«, murmelte er. Mustang wusste, dass er wahrscheinlich wie ein Verrückter aussah, so wie er lief und schrie, aber er musste unbedingt diese Frau einholen, bevor sie verschwand. Wenn es nicht Rachel war, musste es ihre Doppelgängerin sein.

»Rachel!«, versuchte er es erneut.

Diesmal drehte sich der Mann um und sah ihn an. Dann schaute er zu der Frau neben sich und sagte etwas zu ihr. Als sie sich umdrehte, um nachzusehen, wer da schrie und warum, sah es aus, als hätte sie einen Schock.

»Rachel?«, sagte er in normalem Ton, als er näher kam.

Die Frau wurde blass und starrte ihn mit großen Augen an … aber sie sagte immer noch nichts.

Er blieb ein paar Meter entfernt stehen und blickte sie an. Er hatte keine Ahnung, warum sie nichts sagte.

»Warum nennt er dich Rachel?«, fragte der Mann neben ihr.

Mustang ignorierte ihn. Alles in allem sah sie gut aus. Sie trug Flipflops und ihre Shorts erlaubten ihm einen Blick auf ihre straffen Beine. Das weiße Oberteil saß eng über ihren Kurven und Mustang konnte nicht leugnen, dass ihm gefiel, was er sah. Auf der *Asaka Express* hatte er keinen guten Eindruck von ihren Maßen bekommen können. Nicht nur, weil sie sich mitten in einer gefährlichen Operation befunden hatten, sondern auch, weil sie ein übergroßes Hemd und eine weite Hose getragen hatte, die jeden Zentimeter ihres Körpers versteckt hatten.

Ihr dunkles Haar hatte sie zu einem Pferdeschwanz zusammengebunden und ihre Nasenspitze war rosa. Es war allerdings offensichtlich, dass sie seit ihrer Ankunft in Hawaii etwas Farbe bekommen hatte. Ihre Haut war etwas dunkler als damals auf dem Schiff im Mittleren Osten. Sie starrte ihn ungläubig aus ihren braunen Augen an und er konnte verschiedene Emotionen erkennen.

Aber abgesehen von den leichten Unterschieden, dies war Rachel, die Frau, die ihm auf diesem Containerschiff das Leben gerettet hatte.

»Melody, warum nennt dieser Mann dich Rachel?«, fragte der Mann erneut und stellte sich leicht vor sie, als würde er sie vor Mustang beschützen.

Mustang wollte fast lachen. Als hätte dieser Surfertyp gegen ihn etwas auszurichten. Aber er war nicht da, um Rachel zu erschrecken ... oder wie auch immer sie hieß.

»Scott?«, flüsterte Rachel.

»Ja, ich bin es«, sagte er zu ihr.

Dann ging sie auf ihn zu und schob den Mann neben sich zur Seite. Sie warf sich Scott praktisch in die Arme.

Mustang stöhnte erleichtert, als sie gegen seinen Körper schlug, und trat einen Schritt zurück, um das Gleichgewicht zu behalten. Es hatte sich noch nie so richtig angefühlt, seine Arme um eine Frau zu legen und sie festzuhalten.

»Also gut, du kennst ihn scheinbar«, sagte der Mann hinter ihr.

»Ja, das tue ich«, murmelte Rachel und nickte.

»Alles in Ordnung? Soll ich dich immer noch nach Hause fahren?«, fragte er dann.

»Nein, ich kann den Bus nehmen«, antwortete Rachel, ohne ihren Kopf von Mustangs Brust zu nehmen.

»Ich werde sie nach Hause bringen«, erklärte Mustang dem anderen Mann.

»Ich bin Kaikilaonāoneko'olau«, sagte der Mann und streckte seine Hand aus. Dann grinste er bei dem Ausdruck der Bestürzung auf Mustangs Gesicht. »Aber du kannst mich Kai nennen.«

Mustang lachte und nahm eine Hand von Rachels Rücken, um Kai die Hand zu schütteln. »Mustang, auch als Scott bekannt.«

»Es freut mich, dich kennenzulernen. Melody hat nicht viel über sich erzählt, seit wir zusammenarbeiten. Schön zu wissen, dass sie ein paar Freunde hat.« Er nickte und deutete auf etwas hinter Mustang.

Er drehte sich um und sah, wie Midas und Aleck auf sie zukamen.

»Das hat sie«, stimmte Mustang zu.

»Aloha, Melody. Bis morgen.«

»Danke, Kai«, entgegnete sie und zog sich schließlich von Mustang zurück.

Er verstärkte seinen Griff um sie. Er war noch nicht bereit, sie loszulassen.

Sobald Kai außer Hörweite war, fragte Mustang: »Melody?«

Er spürte, wie die Frau in seinen Armen seufzte. »Mein Name ist nicht Rachel.«

»Ist es Melody?«

Sie schüttelte leicht den Kopf, sah ihn aber nicht an.

Mustang bewegte sich langsam, legte einen Finger unter ihr Kinn und hob ihren Kopf, sodass sie ihm in die Augen schauen musste. »Wie heißt du?«

»Elodie Winters.«

Mustang hatte keine Ahnung, ob sie diesmal die Wahrheit sagte, wollte ihr aber glauben. Elodie war nicht gerade ein üblicher Name. Wenn sie sich einen falschen Namen ausdachte, würde sie vermutlich einen etwas alltäglicheren nehmen.

»Es ist klug, einen falschen Namen zu verwenden, der deinem eigenen Namen ähnlich ist. Melody, Elodie ... das klingt sehr ähnlich.«

»Ich habe meine Lektion gelernt. Wie du selbst bemerkt hast, habe ich öfter vergessen zu reagieren, wenn jemand mich Rachel genannt hat.«

»Ja, das habe ich bemerkt«, erwiderte Mustang mit einem Lächeln.

»Aber du darfst mich in der Öffentlichkeit nicht Elodie nennen«, bat sie ihn leise.

»Ich habe eine Million Fragen an dich, aber die müssen warten«, sagte er zu ihr.

»Ich kann nicht glauben, dass du hier bist«, entgegnete Elodie.

»Dasselbe wollte ich gerade über dich sagen.« Mustang lächelte.

»Hey Rachel, es ist schön, dich wiederzusehen«, erklärte Midas, als er näher kam.

»Verdammt, Mustang hatte recht. Du bist es«, fügte Aleck erstaunt hinzu.

»Leute, ich möchte euch Elodie Winters vorstellen«, sagte Mustang leise. »Elodie, du erinnerst dich noch an Midas und Aleck, richtig?«

»Scott ... ich dachte, wir sind uns einig ...«

Er unterbrach sie. »Das sind wir, aber das sind meine Teamkameraden. Sie werden mir helfen ... dir, uns ... herauszufinden, was los ist, und es in Ordnung bringen.«

»Ich bin mir nicht sicher, ob man das in Ordnung bringen kann«, widersprach Elodie leise.

»Elodie. Das ist ein ungewöhnlicher Name«, bemerkte Midas.

»Es ist Französisch. Eigentlich liegt die Betonung auf dem O, aber meine Eltern haben es immer wie Melody betont, nur ohne m«, erklärte Elodie, als hätte sie ihren Namen in der Vergangenheit schon oft erklärt.

»Wir dachten schon, Mustang würde den Verstand verlieren, als er behauptet hat, dich gesehen zu haben«, sagte Aleck zu ihr. »Aber wir hätten es wissen müssen. Es gibt einen Grund, warum er unser Teamleiter ist. Er hat verdammt scharfe Sinne.«

»Wir freuen uns, dass du endlich aufgetaucht bist. Er hat sein Telefon seit Monaten nicht aus den Augen gelassen, wie ein Eichhörnchen, das darauf wartet, dass das Vogelhäuschen nachgefüllt wird«, warf Midas ein.

»Was?«, fragte Aleck und starrte seinen Freund an, als

würden ihm Hörner aus dem Kopf wachsen. »Was für eine Analogie war das denn?«

»Na du weißt schon, die kleinen Kerle gewöhnen sich daran, Futter aus einem Vogelhäuschen zu stehlen, und werden ungeduldig, wenn es leer ist«, antwortete Midas.

»Großer Gott, du bist ein Trottel«, meinte Aleck kopfschüttelnd.

Elodie kicherte und Mustangs Herz fühlte sich an, als würde es um zwei Größen wachsen. Es war ein Geräusch, das er noch nie von ihr gehört hatte, und er wollte mehr davon hören. Sie klang glücklich, sorglos. Welche Schwierigkeiten sie auch hatte, sie hatte ihre Fähigkeit zu lachen nicht vollständig verloren. »Wie sieht dein Plan für den Rest des Tages aus?«, fragte Mustang sie.

Sie sah zu ihm auf und obwohl sie lächelte, konnte er immer noch die Schatten in ihren Augen sehen. Er hatte sie bereits auf dem Containerschiff bemerkt und gehofft, dass ihre Probleme vielleicht hinter ihr lagen, aber da sie immer noch einen falschen Namen verwendete, war das unwahrscheinlich.

»Ich habe für den Rest des Tages frei«, sagte sie zu ihm.

»Ich bin mit Aleck gekommen. Wie wäre es, wenn er uns zu mir nach Hause zurückbringt, wo ich mich umziehen kann. Danach bringe ich dich zurück zu deiner Wohnung, damit du dich auch umziehen kannst. Vielleicht können wir anschließend irgendwo zusammen zu Abend essen und uns unterhalten?«

Sie starrte ihn für einen Moment an und Mustang fühlte sich, als wäre er wieder siebzehn und wartete darauf, dass sein Schwarm ihm eine Antwort auf die Einladung zum Abschlussball gab.

»Okay«, sagte sie schließlich.

»Okay«, stimmte er zu. Er mochte es nicht, dass sie etwas zurückhaltend klang, aber sie hatte Ja gesagt.

Als der Rest des Teams sie eingeholt hatte, stellte er sie noch einmal einander vor.

»Das ist Elodie ... früher als Rachel und vorerst unter dem Namen Melody bekannt, wenn wir unter Fremden sind.«

»Hi«, sagte Jag.

»Schön, dich wiederzusehen«, fügte Pid hinzu.

Slate hob zur Begrüßung nur sein Kinn.

»Ich ... wart ihr heute wirklich angeln?«, fragte sie ein wenig zögernd.

»Ja«, antwortete Pid. »Die Arbeit war anstrengend und wir brauchten eine Auszeit.«

»Habt ihr etwas gefangen?«, fragte sie.

»Ja, einen großen Speerfisch. Das Boot gehört einem Freund von Aleck und er hat uns jeweils ein großes Stück Filet abgeschnitten. Den Rest behält er«, sagte Pid.

»Cool«, sagte Elodie.

»Magst du Fisch?«, fragte Mustang sie.

»Ich hasse Fisch«, antwortete sie sofort.

Alle waren für einen Moment überrascht, bevor Slate sagte: »Aber du arbeitest auf einem Fischerboot.«

»Das tue ich«, stimmte Elodie mit einem Lächeln zu. »Ich konnte es mir nicht leisten, bei der Jobsuche wählerisch zu sein. Und ich muss ja nicht essen, was die Kunden fangen. Ich habe kein Problem mit den Fischen an Bord, aber ich glaube nicht, dass ich jemals Appetit haben werde, etwas aus dem Meer zu essen.«

»Du bist Köchin, oder?«, fragte Pid mit einem Stirnrunzeln.

»Das bin ich«, stimmte Elodie zu. »Aber wo steht im Kochbuch geschrieben, dass man alles mögen muss, was man zubereitet?«

»Da hat sie recht«, fügte Mustang mit einem Lächeln hinzu. Sie hatte sich von ihm entfernt, als sie mit seinen Teamkameraden gesprochen hatten, aber er hatte seine Hand noch auf ihrem Rücken. Ein Teil von ihm hatte die Befürchtung, sie würde wieder verschwinden, wenn er sie nicht festhielt. Es war lächerlich, aber er war so erleichtert, sie wiederzusehen, dass er seinen Instinkt nicht bekämpfte.

Sie steckte immer noch in der Klemme und bis er wusste, was es war und welche ihrer Dämonen er töten musste, würde er so nahe wie möglich bei ihr bleiben. Es bestand die Gefahr, sie würde wieder davonlaufen, wenn sie Angst bekäme. Also wollte er tun, was er konnte, um das zu verhindern.

Obwohl sie keinerlei Kontakt gehabt hatten, fühlte er sich nach den zwei Monaten, seit er sie das erste Mal gesehen hatte, Elodie noch näher. Es ergab überhaupt keinen Sinn. Aber er hatte ihre Begegnung auf der *Asaka Express* immer und immer wieder in seinem Kopf durchgespielt und war danach noch beeindruckter von dem, was sie getan hatte. Davon, wie sie sich verhalten hatte. Es war verrückt, aber er war immer ein Mann gewesen, der nach Instinkt handelte, und im Moment sagte ihm sein Instinkt, dass er Rachel Walters – oder Elodie Winters – näher kennenlernen sollte.

»Werden wir jetzt den Rest des Tages hier stehen und in der Sonne schmoren?«, grummelte Slate.

Mustang musste lachen. Slate wusste, wie er alle in Bewegung bringen konnte. Wenn er jemals eine Partnerin fand, würde sie die Geduld einer Heiligen brauchen.

Als wäre es das Natürlichste der Welt, nahm Mustang Elodies Hand und sie gingen auf Alecks Wagen zu. Er verabschiedete sich von seinen anderen Teamkameraden und öffnete die Hintertür von Alecks gelbem Jeep. Sie hatten sich über ihn lustig gemacht, aber Aleck behauptete immer, dass ihm die Farbe gefiele und dass der Wagen leichter zu sehen und somit die Gefahr geringer wäre, in einen Unfall verwickelt zu werden. Wahrscheinlich hatte er recht, aber sie ärgerten ihn trotzdem wegen der hellen Farbe.

Nachdem Elodie eingestiegen war, ging Mustang zur anderen Seite des Jeeps und setzte sich auf den Rücksitz neben sie.

Nachdem Aleck ihre Taschen in den Kofferraum gestellt hatte, setzte er sich ans Steuer und grummelte: »Großartig, sehe ich aus wie ein Chauffeur oder so?«

»Nach Hause, James«, witzelte Elodie und errötete sofort, als hätte sie vergessen, wo und mit wem sie zusammen war.

Mustang gefiel es, dass sie sich in seiner Nähe und in Gegenwart seiner Freunde bereits wohl genug fühlte, um Witze zu machen. Sie schien hier ein wenig entspannter zu sein. Er hatte immer gedacht, dass Hawaii gut für die Seele sei. Offensichtlich war das auch bei Elodie der Fall. Sie war immer noch gestresst und hatte immer noch einige ziemlich dunkle Geheimnisse, aber er mochte diese Seite an ihr. Sonne und Strand passten viel besser zu ihr als die dunklen und feuchten Decks des Containerschiffes, auf dem sie sich versteckt hatte.

Mustang konnte nicht verhindern, dass seine Blicke wiederholt zu Elodie wanderten, als Aleck sie zu seiner Wohnung fuhr. Er war dankbar, dass sein Freund das Gespräch am Laufen hielt, da er nicht zu viel mehr in der Lage war, als die Frau neben sich anzustarren.

Als sie ankamen, wusste Mustang schon nicht mehr, worüber sie gesprochen hatten, aber da Elodie entspannt und glücklich wirkte, war es ihm egal.

»Mustang? Kann ich dich eine Minute sprechen?«, fragte Aleck.

Er wollte Elodie wirklich keine Sekunde allein lassen, aber er nickte trotzdem.

»Ich warte einfach dort drüben«, sagte Elodie und deutete auf einen Platz im Schatten unter einem Baum in der Nähe des Eingangs zum Apartmentgebäude.

»Okay. Elodie?«

»Ja?«

»Mach dir keine Sorgen.«

Sie seufzte. »Scott, ich bestehe seit Monaten aus nichts als Sorgen. Ich fürchte mich nicht vor dem, worüber du und dein Freund sprechen werdet. Ich mache mir mehr Sorgen um euch – jeden von euch – und dass ihr in Schwierigkeiten geratet, wenn ich euch in meine Probleme hineinziehe.«

Ihre Worte berührten ihn. Viele Leute würden, ohne zu

zögern, die Chance nutzen, sich von einem Navy SEAL-Team helfen zu lassen, aber nicht Elodie. Er hatte das Gefühl, sie würde versuchen, alles herunterzuspielen, nur um sie zu schützen.

Scheiß drauf.

Sie gab ihm keine Chance zu antworten, sondern wandte sich an Aleck und dankte ihm für die Fahrt, bevor sie zu dem Baum ging, um auf Scott zu warten.

Sobald sie außer Hörweite war, drehte Aleck sich zu ihm um und das Lächeln verschwand aus seinem Gesicht. »Hast du vor herauszufinden, was zum Teufel mit ihr los ist?«, fragte er.

»Ja«, antwortete Mustang sofort entschlossen.

»Gut, denn ich mag sie.«

Als Mustang ihn finster ansah, lächelte Aleck.

»Nicht auf diese Weise. Es ist für jeden, der Augen im Kopf hat, offensichtlich, dass zwischen euch etwas läuft. Ich mag sie einfach als Mensch. Ich weiß nicht, warum sie dich nicht kontaktiert hat, aber ich wette, sie hatte einen guten Grund. Finde so viel heraus, wie du kannst, dann können wir Pid darauf ansetzen, sich um das zu kümmern, womit wir uns wirklich befassen müssen. Wenn es sein muss, wird er Tex einschalten.«

Mustang hob die Hände. »Ganz ruhig, wir wollen nicht gleich am ersten Tag nach unserem Wiedersehen in Elodies Privatsphäre eindringen.«

»Das werden wir nicht. Pid wird das tun«, sagte Aleck ganz gelassen.

»Gib mir einfach etwas Zeit, um mit ihr zu sprechen«, bat Mustang ihn streng.

Aleck seufzte. »Also gut, aber du weißt, dass Slate die Informationen am liebsten gestern haben will.«

»Ich weiß, aber ich habe das Gefühl, ich muss behutsam vorgehen. Sie hat Angst.«

»Das hat sie«, stimmte Aleck zu, »und sie bemüht sich sehr, es zu verbergen. Also gut, finde heraus, wo sie die letzten zwei Monate war, warum sie dich nicht angerufen hat, wo sie gelebt hat und ob sie Kontakt zu Mitarbeitern des Schiffes oder zu anderen Personen hatte. Wir müssen wissen, wie gut sie ihre Spuren verwischt hat. Wenn sie auf der Flucht ist, müssen wir wissen, wann wir Gesellschaft bekommen könnten.«

Mustang gefiel es, dass seine Teamkameraden kein Problem damit hatten, sich sofort auf Elodies Geschichte einzulassen. Er hatte die letzten paar Monate damit verbracht, sich Sorgen um sie zu machen. Und jetzt, wo sie hier war, widmeten sie sich hundertprozentig der Aufgabe, eine Lösung für ihr Problem zu finden.

»Ich werde sehen, was ich herausfinden kann«, sagte er zu Aleck.

»Gut.«

»Aber du musst mir etwas Zeit geben. Am Montag werde ich euch beim Training berichten.«

»Ach scheiße«, schmollte Aleck. »So lange sollen wir warten?«

»Du weißt schon, dass du gerade wie Slate klingst, oder?«, sagte Mustang mit einem Grinsen.

»Verdammt, das tue ich wirklich. Okay, im Moment geht es ihr gut. Auf anderthalb Tage wird es wahrscheinlich nicht ankommen«, sagte Aleck seufzend.

»Sagst du den anderen Bescheid?«, fragte Mustang.

»Das werde ich. Mustang?«

»Ja?«

»Ich glaube, sie ist gut für dich.«

Mustang blinzelte überrascht. »Du kennst sie doch erst seit zwanzig Minuten.«

»Vielleicht, aber wir alle wissen, was sie auf diesem Containerschiff getan hat. Sie hat nicht gezögert, dir und Midas das Leben zu retten. Das hätte nicht jede getan. Und sie hat Sinn für Humor. Es war offensichtlich, dass sie sich genauso gefreut hat, dich wiederzusehen, wie du. Diese Art von Verbindung kommt nicht jeden Tag vor. Mein Vorschlag ist, dass du einfach mitmachst und siehst, wohin es führt.«

»Und wenn sich herausstellt, dass sie gegen das Gesetz verstoßen hat und eine schwarze Witwe ist oder so?«, fragte Mustang.

Aleck verdrehte die Augen. »Diese Frau ist keine Kriminelle. Auf keinen Fall.«

Das glaubte Mustang auch nicht. Wenn er sich dessen nicht sicher wäre, würde er sie nicht seelenruhig in seine Wohnung bringen. Er konnte den Charakter anderer Menschen ziemlich gut einschätzen und Elodie Winters brauchte einen Schutzengel, und zwar dringender als jeder andere, den er zuvor getroffen hatte. Sie würde ihn nicht darum bitten, ihrer zu sein, das wusste er auch, aber sie hatte ihr Schicksal besiegelt, als sie den Abzug des Gewehrs auf der *Asaka Express* betätigt hatte. Ihm das Leben zu retten hatte ihr den Dank und den Respekt seines Teams verschafft. Und wenn sie ihr im Gegenzug helfen könnten, dann würden sie es tun.

»Ich stimme zu«, sagte Mustang.

»Aber im Ernst, wenn etwas nicht stimmt, dann ruf vor Montag an, okay?«

»Das werde ich«, versprach Mustang. »Danke für die Idee mit dem Ausflug. Es hat wirklich Spaß gemacht. Ich hatte fast vergessen, wie gern ich angeln gehe ... und einfach so Zeit auf dem Meer verbringe.«

»Mir geht es genauso. Wir sehen uns Montag.«

»Bis dann.«

Mustang ging auf Elodie zu. Sie stand mit dem Rücken zum Fahrzeug und blickte aufs Meer, das an der Seite des Gebäudes zu sehen war.

»Bereit?«, fragte er, als er näher kam.

Sie drehte sich um und er konnte wieder die Sorgen in ihrem Blick erkennen. Instinktiv trat Mustang einen Schritt zurück und gab ihr etwas Raum.

»Dies ist keine gute Idee, Scott«, sagte sie leise.

Verdammt, seine Unterhaltung mit Aleck hatte ihr Zeit gegeben, ihre Absichten zu überdenken. Mustang trat langsam einen Schritt auf sie zu und entspannte sich, als sie sich weder verkrampfte noch sich von ihm entfernte. »Warum bist du nach Hawaii gekommen, El?«

Sie starrte ihn an, sagte aber nichts.

»Ich persönlich glaube, dass es die beste Idee war, die du seit Langem hattest. Ich weiß nicht, warum du dich nicht gleich bei deiner Ankunft mit mir in Verbindung gesetzt hast, aber ich bin verdammt froh, dass ich dich heute zufällig gesehen habe. Vielleicht wolltest du mich nicht überrumpeln. Vielleicht ist es nur ein Zufall, dass du hier bist. Vielleicht bist du verheiratet und hast acht Kinder, von denen du eine Pause brauchtest. Ich weiß es nicht ... aber ich weiß, dass du mir seit zwei Monaten nicht mehr aus dem Kopf gehst. Als ich dich auf diesem Boot gesehen habe, musste ich mich zurückhalten, nicht sofort ins Wasser zu springen und zu dir zu schwimmen, damit du dich nicht in Luft auflöst, bevor ich die Gelegenheit hatte, mit dir zu sprechen.«

Er sah, wie sie schwer schluckte. »Ich bin nicht verheiratet und habe auch keine Kinder«, erklärte sie leise.

Das sagte ihm nicht viel ... aber Elodie ging auf ihn zu und lehnte ihre Stirn gegen seinen Oberkörper. Und *das* sagte ihm alles, was er wissen musste.

Mustang legte einen Arm um ihre Schultern und hielt sie fest. »Komm schon, ich rieche nach Fisch und muss mich umziehen. Dann halten wir bei dir an und anschließend gehen wir etwas essen und unterhalten uns, okay?«

»Ich sollte nicht hier sein«, sagte sie, aber sie kämpfte nicht gegen ihn an, als er sie zum Eingang des Gebäudes führte.

»Aber du bist hier«, sagte Mustang.

Sie nickte und schwieg.

Sie gingen zum Fahrstuhl und obwohl sie kein Wort mehr sagten, hatte Mustang immer noch das Gefühl, als würden sie kommunizieren. Er konnte fühlen, wie sie anfing, sich zu entspannen, und sich sogar ganz leicht an ihn lehnte.

Er würde Zeit und Geduld brauchen, um ihr Vertrauen zu gewinnen, aber er hatte das Gefühl, dass es eines der befriedigendsten und lohnendsten Dinge sein würde, die er jemals tun würde.

KAPITEL ACHT

Elodie stand in Scotts Küche und starrte aus dem Fenster über der Spüle. Sie konnte von dort aus das Meer sehen. Von ihren eigenen Fenstern aus konnte sie lediglich die Einfahrt und manchmal den nackten Hintern des Nachbarn erkennen, wenn er in seinem Haus herumging. Aber sie konnte nicht wählerisch sein und war dankbar, dass sie eine Bleibe gefunden hatte, die sie sich leisten konnte.

Sie konnte die Dusche in Scotts Badezimmer hören und überraschenderweise beruhigte sie das Geräusch. Zum ersten Mal seit langer Zeit fühlte sie sich nicht mehr so allein. Elodie wusste jedoch, dass sie wahrscheinlich besser gehen sollte, wenn sie Scott und den Rest seines Teams nicht in ihre Probleme hineinziehen wollte.

War Paul immer noch auf der Jagd nach ihr? Oder war sie umsonst unter falschem Namen auf der Flucht? Seit Monaten hatte sie niemanden gesehen, der verdächtig wirkte. Sie hatte alles in ihrer Macht Stehende getan, um nicht auf sich aufmerksam zu machen.

Sie würde nie vergessen, wie wütend Paul gewesen war, als sie sich geweigert hatte, das Gift in die Suppe zu mischen. Er hätte sie sofort töten können. Sie nahm an, dass er es getan hätte, wenn im Esszimmer nicht Gäste darauf gewartet hätten, das Vier-Gänge-Menü serviert zu bekommen, das sie zubereitet hatte. Wenn Paul sie sofort umgebracht hätte, hätte das viel Aufmerksamkeit erregt. Also hatte er zurückgehen und so tun müssen, als wäre alles in Ordnung.

Sofort nachdem sie das Dessert fertiggestellt hatte, hatte Elodie sich aus dem Staub gemacht. Sie wusste, dass sie den nächsten Sonnenaufgang wahrscheinlich nicht mehr erlebt hätte, wäre sie länger geblieben.

Aber nachdem so viel Zeit vergangen war, zweifelte sie an sich. Was, wenn sie zu impulsiv gehandelt hatte? Ja, Paul war verärgert gewesen, aber würde er sie deshalb wirklich gleich töten wollen?

Seufzend nahm Elodie einen Schluck Wasser aus dem Glas, das Scott ihr gegeben hatte, nachdem sie seine Wohnung betreten hatten. Ehrlich gesagt fühlte sie sich hier in Hawaii ziemlich sicher. Sie hatte keine Verbindungen zu diesem Bundesstaat. Paul konnte nicht wissen, dass sie hier war, selbst wenn er sie in dem Bericht in den Nachrichten von dem Tag, an dem die *Asaka Express* Bur Sudan erreicht hatte, erkannt haben sollte. Sie hatte alles dafür getan, keine Hinweise darauf zu hinterlassen, wohin sie wollte. Sie hatte sogar die Personalabteilung belogen und der Mitarbeiterin dort gesagt, dass sie nach Paris fliegen würde, um dort bei einem Freund unterzukommen.

Warum fühlte sie sich dann trotzdem noch so verunsichert?

»Du siehst aus, als würdest du die Sorgen der ganzen Welt auf deinen Schultern tragen.«

Elodie zuckte zusammen und drehte sich erschrocken um, als hinter ihr Scott in der Küche auftauchte. Er lehnte sich an die Wand und sah sie an, als könnte er sie durchschauen.

»Es tut mir leid. Ich wollte dich nicht erschrecken. Ich dachte, ich hätte beim Reinkommen genügend Lärm gemacht.«

»Schon in Ordnung. Ich war nur in Gedanken«, entgegnete Elodie.

Er musterte sie für einen Moment. »Wie wäre es, wenn wir den Rest des Tages nicht über wichtige Dinge reden? Wir könnten uns erstmal kennenlernen, ohne uns Gedanken darüber machen zu müssen, wann und wie wir irgendwelche Probleme anpacken.«

Elodie starrte Scott an. Er trug eine kurze Hose, die ihm bis zu den Knien reichte. Seine Beine waren braun und es hatte etwas Intimes, seine nackten Füße zu sehen. Dazu trug er ein dunkelblaues T-Shirt mit der Aufschrift *Leonard's Bakery*. Seine Arme waren muskulös und unter dem linken Ärmel schaute ein Tattoo heraus. Es faszinierte sie und sie fragte sich, was sie sonst noch nicht über ihn wusste.

Auf den ersten Blick sah er etwas schroff aus. Durch seinen Bart und die Muskeln erschien er etwas beängstigend. Aber Elodie hatte ihn an Bord des Containerschiffes gut genug kennengelernt und hatte keine Angst vor ihm.

Der Gedanke, keinen Druck zu haben, wann und wie sie ihm von Paul Columbus erzählte, gefiel ihr. Ausnahmsweise könnte sie für eine Weile so tun, als wäre sie eine normale Frau.

»Also, was meinst du?«, fragte er, als sie ihm nicht antwortete.

»Das würde mir gefallen«, antwortete Elodie schließlich.

»Mir auch«, gab Scott zu. »Ich möchte dir gern helfen, wenn du bereit dazu bist, aber ich möchte dich auch kennenlernen, ohne dass du denkst, ich will dich nur ausfragen. Zweifellos möchte ich wissen, was mit dir los ist und warum du einen anderen Namen angenommen hast. Aber ich kann meine Neugier für eine Weile unterdrücken. Ich bin so verdammt glücklich, dass du hier bist.«

»Ich habe deine Nummer verloren«, platzte es aus Elodie heraus.

Scott blinzelte. »Was?«

»Ich habe den Zettel verloren, auf den du deine Nummer geschrieben hattest. Ich konnte mich nur noch an die Vorwahl und ein paar Ziffern erinnern. Ich wollte dich kontaktieren, aber ich konnte es nicht. Dann habe ich beschlossen, nach Hawaii zu fliegen und zu versuchen, dich ausfindig zu machen. Das war eine unglaublich dumme Idee. Das wurde mir bereits klar, als ich den Flughafen verlassen habe. Aber ich habe mich entschlossen, trotzdem zu bleiben, in der Hoffnung, dass ich vielleicht jemanden treffe, der auf dem Navy-Stützpunkt arbeitet und dich kennt.«

Scott stieß sich von der Wand ab und ging auf sie zu. Elodie sah ihm direkt in die Augen und hob den Kopf, als er näher kam. Er blieb direkt vor ihr stehen, nahm ihr das Wasserglas aus der Hand und stellte es neben sie auf die Theke. Dann breitete er die Arme aus und Elodie zögerte nicht. Sie fühlte sich wohl bei diesem Mann. Sie wäre niemals nach Hawaii gekommen, wenn es nicht so wäre. Sie legte den Kopf gegen seine Schulter und fühlte, wie er seine Arme um sie schlang. Langsam tat sie es ihm gleich und für eine ganze Weile standen sie so da.

Scott roch nach Seife und ... Mann. Sie konnte nicht genau sagen warum, aber seine Nähe spendete ihr Trost. Sie hatte sich noch nie in ihrem Leben so gefühlt, so sicher. Als könnte sie sein und tun, was sie wollte, ohne dass jemand es wagen würde, sich ihr in den Weg zu stellen.

Der Gedanke war ein wenig unangenehm, weil sie wusste, dass sie sich auch allein so fühlen sollte, nicht nur weil sie einen Mann an ihrer Seite hatte. Sie hatte sich den Arsch aufgerissen, um eine unabhängige und starke Frau zu sein. Aber momentan hing ihr Selbstbewusstsein am seidenen Faden. Nach außen hin sah sie selbstsicher aus, aber tief im Inneren hatte sie Angst.

Sie hoffte, dass Paul es aufgegeben hatte, nach ihr zu suchen, und zufrieden damit war, dass sie nicht mehr in New York lebte. Aber sie hatte das Gefühl, dass das rücksichtslose Oberhaupt der Columbus-Familie niemals aufgeben würde, bis sie dafür bezahlt hatte, dass sie ihm widersprochen hatte ...

so verrückt das auch für einen normalen Menschen klingen mochte.

»Du denkst zu viel nach«, sagte Scott und seine Brust vibrierte unter seinen Worten.

Sie sah zu ihm auf.

»Hast du Hunger?«

Elodie zuckte die Achseln. »Ich könnte etwas zu essen vertragen.«

»Gut, warst du schon einmal bei Helena?«

»Bei wem?«

Scott lachte leise. »*Helena's Hawaiian Food*. Das ist ein Restaurant, ein verdammt gutes, spezialisiert auf hawaiianische Hausmannskost. Man kann direkt dort essen, aber es ist meistens sehr voll. Ich dachte, wir könnten uns vielleicht etwas zu essen von dort holen und es dann mit zurück auf diese Seite der Insel in den Barbers Point Beach Park nehmen. Bis wir zurück sind, sollten die meisten Touristen, die sich die Mühe gemacht haben, auf diese Seite der Insel zu kommen, wieder verschwunden sein. Es ist ein öffentlicher Park, aber er wird nicht von Menschen überrannt.«

»Klingt gut. Ich habe noch nicht viel von der Insel gesehen«, sagte Elodie zu ihm.

»Hattest du noch keine Zeit für Ausflüge?«

»Das ist es nicht, aber ich habe kein Auto und bin auf die öffentlichen Verkehrsmittel angewiesen. Die coolen Orte kenne ich auch nicht wirklich. Ich war einmal in Waikiki, und da waren für meinen Geschmack zu viele Leute.«

»Ja, Waikiki ist nicht schlecht, aber wenn du nach unberührten Stränden und Privatsphäre suchst, ist es nicht der richtige Ort. Ich zeige dir gern einige meiner Lieblingsorte und Wanderwege, wenn du möchtest. Wenn du interessiert bist, können wir uns auch irgendwann die Nordküste ansehen.«

Elodie hätte am liebsten sofort zugestimmt, musste ihre Begeisterung aber zügeln. Sobald er erfahren würde, für wen sie gearbeitet hatte und warum sie unter falschem Namen auf der Flucht war, würde er seine Meinung darüber, mit ihr abhängen zu wollen, möglicherweise ändern.

Elodie holte tief Luft, trat zurück und Scott ließ sofort die Arme sinken, um ihr Platz zu geben. In diesem Moment knurrte ihr der Magen.

Er lachte. »Das war das Stichwort, dass wir uns auf den Weg machen sollten. Ich schnappe mir nur ein paar Schuhe, und dann können wir los. Wir machen kurz bei dir halt, dann fahren wir in die Innenstadt, um uns etwas zu essen zu holen, und dann gehen wir zum Strand. Wie hört sich das an?«

»Gut. Scott?«

»Ja, El?«

Sogar die Abkürzung ihres richtigen Namens zu hören fühlte sich gut an. Es war so lange her, dass sie Elodie gewesen war, dass sie nicht bemerkt hatte, wie sehr sie es vermisst hatte. »Vielen Dank.« Sie wusste selbst nicht, wofür sie ihm dankte. Vielleicht für seine Vertrauenswürdigkeit oder weil er sich gefreut hatte, sie zu sehen. Oder für das Angebot, einen normalen Tag mit ihr zu verbringen, anstatt sie sofort zu bitten, ihm alle ihre Geheimnisse anzuvertrauen.

Er streckte die Hand aus, als wollte er sie berühren, stoppte dann aber auf halbem Weg und ließ die Hand wieder fallen. »Keine Ursache.« Dann drehte er sich um und ging in den kleinen Wohnbereich seines Apartments.

Elodie wartete in der Küchentür und musste lächeln, als er zurückkam. Er hatte keine Turnschuhe angezogen, sondern Flipflops. Sie versuchte, ihr Lächeln zu verbergen, war aber offensichtlich nicht erfolgreich, denn er fragte: »Was ist los?«

»Ich habe mir dich ... nicht gerade als jemanden vorgestellt, der Flipflops trägt.«

Scott lachte. »Das habe ich auch nicht, bevor ich hierhergezogen bin. Ich habe davor sonst immer Stiefel getragen. Ich wollte immer zu allem bereit sein. Aber es ist einfach zu heiß hier. Es reicht mir schon, wenn ich meine Stiefel bei der Arbeit tragen muss. Es fühlt sich gut an, meinen Zehen Luft zum

Atmen zu geben. Du solltest außerdem wissen, dass das super-authentische hawaiianische Flipflops sind, die höllisch bequem sind.«

Elodie sah auf ihre eigenen Füße und hielt einen hoch. »Das hier sind superauthentische ABC Store Flipflops und sie sind unbequem, aber ich liebe sie trotzdem.«

Scott lachte. »Richtig, die ABC Stores auf der Insel sind praktisch und bieten alles an, was man sich als Tourist nur wünschen kann. Ich werde dir den Laden zeigen, wo ich meine gekauft habe, damit du den Unterschied zu diesen billigen Plastikdingern selbst fühlen kannst.«

Elodie hätte gern zugestimmt, aber sie musste sehr auf ihr Geld achten. Sie durfte nicht ihr ganzes Geld ausgeben, denn leider wusste sie nie, wann sie packen und fliehen musste. Beim ersten Anzeichen, dass Paul sie aufgespürt hätte, würde sie verschwinden müssen.

»Und da ist sie wieder in Gedanken versunken«, murmelte Scott. Er griff nach ihrer Hand und zog sie zur Tür. »Keine Grübeleien mehr«, befahl er. »Heute stehen nur noch gutes Essen und das Kennenlernen eines alten Freundes auf der Tagesordnung.«

Er übertrieb etwas, aber Elodie schätzte die Geste trotzdem. Scott kam ihr tatsächlich wie ein alter Freund vor. Obwohl sie sich erst vor Kurzem kennengelernt hatten, hatten sie eine intensive Erfahrung hinter sich, wodurch sie sich mehr mit ihm verbunden fühlte, als wenn sie ihn auf normale Weise kennengelernt hätte.

Es war ihr etwas peinlich, Scott ihre kleine Bleibe zu zeigen, aber Elodie versuchte, sich nichts anmerken zu lassen. Es war nichts daran auszusetzen. Nein, sie hatte keinen Meeresblick und es war nur ein Zimmer in dem Haus einer alten Frau, aber es war genau das, was sie gebraucht hatte, als sie hier ange-kommen war.

Scott hielt ihr die Tür auf, als sie auf der Beifahrerseite seines alten, verbeulten Pritschenwagens einstieg. Dann ging er herum und setzte sich hinters Steuer. Elodie versuchte, etwas Konversation zu betreiben, und sagte: »Also ... dein Wagen ist ... nett.«

Er lachte. »Er ist ein Stück Scheiße, aber der Motor läuft perfekt und ich muss mir keine Sorgen um ein paar Kratzer oder Beulen machen. Ich habe ihn einem Typen abgekauft, mit dem mich ein ehemaliger SEAL, der an der Nordküste lebt, bekannt gemacht hat. Er hatte den Motor von Grund auf restauriert und er läuft perfekt. Ein Vorteil ist, dass ich mir keine Sorgen machen muss, dass jemand versucht, den Wagen zu stehlen ... jedenfalls niemand, der bei klarem Verstand ist.«

Als er den Motor startete, musste Elodie zustimmen, dass er ziemlich ruhig klang. Nicht dass sie Ahnung von Motoren oder Fahrzeugen im Allgemeinen hatte. Sie konnte ein Parmesanrisotto mit gerösteten Garnelen zubereiten, hatte aber nicht die leiseste Ahnung, wie man ein Rad wechselte. Wahrscheinlich war es besser, dass sie keinen eigenen Wagen hatte.

»Warum reden Männer über ihre Autos eigentlich immer auf so zärtliche und liebevolle Weise?«, fragte sie, als Scott vom Parkplatz fuhr.

»Ich nehme an, weil Autos für Männer ziemlich wichtig sind. Jeder Wagen hat eine eigene Art von Persönlichkeit und wir verbringen viel Zeit mit unseren Fahrzeugen. Ich möchte, dass mein Wagen gut läuft und verwöhne ihn, so gut ich kann, ähnlich wie bei einer Frau, man muss zärtlich und liebevoll sein ... doch jetzt, wo ich versuche, es zu erklären, klingt es wirklich lächerlich.«

Elodie hob eine Augenbraue. »Ich würde behaupten, dass der Vergleich von Autos mit Frauen die Ideologie fördert, dass Frauen Objekte sind, die Männer als Eigentum betrachten. Vielleicht nur unterbewusst und vielleicht denken viele Männer nicht daran, aber es ist eine Analogie und auf lange Sicht schädlich.«

Scott schwieg einen Moment, nachdem sie ausgeredet hatte.

Elodie kräuselte die Nase und schlug sich geistig vor die Stirn. Meine Güte, Scott einen Vortrag zu halten war nicht gerade der beste Start, um ihn besser kennenzulernen.

»Du hast recht«, sagte er. »Ich betrachte Frauen definitiv nicht als Eigentum und ich kann verstehen, dass das schädlich wäre.«

Elodie starrte ihn an und wusste nicht, wie sie reagieren sollte.

»Was?«, fragte er.

»Ich ... ich bin keine eingefleischte Feministin, aber ich habe Diskriminierung am eigenen Leib gespürt. Die Leute erwarten oft, dass der Chefkoch ein Mann ist und eine Frau die Souschefin. Ich musste hart dafür kämpfen, mich in von Männern dominierten Küchen durchzusetzen. Ich wollte keine philosophische Debatte beginnen oder so. Du kannst über dein Auto natürlich sprechen, wie du willst. Meinetwegen kannst du ihm auch einen Namen geben.«

»Wie würdest du dieses Biest nennen?«, fragte Scott und schien nicht im Geringsten verärgert zu sein.

Elodie dachte eine Weile über die Frage nach und es gefiel ihr, dass er sie nicht drängte oder versuchte, die Stille mit belanglosem Gerede zu füllen.

»Ben«, sagte sie schließlich, nachdem sie ein paar Kilometer gefahren waren.

Scott brach in Lachen aus. »Ben?«

»Ja, Ben klingt nach einem Mann, der äußerlich nicht viel hermacht. Jemand, der in der Menschenmenge vielleicht untergeht. Aber unter der Fassade könnte eine bedeutende Persönlichkeit stecken, wie Benjamin Franklin, Benny Hill oder Benjamin Harrison. Als Kind hatte ich einen Nachbarn mit dem Namen Ben. Wenn man ihn sah, konnte man denken, dass er der größte Schwachkopf war. Vielleicht war er es auch, wenn man bedenkt, dass er Mitglied im Schachteam war. Was ein ziemlich dummes Vorurteil ist. Vor allem, nachdem ich dich gerade über das Objektivieren belehrt habe. Wie auch immer, er war jedenfalls einer der großzügigsten Typen, die ich jemals getroffen habe. Er hat immer Spendenaktionen organisiert und für andere Schüler das Mittagessen bezahlt und ähnliche Dinge. Jeder mochte ihn, egal ob im Sportteam, in der Band oder in der Theatergruppe. Ich denke, Ben ist der perfekte Name für deinen Wagen. Äußerlich sieht er etwas rau aus, aber unter der Haube ist er ein perfekter Gentleman und bringt dich sicher an dein Ziel.«

Als Scott nicht sofort etwas erwiderte, begann Elodie, sich unbehaglich zu fühlen. Scheiße, sie erzählte heute nur merkwürdige Dinge.

Aber dann drehte Scott sich mit einem breiten Lächeln zu ihr um. »Ben gefällt mir.«

Sie seufzte erleichtert. »Oh, entschuldige, da vorne ist es gleich«, sagte sie und zeigte auf eine Straße links vor ihnen. Sie gab ihm Anweisungen durch die schmalen Nebenstraßen, vorbei an einigen neueren Häusern, zu einem älteren Wohnviertel, in dem die Häuser näher beieinanderstanden und viel kleiner waren. Die dort lebenden Familien hatten sie alle herzlich willkommen geheißen und nannten sie liebevoll *Haole*, was die Bezeichnung für Menschen war, die keine gebürtigen Hawaiianer waren. Es wurde oft abfällig verwendet, aber da ihre Nachbarn sie immer anlächelten und sie mit einheimischen Speisen begrüßt hatten, ging sie davon aus, dass sie es nett meinten. Schließlich war sie die einzige Person kaukasischer Abstammung in der Nachbarschaft.

In gewisser Weise fühlte sie sich dadurch sicherer. Wenn Paul oder seine Handlanger jemals hier auftauchen und nach ihr suchen würden, würde es ihren Nachbarn definitiv auffallen.

Scott parkte vor dem Haus und sie sagte: »Ich werde nicht lange brauchen. Ich werde Kalani Bescheid sagen, dass du zu mir gehörst, damit sie sich keine Sorgen macht.«

»Lass dir Zeit, El. Ich warte gern hier draußen.«

»Okay, ich würde dich ja hereinbitten, aber ...«

»Es ist in Ordnung«, unterbrach Scott sie.

Aber Elodie wollte es erklären. »Ich habe nur ein Zimmer. Es gibt natürlich ein Badezimmer, aber der Raum selbst ist sehr eng. Ich glaube, in deinem Wagen ist wahrscheinlich mehr Platz als in meinem Zimmer.«

»Ich sagte, es ist in Ordnung«, wiederholte Scott leise. »Du musst dich nicht dafür rechtfertigen, wo du wohnst.«

Sie hatte irgendwie das Gefühl, das tun zu müssen, aber sie ging nicht weiter darauf ein. »Gut, ich bin gleich wieder da.«

»Keine Eile. Vertraust du mir, wenn ich etwas für dich mitbestelle? Ich kann unsere Bestellung bei Helena telefonisch aufgeben, dann ist das Essen fertig, wenn wir dort eintreffen.«

»Ja, aber bitte vergiss nicht, dass ich keine Meeresfrüchte mag.«

»Ich weiß. Ich werde einfach ein paar verschiedene Gerichte bestellen, wenn etwas dabei ist, das du nicht magst, wirst du trotzdem nicht verhungern.«

»Danke.« Elodie hätte ihm sagen können, dass sie eigentlich nicht sehr wählerisch war – abgesehen von ihrer Abneigung gegen Meeresfrüchte. Sie hatte in ihrem Leben schon viele seltsame Dinge gegessen. Als Köchin war es schwer, wählerisch beim Essen zu sein. Aber sie war interessiert zu erfahren, was er für sie aussuchen würde.

Sie stieg aus dem Wagen und ging zum Seiteneingang des Hauses. An der Tür zum Hauptwohnbereich machte sie eine Pause und klopfte. Sie erzählte Kalani von Scott und erklärte ihr, dass er Soldat auf dem nahe gelegenen Stützpunkt war. Dann eilte sie in ihr Zimmer, um zu duschen und sich umzuziehen.

Eine Viertelstunde später war Elodie bereit. Ihr Haare waren noch feucht, aber in der warmen Nachmittagsluft würden sie schnell trocknen. Sie war aufgeregt. Scotts Vorschlag, heute nicht über ernste Themen zu sprechen, bedeutete ihr viel. Sie freute sich darauf, ihn als Mann kennenzulernen, nicht als jemanden, der sie »retten« sollte.

Sie hatte ein geblümtes Sommerkleid angezogen, das sie ebenfalls in einem der ABC Stores gekauft hatte. Es war aus billiger Baumwolle und hatte nur fünfzehn Dollar gekostet, aber sie kam sich hübsch darin vor.

Und sie wusste genau, warum sie schön aussehen wollte.

Scott Webber war ein verdammt gut aussehender Mann. Und sie konnte nicht leugnen, dass sie sich zu ihm hingezogen fühlte. Das war von dem Moment an so gewesen, in dem sie ihn das erste Mal getroffen hatte ... und das war, bevor sie ihn überhaupt genau gesehen hatte. Er hatte sie nicht behandelt, als wäre sie hilflos. Er hatte ihr vertraut, ihn und Midas zu begleiten. Und er hatte nicht gezögert, ihr zu danken, nachdem sie ihm das Leben gerettet hatte.

Ja, man konnte mit Sicherheit sagen, dass sie sich von dem Navy SEAL angezogen fühlte und sich sehr gefreut hatte, dass er ihr am frühen Nachmittag nachgelaufen war. Bei der Erinnerung an den Ausdruck von Erleichterung und Aufregung in seinen Augen, als er gesehen hatte, dass sie es war, kribbelte es Elodie immer noch unter der Haut. War jemals zuvor ein Mann so froh gewesen, sie zu sehen? Sie glaubte nicht.

Zum millionsten Mal trat Elodie sich geistig in den Hintern, weil sie seine Nummer verloren hatte. Sie hätte sie sich merken sollen.

Sie ging hinaus zum Wagen und sah, dass Scott auf sein Handy schaute. Elodie wusste, dass sie sich selbst hätte ein Handy zulegen sollen, aber bis jetzt hatte sie nicht wirklich eines gebraucht. In ihrem Zimmer gab es ein Festnetztelefon, über das sie sich mit Perry oder Kahoni in Verbindung setzen konnte, wenn es sein musste. Ihre Arbeitgeber wussten, dass sie kein Handy hatte, und würden morgens oder abends anrufen, wenn sie sie erreichen wollten.

Scott sah hoch, kurz bevor sie den Wagen erreichte. Sie öffnete die Tür und stieg ein. Als Scott immer noch nichts sagte, nachdem Elodie eingestiegen war, fragte sie sich, was los war, und sah zu ihm hinüber. »Was?«

»Du ... du siehst gut aus. Sehr gut. Die Farbe steht dir.«

Elodie wusste, dass sie rot wurde. Das Kleid hatte eine kräftige Farbe, violett mit großen weißen Blüten und kleineren pinkfarbenen Blütenblättern. »Danke.«

Sie starrten sich einen Moment lang an ... dann rutschte ihr fast das Herz in die Hose, als Scott sich langsam zu ihr hinüberbeugte.

Elodie drehte sich halb der Magen um. Sie konnte nicht leugnen, dass sie es wollte, dass sie *ihn* wollte.

Scott berührte sie mit seiner Hand. Sanft hob er ihr Kinn und richtete ihren Kopf direkt nach seinem Mund aus. Sie fragte sich, ob sie verrückt war, sich so schnell von ihm küssen zu lassen.

Aber dann berührte er mit seinen Lippen bereits ihre und sie konnte an nichts anderes mehr denken als an ihn.

Sein Bart war weich und überhaupt nicht kratzig. Dieses Gefühl auf ihrer Haut war etwas, das sie noch nie zuvor erlebt hatte. Zuerst war er vorsichtig und strich leicht mit seinen Lippen über ihre, als würde er testen, dass sie wirklich damit einverstanden war.

Elodie legte ihre Hand in seinen Nacken und zog ihn an sich.

Als hätte er auf dieses Zeichen von ihr gewartet, intensivierte Scott den Kuss. Er neigte den Kopf, um einen besseren Winkel zu bekommen, bevor er mit seiner Zunge über ihre Lippen fuhr. Sie öffnete ihren Mund für ihn, schloss die Augen und atmete seinen einzigartigen Duft ein.

Sie konnte spüren, wie ihre Brustwarzen unter ihrem dünnen BH hart wurden, und ihr Herz raste, als sie endlich einen Vorgeschmack auf den Mann bekam, den sie seit Monaten nicht mehr aus dem Kopf bekommen konnte. Er schmeckte noch leicht nach Pfefferminze, da er sich vorhin die Zähne geputzt hatte. Ihre Zungen duellierten sich spielerisch, als sie sich küssten. Wenn er nachgab, folgte sie ihm, und sie liebte ihr Spiel von Geben und Nehmen.

Schließlich zog er sich zurück. Seine Hand lag immer noch unter ihrem Kinn und mit dem Daumen streichelte er leicht über ihre Wange. »Sollte ich mich dafür entschuldigen?«, fragte er heiser.

»Nur wenn es dir leidtut«, erwiderte sie.

»Verdammt, nein, es tut mir nicht leid«, sagte er. »Das wollte ich schon vor Monaten tun. Ich bedauere, dass ich es auf dem Schiff nicht getan habe.«

Elodie fiel ein Stein vom Herzen. Sie hatte sich genauso gefühlt, aber sie wusste, dass er auf offizieller Mission dort gewesen war. Es wäre nicht richtig gewesen, ihn im SEAL-Modus um einen Kuss zu bitten.

»Du bist mir regelrecht unter die Haut gefahren«, gab er zu. »Seit Monaten schaue ich jeden Tag auf mein Handy und warte darauf, von dir zu hören.«

»Es tut mir so leid«, sagte sie zu ihm. »Ich wollte Kontakt mit dir aufnehmen. Dann dachte ich, ich würde dich vielleicht zufällig treffen, sobald ich hier war. Ich bin sogar bis nach Pearl Harbor gefahren, weil ich wusste, dass es in der Nähe des Navy-Stützpunkts liegt. Als ich dort ankam, wurde mir aber klar, dass ich dich dort nicht finden würde.«

»Ja, das ist eher ein Touristenziel. Unser Stützpunkt ist woanders. Ich konnte es nicht glauben, als ich dich heute auf diesem Boot gesehen habe. Wie hoch ist die Chance auf so einen Zufall?«

»Gering bis gar nicht«, sagte Elodie leise.

»Genau. Ich möchte alles über dich erfahren, Elodie. Was du magst und was du nicht magst. Woher du kommst, alles über deine Familie, wie du zu deinem Beruf gekommen bist ... ich meine Köchin, nicht Angestellte auf einem Fischerboot ... wo du aufgewachsen bist, wie du diese Stelle auf der *Asaka Express* bekommen hast, was passiert ist, nachdem ich weg war ... einfach alles.«

»Das Gleiche gilt für mich«, sagte sie und starrte Scott in die Augen. Es ging alles sehr schnell, aber es fühlte sich richtig an. Sie hatte eine Verbindung zu Scott, wie sie es noch nie zuvor gefühlt hatte. Als ob sie zusammen sein sollten.

Elodie wusste, dass sie Herzschmerz riskierte. Etwas so Intensives konnte nicht von Dauer sein ... aber sie konnte sich nicht bremsen. Sie *wollte* sich nicht bremsen. Sie wollte Leidenschaft erleben, wie sie es zuvor nur in Büchern gelesen und in Filmen gesehen hatte. Vielleicht würde es aus dem Ruder laufen, nachdem sie herausgefunden hatten, wie unterschiedlich sie waren, aber oh, sie würde so gern für eine Weile etwas anderes als Angst und Misstrauen fühlen wollen. Freundschaft und Lust wären ihr da sehr willkommen.

Und vielleicht, wenn sie wirklich Glück hatte, auch Liebe.

»Hinter deinen Augen verstecken sich so viele Gedanken«, sagte Scott leise. »Ich kann es kaum erwarten, alles über dich herauszufinden. Und fürs Protokoll: Ich mache so etwas normalerweise nicht. Normalerweise bin ich der Typ, der es langsam angehen möchte. Ich möchte eine Frau erst kennenlernen und mehrere Male mit ihr ausgehen, bevor es zum ersten Kuss kommt. Früher als nach sechs Monaten miteinander zu schlafen ist mir in der Regel zu schnell. Aber im Moment kann ich an nichts anderes denken als daran, was du unter diesem Kleid trägst oder nicht trägst. Es ist unanständig und unhöflich und ich fühle mich wie ein Arsch, der es sogar zugibt. Aber irgendetwas an dir bringt mich dazu, so zu handeln, wie ich es normalerweise nicht tun würde.«

Elodie spürte, wie ihr Gesicht rot anlief, und sie drückte ihre Oberschenkel fest zusammen. Mein Gott, dieser Mann war tödlich. Aber sie musste zugeben, dass es ihr gefiel zu wissen, dass es ihm genauso ging wie ihr.

Sie ließ den Blick zu Scotts Schoß wandern, doch schnell schaute sie wieder hoch in sein Gesicht.

Er lächelte. »Ja, als ich dich in diesem Kleid gesehen habe, bin ich hart geworden. Aber keine Sorge, du bist bei mir in Sicherheit, das schwöre ich.«

»Ich weiß«, sagte Elodie. Und das tat sie wirklich. Dieser

Mann würde ihr nicht wehtun, er würde nicht versuchen, sich etwas zu nehmen, das sie ihm nicht geben wollte. Und sie musste sich zusammenreißen, ihn nicht einzuladen, sofort mit auf ihr Zimmer zu kommen.

Aber ihr Magen hatte etwas anderes vor. Er knurrte wieder, laut und beharrlich.

Scott lachte. »Okay, ich muss dich füttern.« Mit seinem Daumen streichelte er ein letztes Mal über ihre Wange, bevor er sich vorbeugte, ihr einen kurzen Kuss auf die Lippen gab und sich zurücklehnte. »Schnall dich an, El. Ich gebe dir einen Crashkurs, während wir durch die Stadt fahren. Ich bin kein Experte, was die Geschichte dieses Ortes angeht, aber ich werde mein Bestes geben.«

Elodie legte ihren Sicherheitsgurt an und lehnte sich glücklich auf dem Sitz neben Scott zurück, als er in Richtung *Helena's Hawaiian Food* fuhr. Irgendwann griff er hinüber und nahm ihre Hand in seine. Ihre gefalteten Hände ruhten auf seinem Oberschenkel, während er fuhr. Er wies auf Sehenswürdigkeiten hin und erklärte, dass der Straßenverkehr im Moment in Ordnung wäre, bevor sich in anderthalb Stunden alles stauen würde.

Es war schwer zu glauben, dass sie tatsächlich hier neben Scott saß und er ihre Hand hielt. Oder hielt sie seine? Es war egal. Sie war so dankbar, hier zu sein, dass es ihr egal war, wer es tat. Sie war in der Hoffnung nach Oahu gekommen, den Mann zu treffen, den sie nicht mehr aus dem Kopf bekommen konnte, und es war ein Wunder, dass sie sich begegnet waren.

Elodie war so glücklich wie seit langer Zeit nicht mehr. Sie klammerte sich an dieses Gefühl und betete mit aller Kraft, dass Paul Columbus es aufgegeben hatte, nach ihr zu suchen, und dass sie ihr Leben frei und ohne Sorgen verbringen könnte.

KAPITEL NEUN

Mustang sah zu Elodie hinüber und lächelte. Er hatte für sie Kālua-Pig und Pipikaula-Rippchen mit Reis anstelle von Poi bestellt. Auf dem Weg nach Barbers Point hatte er dann nicht widerstehen können, noch ein paar Malasadas zum Nachtisch zu besorgen. Es hatte länger gedauert als erwartet und er hasste es, dass Elodie so lange auf ihre Mahlzeit warten musste, obwohl sie offensichtlich hungrig war.

Sie hatten einen Platz in der Nähe des Strandes etwas abseits der Touristen gefunden und Elodie hatte nicht gezögert, sich direkt über die Speisen herzumachen. Sie saßen nebeneinander auf einer Wand aus Vulkangestein und sahen zu, wie die Wellen an den Strand schlugen, als sie sich auf ihre Gerichte konzentrierten.

Während Mustang aß, konnte er nicht aufhören, an den Kuss zu denken. Er hatte nicht vorgehabt, sie gleich zu küssen, aber als er sie in diesem niedlichen Kleid mit Hawaii-Muster auf ihn zukommen sah, hatte er die Kontrolle verloren. Er hatte sich bereits auf dem Containerschiff von ihr angezogen gefühlt, als sie Stiefel und Cargohose getragen hatte, und am Pier hatte ihm ebenfalls gefallen, was er gesehen hatte. Aber als sie mit feuchten Haaren, die es nur allzu deutlich machten, dass sie gerade aus der Dusche kam, in diesem hübschen Kleid auf ihn zugekommen war, hatte er den Verstand verloren.

Er war froh, dass er vorgeschlagen hatte, die ernsten Themen für eine Weile zu vergessen und sich zunächst einfach kennenzulernen. Mustang wollte sich für immer an diesen Moment erinnern. Elodie sah entspannt aus, als hätte sie die Welt um sich herum vergessen. Er wollte, dass sie sich immer so fühlen könnte. Es schien, als hätte sie fast jede Minute unter Stress gestanden, seit sie sich kennengelernt hatten ... bis jetzt. Und mit Ausnahme des Moments in seinem Wagen vor ihrem Haus.

Mustang erinnerte sich daran, wie sie ihre Finger in die Haut auf seinem Nacken gegraben hatte, als sie sich küssten. Es war in sein Gedächtnis eingebrannt.

Er wollte sie. Und er wollte es nicht langsam angehen lassen. Er sehnte sich fast verzweifelt danach, sie unter sich zu haben ... und auf sich ... egal wie, solange er sie bekommen konnte.

Und das war untypisch für ihn. Wie er ihr gesagt hatte, ging er normalerweise sehr behutsam vor und ging es mit Frauen langsam an. Er wollte sie erst kennenlernen. Aber das war genau die Sache ... er hatte das Gefühl, Elodie bereits zu kennen. Natürlich kannte er nicht alle Details, aber er kannte sie, wie sie tief im Inneren war. Das hatte er schon auf der *Asaka Express* klar und deutlich gesehen.

»Strand oder Berge?«, fragte sie.

Dieses Frage- und Antwortspiel hatten sie die letzten zwanzig Minuten betrieben, um herauszubekommen, was der andere mochte.

»Ernsthaft?«, scherzte er.

»Ja.«

»Strand! Ich bin ein SEAL. Ich brauche das Wasser.«

»Richtig«, sagte Elodie mit einem Achselzucken. Sie hatte etwas Zucker von den Malasadas auf ihrer Wange. Er beugte sich vor, wischte ihn mit seinem Daumen ab und zeigte ihn ihr.

Sie rümpfte entzückend die Nase. »Du bist dran«, sagte sie zu ihm.

Für eine Sekunde dachte Mustang, sie meinte, er hätte auch etwas im Gesicht, was mit seinem Bart schwer zu sehen sein würde, aber dann wurde ihm klar, dass sie meinte, dass er eine Frage stellen sollte. »Mal sehen ... Parasailing oder Paragliding?«

»Gliding«, sagte Elodie, ohne zu zögern.

»Beeindruckend, wie schnell du geantwortet hast. Hast du das schon einmal gemacht?«

»Nein, aber ... ich nehme an, dass dieser Punkt unsere Freundschaft beeinträchtigen oder sogar zerstören könnte ... ich mag das Meer nicht so sehr«, gab Elodie zu.

Mustang starrte sie verwirrt an. »Was? Ich verstehe nicht.«

»Was gibt es da nicht zu verstehen? Sand, Salz, Haie, Quallen, Strömungen, Killerfische, Mantas ... soll ich weitermachen?«

»Moment – aber du hast eine Stelle auf einem Containerschiff angenommen, das sich mitten auf dem Meer befand, wenn ich dich daran erinnern darf. Und jetzt arbeitest du wieder auf einem Boot und fährst jeden Tag aufs Meer hinaus.«

Elodie kicherte und Mustang konnte nicht anders, als auf ihre Brust zu sehen. Sie war nicht übermäßig bestückt, aber ihre Brüste wackelten ein wenig, als sie lachte. Und dass ihr dabei der Träger ihres Kleides immer wieder von der Schulter rutschte, war nicht förderlich.

»Ich weiß, aber ich bin in Indiana aufgewachsen. Da gibt es kein Meer so weit das Auge reicht. Ich mag Wasser im Schwimmbecken oder Whirlpool. Es macht mir auch nichts aus, aufs Meer zu sehen, aber wenn ich im Wasser bin, macht mich das fertig. Auf der *Asaka Express* war ich auch nicht *im* Meer, sondern *auf* dem Meer. Das ist ein großer Unterschied. Das Gleiche gilt für meine Arbeit jetzt. Auch wenn Parasailing ebenfalls nicht im Meer stattfindet, besteht die Möglichkeit, dass das Seil reißt und ich im Wasser lande. Das kann beim Paragliding nicht passieren.«

Mustang könnte auf alle Gründe eingehen, warum Gleitschirmfliegen gefährlicher war, als mit einem Seil an einem Boot festgebunden und mit einem Fallschirm hinterhergeschleppt zu werden, aber er hielt den Mund. Wenn es beim Gleitschirmfliegen zu einer Fehlfunktion käme, würde sie ungebremst zu Boden stürzen. Aber sie war entzückend süß und er wollte mehr wissen.

»Hast du Geschwister?«

Elodie schüttelte den Kopf. »Nein, ich bin ein Einzelkind. Meine Eltern waren Professoren an einem Community College.«

»Machen sie das immer noch?«, fragte Mustang.

»Unglücklicherweise nein. Meine Mutter hatte vor ungefähr sechs Jahren einen Herzinfarkt. Sie hat es nicht geschafft. Mein Vater war so traurig über ihren Tod, dass er fast nicht weitermachen konnte. Er hat ein Blutgerinnsel entwickelt und ist ungefähr ein Jahr nach ihr gestorben.«

»Das tut mir leid«, sagte Mustang.

»Danke für die Anteilname. Ich vermisse sie sehr, aber ich weiß, dass sie ohneeinander nicht leben wollten. Sie waren so verliebt, sie haben immer alles zusammen gemacht, zur Arbeit fahren, zu Mittag essen, ausgehen, kochen. Es hat mich verrückt gemacht, als ich jünger war. Ich konnte nicht verstehen, warum sie keine Freunde oder separate Hobbys hatten. Aber sie waren einfach zufrieden damit, zusammen zu sein. Wenn ich heute zurückschaue, kann ich es verstehen. Sie hatten Glück.«

Für einen Moment schwiegen sie, bevor sie fragte: »Was ist mit dir? Leben deine Eltern noch? Hast du Geschwister?«

»Keine Geschwister, ich bin ein Einzelkind wie du. Meine Eltern leben noch. Sie wohnen in West Virginia, wo ich aufgewachsen bin. Sie arbeiten hart, waren aber nie allzu sehr an einem Hochschulabschluss interessiert. Sie leben gern in ihrer kleinen Stadt, spielen an den Wochenenden Bingo und brennen in ihrem nicht mehr ganz so geheimen Schuppen hinterm Haus Schnaps.«

»Du machst Witze, oder?«, fragte Elodie mit einem Lachen.

»Nein, Seemannsehrenwort. Der Sheriff im Ort weiß Bescheid, aber da sie ihm jeden Monat eine Flasche abgeben, macht er keinen Ärger.«

»Wow, okay«, erwiderte Elodie.

»Sie sind gute Leute«, sagte Mustang, »aber sie hatten nie das Fernweh, mit dem ich aufgewachsen bin. Sie waren immer zufrieden damit, am selben Ort zu leben, dieselben Menschen zu sehen und nicht groß zu reisen. Ich wollte schon immer die Welt sehen. Sie haben auch nie verstanden, dass ich es wirklich mochte, zur Schule zu gehen. Sagen wir einfach, sie sind nicht gerade die intellektuellen Typen. Aber sie sind großzügig und lieben mich über alles. Ich muss nur nach West Virginia, wenn ich sie sehen will.«

»Wie bist du zu deinem Spitznamen gekommen?«, fragte Elodie.

»Ich würde es dir gern erzählen, aber danach müsste ich dich umbringen«, scherzte Mustang. Er erzählte anderen Leuten normalerweise nicht die Geschichte über seinen Spitznamen, es sei denn, er kannte sie wirklich gut. Er war sich nicht sicher warum, aber er fühlte sich einfach nicht wohl dabei, etwas so Persönliches hinauszuposaunen.

Die Tatsache, dass er keine Bedenken hatte, Elodie davon zu erzählen, war eine weitere Bestätigung seiner Vermutung, wie besonders sie für ihn war.

»Das war ein Spaß«, sagte er, bevor sie antworten konnte. »Es ist mir ein wenig peinlich, aber damals dachte ich, ich tue meinem Kumpel einen Gefallen.«

»Oh, das muss ich hören«, sagte Elodie.

Mustang wurde abgelenkt, als sie sich den Zucker von den Fingern leckte, nachdem sie einen Malasada gegessen hatte, aber er tat sein Bestes, seine Emotionen unter Kontrolle zu bekommen. »Ich hatte gerade die Grundausbildung abgeschlossen und fühlte mich wie der König der Welt. Mein Spitzname war zu diesem Zeitpunkt Webb, abgeleitet von meinem Nachnamen. Als ich am Ende des Tages in Richtung Kaserne ging, bat mich einer der Männer aus meiner Einheit, der schon länger dabei war, um Hilfe. Einige Tage vorher hatte ich damit geprahlt, dass ich fast jedes Auto kurzschließen könnte. Er erzählte mir, dass er seinen Schlüssel verloren hatte und wollte, dass ich seinen Wagen starte, damit er nach Hause fahren konnte.

»Ich fühlte mich ziemlich gut, dass der Typ mich um Hilfe gebeten hatte, wenn man bedenkt, wie niedrig mein Rang war. Und ich habe ihm gern dabei geholfen, seinen Mustang zum Laufen zu bringen. Aber gleich nachdem ich stolz den Wagen gestartet hatte, eilte die Militärpolizei herbei und führte mich in Handschellen ab. Der Typ, der mich angesprochen hatte, war weggelaufen und es stellte sich heraus, dass der Mustang dem Kommandanten gehörte.«

»Ach du lieber Gott!«, sagte Elodie mit großen Augen. »Hast du Ärger bekommen?«

»Ich dachte, ich würde mit Sicherheit im Bau landen, aber zum Glück fand der Kommandant die Geschichte irgendwie lustig. Er erhob keine Anklage gegen mich und ich wurde wieder freigelassen. Aber der Vorfall sprach sich schnell herum und die anderen Männer begannen, mich Mustang zu nennen.«

»Und hat der andere Kerl Ärger bekommen?«

Mustang grinste. »Oh ja, der Kommandant hat ihn sechs Monate lang Extradienst schieben lassen. Der Kerl wusste, dass er mit seinem Streich zu weit gegangen war, doch später sind wir tatsächlich ziemlich gute Freunde geworden. Nachdem ich mich entschlossen hatte, zu den SEALs zu gehen, haben wir uns aus den Augen verloren.«

»Das ist lustig«, sagte Elodie. »Ich hatte vermutet, dass

hinter deinem Spitznamen eine Geschichte steckt, aber ich dachte, du hast vielleicht mit Pferden gearbeitet oder so.«

»Nein. Also ... wie bist du Köchin geworden?«, fragte Mustang.

Ihr Lächeln verschwand, als sie auf die Wellen starrte. Mustang bereute seine Frage sofort. Er hatte nicht irgendetwas ansprechen wollen, das sie traurig oder depressiv machen würde. »Du musst das nicht beantworten, wenn du nicht willst.«

»Nein, es ist in Ordnung«, sagte Elodie sofort und sah zu ihm auf. »Meine Eltern haben immer gemeinsam gekocht. Als ich alt genug war, habe ich mich dazugesellt. Zuerst habe ich nur Zutaten abgemessen oder klein gehackt und andere einfache Dinge. Aber nach einiger Zeit habe ich angefangen, selbst komplizierte Rezepte auszuprobieren. Ich habe so viele Kochshows wie möglich gesehen, und bevor ich mich versah, war ich besessen davon.

Nach der Highschool bin ich aufs Community College gegangen, wo meine Eltern gearbeitet haben, und habe Betriebswirtschaftslehre studiert. Sehr zum Leidwesen meiner Eltern war ich aber nicht besonders daran interessiert, meinen Bachelor-Abschluss in diesem Fach zu machen. Stattdessen habe ich nach Chicago auf eine Kochschule gewechselt und ich habe es geliebt. Nach meinem Abschluss dort habe ich in vielen Restaurants gearbeitet und war eine Zeit lang sogar Souschefin für einen ziemlich berühmten Koch. Aber irgendwann wurde es mir zu eintönig und ich brauchte eine Abwechslung.«

Mustang bemerkte, wie Elodies Schultern sanken, während sie sprach. Er wusste, dass die Veränderung irgendwie zu den Problemen geführt haben musste, die sie heute hatte. Er streckte die Hand aus und legte sie auf ihren Nacken.

Sie sah ihn überrascht an.

»Nicht jetzt«, sagte er leise. »Ich möchte jedes Detail darüber hören, was passiert ist, nachdem du Chicago verlassen hattest, aber im Moment möchte ich den Abend am Strand mit dir genießen. Bitte glaube nicht, dass ich nicht wissen will, was geschehen ist, aber ich möchte dich zuerst kennenlernen.«

Er sah, wie sie schwer schluckte, bevor sie sich über die Lippen leckte und sagte: »Okay.«

»Gut.« Mustang konnte den Blick nicht von ihren Lippen abwenden. Er wollte sie noch einmal schmecken. Er wollte an dieser vollen Oberlippe knabbern und plötzlich stellte er sich vor, wie sie seinen Schwanz zwischen diese vollen Lippen nahm. Er wurde sofort hart.

Scheiße, er war nicht er selbst. So schnell hatte er noch nie an Sex gedacht, wenn er mit einer Frau ausging. Andererseits hatte er schon seit Monaten an Elodie denken müssen und hatte sich gefragt, wo sie war und ob es ihr gut ging.

»Wie wäre es mit einem Spaziergang?«, platzte er heraus. Er musste sich bewegen. Wenn er es nicht tat, würde er sie sofort auf seinen Schoß ziehen und einige sehr unanständige Dinge an einem öffentlichen Strand mit ihr tun.

»Das würde mir gefallen«, antwortete sie.

Mustang ließ sie für einen langen Moment nicht los. Er kämpfte mit sich selbst. Ein Teil von ihm wollte seine Hand unter ihr Kleid schieben, und ein anderer Teil wusste, dass er sie loslassen musste, um die Beherrschung zurückzugewinnen.

»Scott?«, flüsterte sie.

»Ja?«, antwortete er genauso leise.

Ihre Brüste hoben und senkten sich unter ihrem schweren Atem, wodurch sie ihn wissen ließ, dass er nicht allein mit seinen Empfindungen war.

»Das ist verrückt, oder?«, fragte sie.

»Ja«, sagte er. »Aber ich wäre verdammt, wenn mir das etwas ausmachen würde.«

»Mir geht es genauso«, sagte sie mit einem kleinen Lächeln. »Aber ... ich mache so etwas sonst nicht. Ich meine, nicht mehr, seit ich Anfang zwanzig war. Ich habe schwer dafür gearbeitet, um es als Köchin zu schaffen. Manchmal war ich gestresst und bin in eine Kneipe gegangen, um einen Mann abzuschleppen. Aber danach habe ich mich immer schuldig gefühlt und war nicht weniger gestresst. Scheiße ... jetzt plappere ich so einen Mist und du musst denken, dass ich ein Flittchen bin.«

»Das denke ich nicht«, sagte Mustang sofort. »Ich habe ein- oder zweimal das Gleiche getan, und du hast recht. Mit einem fremden Menschen zu schlafen scheint nie wirklich sehr befriedigend zu sein.«

»Ja, genau.«

»Aber du fühlst dich für mich nicht fremd an«, sagte Mustang zu ihr.

Sie nickte. »Ich weiß. Warum ist das so? Wir kennen uns noch nicht einmal einen Tag lang, wenn man die Stunden zählen würde.«

Mustang verstärkte seinen Griff und fuhr mit dem Daumen über die Haut hinter ihrem Ohr. Sie zitterte sichtlich unter seiner Berührung und es fühlte sich verdammt gut an, wie sie auf ihn reagierte. Er konnte es kaum erwarten zu sehen, wie sie im Bett reagieren würde. »Ich glaube, es liegt daran, dass wir auf diesem Containerschiff eine Art Verbindung zwischen uns hergestellt haben. Ich habe dir geholfen und du hast mir geholfen. Es war eine ziemlich intensive Erfahrung für uns beide. Seit diesem Tag konnte ich nicht mehr aufhören, an dich zu denken. Ich habe mich ständig gefragt, wo du sein könntest, was du gerade machst und ob es dir gut geht.«

»Mir ging es genauso«, sagte Elodie und wurde rot. »Ich war am Boden zerstört, als mir klar wurde, dass ich deine Nummer verloren hatte. Es fühlte sich an, als hätte ich etwas wirklich Kostbares verloren. Es war albern, in der Hoffnung nach Hawaii zu kommen, dich zufällig zu finden, aber ich wusste nicht, wohin ich sonst gehen sollte.«

»Ich habe das Gefühl, als hätte eine höhere Macht dazu beigetragen, dich hierherzubringen, sodass ich dich heute treffen konnte. Midas hatte aus heiterem Himmel vorgeschlagen, zum Hochseeangeln zu gehen. Es gleicht fast einem

Wunder, dass wir von demselben Hafen aus gestartet sind, in dem du arbeitest.«

»Ich weiß«, sagte sie.

Mustang sah, wie sie sich über die Lippen leckte ... dann beugte sie sich leicht zu ihm vor. Er verstand ihre Andeutung und kam ihr auf halbem Weg entgegen. Er legte seine Hand in ihren Nacken, als er sie verschlang.

Sie schmolz in seinen Armen dahin, legte den Kopf zurück und ließ ihn sich nehmen, was er wollte. Er hatte keine Ahnung, wie lange sie so rumgemacht hatten, als er ihre Hand unter seinem Hemd spürte ... und dann an seinem Hosenbund. Mustang wusste, dass sie das Tempo reduzieren mussten.

Er wollte diese Frau so sehnsüchtig, dass es ihn fast erschreckte. Er wollte nackt mit ihr sein, in ihr, mehr als er jemals in seinem Leben etwas gewollt hatte. Aber er würde nichts tun, was sie in Verlegenheit bringen könnte oder zu einer Verhaftung an einem öffentlichen Strand führen würde.

Nachdem er sich zurückgezogen hatte, bemerkte Mustang, dass er seine eigene Hand unter ihr Kleid geschoben hatte ... und auf unangemessene Weise ihren Oberschenkel massierte, wenn man bedachte, wo sie sich befanden. Sie hatte ihre Beine nur ein wenig gespreizt und ihm Zugang gewährt, und seine Finger waren gefährlich nahe daran zu fühlen, wie bereit ihr Körper für ihn war. Er konnte ihren leichten Moschusgeruch wahrnehmen und musste seine Augen schließen, um die Kontrolle über sich selbst zu behalten.

»Das ist aber schnell aus dem Ruder gelaufen«, stellte Elodie mit einem kleinen Lachen fest.

Mustang öffnete die Augen und sah die Frau in seinen Armen an. Ihre Lippen waren jetzt noch praller als zuvor und gerötet von seinem Kuss. Ihre Wangen waren rosa und sie schien immer noch schwer zu atmen.

Ihre Hände waren wie in Schockstarre. Sie berührte mit ihren Fingern seinen Hintern und seine Hand lag immer noch auf ihrem Oberschenkel. Langsam zog Mustang seine Hand unter ihrem Kleid hervor. Sein Schwanz zuckte, als sie ihre Hand aus seiner Hose zog.

»Willst du immer noch spazieren gehen?«, fragte er.

Elodie nickte sofort. »Ja, eigentlich schon. Ich lebe schon seit anderthalb Monaten hier und habe noch keinen Sonnenuntergang vom Strand aus gesehen. Es wird mich davon abhalten, dich in den Sand zu werfen und mich auf dich zu stürzen«, antwortete sie mit einem Grinsen.

Mustang lächelte und war erleichtert, dass sie sich wegen ihres sehr heißen Kusses nicht schämte. Er war froh, dass er einen relativ abgelegenen Platz zum Essen gefunden hatte. Er stand auf, sammelte ihren Müll ein und griff dann nach ihrer Hand. »Ein romantischer Sonnenuntergang am Strand steht für dich bereit«, sagte er mit einem Lächeln.

Elodie nahm seine Hand und stand auf. Der Strand war nicht sehr lang und es würde nicht lange dauern, bis sie das Ende erreichten. Deshalb nahmen sie sich Zeit, schlenderten durch den Sand und lachten und genossen es, zusammen zu sein.

Während sie gingen, redeten sie über alles, was ihnen in den Sinn kam. Er erzählte ihr Geschichten über das SEAL-Training und seine Teamkameraden. Sie erzählte ihm Geschichten aus ihrer Zeit als Köchin in verschiedenen Restaurants. Darüber, wie schrecklich Gäste sein konnten, wenn etwas nicht genau so war, wie sie es wollten. Er erfuhr, dass sie nicht gern fror und dass sie Katzen und Meerschweinchen mochte, dass sie sich wünschte, kleinere Füße zu haben, damit sie niedlichere Schuhe tragen könnte, und dass sie seit dem Vorfall auf dem Containerschiff beim Schlafen das Licht anließ. Sie war eine Ordnungsfanatikerin, las gern Liebesromane, hatte die schlechte Angewohnheit, an ihren Fingernägeln zu pulen, und war im Geheimen versessen auf Eiscreme.

Im Gegenzug erzählte Mustang ihr, dass er Haustiere nicht wirklich leiden konnte. In seiner Kindheit wurden alle Tiere draußen gehalten. Er hasste Teppiche, weil er das Gefühl hatte, dass sich dort nur Schmutz und Keime sammelten. Dunkelgrün war seine Lieblingsfarbe und er erzählte ihr, woher er die kleine Narbe unter seinem Kinn hatte.

Als die Sonne endlich unterging, fühlte Mustang sich, als würde er Elodie schon sein Leben lang kennen. Sie hatten die gleichen Gefühle in Bezug darauf, Einzelkinder zu sein ... einerseits war es schön gewesen, andererseits waren sie manchmal einsam gewesen. Beide fanden, dass drei Kinder die perfekte Anzahl für eine Familie war, und beide liebten das Leben in Hawaii.

Er stand hinter ihr, legte seine Arme um ihre Schultern und zog sie an seine Brust, als die Sonne unterzugehen begann. »Nicht blinzeln«, forderte er von Elodie, als sie langsam am Horizont verschwand.

Keiner von beiden sagte ein Wort, während die Farbe des Himmels von blau zu orange zu rosa wechselte, bevor er schließlich grau wurde, nachdem die Sonne verschwunden war.

Elodie drehte sich in seinen Armen herum und legte ihre Wange an seine Brust. Nach einem langen Moment sah sie auf. »Danke«, flüsterte sie. »Das war perfekt.«

»Ich hätte ein Foto für dich machen sollen«, sagte Mustang bedauernd.

»Das ist nicht nötig. Es wird mir für immer in Erinnerung bleiben«, versicherte Elodie ihm.

Sie starrten sich kurz an, dann senkte Mustang den Kopf. Selbst wenn sein Leben auf dem Spiel gestanden hätte, hätte er sich in diesem Moment nicht davon abhalten können, sie zu küssen. Eine Gruppe von Terroristen hätte den Strand stürmen können und er hätte nichts dagegen getan. Seine ganze Aufmerksamkeit war auf die Frau in seinen Armen gerichtet.

Der Kuss war kurz, denn Mustang wusste, dass er Elodie wirklich in den Sand werfen würde, wenn er weitermachte.

Elodie legte eine Hand auf seinen Oberkörper und sah ihn mit großen Augen an. »Zu dir oder zu mir?«

Mustang seufzte erleichtert auf.

Er wollte diese Frau, aber er wollte auch keine Grenze überschreiten, indem er vorschlug, dass sie mit zu ihm nach Hause kam.

»Zu mir«, sagte er entschlossen, griff nach ihrer Hand, drehte sich um und ging zum Parkplatz.

Er hörte, wie Elodie hinter ihm kicherte, und musste lächeln. Es schien, als wären sie in Bezug auf die Vertiefung ihrer Beziehung derselben Meinung. Er konnte keine Sekunde länger warten, um Elodie zu der Seinen zu machen.

Und das war sie.

Seine.

Sie verstand vielleicht noch nicht ganz, was es für ihn bedeutete, mit ihm nach Hause zu fahren, aber er wusste es.

Es sollte so sein. Sie waren füreinander bestimmt. Er hatte es bereut, sie auf der *Asaka Express* zurückgelassen zu haben, aber jetzt, wo er sie gefunden hatte, würde er sie nicht wieder gehen lassen.

»Bist du in Eile?«, witzelte sie, als sie hinter ihm her stolperte.

Mustang entschied, dass ihm das Gehen zu lange dauerte, und wollte nicht, dass Elodie stolperte und sich womöglich wehtat. Er drehte sich um und drückte ihr ihre Schuhe praktisch an die Brust. Er hatte beide Paare Flipflops getragen. Überrascht packte Elodie die Schuhe und stieß einen kleinen Schrei aus, als er sich bückte und sie mit einem Arm hinter ihrem Rücken und dem anderen unter den Knien hochhob.

Sie legte sofort einen Arm um seinen Hals. »Immerhin hast du mich nicht über deine Schulter geworfen«, sagte sie mit einem Lachen.

»Ich habe darüber nachgedacht«, gab Mustang zu.

Sie lachte noch lauter. »Nur fürs Protokoll, dies ist viel bequemer.«

»Vermerkt«, sagte Mustang.

Er liebte das Gefühl von ihr in seinen Armen. Sie war nicht

leicht, aber auch nicht zu schwer für ihn. Er war trainiert darin, seine Teamkameraden mit voller Ausrüstung tragen zu können. Im Gegensatz zu Midas, der zehn Zentimeter größer war als Mustang, war sie also federleicht.

Als sie bei seinem Wagen ankamen, ließ Mustang sie herunter, und nachdem sie ihre Schuhe angezogen hatten, nahm er ihr Gesicht zwischen seine Hände. »Bist du dir sicher?«, fragte er.

»Ich war mir in meinem ganzen Leben noch nie so sicher«, antwortete Elodie. »Ich habe jede Entscheidung hinterfragt, die ich jemals getroffen habe. Sollte ich vier Jahre lang auf die Universität gehen oder eine Kochschule besuchen, sollte ich mit diesem oder jenem Koch zusammenarbeiten, sollte ich diesen verdammten Job in New York oder den auf der *Asaka Express* annehmen? Sollte ich nach Hawaii oder woanders hingehen? Aber über diese Entscheidung muss ich nicht zweimal nachdenken. Ich will dich, Scott.«

Mustang war ein SEAL, das konnte er nicht abschalten ... und er machte sich gedanklich eine Notiz über New York, schob es aber in den Hintergrund. Das Wichtigste zuerst: Er musste Elodie ein für alle Mal zu der Seinen machen.

Er küsste sie fest auf die Lippen und öffnete dann die Wagentür für sie.

Sie lächelte, als sie einstieg. Nachdem er um den Wagen herumgegangen, sich ans Steuer gesetzt und den Motor angelassen hatte, sagte sie leise: »Ich hatte mehr erwartet als nur einen kurzen Kuss.«

»Ich hänge hier am seidenen Faden«, sagte Mustang, als er vom Parkplatz fuhr. »Wenn ich mehr getan hätte, würden wir jetzt auf der Ladefläche meines Pritschenwagens liegen und mein Kopf wäre zwischen deinen Beinen.«

»Verdammt«, flüsterte Elodie.

Für einen Moment dachte Mustang, er wäre zu weit gegangen. Dass er zu rau gewesen war. Aber als er zu Elodie hinüberschaute, sah er, wie sie sich mit der Hand Luft zufächelte und ihn angrinste. Sie war nicht verärgert über seine Äußerung. Wenn er sich nicht täuschte, hatte es sie verdammt noch mal angemacht.

»Wie soll das laufen?«, fragte er.

»Wie soll was laufen?«

»Wenn wir bei mir sind, könnte ich dir ein Glas Wein einschenken und wir machen es uns auf der Couch gemütlich. Dann unterhalten wir uns und schauen vielleicht einen Film. Ich könnte dich langsam mit Küssen verführen, während wir so tun, als wären wir am Fernsehprogramm interessiert«, erklärte er.

»Oder?«, fragte Elodie.

»Ich könnte mein Bestes tun, um zu warten, bis wir in meinem Schlafzimmer sind, aber ich kann nichts versprechen. Ich werde dafür sorgen, dass du bereit für mich bist, bevor ich dich hart und schnell nehme, damit wir unseren ersten Orgasmus aus dem Weg schaffen können. Dann werde ich dich lecken und dich vielleicht davon überzeugen, meinen Schwanz in den Mund zu nehmen. Danach werden wir uns erneut lieben. Ich könnte sagen, dass das zweite Mal langsamer und süßer sein wird, aber ich habe das Gefühl, dass es lange dauern wird, bis ich es langsam angehen kann, wenn ich in deinem heißen, feuchten Körper bin.«

»Heilige Scheiße«, hauchte Elodie. »Ja, das! Das will ich, die zweite Variante. Ich glaube, ich werde verrückt, wenn du nicht bald in mich eindringst.«

Mustang rutschte auf dem Sitz herum und legte sich eine Hand in den Schritt, um seinen Schwanz zurechtzulegen. Er sah, wie Elodie seine Bewegungen verfolgte, und grinste. »Entschuldige, ich bin so verdammt hart, dass es fast unmöglich ist zu fahren.«

»Besser du als ich«, scherzte sie.

»Ich habe Kondome da«, sagte Mustang. »Ich hatte seit Monaten niemanden mehr bei mir, aber es gehört zu unserer Ausrüstung, wenn wir auf Mission geschickt werden.« Man kann damit die Gewährmündungen vor Wasser schützen und es gibt noch hundert andere Verwendungszwecke. Ich habe neulich eine neue Schachtel gekauft.«

Elodie lachte. »Wie ein kleiner Pfadfinder«, sagte sie.

»Nicht einmal ansatzweise«, antwortete Mustang. »Aber ich werde niemals etwas tun, das dich in Gefahr bringen könnte. Ich bin gesund. Aber so nahe ich mich dir auch fühle, wir kennen uns nicht gut genug, um ungeschützt Sex zu haben.«

»Ich nehme nicht die Pille«, sagte Elodie. »Ich habe darüber nachgedacht, aber mein Körper reagiert nicht gut auf die Hormone. Ich weiß es also zu schätzen, dass du kein Problem damit hast, ein Kondom zu verwenden.«

»Wie gesagt, ich würde niemals etwas tun, um dich zu verletzen, El.«

»Ich hatte schon eine Weile keinen Sex mehr.«

»Wie lange ist eine Weile?«, fragte Mustang.

»Über ein Jahr.«

Mustang konnte nicht anders, als tief Luft zu holen. Er konnte es nicht leugnen, es gefiel ihm, dass sie so lange mit niemandem mehr zusammen gewesen war. »Ich werde dafür sorgen, dass du bereit für mich bist«, sagte er zu ihr.

»Das wird kein Problem sein, Scott«, sagte sie. »Ich tropfe bereits.«

»Scheiße«, fluchte er. »So etwas kannst du mir doch nicht sagen, während ich fahre.« Er rutschte wieder herum und versuchte, den Druck auf seinen Schwanz zu verringern. Glücklicherweise trug er Shorts und keine enge Hose, wie Jeans oder eine Cargohose. Sein Schwanz wollte aber trotzdem aus seiner Unterhose und seinen Shorts heraus.

Als Elodie hinübergriff und ihre Hand auf seinen Oberschenkel legte, half das nicht wirklich. Aber Mustang legte seine Hand auf ihre und hielt sie fest. Er wollte ihre Hände auf seinem Körper spüren, auch wenn das ein wenig sinnlichen Schmerz bedeutete.

Als er auf seinen Parkplatz fuhr, sagte er: »Letzte Chance,

deine Meinung zu ändern. Das Angebot mit Wein und Entspannung steht noch.«

Elodie drückte seinen Oberschenkel und sagte: »Nein, ich will dich. Ich träume schon seit Monaten von diesem Moment. Zu lange, um die Zeit mit Verführung und Vorspiel zu verschwenden. Ich brauche dich, Scott. Ich will alles von dir.«

Mustang stellte den Wagen ab und sprang heraus. Er ging auf die andere Seite und hielt Elodie die Tür auf. Nachdem sie ausgestiegen war, hob er sie nicht wieder hoch, sondern legte einen Arm um ihre Taille und zog sie an seine Seite, als sie den Eingangsbereich des Apartmentgebäudes betraten.

Niemand war zu sehen, als sie in den Fahrstuhl stiegen. So sehr es Mustang danach verlangte, ihr die Träger des Kleides herunterzureißen und sich über ihre Brüste herzumachen, verzichtete er darauf. Er wusste, dass er nicht aufhören könnte, wenn er erst angefangen hatte. Er würde sich noch dreißig Sekunden gedulden können – vielleicht.

Wortlos gingen sie den Flur entlang und Mustang schloss die Tür auf. Er legte eine Hand auf Elodies Rücken und schob sie hinein.

In der Sekunde, in der die Tür hinter ihnen ins Schloss fiel, stürzte Mustang sich auf sie.

KAPITEL ZEHN

Elodie stieß mit dem Rücken gegen die Wand neben Scotts Wohnungstür. Bevor sie Luft holen konnte, war sein Mund auf ihrem. Er verschlang sie. Es gab kein anderes Wort dafür. Und Elodie gab ihm, wonach er verlangte, so gut sie konnte.

Es war keine sanfte Verführung. Ihre Zähne stießen gegeneinander und sie versuchten verzweifelt, mit den Händen alles auf einmal zu berühren. Elodie spürte, wie die Träger ihres Kleides von ihren Schultern gezogen wurden, bevor Scott seinen Mund von ihren Lippen nahm und sich zu ihrer Brust hinunterbeugte. Sie trug einen trägerlosen BH und er hatte keine Mühe, den Stoff bis zu ihrem Bauchnabel herunterzuziehen. Ihre Brustwarzen standen aufrecht in der kühlen Luft und bevor sie darüber nachdenken konnte, was geschah, hatte Scott eine in den Mund genommen.

Stöhnend löste Elodie den Verschluss von Scotts Shorts und schob sie nach unten. Dann zog sie sein Hemd nach oben und glaubte für eine Sekunde, dass er seinen Mund nicht von ihrer Brust lösen würde, damit sie ihm das Hemd über den Kopf ziehen konnte. Aber er zog sich zurück, riss sich selbst das Hemd vom Leib und beugte sich wieder vor zu ihrer Brust.

Elodie hatte nur einen kurzen Moment Zeit, um sich das

Tattoo auf seinem linken Arm anzusehen, bevor sie die Augen wieder schließen musste. Es war unglaublich erotisch, wie Scott mit seinem Bart über ihre Brust streifte. Sie hatte so etwas noch nie zuvor gespürt. Er machte auch keine Spielchen, er saugte hart an ihrer Brustwarze und knetete mit seiner Hand das empfindliche Fleisch ihrer anderen Brust.

»Scott«, stöhnte sie, als sie den Verschluss ihres BHs öffnete und ihn auf den Boden fallen ließ.

Er stöhnte und versuchte, ihr Kleid nach unten über ihre Hüfte zu schieben, aber es funktionierte nicht. Sie hatte schon immer breitere Hüften gehabt und das Kleid war so geschnitten, dass sie es über den Kopf ziehen musste. Ganz zu schweigen davon, dass er sich nicht die Mühe gemacht hatte, den kleinen Reißverschluss an der Seite zu öffnen.

Bevor sie ihm helfen konnte, hatte er einfach den Stoff zerrissen.

»Entschuldige«, murmelte er. »Ich kaufe dir ein Neues.«

Elodies Magen verkrampfte sich vor Lust. Aber er war noch nicht fertig.

Ohne den Kopf zu heben, griff Scott nach ihrer Unterwäsche und zog sie ebenfalls nach unten. Elodie stand nackt in seinem Flur, genau wie er es vorhergesagt hatte.

Mit einem Mal zog er seinen Mund von ihrer Brustwarze und ging vor ihr auf die Knie.

Er schob ihre Beine auseinander und Elodie packte seinen Kopf, als er sich vorbeugte. Er schaute nach oben und sie fing seinen Blick auf. Sie hatte sich noch nie so angetörnt gefühlt wie in diesem Moment, als sie ihn vor sich auf den Knien sah und seine Hände auf ihrer Hüfte und ihrem Hintern fühlte. Es war wahnsinnig sexy und impulsiv.

»Leck mich«, befahl sie.

Sie sah, wie er grinste, bevor er den Kopf wieder senkte. Aber er unterbrach ihren Augenkontakt nicht und Elodie merkte, dass sie nicht wegsehen konnte. Sie spürte, wie seine Zunge über ihre Schamlippen fuhr, bevor er ein tiefes Stöhnen ausstieß. Sie wusste, dass sie feucht war, darüber hatte sie in seinem Wagen nicht gespaßt. Sie hätte sich schämen sollen. Das sah ihr gar nicht ähnlich. Oh, sie mochte Sex, aber dies war anders, intensiver, leidenschaftlicher, einfach mehr.

Scott bewegte sich und umkreiste mit seinem Mund ihre Klitoris. Sie konnte den Unterschied zwischen seinem Bart und ihrer Schambehaarung nicht ausmachen. Sie konnte nur seinen intensiven Blick erkennen, der sich in ihren bohrte.

Er bewegte sein Kinn und fing an zu saugen.

»Großer Gott!«, rief sie aus, als sie sich gegen sein Gesicht drückte. Sie hatte sich noch nie so schnell von null auf hundert begeben wie bei ihm. »Scheiße, Scott, ja ... genau so.«

Sie konnte nicht anders, als die Augen zu schließen und sich gegen die Wand hinter sich zu lehnen. Sie hielt sich an seinem Kopf fest, als ginge es um ihr Leben, während er sie so hart leckte wie noch niemand zuvor. Er war nicht sanft, als er an ihrer Klitoris saugte und sie zu ihrem Höhepunkt drängte.

»Das ist zu viel«, beschwerte sie sich, wobei sie seinen Kopf fester an sich zog. Scott hörte ihr sowieso nicht zu und fuhr so schnell über ihre Perle, als wäre seine Zunge ein Vibrator. Sie begann zu zittern und er packte sie fester an ihren Hüften.

Elodie wollte sich gegen ihn drücken, hatte aber nicht genügend Halt. Sie hob ein Bein und legte es über seine Schulter, wobei sie hörte und fühlte, wie er zustimmend stöhnte. Er nahm ihren Oberschenkel und hielt sie fest, als sie auf einem Bein vor ihm ins Wanken geriet.

»Ich werde gleich kommen«, sagte sie zu Scott. Wahrscheinlich war er sich bereits bewusst, dass sie kurz vor dem Orgasmus stand. Sie spannte die Bauchmuskeln an und ihre Schenkel zitterten. Sie wimmerte förmlich, als die Erregung ihrem Höhepunkt entgegenging. Es war beinahe beängstigend, dass sie so außer Kontrolle geriet, aber dann wurde ihr klar, dass sie keinen Grund hatte, Angst zu haben. Scott hielt sie. Er würde aufpassen, dass sie nicht umfiel.

Elodie hielt den Atem an, als sie, überwältigt von dem

Gefühl, das Scott ihr gab, explodierte. Vielleicht war es die neue Position – sie war noch nie zuvor im Stehen gekommen – oder vielleicht weil sie auf einem Bein stand. Was auch immer der Grund war, dieser Orgasmus fühlte sich an, als wäre es ihr erster – überwältigend und alles verzehrend.

Bevor sie verarbeiten konnte, was geschah, beugte Scott sich vor und hob sie hoch. Er trug sie ins Wohnzimmer und legte sie mit dem Rücken auf die Couch. Er kniete sich über sie und rollte ein Kondom über seinen großen Schwanz.

Elodie war mit einigen Männern zusammen gewesen. Kleine Schwänze, krumme Schwänze, dicke Schwänze, dünne Schwänze. Aber sie hatte noch niemals einen so dicken Schwanz gehabt wie den von Scott. Aufregung stieg in ihr auf. Sie spreizte die Beine, so weit sie konnte, und drückte sinnlich den Rücken durch.

Mit dem Blick nahm er jede ihrer Bewegungen auf und sie sah, wie sein Schwanz in seiner Hand zuckte. Sie liebte das Gefühl, ihn so beeinflussen zu können. Sie hatte keine Bedenken, ihn in ihren Körper aufzunehmen. Er hatte sie mehr als ausreichend dafür vorbereitet. Sie war so feucht, dass ihre Säfte ihr an den Schenkeln herunterliefen. Kurz kam ihr der verrückte Gedanke, dass seine Couch glücklicherweise aus Leder war und sich leicht reinigen ließe, bevor Scott sich vorbeugte und die Spitze seines riesigen Schwanzes zwischen ihre Schamlippen schob.

Bis jetzt hatten sie nicht viel gesagt und Elodie konnte sehen, wie eine Ader auf Scotts Stirn pulsierte.

Er beugte sich weiter über sie und schob seinen Schwanz ganz langsam in ihren einladenden Körper.

Elodie spürte einen kurzen Schmerz und spreizte ihre Schenkel noch weiter, bevor sie hinter ihn griff und seinen steinharten Hintern packte. Scott schien nur aus Muskeln zu bestehen. Er konnte ihr leicht wehtun, aber er ging behutsam vor und gab ihrem Körper die Zeit, sich an seine Größe anzupassen.

Er stöhnte fast qualvoll, als er seinen Schwanz halb in sie geschoben hatte.

»Tiefer!«, drängte sie.

»Ich will dir nicht wehtun«, presste er zwischen zusammengebissenen Zähnen heraus.

»Scott, du hast mich gerade härter zum Orgasmus gebracht als jemals zuvor. Ich bin so feucht, dass ich deine verdammte Couch volltropfe. Nimm mich! Jetzt!«

»Ganz schön energisch«, sagte Scott mit einem Lachen.

»Weniger quatschen, mehr Taten«, beschwerte sich Elodie.

Noch bevor sie ausgesprochen hatte, schob er den Rest seines harten Schwanzes mit einem Ruck in sie hinein und berührte dabei Nerven, von denen sie nicht einmal gewusst hatte.

»Heilige Scheiße«, flüsterte sie, als sie spürte, wie sein Schamhaar über ihres strich. Sie hob den Kopf und sah an ihren Körpern herunter. Sie waren sich so nahe, wie ein Mann und eine Frau sich sein konnten. Sein Schwanz war so tief in ihr vergraben, dass sie nichts davon sehen konnte.

Dann zog er sich zurück und sein Schwanz glänzte von ihrem Saft.

»So verdammt schön«, murmelte Scott und Elodie verlor seinen Schwanz aus den Augen, als er sich wieder in sie hineindrückte.

Sie ließ den Kopf zurückfallen und prallte gegen das Kissen unter ihr.

»Ich kann mich nicht länger zurückhalten. Du fühlst dich zu gut an«, sagte er.

»Fick mich so hart, wie du es mir versprochen hast«, bettelte Elodie.

Scott bewegte seinen Körper über ihr und schob seine Hände nach oben, sodass sie fast unter ihren Achselhöhlen ruhten. »Halt dich fest«, sagte er zu ihr.

Gerade als Elodie seinen Bizeps ergriffen hatte, begann er zu stoßen. Ihre Brüste wackelten auf und ab, als er immer wieder in sie hineinstieß. Jeder Zentimeter ihrer Muschi begann zu glühen. Sie hob ihre Beine und drängte ihn weiter, indem sie ihre Hacken in seinen Hintern grub.

Außer ihrem schnellen Atmen und seinem tiefen Stöhnen verlor niemand ein Wort. Sie gaben sich einfach ihrer Leidenschaft hin.

Elodie hatte keine Ahnung, wie lange sie sich geliebt hatten, aber es schien viel zu schnell vorbei zu sein, als er sagte: »Ich komme.« Er schob sich so tief wie möglich in sie hinein und stöhnte unfassbar sexy. Elodie sah, wie Scott den Kopf in den Nacken warf und in ihr zum Höhepunkt kam.

Sie rekelte sich unter ihm und wollte mehr, war aber zu verlegen, darum zu bitten. Scott schien es aber zu wissen. Ohne seinen Schwanz herauszuziehen, richtete er sich auf und griff zwischen ihre Beine. Sie konnte spüren, wie er in ihr weicher wurde. Als er anfing, gleichzeitig ihre Klitoris und eine ihrer Brustwarzen zu massieren, zuckte sie zusammen.

»Es tut mir leid, ich konnte mich nicht länger zurückhalten. Nächstes Mal werde ich auf dich warten. Bitte komm noch einmal für mich. Komm, während mein Schwanz noch in dir ist, Baby.«

Elodie gehorchte aufs Wort. Sie war so bereit, dass das Gefühl seines Schwanzes in ihr und die Tatsache, dass jeder Zentimeter ihres Körpers durch den harten Sex hochempfindlich war, sie fast sofort kommen ließen. Sie stöhnte lange und tief und drückte ihre inneren Muskeln so fest gegen ihn, dass er aus ihr herausrutschte, als sie kam.

Beide stöhnten und Elodie sah, dass Scotts Blick zwischen ihren Beinen ruhte. »Verdammt, das ist so verdammt sexy.«

Dann stand er auf. Sie hatte keine Ahnung, wie er sich jetzt bewegen konnte. Sie fühlte sich schlaff wie eine gekochte Nudel. Aber er beugte sich vor, hob sie mit derselben Leichtigkeit auf wie am Strand und trug sie über den Flur.

»Wir sollten die Couch sauber machen«, murmelte sie.

»Ich werde mich später darum kümmern. Im Moment muss ich dich festhalten.«

Elodie wollte nicht protestieren. Er legte sie auf sein Bett und half ihr, unter die Decke zu schlüpfen. Er ging kurz ins Badezimmer. Sie nahm an, dass er das Kondom entsorgte. Bevor er wieder ins Bett kam, machte er das Licht im Kleiderschrank und im Flur an und ließ die Tür halb offen.

Ihr Herz schmolz dahin. Er erinnerte sich noch daran, dass sie nicht im Dunkeln schlafen kann. Verdammt, könnte dies noch besser werden?

Die Antwort lautete ja. Anstatt zu ihr unter die Bettdecke zu steigen und sie festzuhalten, warf er die Decke zurück und schaute sie von oben bis unten an.

»Scott?«

»Ich will dich sehen«, murmelte er. Dann fing er an, jeden Zentimeter ihres Körpers zu küssen. Er begann an ihrem Kopf und arbeitete sich dann nach unten. Er küsste, liebkoste, leckte. Elodie genoss seine Aufmerksamkeit und wusste in diesem Moment, dass sie sich bereits unwiderruflich in diesen Mann verliebt hatte.

Es ergab keinen Sinn. Das hier war eher wie ein One-Night-Stand, aber ihr Herz hatte eine Wahl getroffen. Scott Webber gehörte ihr. Jawohl. Es würde niemals jemanden wie ihn geben.

Verdammt.

***

Mustangs Herz schlug so schnell, als wäre er gerade zwanzig Terroristen davongelaufen, die auf ihn schossen. Er hatte versucht, sich zurückzuhalten und das erste Mal für Elodie genauso gut zu machen wie für ihn selbst. Aber in der Sekunde, in der er in ihre enge Muschi eingedrungen war, konnte er an nichts anderes mehr denken, als zuzustoßen und zum Höhepunkt zu kommen.

Gott sei Dank hatte er sie zum Orgasmus gebracht, bevor er die Kontrolle verloren hatte. Gott sei Dank hatte er es nicht vollständig vermasselt und ihr noch diesen zweiten Orgasmus geben können, nachdem er sie selbstsüchtig so grob genommen hatte. Aber er hatte sie gewarnt und sie schien sich aus seiner mangelnden Zurückhaltung wenig zu machen.

Er würde es wiedergutmachen. So, dass sie ihn niemals wieder würde verlassen wollen.

Mustang hatte keine Ahnung, wie er sich so schnell zu dieser Frau hatte hinreißen lassen. Er war sonst immer vorsichtig und ruhig. Er wollte immer erst alle Informationen haben, bevor er sich auf etwas einließ. Und in ihrem Fall war er einfach ins kalte Wasser gesprungen, ohne sich Gedanken über die Konsequenzen zu machen.

Jetzt musste er Elodie nur noch dazu bringen, ihn zu lieben. Es gab keine Alternative. Er würde sie so glücklich machen, dass sie keine andere Wahl hätte, als sich in ihn zu verlieben. Angefangen damit, wiedergutzumachen, dass er sie auf seine verdammte Couch geschmissen hatte und nach ein paar Stößen gekommen war, als wäre er eine verfluchte Jungfrau.

Aber genau so fühlte er sich. Er war noch nie mit einer Frau zusammen gewesen, die so heiß, feucht und eng war wie Elodie. Ihr Körper hatte seinen Schwanz förmlich zusammengepresst und für eine Sekunde hatte er befürchtet, nicht in sie hineinzupassen. Aber er hatte gepasst. Sie hatten perfekt zusammengepasst.

Er wusste, dass er sie etwas schlafen lassen sollte. Schließlich hatte sie den ganzen Tag in der Sonne gearbeitet, aber er konnte sich nicht dazu bringen, ihren wunderschönen Körper zuzudecken. Ihr Körper war nicht makellos, aber das machte ihm nichts aus, nicht im Geringsten. Jede Falte, jeder Dehnungsstreifen, jeder Makel verstärkte seine Gefühle für sie. Sie war echt. Eine reife, erwachsene Frau, die sich entschieden hatte, mit ihm zusammen zu sein.

Er küsste sie auf die Stirn, dann ihre Wangen, dann die eine Schulter, bevor er zur nächsten überging. Er fuhr mit einem Finger über ihr Schlüsselbein, bevor er mit seiner Zunge folgte. Ihre Brustwarzen waren steif und hart und er konnte nicht widerstehen, ihre Brüste zu massieren. Sie waren nicht groß, aber auch nicht klein. Sie waren absolut perfekt.

Mustang stellte sich vor, mit seinem Schwanz ihre Brüste zu ficken, und musste sich zurückhalten. Nein, dieser Moment war für sie. Dafür würde später noch Zeit sein – hoffte er.

Er küsste ihren Bauch und stellte fest, dass sie kitzelig war. Wieder nahm er ihren Moschusgeruch wahr, als er über ihr Schambein fuhr und dem Drang, ihre Lippen zu lecken, kaum widerstehen konnte. Er war noch nicht fertig damit, ihren Körper zu erkunden. Er küsste die Innenseite ihrer Oberschenkel, dann ihr Knie, dann ihre Knöchel. Ihre Zehennägel waren nicht lackiert und sie hatte lange, schlanke Zehen. Ihre Füße waren größer als die der meisten Frauen, und sogar das fand er süß.

Langsam arbeitete er sich wieder an ihrem Körper hoch und seine Erregung stieg, als er sich ihrem Schambereich näherte. Er schob ein Bein zur Seite und sie öffnete sich ihm. Er liebte es, wie sie bereitwillig genau das tat, was er wollte.

Er hatte zuvor keine Zeit gehabt, sie wirklich zu bewundern. Er war zu besorgt gewesen, sich darum zu kümmern, dass sie ihn wirklich wollte. Er hatte Angst gehabt, in ihre Augen zu schauen und Widerwillen oder einen Anschein davon zu entdecken, dass sie ihn nur benutzte, weil er ein SEAL war. Aber alles, was er gesehen hatte, waren Lust und Verlangen.

Für einen Moment fuhr er mit seinen Fingern über ihre Schamlippen, bevor er seinen Zeigefinger langsam in ihrem Körper versenkte. Sie stöhnte und hob ihre Hüften ein wenig an.

»Magst du das?«, fragte er.

»Oh ja«, gab sie zurück.

Er lächelte. Scheiße, das machte Spaß. Wann hatte er das letzte Mal Spaß daran gehabt, mit einer Frau zu schlafen? Niemals! Er war immer zu besorgt gewesen, den Frauen wehzutun oder dass sie nicht einverstanden wären.

Er schob einen weiteren Finger in Elodies Körper und befriedigte sie sanft.

»Mehr!«, bettelte sie.

Er konnte fühlen, wie sie wieder feucht wurde, und es gefiel ihm wahnsinnig gut, dass er sie so anmachen konnte. Er wollte sie noch einmal kommen sehen, an seiner Hand. Er fühlte sich mächtig, dass er sie zum Höhepunkt bringen konnte. Es war toll, ihr Verlangen so kontrollieren zu können. Wenn ihn das zu einem Arschloch machte, dann sollte es so sein.

Er führte seine andere Hand zwischen ihre Beine und begann, mit dem Daumen ihre Klitoris zu massieren, während er mit der anderen Hand weiter sanft in ihren Körper hinein- und hinausglitt.

Als sie anfing, sich gegen ihn zu drücken, hielt er seine Hand still und ließ sie den Rhythmus bestimmen.

Ihre Brustwarzen waren hart und ihre Brüste wackelten, während sie sich auf seinem Bett rekelte. Er fühlte sich wie ein verdammter Höhlenmensch, weil er es liebte, sie auf diese Weise seiner Gnade ausgesetzt zu sehen, wenn sie darum bettelte, dass er ihr gab, wonach sie verlangte.

»Härter«, stöhnte sie.

»Dein Wunsch ist mir Befehl.« In diesem Moment bemerkte Mustang, dass er sich selbst etwas vorgemacht hatte. Er hatte hier nicht die Kontrolle, sondern sie. Sie hatte ihn um den kleinen Finger gewickelt und wenn sie es zuließ, würde er den Rest seines Lebens damit verbringen, alles für sie zu tun, was sie wollte.

Er beendete die Spielerei und machte sich daran, seine Frau zum Höhepunkt zu bringen.

Es dauerte nicht lange, bis sie kam, und er hatte noch nie

etwas Schöneres gesehen. Dann überraschte sie ihn, indem sie sich plötzlich aufrichtete und ihn nach hinten aufs Bett warf. Bevor er wusste, was geschah, hatte sie seinen Schwanz in der Hand und senkte den Kopf.

»El«, stöhnte er.

Sie ignorierte ihn, legte ihre Hand um seinen Schwanz und nahm ihn zwischen ihre Lippen. Es war so schön, wie er es sich vorgestellt hatte. Sie dehnte ihren Mund, als sie an ihm saugte und leckte.

Sie ging nicht zaghaft mit ihm um, sie saugte so hart, als würde sie versuchen, ihn mit Gewalt zum Kommen zu bringen. Als sie ihre Hand zwischen ihre Beine führte und dann ihren Saft auf seinen Schwanz schmierte, wäre Mustang fast auf der Stelle explodiert.

»Kondom?«, fragte sie und hob den Kopf. Mit ihrer Hand pumpte sie weiter auf und ab und Mustang wusste, dass dies in wenigen Sekunden vorbei sein würde – bevor es überhaupt richtig angefangen hatte.

Er drehte sich um, löste ihre Hand und musste sich selbst einen Moment Zeit geben, bevor er sich wieder zurücklehnte und das Kondom über seinen Schwanz rollte.

»Ich habe keine Ahnung, wie du in mich hineinpasst«, sagte Elodie, als sie ihn ansah. Aber sie spreizte spielerisch seine Beine und griff nach ihm. »Aber du hast einmal gepasst, also bin ich mir sicher, dass du es wieder tun wirst.«

»Ganz sicher werde ich das«, sagte Mustang zu ihr. »Ich habe dich dazu gebracht, meinen Schwanz in dir aufzunehmen.«

Sie packte noch einmal seinen Schwanz und beide stöhnten, als sie ihn langsam in sich hineinschob, während sie sich auf ihn setzte.

Sobald er vollständig in ihr war, konzentrierte Mustang sich auf ihr Gesicht. Er wusste, wenn er nach unten schauen und sehen würde, wie sie miteinander verbunden waren, würde er wieder viel zu schnell die Kontrolle verlieren. Er knetete ihre Brüste, als sie anfing, langsam auf ihm zu reiten. Sie hob zuerst nicht ihr Becken, sondern kreiste ihre Hüften und rieb ihre Klitoris an ihm.

»Verdammt, du füllst mich so aus«, hauchte sie.

Er zuckte in ihr und ließ sie für eine Weile das Tempo vorgeben. Sie bewegte die Hüften im Kreis, dann hin und her und stützte sich mit ihren Händen auf seine Brust. Sie war so verdammt sexy. Ihre Haare hingen über ihre Brüste und Nippel, während sie sich bewegte. Mustang prägte sich diesen Moment ein und wusste, dass er noch viele, viele Nächte davon träumen würde.

»Berühre dich selbst«, befahl er. »Ich will, dass du auf meinem Schwanz kommst.«

Er liebte es, dass sie keine Sekunde zögerte. Sie schob eine Hand zwischen sie und begann, fest ihre Klitoris zu massieren. Er spürte, wie ihre inneren Muskeln gegen seinen Schwanz drückten, und stöhnte. Scheiße, sie war einfach perfekt.

Ihr Saft floss jetzt über seine Hoden.

»Meinen Vibrator kann ich jetzt wohl wegschmeißen«, sagte sie, als sie sich zu seinem Gesicht hinunterbeugte und ihrem Orgasmus näher und näher kam.

»Gut. Denn wann immer du einen Orgasmus brauchst, lass es mich wissen und du kannst mich genau so benutzen wie jetzt, wann immer du willst. Ich werde dich so ausfüllen, dass du nichts außer mir spüren wirst.« Er redete weiter schmutzige Dinge und bemerkte, dass es ihr gefiel. »Und du wirst mich so fest zusammendrücken, dass es blaue Flecke hinterlässt. Verdammt, ich liebe es, wenn du auf mir sitzt und deine Brüste danach betteln, berührt zu werden. Komm, Elodie, gib es mir.«

Das gab ihr den Rest. Sie drückte den Rücken durch und presste sich, so fest sie konnte, auf seinen Schwanz, als sie explodierte. Mustang packte sie an den Hüften, als sie kam, hob sie hoch und drückte sie, so fest er konnte, zurück auf seinen Schwanz.

Sie schrie und er tat es erneut. Und noch einmal. Es zögerte ihren Orgasmus etwas hinaus und ließ ihn selbst kommen. Er kam so hart und lange, dass er anfing, Sterne zu sehen. Sein Herz sprang ihm fast aus der Brust und er wusste, dass er am nächsten Morgen wahrscheinlich Muskelkater in Körperregionen haben würde, die er sonst nicht benutzte.

Nachdem sie beide aufgehört hatten zu zittern, sank Elodie auf Mustangs Brust. Wie eine schlaffe gekochte Nudel lag sie auf ihm. Beide waren verschwitzt und atmeten schwer, aber Mustang hatte ein breites Grinsen auf dem Gesicht.

»Heilige Scheiße«, murmelte Elodie. »Gott sei Dank habe ich mich nicht für Wein und eine langsame Verführung entschieden. Ich war noch nie so befriedigt.«

»Ich verspreche dir, dass wir die langsame Verführung ein anderes Mal nachholen«, sagte Mustang.

»Nein, ich mochte es genau so. Ich würde mich jedes Mal für einen harten Fick entscheiden.«

Sein Lächeln wurde noch breiter und er fuhr mit einer Hand sanft über ihren Rücken.

Beide stöhnten erneut, als sein Schwanz schließlich aus ihrem Körper rutschte.

»Verdammt.«

»Ich muss das Kondom entsorgen.«

»Okay«, sagte sie und rollte sich herum.

Er ging ins Badezimmer und war nur Sekunden später wieder zurück. Er zog die Decke hoch und deckte Elodie zu, bevor er zu ihr ins Bett stieg. Er nahm sie in seine Arme und beide seufzten zufrieden.

Einen Moment später fragte sie: »Bist du dir sicher, dass das nicht alles merkwürdig ist?«

»Nein, es ist nicht merkwürdig«, sagte Mustang sofort. »Es fühlt sich so richtig an, dass es nicht einmal mehr lustig ist.«

»Ich bin nur ... dafür bin ich nicht nach Hawaii gekommen. Ich meine, ich wollte dich finden, aber ich bin nicht wegen Sex gekommen.«

Mustang lachte. Er konnte nicht anders.

Elodie hob den Kopf. »Was ist so lustig?«

»Ich weiß, dass du nicht wegen Sex nach Hawaii gekommen bist. Du bist so unglaublich, ich habe keinen Zweifel daran, dass du jederzeit an jedem Ort Sex bekommen könntest. Ich bin froh, dass du hierhergekommen bist. Ich habe gebetet, dass ich dich wiedersehen würde. Ich meinte es ernst, als ich sagte, dass ich es bereut habe, dich zurücklassen zu müssen, bevor ich herausfinden konnte, wie ich dir helfen kann. Und ich möchte dir immer noch helfen ... aber ich möchte noch mehr.«

»Mehr?«

»Ja, ich will dich, Elodie. Ich möchte mehr Spaziergänge mit dir machen, ich möchte mit dir kochen und dass du mir auf jede erdenkliche Art zeigst, wie man es besser machen kann. Ich möchte, dass du mein Team kennenlernst und mit uns abhängst. Ich möchte mit dir an meiner Seite aufwachen und ich möchte, dass du auf mich wartest, wenn ich von einer Mission nach Hause komme. Ich will alles ... und wenn das merkwürdig klingt, wenn ich das alles zugebe, dann sei es so.«

Mustang hielt den Atem an und wartete auf ihre Antwort. War er zu weit gegangen? Ja, der Sex zwischen ihnen war großartig, aber vielleicht war das alles, was sie wollte. Um davon abzulenken, warum sie mit falschem Namen unterwegs war.

Aber er konnte nicht an dem Gefühl zweifeln, dass sie die Richtige für ihn war.

Elodie entspannte sich spürbar und kuschelte sich an ihn. Er hatte bis zu diesem Moment gar nicht bemerkt, wie angespannt sie gewesen war. »Das will ich auch«, sagte sie leise.

»Gut, dann reden wir ab jetzt nicht mehr darüber, dass es merkwürdig ist. Ja, wir hatten sofort Sex, nachdem wir uns wiedergefunden hatten – große Sache. Das bewirkt aber nur, dass wir uns den Eiertanz um die nächsten Verabredungen sparen können. Wir sind jetzt zusammen. Wir werden uns im Laufe der Zeit auch noch besser kennenlernen und dabei das hier haben.« Er drückte ihre Schulter. »Jede Nacht, okay?«

»Ja, absolut. Wir sind aber monogam, oder?«

»Verdammt noch mal, ja, natürlich!« Der Gedanke daran, dass sie mit jemand anderem zusammen sein könnte, machte ihn ein bisschen verrückt. Ein weiterer Punkt, der es Mustang bestätigte, wir schwer es ihn erwischt hatte.

»Scott?«

»Ja, Baby?«

»Ich habe Angst.«

Alles in ihm schrie danach, sofort aus dem Bett zu springen und ihre Dämonen zu verjagen, aber Mustang zwang sich, ruhig zu bleiben. »Wovor?«

»Dass meine Probleme sich negativ auf dich oder deine Freunde auswirken, und davor, das zu vermasseln, oder dass du bemerkst, dass ich die Mühe nicht wert bin, oder dass du mich irgendwann satthast. Ich habe in letzter Zeit vor fast allem Angst, wenn ich ehrlich bin.«

»Deine Probleme werden sich nicht auf meine Freunde oder mich auswirken und du wirst das nicht vermasseln. Offensichtlich hast du keine Ahnung von deiner Ausstrahlung, und ich sollte wahrscheinlich daran arbeiten, das zu ändern. Dadurch würde ich aber womöglich Gefahr laufen, dass dir auffällt, dass ich nichts anderes als ein Navy-Penner bin, und du würdest dir bald jemand anderen suchen.«

Sie seufzte und kuschelte sich dichter an ihn. »Navy-Penner, du spinnst doch«, schnaubte sie.

Mustang lächelte. »Schlaf jetzt. Wir reden morgen weiter. Musst du arbeiten?«

»Nein, sonntags habe ich frei.«

»Gut, ich auch. Wir werden den Tag gemeinsam verbringen, uns unterhalten und herausfinden, was als Nächstes passiert«, sagte Mustang.

»Okay.«

»Einfach so okay?«, fragte er skeptisch.

»Ja, ich bin es leid davonzulaufen. Ich habe es so verdammt satt, ständig nach hinten über die Schulter schauen zu müssen.

Ich möchte daran glauben, dass alles in Ordnung kommt und ich keine Angst mehr haben muss. Es ist seit Monaten nichts passiert. Ich sollte keinen Grund zu der Annahme haben, dass ich in Gefahr bin … aber was, wenn ich falschliege? Ich bin damit einverstanden, dass du mir hilfst, weil ich das hier will, weil ich dich will. Ich kann dich aber nicht haben, wenn ich alle paar Monate umziehen muss.«

Mustang schmerzte das Herz bei ihren Worten, aber er fühlte sich auch gut dabei. Sie wollte ihn und sie hatte ihn – voll und ganz, mit allem Drum und Dran. Er gehörte ihr, genauso wie sie ihm gehörte. Sie würde es vielleicht noch nicht glauben, aber er würde alles dafür tun, damit sie wieder Elodie Winters sein könnte.

Damit er sie bitten könnte, ihn zu heiraten und Elodie Webber zu werden.

Er konnte nicht anders, er musste grinsen.

»Danke, dass du das Licht für mich eingeschaltet hast«, sagte sie gegen seine Schulter.

»Ich werde für dich immer das Licht anlassen«, entgegnete er, drehte sich um und küsste sie auf die Stirn.

»Schlaf jetzt, Baby.«

»Gute Nacht.«

»Nacht.«

Mustang schlief mit einem breiten Lächeln auf dem Gesicht ein und schlief so fest wie schon lange nicht mehr. Und das alles wegen der Frau an seiner Seite.

***

»Was hast du herausgefunden?«, fragte Paul Columbus Andrew, als er sein Büro betrat. Es war verdammt lange her, seit sie den Bericht über die *Asaka Express* gesehen hatten, in dem die Mitarbeiter das Containerschiff im Sudan verließen. Er wollte wissen, wo Elodie war, und zwar sofort.

»Es hat eine Weile gedauert, aber ich habe den Namen des

Mannes herausgefunden, der den Arm um sie gelegt hatte: Valentino Russo. Er ist Italiener.«

»Wo hält er sich auf?«, fragte Paul.

»In Bezug darauf habe ich gute und schlechte Nachrichten«, begann Andrew.

»Spuck es einfach aus«, bellte Paul.

»In Ordnung, die schlechte Nachricht ist, dass er zurzeit auf See ist. Er wurde auf die *Asaka Freedom* versetzt.«

»Scheiße, wie lange ist er weg?«

»Sein Vertrag hat eine Laufzeit von sechs Monaten. Ich habe aber eine Kopie ihrer Route und sie legen an mehreren Häfen an. Es besteht eine gute Chance, dass er bei ihrem nächsten Stopp Landurlaub nimmt. Nach allem, was ich über unseren Mann herausfinden konnte, betrachtet er sich selbst als Frauenheld und hat die Angewohnheit, Kneipen zu besuchen und Huren aufzusuchen, wenn er an Land ist.«

»Ich will Informationen«, sagte Paul.

»Und die wirst du bekommen.«

»Du wirst selbst hinfliegen«, sagte Paul. »Ich brauche dich persönlich dafür, Andrew. Du bist der einzige Mensch, der von dieser Schlampe weiß. Wenn mein Sohn herausfindet, was passiert ist und dass ich sie habe entkommen lassen, wird er darauf drängen, das Familienoberhaupt zu werden. Dafür bin ich noch nicht bereit. Ich will sie tot sehen.«

Paul wurde selbst klar, dass er etwas irrational wurde. Vielleicht war er sogar besessen davon, Elodie Winters zu töten ... aber er konnte jetzt nicht mehr aufhören. Es war eine Frage des Stolzes. Es schien nicht so, als wäre Elodie zur Polizei gegangen, zumindest war er nicht wegen irgendetwas konfrontiert worden, aber solange sie etwas gegen ihn in der Hand hatte, konnte er sie nicht einfach so gehen lassen.

Sie durfte nicht gewinnen, aber im Moment fühlte es sich an, als würde sie das tun. Sie war ihm immer einen Schritt voraus und Paul hasste das, verdammt noch mal.

»Du musst dich persönlich darum kümmern. Spüre dieses

Arschloch auf und finde heraus, was der Kerl über Elodie weiß.«

»Das werde ich machen.«

»Egal, was es kostet, jede Information ist besser als das, was wir jetzt in der Hand haben. Benutze eine falsche Identität, damit dich niemand bis zur Familie zurückverfolgen kann. Alles muss unentdeckt bleiben, verstanden?«

»Ich werde mich darum kümmern und um ihn«, sagte Andrew mit besessenem Blick.

Paul wusste, dass sein Freund blutrünstig war und es genoss, andere leiden zu sehen. Das war es, was ihn zu einem so guten Söldner und Kartellboss machte. Er kontrollierte seine Untergebenen mit eiserner Faust und niemand wagte es, sich ihm zu widersetzen. Er würde diesen italienischen Don Juan finden und alle Informationen aus ihm herausquetschen, die er über Elodie Winters hatte. Sollte der Mann versuchen, diese Schlampe zu beschützen, würde Andrew dafür sorgen, dass er sang wie ein Kanarienvogel, wenn er mit ihm fertig war.

Was Paul an Andrew besonders schätzte, war, dass er nicht davor zurückschreckte, ihre Feinde zu foltern, um an Informationen zu kommen. Das zeigte seine Loyalität gegenüber ihrer Organisation, gegenüber ihm.

Paul fühlte sich nicht im Geringsten schlecht dabei, dass dieser Kerl nur knapp den Piraten entkommen war, nur um jetzt unter der Folter durch Andrews Hände zu sterben. Sein einziges Ziel bestand darin, Elodie zu finden. Er würde sie nicht entkommen lassen. Er war Paul Columbus, verdammt noch mal. Sie hätte ihm dankbarer sein sollen, dass er ihr einen Job gegeben hatte. Sie hätte nicht Nein sagen und davonlaufen dürfen. Dadurch hatte sie ihr Todesurteil unterschrieben. Es würde schwach aussehen, wenn er sich nicht um sie kümmern würde.

Andrew nickte und verließ den Raum so leise, wie er hereingekommen war, aber Paul bemerkte es nicht einmal. Er war zu sehr in Gedanken an die geplante Vergeltung.

Paul war oft besessen von Dingen, die nicht so gelaufen waren, wie er es gewollt hatte. In seinem Kopf stellte er sich immer wieder andere Abläufe der Geschehnisse vor. Seine Söhne hatten bereits subtil angedeutet, dass sie sich Sorgen um seine geistige Gesundheit machten, aber Paul hatte ihre Bedenken abgetan. Seine Kinder wollten nur das Sagen haben, besonders Jerry. Paul wusste, dass sie ihn hinter seinem Rücken als paranoid bezeichneten ... aber er würde es ihnen zeigen. Sobald er Elodie besiegt hatte, würden sich die Dinge wieder beruhigen. Er mochte keine unerledigten Dinge, und genau das war diese Köchin.

Pauls Ungeduld hatte ihren Höhepunkt erreicht, aber er wusste, dass er sich auf seine rechte Hand verlassen konnte. Andrew würde Valentino aufspüren und die Informationen bekommen, die sie brauchten, um diese Schlampe zu finden.

Sie mochte sich vielleicht noch in Sicherheit wägen, aber egal, wie viel Zeit verging, Elodie Winters würde niemals sicher vor ihm sein.

KAPITEL ELF

»Ich gehe laufen.«

Die Worte drangen nur schwach in Elodies Gehirn vor. Sie öffnete die Augen einen Spalt und sah Scott über ihrem Kopf. Er trug ein ärmelloses Hemd und Laufshorts. Sie runzelte die Stirn. »Wie spät ist es?«, fragte sie schläfrig.

Er lächelte, beugte sich vor und küsste sie auf die Stirn. »Zu früh, schlaf weiter. Ich bin in ungefähr anderthalb Stunden wieder da.«

»Du gehst anderthalb Stunden laufen? Bist du verrückt?«

Er lachte. »Ich bin ein SEAL«, sagte er, als würde das die Situation erklären. Dann drehte er sich um und ging zur Tür. Bevor er dort ankam, drehte er sich noch einmal um und ging zum Bett zurück. Er beugte sich vor und legte seine Hand auf ihre Wange. »Fürs Protokoll ... ich mag es, dich hier in meinem Bett zu haben. Danke für letzte Nacht.« Dann küsste er sie auf die Lippen und war auf und davon, bevor sie antworten konnte.

Elodie drehte sich auf der Matratze um und lächelte. Sie war an genau den richtigen Stellen wunderbar wund. Aber ein Blick auf den altmodischen Radiowecker auf dem Nachttisch verwandelte ihr Lächeln in eine Grimasse. Halb fünf, das war viel zu früh, um aufzustehen, besonders an ihrem freien Tag.

Sie würde noch ein bisschen schlafen, dann aufstehen, duschen und für Scott Frühstück zubereiten.

Sie freute sich tatsächlich darauf, zum ersten Mal seit langer Zeit wieder zu kochen. Das Frühstück wäre nicht gerade anspruchsvoll, aber sie würde Eier Benedict machen.

Elodie drehte sich um, atmete den Geruch von Scott ein und legte sich auf sein Kissen, als sie die Augen schloss.

Etwas später wachte sie benommen und desorientiert auf. Als sie wieder auf die Uhr schaute, sah sie, dass es fast neun war.

Scheiße, sie hatte total verschlafen. Als sie sich aufrichtete, stellte sie fest, dass sie immer noch nackt war. Sie zog die Decke über ihre Brust und holte tief Luft. Es roch, als wäre sie bereits zu spät dran, um Scott an diesem Morgen mit ihren Fähigkeiten in der Küche zu beeindrucken. Der Duft von Kaffee, Speck und frischem Brot erfüllte den Raum.

Elodie stieg aus dem Bett und ging ins Badezimmer. Sie duschte schnell, achtete darauf, dass ihre Haare nicht nass wurden, da es ewig dauern würde, sie zu trocken, und überlegte, was sie anziehen könnte, um Scott zu begrüßen.

In der gestrigen Aufregung hatte er ihr Kleid buchstäblich halbiert. Ganz zu schweigen davon, dass ihre Unterwäsche sich wahrscheinlich noch im Flur befand. Sie überlegte, ob sie etwas aus seiner Kommode nehmen sollte, und beschloss, dass sie es tun musste. Auf keinen Fall würde sie nackt ins Wohnzimmer gehen.

Da es morgens etwas kühl war, nahm sie ein langärmeliges graues Hemd aus seinem Schrank. Sie fand auch eine Jogging-hose, die vorerst reichen würde. Sie war ihr viel zu groß und sie musste den Bund aufrollen, damit sie nicht über die Hosenbeine stolperte. Aber zumindest war sie warm.

Elodie wusste, dass sie lächerlich aussah, aber es war ihr egal. Scotts Kleidung anzuziehen war intim und nachdem sie letzte Nacht wie sexhungrige Schakale übereinander herge-fallen waren, nahm sie an, dass es ihm nichts ausmachte.

Durchs Fenster warf sie einen langen Blick aufs Meer und seufzte. Sie glaubte nicht, dass sie dieser Aussicht jemals müde werden würde. Sie hatte gestern Abend keine Zeit gehabt, es wirklich schätzen zu können. Außerdem war es zu dunkel gewesen. Aber wenn sie hier leben würde, würde sie einen dieser übergroßen, bequemen Sessel kaufen und ihn direkt vor das Fenster stellen, um von dort die ruhige hawaiianische Brandung zu beobachten. Das Meer zu betrachten war beruhigend, sich im Meer aufzuhalten allerdings nicht so sehr.

In der Vergangenheit hatte sie sich unbehaglich gefühlt, wenn sie in der Wohnung eines Mannes aufgewacht war, nachdem sie mit ihm geschlafen hatte, ohne ihn nicht wirklich gekannt zu haben. Sie hatte sich eine Ausrede ausgedacht, um so schnell wie möglich zu verschwinden. Aber überraschenderweise war ihr das Verhalten vom Abend zuvor überhaupt nicht peinlich. Mit Scott zusammen zu sein fühlte sich richtig an. Sie konnte es kaum erwarten, den Tag mit ihm zu verbringen, obwohl sie wusste, dass sie ihm ihr kompliziertes Leben erklären müsste.

Elodie wollte ihn unbedingt wiedersehen und ging aus dem Schlafzimmer in den Wohnbereich. Er saß am Kopfende des kleinen Tisches in der Essecke und trank Kaffee.

In der Sekunde, in der er sie sah, begannen seine Augen zu leuchten, und er stand auf. »Hallo Schlafmütze«, sagte er und streckte eine Hand aus.

Ohne zu zögern, ging Elodie auf ihn zu. Er nahm ihre Hand, setzte sich hin und zog sie auf seinen Schoß.

»Guten Morgen«, sagte sie leise.

»Guten Morgen. Hast du gut geschlafen?«

»Wie ein Stein. Und du?«, fragte sie.

»So gut wie schon seit Monaten nicht«, erwiderte er.

»Wie war dein Morgenlauf?«

»Gut.«

»Ich kann nicht glauben, dass du anderthalb Stunden gelaufen bist«, murmelte sie.

»Ich habe mich so gut gefühlt, dass ich sogar zwei Stunden gelaufen bin«, informierte er sie.

Elodie schüttelte den Kopf. »Also gut, das sollten wir lieber gleich klarstellen, ich bin kein Fan von sportlicher Ertüchtigung. Ich mag es, spazieren und wandern zu gehen und mir die wunderschöne Natur und Wildtiere anzusehen, aber ich habe noch nie gern Sport getrieben. Wir werden niemals eines von den Paaren sein, die gemeinsam an Marathons oder Ähnlichem teilnehmen. Ich werde dir zugucken und dich anfeuern, aber ich werde mir keine Nummer auf die Brust kleben und aus Spaß laufen gehen.«

Scott warf den Kopf in den Nacken und lachte so heftig, dass Elodie dachte, er würde vom Stuhl fallen. Als er sich wieder unter Kontrolle hatte, sah er sie an und sagte: »Ist notiert. Was ist mit Radtouren?«

»Nur wenn es keine Hügel gibt und du mir ein Elektrofahrrad besorgst«, sagte sie sarkastisch.

»Schwimmen?«

»In einem Schwimmbecken, wenn ich dabei mit einem Getränk in meiner Hand auf und ab hüpfen kann, dann ja. Du weißt ja bereits, was ich vom Meer halte.«

Er lachte leise. »Kannst du schwimmen?«

»Natürlich kann ich schwimmen«, sagte Elodie. »Aber zu den Olympischen Spielen werde ich es wohl nicht schaffen. Und eine Bahn hin und her zu schwimmen und sich dabei diese schwarze Linie auf dem Grund des Beckens anzusehen, ist verdammt langweilig.«

»Da stimme ich dir zu«, sagte Scott. »Ich erwarte nicht, dass du etwas mit mir zusammen machst, was du nicht selbst machen willst. Wir müssen nicht ausschließlich die gleichen Dinge mögen und wir müssen auch nicht immer aneinanderkleben.«

»Gut«, sagte sie.

»Gut«, wiederholte er. »Jetzt, wo das aus dem Weg geräumt ist ... müssen wir noch etwas tun.«

»Und das wäre?«, fragte sie mit gehobener Augenbraue.

»Uns richtig guten Morgen sagen«, antwortete er und beugte sich dann näher zu ihr.

Elodie kam ihm schnell entgegen, hob eine Hand und legte sie hinter seinen Kopf, als er sie küsste. Der Kuss war lang und intensiv, ohne die hektische Dringlichkeit des Vorabends. Er schmeckte nach Kaffee, und aus irgendeinem Grund schien das äußerst intim zu sein.

Er lehnte sich zurück, aber Elodie nahm ihre Hand nicht von seinem Nacken.

»Guten Morgen«, sagte Scott heiser.

»Guten Morgen.«

»Und ... falls du dich nicht mehr daran erinnerst, was ich dir gesagt habe, als ich heute Morgen aufgestanden bin ... die letzte Nacht war eine der schönsten Nächte meines Lebens. Ich denke, der Grund, warum ich mich bei meinem Morgenlauf so gut gefühlt habe, warst du. Weil du mich einfach glücklich machst. Ich weiß, das klingt verdammt bescheuert, aber so ist es.«

Elodie hatte immer noch Vorbehalte in Bezug auf das, was sie taten, und wie schnell alles ging, aber sie würde dieses Glück mit beiden Händen so lange wie möglich festhalten.

»Ich wäre jetzt nicht hier, wenn ich mich nicht genauso fühlen würde, Scott. Ich gebe zu, dass ich es nicht wirklich verstehe, aber im Moment ist es mir egal. Es war, als hätte etwas in mir klick gemacht, als ich dich im Hafen gesehen habe. Als hätte ich etwas wiedergefunden, das mir gefehlt hat, seit du die *Asaka Express* verlassen hattest.«

»Mir geht es genauso. Es fühlt sich an, als würde ich dich schon eine Ewigkeit kennen ... hier drin.« Er legte eine Hand auf sein Herz.

Elodie nickte zustimmend.

»Genau, also reden wir nicht mehr darüber, ob es zu schnell geht oder ob es sich komisch anfühlt oder nicht, okay?«

»Okay«, stimmte sie glücklich zu.

Scott lehnte sich zurück und tat so, als würde er sie von Kopf bis Fuß mustern. »Ich liebe dein neues Outfit, Baby.«

Sie lachte. »Nun, mein hübsches Kleid scheint den vergangenen Abend irgendwie nicht überlebt zu haben.«

»Ach ja? Das ist aber sehr schade.« Scott griff nach dem oberen Knopf des Hemdes, das sie anhatte, und öffnete ihn geschickt. Dann öffnete er den nächsten und legte ihr Dekolleté frei. »Aber ich muss sagen, mir gefällt sehr gut, was du gerade trägst. Ich mag es, dich in meinen Sachen zu sehen.«

»Sie sind mir viel zu groß, als wärst du Bigfoot oder so.«

»Bin ich nicht. Ich bin nur etwas über einen Meter achtzig groß. Midas ist mit einem Meter dreiundneunzig bei uns der Riese.«

»Nun, da ich nur einen Meter siebzig bin, seid ihr für mich alle riesig.«

Scott beugte sich vor und legte den Kopf an ihren Ausschnitt. »Du hast geduscht«, beschwerte er sich.

»Ja, nach dem letzten Abend ... nun ... sagen wir einfach, ich musste mich etwas säubern.« Es hätte sich komisch anfühlen sollen, über etwas so Intimes zu sprechen, aber mit Scott fühlte es sich natürlich an.

»Ich wollte mit dir zusammen duschen«, sagte er zu ihr.

Elodie bemerkte, dass er auch geduscht haben musste, weil er auf keinen Fall nach einem Zweistundenlauf roch. »Aber du hast doch auch schon geduscht«, sagte sie.

»Und?«, erwiderte er.

»Richtig, ich hatte fast vergessen, dass du ein SEAL bist. Du bist im Wasser praktisch zu Hause.«

»Das, und ich werde mir keine Chance entgehen lassen, Brüste zu sehen.«

Elodie brach in Lachen aus. Hatte sie jemals zuvor so viel mit einem Mann gelacht? Sie glaubte nicht. »Aha, da kommt also die Wahrheit zum Vorschein«, sagte sie.

Scott nahm ihr Gesicht in seine Hände und küsste sie fest

und schnell. »Solange es deine Brüste sind. Jetzt rutsch rüber, ich habe dir Frühstück gemacht.«

Elodie blieb auf seinem Schoß sitzen, sie wollte sich nicht bewegen, also schob er sie von seinen Schenkeln und setzte sie dann auf den Stuhl. »Bleib sitzen, keine Bewegung. Wie magst du deinen Kaffee?«

»Schwarz und stark«, sagte sie.

»Hm, ich hätte dich für extrasüß mit Milch gehalten«, sagte er.

»Nein, lange Tage und Abende in der Küche haben mich gelehrt, mein Koffein so unverdünnt wie möglich zu mir zu nehmen«, erklärte sie.

»Ich mag es, immer wieder kleine neue Dinge über dich zu erfahren«, bemerkte Scott, als er in die Küche ging. Die Wohnung war nicht sehr groß und die Küche nicht besonders schick, aber es gab einen Gasherd und der Kühlschrank war aus Edelstahl. Es sah so aus, als hätten die Eigentümer des Apartmentgebäudes nach Möglichkeiten gesucht, den Wert zu erhöhen. Sie beobachtete Scott, wie er durch die Küche tänzelte, Teller aus dem Schrank nahm und den Ofen öffnete, um das herauszuholen, was er dort aufbewahrt hatte.

»Es tut mir leid, dass ich so lange geschlafen habe«, sagte sie zu ihm.

»Das ist überhaupt kein Problem. Ich konnte dich auf keinen Fall wecken, so verdammt bezaubernd, wie du aussahst, als du dich in mein Bett gekuschelt hast«, sagte Scott.

»Du hast mich beim Schlafen beobachtet?«

»Oh ja, nachdem ich im Gästebad geduscht hatte, stand ich mit einer Tasse Kaffee in der Tür und habe überlegt, wie ich so ein verdammtes Glück haben konnte, dich hier bei mir zu haben.« Er sah zu ihr hinüber. »Und ich weiß, dass es pures Glück war, dich zu treffen. Ich bin also dankbarer, als ich in Worte fassen kann, dass uns eine höhere Gewalt zusammengeführt hat.«

Elodie konnte sehen, dass er es wirklich so meinte. Sie

schluckte schwer und wurde plötzlich emotional. Seit Monaten hatte sie sich so allein gefühlt und jetzt bei ihm zu sein, fühlte sich an, als wäre ein Sonnenstrahl hinter der Wolke hervorgekommen, die so lange über ihrem Kopf gehangen hatte.

»Los geht's«, sagte Scott und gab ihr keine Chance zu antworten. Er stellte einen Teller vor sie und Elodie schaute ihn überrascht an.

»Ich habe es nicht selbst gemacht«, fuhr Scott fort. »So talentiert bin ich nicht. Aber auf dem Rückweg vom Laufen bin ich an einem Laden vorbeigekommen und habe ein paar Fleischpasteten geholt. Ich habe für dich eine mit Hühnchen und Gemüse mitgebracht. Es ist vielleicht etwas scharf, aber ich habe festgestellt, dass es den Geschmack des Hühnchens noch mehr hervorhebt. Dann habe ich mir noch eine frische Mango und eine Ananas geschnappt und sie aufgeschnitten. Und weil ich ein Kerl bin, habe ich dazu noch Speck gebraten. An den Wochenenden ist Speck meine Belohnung.«

Elodie starrte auf ihren Teller und versuchte, sich zu beruhigen.

»El? Was ist los? Wenn du es nicht magst, können wir etwas anderes essen«, sagte Scott und beugte sich besorgt zu ihr runter.

Elodie schüttelte den Kopf. »Nein, das ist es nicht. Es sieht lecker aus.«

»Was ist dann los?«, fragte Scott leise.

»Ich kann mich nur nicht erinnern, wann mir das letzte Mal jemand etwas zum Frühstück gemacht hat – oder zum Abendessen. Wenn du Köchin bist, wird immer davon ausgegangen, dass du diejenige bist, die kocht. Als ich in New York war, hatte ich keine Zeit, auszugehen oder jemanden zu finden, der sich Gedanken darüber machen könnte, was ich aß. Auf dem Containerschiff war es ähnlich. Meine Aufgabe war es, die anderen zu ernähren.«

Sie sah, wie Scott erleichtert aufatmete. »Nun, ich kann nicht so tun, als würde es mir nicht gefallen, wenn du für mich kochst, aber ich erwarte auf keinen Fall, dass du das immer tust. Ich experimentiere gern und ich stehe gern am Grill. In meinen sechsunddreißig Lebensjahren bin ich bis jetzt nicht verhungert. Und ich muss zugeben, dass ich mich gern um dich kümmere. Das klingt vielleicht bevormundend, und das tut mir leid. Ich weiß, dass du auf dich selbst aufpassen kannst. Vielleicht ist *verwöhnen* das bessere Wort. Ich verwöhne dich gern, auch wenn es nur eine Kleinigkeit ist, wie auf dem Heimweg etwas zum Frühstück zu holen.«

»Danke«, sagte Elodie leise.

»Gern geschehen«, erwiderte Scott. Dann beugte er sich vor, hob leicht ihr Kinn an und küsste sie, bevor er sich zu ihr setzte.

Sie frühstückten ausführlich, genossen den Morgen und lernten sich weiter kennen. Elodie bestand darauf, sich um das Geschirr zu kümmern, da er gekocht hatte. Es war nicht viel zu tun, da er nach der Zubereitung des Specks bereits sauber gemacht hatte.

Sie stellte ihre Teller in die Spülmaschine, drehte sich um und stieß erschrocken einen kleinen Schrei aus, als sie förmlich gegen Scott knallte.

»Herrgott, du gehst aber leise. Ich hatte keine Ahnung, dass du direkt hinter mir stehst.«

Er verdrehte die Augen. »Ich bin ein SEAL, Baby, erinnerst du dich?«

»Ich weiß, aber es ist trotzdem unheimlich. Ich werde dir eine Glocke um den Hals hängen müssen, damit du mich nicht erschreckst, wenn du hier herumschleichst.«

Er legte seine Arme um ihre Taille und sie bemerkte, wie seine Blicke auf ihre Brust fielen. Sie hatte die Knöpfe, die er zuvor geöffnet hatte, nicht wieder zugemacht und sie wusste, dass er von seinem Blickwinkel aus ziemlich freie Sicht hatte.

Er schob seine Hände unter den Bund der Jogginghose, die sie trug. Mit den Fingern streichelte er über ihre Hüften und hob die Augenbrauen. »Trägst du keine Unterwäsche?«, fragte er erstaunt.

»Scott, das letzte Mal, als ich meinen BH und meine Unterwäsche gesehen habe, standen wir im Flur. Ich habe keine Ahnung, wo sie jetzt sind, und ich wollte sie sowieso nicht wieder anziehen. Sie sind schmutzig.«

»Es ist alles in meiner Waschmaschine«, gab Scott zu. »Ich wollte dein Kleid auch waschen, aber ich muss es zu einem Schneider bringen, um es reparieren zu lassen, bevor du es wieder anziehen kannst.«

Er war verdammt süß. »Mach dir keine Umstände. Das Kleid hat nur fünfzehn Dollar im ABC Store gekostet. Es ist billiger, einfach ein neues zu kaufen.«

Scott schüttelte den Kopf. »Nein, du sollst dieses Kleid behalten und es jedes Jahr zum Jahrestag unseres Wiedersehens tragen. Wir werden ausgehen und dann werde ich es dir wieder ausziehen, wenn wir nach Hause kommen, genau wie gestern Abend.«

Gott, ihr gefiel diese Vorstellung. Nicht nur in Bezug auf den Sex, sondern dass er so langfristig dachte. Es bestätigte sie in der Annahme, dass diese Beziehung für beide keine flüchtige Angelegenheit war. »Ich könnte an Gewicht zulegen und vielleicht nicht mehr hineinpassen«, neckte sie.

Er zuckte die Achseln und schien nicht besorgt darüber zu sein. »Dann durchsuche ich das Internet nach ähnlichen Stoffen und lasse ein neues Kleid für dich anfertigen.«

Oh Mann, dieser Kerl wusste definitiv, wie man eine Frau um den kleinen Finger wickelt. Elodie lächelte ihn an.

»Aber diese Jogginghose kann ich jetzt nie wieder tragen«, sagte er und wechselte das Thema.

»Was, warum denn nicht?«

»Weil ich weiß, dass deine nackte Muschi darin gesteckt hat, und mein Schwanz sich auf keinen Fall zusammenreißen könnte.«

Jetzt war es Elodie, die die Augen verdrehte. »Das ist doch albern.«

»Ist es das?«, fragte er und schaute an sich hinunter. »Guck doch selbst, ich bin hart und bereit, nur bei dem Gedanken daran, dass du kein Höschen trägst.«

»Ich glaube, das muss sich mal jemand ansehen«, sagte Elodie ernst. »Das kann nicht normal sein. Nicht nach letzter Nacht und nachdem du heute Morgen zwei verdammte Stunden lang gelaufen bist. Du solltest erschöpft sein.«

»Du meinst, du denkst nicht ständig daran, was ich mit meinem Schwanz alles mit dir anstellen kann?«, fragte er.

»Nein«, log Elodie ihm geradeaus ins Gesicht.

Scott starrte sie einen Moment an, dann hob er die Hände und begann, sie zu kitzeln.

Elodie kreischte, wandte sich in seinem Griff und versuchte erfolglos zu entkommen. Es gelang ihr, sich zu lösen, und sie lief ins Wohnzimmer. Scott holte sie schnell wieder ein und zog sie auf die Couch, spreizte ihre Beine und setzte die Kitzelfolter fort.

»Nein, nein! Stopp! Ich gebe auf!«

»Sag die Wahrheit oder ich werde nicht aufhören«, drohte er.

»Okay, okay«, sagte sie unter Kichern. »Vielleicht habe ich heute Morgen unter der Dusche ein wenig masturbiert, als ich daran gedacht habe, wie heiß du bist und wie sehr ich genossen habe, was wir letzte Nacht getan haben.«

Er hielt sofort still und stöhnte. »Verdammt, Frau«, beschwerte er sich. »Ernsthaft?«

Elodie nickte schüchtern.

»Gut, dass wir beide heute freihaben«, sagte er, als er nach den Knöpfen des Hemdes griff, das sie trug.

Elodie grinste und protestierte nicht, als er ihre Brüste freilegte und auf sie hinunter starrte. Sie fühlte sich sexy und drückte verführerisch den Rücken durch. Scott beugte sich sofort vor, um eine ihrer Brustwarzen in den Mund zu nehmen, genau wie er es am Abend zuvor getan hatte. Elodie stöhnte und fuhr mit ihrer Hand durch seine Haare, als er sich an ihr vergnügte.

Eine Stunde später lagen beide nach einem weiteren intensiven Liebesspiel verschwitzt und zufrieden in seinem Bett. Die Verbindung zwischen ihnen war stark und nicht nur sexueller Natur.

Als könnte er ihre Gedanken lesen, sagte Scott: »Sprich mit mir, El. Es ist an der Zeit.«

Elodie hatte gewusst, dass es dazu kommen würde. Und so sehr sie die Ablenkung auch genossen hatte, wenn sie ehrlich war, war sie froh, sich ihm endlich anvertrauen zu können.

Sie war immer noch besorgt um Scotts Sicherheit, aber nachdem sie monatelang nichts Verdächtiges gesehen hatte, fing sie an zu glauben, dass sie vielleicht überreagiert hatte. Vielleicht war Paul froh, dass sie weg war, und würde es dabei belassen.

Elodie drehte den Kopf und schaute auf der anderen Seite des Raumes aus dem Fenster auf den beruhigenden Anblick des Meeres. Sie holte tief Luft und begann, ihm ihre Geheimnisse zu erzählen.

KAPITEL ZWÖLF

Mustang versuchte, ruhig zu bleiben, als Elodie anfing zu reden. Er hatte sich monatelang Sorgen um sie gemacht. Er hatte sich gefragt, ob sie in Sicherheit war und was so schlimm gewesen war, dass sie die Stelle auf dem Containerschiff im Nahen Osten angenommen hatte, um davor zu fliehen. Er hatte sich alle möglichen Szenarien vorgestellt ... aber keines davon kam der Wahrheit auch nur ansatzweise nahe.

»Ich habe in Chicago für ein sehr bekanntes Gourmetrestaurant gearbeitet. Aber ich habe die Arbeit dort gehasst. Ich war immer müde und der Küchenchef war ein Arsch. Er stand nur herum und hat die Souschefs und alle anderen Hilfsköche immer nur angeschrien. Ich weiß, wie die Dinge in so einer Küche laufen, aber es ging mir trotzdem auf die Nerven, dass er das ganze Lob kassierte, obwohl er keinen Finger krumm machte.

Ein Freund von der Kochschule hat mir in einer E-Mail von einer einzigartigen Chance in New York City geschrieben. Die Stellenausschreibung war etwas mysteriös, aber es ging um die Position des persönlichen Kochs für eine sehr wohlhabende Familie im Herzen der Stadt. Unterkunft und Verpflegung waren inbegriffen, was ein riesiger Bonus war, da jeder weiß, wie teuer Wohnungen in New York sind. Nach einem besonders schlechten Tag bei der Arbeit habe ich mich aus einer Laune heraus beworben. Ich hatte nicht geglaubt, dass ich eine Chance hätte, aber es kam anders. Ich wurde zu einem Vorstellungsgespräch eingeladen und die Leute, die ich dort getroffen habe, waren nett. Als Teil des Vorstellungsgespräches habe ich das Abendessen für eine kleine Gruppe zubereitet. Ich nehme an, dass die Anwesenden beeindruckt waren, denn ich habe die Stelle bekommen. Ich habe meinen Posten in Chicago gekündigt und bin sofort nach New York gezogen. Für eine Weile lief alles großartig. Ich war der Boss in meiner eigenen Küche und meistens allein. Das Gehalt war großzügig und immer, wenn ich das Familienoberhaupt traf, war der Mann sehr nett zu mir, zumindest schien es so ...« Sie verstummte.

»Aber er war es nicht?«

Elodie zitterte. »Nein.«

»Um wen handelt es sich?«, fragte Mustang und mochte ganz und gar nicht, worauf das hinauslaufen würde.

»Ich hatte keine Ahnung, wer er war, als ich den Job angenommen habe«, beharrte Elodie.

»Schhh, es ist okay.« Mustang gefiel der defensive Ton in ihrer Stimme nicht, aber er musste wissen, für wen zum Teufel sie gearbeitet hatte, wenn er ihr helfen wollte.

»Paul Columbus.« Sie spannte sich an, als würde sie auf seine Kritik warten.

»Sollte mir dieser Name etwas sagen?«, fragte Mustang und überlegte angespannt, wer dieser Mann war und warum Elodie so große Angst vor ihm hatte.

Sie seufzte erleichtert. »Du kennst ihn wirklich nicht?«

»Nein, ich habe den Namen noch nie gehört«, sagte Mustang.

Sie entspannte sich und lehnte sich gegen ihn. Jetzt erst bemerkte Mustang, wie angespannt sie gewesen war, seit sie mit ihrer Geschichte begonnen hatte. »Anscheinend ist er das Oberhaupt einer Mafia-Familie in New York.«

»Die Mafia?«, fragte Mustang überrascht. »Ernsthaft?«

»Ja, ich hatte doch selbst keine Ahnung. Ich sage mir immerzu, ich hätte wissen müssen, dass etwas nicht stimmt, wenn man bedenkt, wie hoch mein Gehalt war.«

»Nein«, widersprach Mustang sofort, »es gibt so viele Millionäre in diesem Land, die nicht berühmt sind und deren Namen nicht ständig in den Medien auftauchen, insbesondere in New York.«

»Ja, wahrscheinlich.«

»Also, was ist passiert?«

»Ich habe wie gewohnt in der Küche gearbeitet, als Paul hereinkam. Er kam nicht oft in die Küche und meine Wohnung hatte einen separaten Zugang zur Küche, sodass ich den Rest der Columbus-Familie oder die anderen Angestellten nicht oft gesehen habe, abgesehen von denen, die für mich einkaufen gingen und beim Servieren halfen. Er ... er stellte eine kleine Flasche auf die Arbeitsplatte und sagte, ich solle den Inhalt in eine der Suppenschalen für einen seiner Gäste mischen. Er starrte mich mit einem so stählernen Blick an, dass es mir vorkam, als wäre die Temperatur in der Küche um zehn Grad gesunken. Ich fragte ihn, was in der Flasch sei, und, ohne zu zögern, erklärte er, dass es sich um Arsen handelte. Ich war geschockt und sagte ihm, dass ich das nicht tun würde. Das wäre Mord. Er sprang so schnell auf mich zu, dass ich keine Gelegenheit hatte auszuweichen. Er schob mich gegen die Küchenzeile und beugte sich vor. Ich kann mich noch genau daran erinnern, wie schlecht sein Atem war. Dann sagte er, dass ich für ihn arbeite und dass ich ihm gehöre. Irgendwie habe ich all meinen Mut zusammengenommen und ihm gesagt, dass es Rindfleischbrühe gebe und sein Gast es vermutlich herausschmecken würde. Ich schlug ihm vor, dass es vielleicht besser wäre, es in einer Biskuitcreme zu verstecken, da diese dicker wäre, und dass ich die gern an einem anderen Abend vorbereiten kann, wenn er mir vorher Bescheid gibt.«

»Scheiße, wie hat er es aufgenommen?«, fragte Mustang und stellte fest, dass sie sich wieder angespannt hatte.

»Er war nicht glücklich«, sagte Elodie. »Ich schwöre, ich dachte, er würde mich sofort töten, weil ich mich ihm widersetzt hatte. Nach meinen späteren Recherchen habe ich festgestellt, dass Arsen geruchlos, farblos und geschmacklos ist. Es ist wirklich das perfekte Gift. Er musste gemerkt haben, dass ich mich nur rausreden wollte ... aber aus irgendeinem Grund hat er nichts gesagt. Vielleicht wusste er auch selbst nicht darüber Bescheid. Wie auch immer, ich überlegte bereits, was zum Teufel ich beim nächsten Mal tun würde, wenn er von mir verlangte, das Gift unters Essen zu mischen, als er sich umdrehte und eines meiner Messer nahm. Er drückte meinen Kopf gegen den Küchenschrank und hielt mir das Messer an die Kehle, als er sagte: ›Wenn du mir noch einmal widersprichst, dann wird es das Letzte sein, was du jemals sagst.‹ Dann knallte er das Messer auf die Arbeitsplatte und schnitt mir dabei eine Haarsträhne ab, bevor er aus der Küche verschwand, als wäre nichts gewesen.«

»Heilige Scheiße«, fluchte Mustang.

»Ja, er hat mich zu Tode erschreckt. Meine Hände haben gezittert, während ich den Rest des Abendessens zubereitet habe. Keiner der anderen Angestellten in der Küche sagte etwas. Ich nehme an, sie wollten sich nicht zwischen mich und Paul stellen. Wahrscheinlich wurden sie alle selbst in der Vergangenheit bedroht und wussten aus erster Hand, wie gefährlich Paul war.«

»Was hast du gemacht?«

»Ich habe zu Ende gekocht und das Arsen, das er nicht mitgenommen hatte, in den Ausguss gekippt. Dann ging ich zurück in meine Wohnung, habe meine kleine Reisetasche gepackt und bin abgehauen. Ich konnte keinen Moment länger bleiben, nachdem ich mich dort an einem Mord beteiligen sollte und er mir gedroht hatte, mich umzubringen, wenn ich nicht alles tat, was er von mir verlangte.«

»Verdammt, ich wusste, dass du stark bist, aber ich hatte ja keine Ahnung«, warf Mustang ein.

Elodie ignorierte seine Aussage. »Er war nicht glücklich über mein Verschwinden. Ich wusste zunächst nicht, wohin ich gehen sollte, also blieb ich eine Weile in New York und versuchte herauszufinden, was ich als Nächstes tun sollte. Aber eines Tages in der U-Bahn hatte ich das Gefühl, verfolgt zu werden. Ich bin an der nächsten Haltestelle sofort ausgestiegen, aber der Typ ist mir gefolgt. Ich habe zwanzig Minuten gebraucht, um ihn abzuschütteln, und diese zwanzig Minuten dachte ich, dass ich jeden Moment eine Kugel im Kopf haben würde. Ich hatte Angst, zur Bank zu gehen und Geld abzuheben, weil ich nicht wusste, ob er vielleicht mein Konto überwacht. Gott sei Dank habe ich immer einen Notvorrat an Bargeld bei mir.

Ich habe New York verlassen und bin nach Pittsburgh gereist. Aber nach einem zunächst erfolgreichen Vorstellungsgespräch in einem Restaurant wurde mir mitgeteilt, dass ein Fehler vorlag und ich nicht mehr berücksichtigt werden würde. Als ich darauf drängte, den Grund zu erfahren, sagte mir die Besitzerin, dass sie keine Lust habe, sich mit der Columbus-Familie anzulegen. Er hatte den Restaurantbesitzern angedroht, dass sie bei der nächsten Inspektion Probleme bekommen würden, wenn sie mich einstellten.«

Nach ihrem morgendlichen Liebesspiel war Mustang so entspannt gewesen, aber jetzt hatte er das Gefühl, er müsste noch mal zwei Stunden laufen, um seine angestaute Wut loszuwerden. »Was hast du dann gemacht?«

»Ich bin in Panik geraten«, gab Elodie zu. »Ich habe den Großteil meines Geldes für eine Busfahrkarte nach Los Angeles ausgegeben. Ich hatte gehofft, weit genug von New York entfernt zu sein, aber mein Name ist zu einzigartig und Pauls Reichweite zu groß. Ich bemerkte, wie mir wieder ein Mann folgte, als ich versuchte, einen anderen Job zu finden. Von jemandem aus Chicago erhielt ich eine E-Mail, dass unser gemeinsamer Freund, der mir die Stelle bei der Columbus-Familie empfohlen hatte, aus einem vorbeifahrenden Wagen erschossen worden sei. Ich wusste, dass das eine Nachricht für mich war. Also habe ich alle Verbindungen zu meinen früheren Kontakten abgebrochen. Ich habe meine E-Mail- und Social-Media-Konten gelöscht und mein Handy zerschlagen. Mit etwas Glück habe ich einen Mann gefunden, der mir gefälschte Papiere besorgen konnte.«

»So wurde Rachel geboren«, sagte Mustang.

»Ja, und die Stelle auf der *Asaka Express* ist mir förmlich in den Schoß gefallen. Es war perfekt. Ich würde unter neuem Namen das Land verlassen und könnte das tun, was mir Spaß macht. Aber ich denke, das Schicksal hatte etwas anderes mit mir vor, da das Schiff entführt wurde.«

»Und dann hast du mich getroffen«, sagte Mustang.

Sie nickte. »Genau.«

»Also kann das Schicksal dich nicht allzu sehr hassen.«

»Leider lauerten scharenweise Reporter auf uns, als das Schiff in Bur Sudan anlegte. Ich habe versucht, den Kopf gesenkt zu halten, aber wir mussten für ein Gruppenbild posieren, nachdem wir das Schiff verlassen hatten. Ich habe alle Interviews abgelehnt und musste mich entscheiden, was ich als Nächstes tun sollte. Mir wurde eine Stelle auf der *Asaka Freedom* angeboten, aber erneut auf einem Schiff mitten auf dem Meer gefangen zu sein, kam mir plötzlich nicht mehr so verführerisch vor. Ich hatte zu diesem Zeitpunkt deine Nummer bereits verloren, mich aber trotzdem entschieden, nach Hawaii zu gehen. Es war so gut wie jeder andere Ort. Ich habe mir einen neuen gefälschten Ausweis besorgt, diesmal mit einem Namen, der meinem eigenen ähnlicher war, damit ich nicht mehr vergesse, darauf zu reagieren.« Elodie hob den Kopf und sah Mustang an. »Und hier bin ich nun.«

»Und du bist seit anderthalb Monaten hier?«, fragte er.

Sie nickte.

»Hast du etwas Ungewöhnliches bemerkt? Jemand, der dir

folgt oder dich nervös macht, wie es in L.A. oder New York passiert ist?«

»Nein, und ich habe auch kein Bankkonto. Perry und Kahoni bezahlen mich in bar. Ich weiß, dass es illegal ist, aber sie haben mir glücklicherweise die Geschichte abgekauft, dass sich jemand in mein Bankkonto gehackt und mein ganzes Geld gestohlen hat.«

»Es scheint nicht verkehrt zu sein, dass du so hübsch bist«, sagte Mustang mit einem Lächeln.

Elodie wurde rot. »Ich hasse es, dass ich sie anlügen musste, aber ich war verzweifelt.«

»Ich mache weder dir noch ihnen einen Vorwurf«, sagte Mustang.

»Das weiß ich zu schätzen. Sie sind gute Männer und sie haben Familie. Ich habe das Gefühl, dass ich sie auch in Gefahr bringe. Ich hätte auch eine Stelle als Köchin annehmen können. Es gibt hier viele Restaurants, die Hilfe suchen, aber ich dachte, das wäre der erste Ort, wo Paul nach mir suchen würde. Ich hatte gehofft, dass er mich vielleicht nicht findet, wenn ich als bescheidene Bedienstete auf einem privaten Charterboot arbeite. Aber was ist, wenn Paul mich findet und ihr Boot versenkt oder so? Oder jemandem aus einer ihrer Familien wehtut?«

»Schau mich an«, befahl Mustang. Es machte ihn innerlich krank, dass Elodie so verängstigt war, aber er war beeindruckt, dass ihre Sorgen in erster Linie den Menschen um sie herum galten. Sie hatte ein gutes Herz und es machte ihn wütend, dass dieser Columbus-Typ sie gebeten hatte, jemanden zu vergiften.

Die Mafia – wie hoch waren die Chancen, an diese Leute zu geraten? Er wusste nicht einmal, dass die Mafia in diesem Land immer noch aktiv war. Andererseits würden Banden, die auf illegale Weise Geld machen, niemals wirklich verschwinden.

Als Elodie ihr Kinn noch einmal hob, konnte er die Angst in ihren Augen sehen. Angst, dass er ihr nicht glauben würde? Dass er ihr sagen würde, sie solle verschwinden? Dass er jetzt, wo er ihr Geheimnis kannte, nichts mehr mit ihr zu tun haben wollte? Das würde verdammt noch mal nicht passieren. Wenn überhaupt, war er noch beeindruckter von ihr. Sie war sofort geflohen, nachdem sie herausgefunden hatte, für wen sie arbeitete. Sie hatte es geschafft, diesem Paul-Arschloch und seinen Kumpanen immer einen Schritt voraus zu sein. »Er wird dich nicht in die Hände bekommen.«

Sie lächelte schwach. »Ich weiß es zu schätzen, dass du das sagst, aber du kannst es nicht garantieren.«

Das konnte er wirklich nicht, das war die beschissene Wahrheit. »Ich weiß, aber ich werde alles tun, was in meiner Macht steht, um dieses Columbus-Arschloch überprüfen zu lassen und die Gefahr zu verringern, in der du dich befindest.«

»Ich fühle mich hier eigentlich ziemlich sicher. Ich habe bisher niemanden gesehen, der mir verdächtig vorkam, und da er mich nicht elektronisch verfolgt haben kann, hoffe ich, dass er endlich aufgegeben hat.«

»Vielleicht, vielleicht auch nicht«, sagte Mustang. »Aber es ist erst zwei Monate her, seit du von diesen Reportern fotografiert wurdest. Es könnte eine Weile dauern, bis er die Aufnahmen überhaupt sieht. Hast du jemandem erzählt, wohin du gehst?«

Elodie schüttelte den Kopf. »Nein, die Personalabteilung hat zwar auf die Angabe einer Adresse bestanden, aber ich habe ihnen eine ausgedachte Postfachnummer in Pittsburgh gegeben und behauptet, ich würde für eine Weile nach Paris zu einem Freund ziehen.«

»Gut, ich weiß, das ist schwer zu glauben, aber ich bin mehr als nur ein hohler Muskel. Mein Team und ich können ein paar Untersuchungen anstellen und herausfinden, ob dir jemand auf der Spur ist.«

Elodie streckte die Hand aus und packte ihn fest am Arm. »Ich möchte nicht, dass sich jemand anderes einmischt. Je mehr Leute davon wissen, desto mehr Einfluss wird Paul auf mich haben.«

»Das kann ich verstehen«, versicherte Mustang ihr. Und das konnte er. Aber sie wusste nicht, über welche Art von Kontakten er verfügte. Sie würde es noch herausfinden. »Du wirst mir vertrauen müssen, dass ich das tue, was ich für das Beste halte. Und El, ich mache diese geheime SEAL-Scheiße schon eine ganze Weile. Ich bin gut darin.«

Sie lächelte leicht. »Okay.«

»Okay? Okay was?«

»Okay, du kannst deine supergeheime SEAL-Spionagescheiße machen. Du darfst es deinem Team sagen. Ich möchte wieder leben können, ohne immer über meine Schulter schauen zu müssen. Wenn der einzige Weg dafür darin besteht, dich dein Ding machen zu lassen, dann okay. Aber ... Scott?«

»Ja?«

»Ich möchte meinen Job nicht kündigen und mich den ganzen Tag in deiner Wohnung verstecken. Ich muss ein Leben haben. Wenn Paul mich findet und tötet, dann wird er mich finden und töten. Und sollte es so kommen, möchte ich es nicht bereuen, nicht alles erlebt zu haben, was zum Leben dazugehört.«

Als Mustang hörte, wie sie über ihren eigenen Tod sprach, war er noch entschlossener, dafür zu sorgen, dass das niemals passieren würde. Sie würde nicht sterben, nicht, solange er auf sie aufpasste. »In Ordnung, aber du kannst auch nicht quer über die ganze Insel streifen, als wäre nichts.«

»Ich weiß.«

Mustang schwirrte der Kopf von all den Dingen, die er erledigen musste. Sein Team einzuweihen stand ganz oben auf der Liste. »Wie wäre es damit ... ich werde dich zur Arbeit bringen und dich abholen. Ich bin mir nicht sicher, ob es eine gute Idee ist, die öffentlichen Verkehrsmittel zu benutzen, solange wir nicht wissen, ob jemand herausgefunden hat, wo du dich aufhältst. Ich kann dich entweder hierher oder zu deiner

Wohnung zurückbringen, aber wenn du dir die Insel ansehen willst, werde ich dich begleiten. Wenn du einkaufen gehst, betrachte mich als deinen Assistenten. Wir müssen vorsichtig sein, bis wir wissen, wie die Lage ist.«

»Abgemacht«, sagte Elodie schnell und ohne Vorbehalte in ihrem Ton.

»Einfach so?«, fragte Mustang misstrauisch.

»Ja, einfach so«, stimmte sie zu. »Scott, du hast im Grunde nur gesagt, dass du mich jederzeit dorthin bringst, wo ich hinwill, und dass du deine Freizeit mit mir verbringen wirst. Warum sollte ich etwas dagegen haben?«

»Weil du dich vielleicht eingeengt fühlst? Weil du deine Unabhängigkeit magst? Weil ich die Kontrolle übernehme?«

Sie lachte trocken. »Ich bin so lange allein gewesen, dass ich fast vergessen habe, wie es sich anfühlt, jemanden an meiner Seite zu haben. Ich sage nicht, dass ich dir ab jetzt alle Entscheidungen in meinem Leben überlasse, aber ich bin gern bei dir. Ich möchte alles über dich erfahren. Ich habe eher Angst davor, dass du es irgendwann leid bist, mich überall hinzufahren. Oh! Daran hatte ich noch gar nicht gedacht ... was ist mit deiner Arbeit? Du kannst doch nicht mitten am Tag verschwinden, um mich vom Hafen abzuholen.«

»Wenn ich nicht kann, wird es einer meiner Teamkameraden tun. Und wenn wir beschäftigt sind oder auf Mission müssen, kann ich einige Männer aus anderen SEAL-Teams, denen ich genug vertraue, bitten, uns zu helfen. Wir werden das entscheiden, wenn es so weit ist. Solange ich weiß, dass du mit ein paar Einschränkungen einverstanden bist und vorsichtig sein wirst, kann ich mich ein bisschen entspannen.«

»Weißt du, was ich heute machen will?«, fragte sie.

»Was?«

»Ich möchte zur Dole Ananasplantage fahren.«

Mustang verzog das Gesicht. »Wirklich?«

»Ja, ich habe gehört, dass es dort unglaubliche Eiscreme gibt.«

»Ich werde aber nicht in dieses verdammte Labyrinth gehen. Besonders nicht, wenn jemand hinter dir her ist. Es scheint der perfekte Ort zu sein, um uns beide um die Ecke zu bringen«, grummelte Mustang. Er dachte, dass er vielleicht zu weit gegangen war, schließlich war die Mafia hinter ihr her, aber sie lachte tatsächlich.

»In Ordnung, ich bin auch kein Fan von Labyrinthen. Danke, dass du mir vertraust und mich nicht wie ein Höhlenmensch in deinem Badezimmer einsperrst.«

»Glaube nicht, dass mir das nicht in den Sinn gekommen ist«, sagte Mustang. »Bis wir herausgefunden haben, wie bedrohlich die Lage ist, bin ich damit einverstanden, flexibel zu sein. Sollte sich aber herausstellen, dass Columbus weiß, wo du bist, werde ich deinen Arsch so schnell wegsperren, dass sich dir der Kopf dreht.«

Sie lächelte weiter. »Okay.«

»Ich meine es ernst, Elodie. Ich werde dir nicht erlauben, ZDZL zu sein.«

Sie schaute ihn schief an. »Was ist das?«

»Zu dumm zum Leben. Weißt du, wie im Film, wenn der Protagonist etwas unglaublich Dummes tut, um die Handlung aufregender zu machen? Das wird nicht passieren.«

»Oh, du meinst, wie in diesem Versicherungswerbespot, wo ein paar Teenager vor einem Serienmörder fliehen und diskutieren, wo sie sich verstecken sollen, im Keller oder so. Dann sagt ein Mädchen: ›Warum steigen wir nicht einfach in diesen laufenden Wagen und fahren weg?‹ Und der Typ fragt, ob sie verrückt sei, bevor sie beschließen, sich stattdessen hinter einer Wand mit Kettensägen zu verstecken.«

Mustang sah sie nur mit leerem Gesichtsausdruck an.

»Ah, okay, den hast du noch nicht gesehen, aber glaub mir, da wird sich über diese ZDZL-Leute lustig gemacht, die du meinst.«

»Du wirst schon recht haben. Also, hast du das mit der Ananasplantage ernst gemeint?«

»Ja.«

»Dann müssen wir aus dem Bett raus und uns auf den Weg machen. Es wird ordentlich Verkehr sein.«

»Es macht dir wirklich nichts aus, mit mir dorthin zu fahren?«, fragte Elodie ihn.

»Nein, ich werde dir alles zeigen, was du sehen möchtest, und ich kenne einige abgelegene Orte, die dir vielleicht auch gefallen werden. Aber ich erinnere mich noch daran, was du heute früh gesagt hast, also werde ich versuchen, den Fußmarsch zu den atemberaubenden Wasserfällen und Aussichtsplattformen unter fünfzehn Kilometern zu halten.«

Sie bekam große Augen und Mustang bemühte sich, ein ernstes Gesicht zu behalten.

»Du machst Scherze, oder?«

Dann verlor er die Fassung und brach in Lachen aus.

Sie schloss sich ihm an und schlug ihm auf den Arm. »Du bist gemein.«

»Komm schon, Faulpelz, du gehst zuerst duschen.«

»Faul? Wer hat denn gerade die ganze Arbeit gemacht?«, fragte sie verführerisch.

Und Mustang wurde sofort wieder hart, als er sich daran erinnerte, wie er sie von hinten genommen und sie dabei die Kontrolle übernommen hatte. Sie hatte ihren Hintern vor und zurück gegen seinen Körper gepresst. »Elodie«, mahnte er.

»Ich gehe schon«, sagte sie mit einem Grinsen. »Ich denke, unser gemeinsames Duschen muss noch warten, oder?«

»Wenn ich jetzt mit dir unter die Dusche gehe, werden wir es weder zur Dole Ananasplantage schaffen noch irgendwo anders hin«, sagte er.

»Also gut, ich gehe allein«, sagte sie schmollend.

Mustang bemerkte, dass sie ihn neckte, und es gefiel ihm. Er wollte sie wirklich in seiner Dusche nehmen, aber was sie zuvor erzählt hatte, beschäftigte ihn. Er wollte, dass sie ihr Leben leben konnte und es nicht bedauern müsste, etwas verpasst zu haben, wenn das Ende nahte. In seinem Beruf war es nicht unwahrscheinlich, dass dieses Ende eher früher als später kommen könnte. Jede Mission, auf die er geschickt wurde, könnte seine letzte sein. Er wollte mit dieser Frau so viel wie möglich erleben. Er wollte sehen, wie ihre Augen leuchteten, wenn sie ihr erstes Ananassorbet probierte. Er wollte Seite an Seite mit ihr kochen und noch viele Sonnenuntergänge am Strand mit ihr erleben.

Sie verschwand im Badezimmer, streckte kurz darauf aber den Kopf durch die Tür. »Aber wir müssen bei mir anhalten, damit ich meine Klamotten wechseln kann.«

»Natürlich«, sagte Mustang. »Es wäre vielleicht eine gute Idee, wenn du ein paar Sachen zum Wechseln bei mir lässt. Für den Fall, dass ich wieder zu aufgeregt bin und etwas zerreiße.« Er hatte versucht, gleichgültig zu wirken, war aber offensichtlich gescheitert.

Sie starrte ihn einen Moment lang an, bevor sie lächelte. »Das werde ich machen«, entgegnete sie leise und verschwand dann immer noch lächelnd wieder im Bad.

Mustang ließ sich auf sein Bett fallen. Er konnte ihren Duft an seiner Bettwäsche riechen und wusste, dass er das niemals für selbstverständlich halten würde.

Elodie war hier, bei ihm, in seinem Bett, in seinem Herzen. Er war ein glücklicher Mann und er würde alles in seiner Macht Stehende tun, damit niemand sie ihm wegnahm. Er war nicht perfekt, sehr intensiv, ein bisschen süchtig nach Sport und zu hartnäckig, aber er würde alles dafür tun, damit Elodie ihn genau so liebte.

Vielleicht noch nicht heute oder morgen, aber hoffentlich würde sie eines Tages erkennen, dass er sie niemals im Stich lassen und immer für sie da sein wird ... und dass er bis über beide Ohren in sie verliebt war.

KAPITEL DREIZEHN

»Hast du herausgefunden, was mit ihr los ist?«, fragte Slate am Montagmorgen, als sie sich alle um den Konferenztisch in ihrem Bürogebäude auf dem Navy-Stützpunkt versammelten.

Mustang hatte Elodie am Hafen abgesetzt und dabei Kai wiedergetroffen, den jungen Mann, mit dem sie zusammenarbeitete. Außerdem war er Perry, einem der Eigentümer des Bootes, vorgestellt worden. Es war seltsam gewesen zu hören, wie sie Melody genannt wurde, aber er hatte sein Bestes getan, um mitzuspielen. Für ihn würde sie niemals Melody sein, jetzt, wo er ihren richtigen Namen kannte. Sie würde immer seine El sein.

Nachdem er sie verabschiedet hatte, war er zum Stützpunkt gefahren und hatte ein langes Gespräch mit seinem Kommandanten geführt. Er hatte dem älteren Mann nicht alles erzählen wollen, weil er wusste, dass er vermutlich die Polizei einschalten würde. Also hatte er nicht alles über Elodies Probleme erzählt, sondern angedeutet, dass ihr Ex-Freund eifersüchtig war, dass sie mit jemand anderem ausging. Er hatte die Erlaubnis erhalten, seine Mittagspause zu verschieben, damit er sie nach der Arbeit abholen konnte.

Jetzt saß er mit seinen Teamkameraden zusammen und

war bereit, ihnen Elodies Geschichte zu erzählen. Mustang war nicht überrascht, dass Slate es als Erster angesprochen hatte. Er hätte über die Berechenbarkeit seiner Kameraden gelacht, aber im Moment war ihm nicht nach Spaßen.

Je länger er über Elodies Situation nachdachte, desto mehr beunruhigte sie ihn. Sie hatte nichts falsch gemacht, sie hatte nur das Pech gehabt, einen Job bei einem skrupellosen Mann anzunehmen. Beim ersten Anflug von Ärger war sie gegangen, aber es war bereits zu spät gewesen.

Ist schon jemals jemand dem Zorn der Mafia entkommen? Mustang wusste so gut wie nichts über die kriminelle Unterwelt, aber er hatte Verbindungen, die es herausfinden würden. Wer würde in der Lage sein, alles über diesen Paul Columbus-Typen herauszufinden – einschließlich seiner Schwächen?

Mustang war ein SEAL. Das Abzeichen, das er sich verdient hatte, war ein Symbol für Ehre und Vermächtnis. Er hatte geschworen, diejenigen zu verteidigen, die sich nicht selbst verteidigen konnten, und dass seine Loyalität gegenüber dem Vaterland und seinem Team immer tadellos war. Er konnte nicht einfach herumlaufen und Leute, die Dinge taten, die er nicht gut fand, um die Ecke bringen. Er würde sich niemals selbst auf dieses Niveau begeben. Aber wenn der Schutz und die Verteidigung von Elodie und seinem Team bedeutete, dass jemand sterben musste, dann sollte es so sein.

Er hatte das Gefühl, dass Paul Columbus sich niemals selbst die Hände schmutzig machen würde. Er würde jemand anderen schicken, um die Drecksarbeit für ihn zu erledigen. Selbst wenn sie denjenigen, der nach Elodie suchte, ausschalteten, würde der Nächste bereits in den Startlöchern stehen, um zu versuchen, das zu beenden, was sein Vorgänger nicht geschafft hatte. Sie mussten den Strippenzieher ausschalten. Das war der einzige Weg, den Feind zum Erliegen zu bringen. So war es im Krieg und so würde es auch mit der Columbus-Familie sein.

Mustang hatte fast ununterbrochen über die Situation

nachgedacht, von der Elodie ihm erzählt hatte. Er hatte gelächelt und gelacht und ihre gemeinsame Zeit auf der Ananasplantage genossen, aber seine Gedanken hatten nicht aufgehört, um ihr Problem zu kreisen. Das Gespräch mit seinem Team würde helfen, die Dinge in seinem Kopf zu sortieren. Aber Mustang war sich auch bewusst, dass er sie damit derselben Gefahr aussetzte.

Und ja, Elodie war die Seine. Dagegen würde er nicht ankämpfen.

»Mustang?«, fragte Slate und unterbrach seine Gedanken. »Wirst du uns nun erzählen, was los ist, oder was?«

»Beruhige dich, Slate«, beschwerte sich Midas. »Gib ihm eine Sekunde zum Nachdenken.«

Mustang lächelte. Er mochte die Offenheit seiner Männer. Sie waren für ihn wie Brüder. Er hatte tatsächlich darüber nachgedacht, Elodies Geschichte für sich zu behalten, um diese Männer zu beschützen. Aber wenn sie es herausfänden, würden sie ihm dafür in den Arsch treten. Sie konnten auf sich selbst aufpassen, ohne dass er den Beschützer spielen musste. Außerdem brauchte er ihre Hilfe. Sie planten ihre Missionen immer gemeinsam und stellten sich gegenseitig kritische Fragen. Sie mussten immer erst alle Seiten eines Problems betrachten, bevor sie sich für einen Plan entscheiden konnten. Und genau das brauchte er jetzt auch.

Also holte er tief Luft und erzählte ihnen alles, was Elodie ihm am Tag zuvor anvertraut hatte. Über die Familie Columbus, über das Gift, wie Paul Columbus sie bedroht hatte, wie sie verfolgt worden war, über das Restaurant in Pittsburgh, wie ihr Freund erschossen wurde und schließlich, wie sie auf der *Asaka Express* gelandet war.

Er ließ nichts aus und nachdem er fertig war, schwiegen die fünf Männer um ihn herum für einen Moment.

»Die Mafia?«, fragte Pid schließlich und brach die Stille. »Die verdammte Mafia? Verflucht, Mustang.«

»Sie ist am Leben ... das heißt, sie hat etwas richtig gemacht«, sagte Slate.

Mustang hätte fast böse auf den gefühllosen Kommentar seines Freundes reagiert, aber er hatte recht. »So ähnlich sehe ich das auch. Sie ist seit Monaten aus New York weg und außer den Vorfällen in Pittsburgh und Los Angeles ist ihr nichts Außergewöhnliches aufgefallen.«

»Glaubst du, der Kerl hat aufgegeben?«, fragte Aleck.

Mustang seufzte. »Das würde ich gern glauben, aber ich denke eher nicht. Obwohl sie keine Beweise hat, würde die Polizei in New York sie wahrscheinlich gegen den Mann aussagen lassen, selbst wenn es nur im Zusammenhang mit einer anderen Straftat ist, für die sie ihn verknacken wollen.«

»Ja, oder die Beamten könnten es als Tatverdacht benutzen, um ihn und seine Organisation auf anderen Mist zu untersuchen«, sagte Midas. »Aber ohne Beweise können sie für Elodie nicht wirklich etwas tun. Es stände ihr Wort gegen seines. Und ich bin mir sicher, Columbus würde ohne Probleme eine Schar seiner Angestellten zu seinen Gunsten aussagen lassen. Am Ende würden sie vielleicht sogar behaupten, dass sie versucht, ihn zu erpressen.«

Mustang nickte. »Ehrlich gesagt glaube ich, dieser Paul ist ein bisschen verrückt. Ich meine, mal ganz im Ernst ... er will sie töten, weil sie Nein gesagt hat?«

»Es könnte sehr gut sein, dass er psychisch instabil ist«, stimmte Pid zu. »Hat er es vielleicht zu persönlich genommen? Wonach soll ich suchen?«, fragte er.

Mustang wusste, dass er über elektronische Suchanfragen sprach. Pid war vielleicht nicht so gut wie der legendäre Tex, aber für ihr Team war er unersetzlich. »Wir können nichts tun, was eventuell die Aufmerksamkeit dieses Gangsters erregt«, sagte Mustang.

Pid verdrehte die Augen. »Als wäre ich so dumm.«

»In Ordnung, wir brauchen Informationen über die Columbus-Familie insgesamt. Elodie sagt, Paul ist das Oberhaupt, aber wer sind seine Unterbosse und hat er einen Consigliere?«

»Was zum Teufel ist ein Consigliere?«, fragte Jag.

»Im Grunde ein Berater. Normalerweise ein Freund und Vertrauter. In der Mafia-Hierarchie der dritte Mann nach dem Boss und dem Unterboss«, sagte Midas.

Alle drehten sich um und starrten ihn an.

»Was? Ich schaue viele Filme«, fügte Midas zu seiner Verteidigung hinzu.

»Versuche herauszufinden, wer die Kartellbosse sind, die die Verantwortung für die Söldner tragen. Wir müssen mehr über das Tagesgeschäft der Familie herausfinden. Steht da Scheiße wie Sexhandel und Mord oder eher Dinge wie Geldwäsche und Erpressung auf der Tagesordnung? Alles, was uns helfen kann, besser zu verstehen, worauf wir uns einstellen müssen, falls sie noch hinter Elodie her sind«, sagte Mustang.

Slate beugte sich vor, stützte sich mit den Ellbogen auf dem Tisch ab und fixierte Mustang mit seinem Blick. »Warum interessiert dich diese Puppe so sehr, dass du das alles machst? Du hast vor zwei Monaten ein paar Stunden mit ihr verbracht und sehnst dich seitdem nach ihr. Deinem breiten Grinsen nach zu urteilen hast du an diesem Wochenende offensichtlich mit ihr geschlafen, und jetzt willst du loslaufen und ihre Dämonen für sie jagen. Hat sie eine magische Muschi oder so?«

Mustang biss die Zähne zusammen und wollte seinem Kameraden am liebsten eine verpassen, aber er konnte ihm und den anderen Männern ihre Skepsis nicht vorwerfen. Er öffnete den Mund, um es zu erklären, aber Midas sprang zu Elodies und seiner Verteidigung ein.

»Das war unnötig und grob, und das weißt du selbst, Slate. Als jemand, der dabei war, als wir Elodie getroffen haben, kann ich dir sagen, dass sie etwas Besonderes ist. Ich habe selbst gesehen, was für eine Verbindung es zwischen Mustang und ihr gibt.«

»Also, weil sie dir das Leben gerettet hat, hast du entschieden, dass sie die Richtige für dich ist?«, fragte Slate. »Ich meine es wirklich nicht böse, ich bin nur neugierig. Sie schien nett gewesen zu sein, als wir sie getroffen haben, aber wir kennen sie nicht gut genug, um uns ein umfassendes Urteil erlauben zu können.«

»Nein, das ist nicht der Grund. Obwohl ich nicht leugnen kann, dass ich verdammt dankbar bin. Bei ihr fühle ich mich … ruhig, geerdet, aber gleichzeitig ist es aufregend. Sie hat eine positive Lebenseinstellung, auch wenn ihre Situation ihr aktuell keinen Anlass dafür gibt. Sie ist mutig und sie arbeitet hart. Und sie ist geradeheraus, genau wie du, was ich sehr schätze. Sie sagt, was sie denkt, und treibt keine Spielchen. Sie hat ein großes Herz und macht sich mehr Sorgen um andere Menschen als um sich selbst. Außerdem ist sie lustig …«

Mustang verstummte, als er sah, wie seine fünf Freunde grinsten. »Was?«

»Wir verstehen schon, sie ist die erstaunlichste Frau auf der Welt«, sagte Aleck.

»Also … ist sie die Eine für dich? Bist du dir nach so kurzer Zeit schon sicher?«, fragte Jag.

»Ich kann nicht in die Zukunft sehen, aber ich hoffe es, verdammt noch mal«, sagte Mustang, ohne zu zögern. »Das Ding ist, ich bin sechsunddreißig und ich war schon mit vielen Frauen zusammen, aber in meinem ganzen Leben habe ich mich noch niemals von jemandem so angezogen gefühlt wie von Elodie. Ich sage nicht, dass wir morgen nach Vegas durchbrennen, aber ich bin mir ziemlich sicher, dass sie die Eine für mich ist. Da ist ein Gefühl tief in mir, das ich nicht in Worte fassen kann. Es fühlt sich richtig an.«

Für einen Moment herrschte Stille in dem Raum, als würden die anderen seine Worte verdauen.

»Ich möchte, dass ihr sie kennenlernt. Ihr sollt selbst entscheiden. Ich möchte natürlich, dass ihr sie mögt, aber ich möchte, dass ihr sie so mögt, wie sie ist, und nicht, weil sie mit mir zusammen ist ... wenn das Sinn macht«, sagte Mustang leise.

»Du weißt, dass wir nur schwer glauben können, dass jemand gut genug für dich ist«, sagte Jag ernst.

»Wir würden dir in die Tiefen der Hölle folgen, wenn du es wolltest. Verdammt, selbst wenn du es nicht wolltest«, fügte Pid hinzu. »Und jede Frau, die mit dir zusammen sein soll, muss einfach verflucht beeindruckend sein.«

»Ich bitte euch nur darum, ihr eine Chance zu geben. Seid keine Arschlöcher, sie steht unter großem Stress«, sagte Mustang mit etwas härterer Stimme.

»Du solltest uns besser kennen als das«, entgegnete Aleck. »Wir würden uns gegenüber einer Frau, für die du ernste Gefühle hast, niemals wie Arschlöcher aufführen. Wenn wir glauben, dass sie nicht gut genug für dich ist, werden wir dir das vielleicht später sagen, aber wir würden sie es niemals spüren lassen.«

»Das weiß ich zu schätzen. Ihr werdet sie mögen, daran habe ich keine Zweifel«, sagte Mustang zuversichtlich. »Sie ist verdammt sympathisch. Aber merkt euch, dass ich sie zuerst entdeckt habe.«

Alle lachten.

»Also ... ich nehme die Mitglieder der Columbus-Familie unter die Lupe und werde sehen, ob ich etwas finden kann, das wir gegen sie verwenden können, sollten sie sich entschließen, hier im Paradies aufzutauchen«, sagte Pid.

»Wirst du sie einsperren?«, fragte Midas.

Mustang schüttelte den Kopf. »Nein, ich vertraue ihren Instinkten. Sie hat es bisher auch geschafft, in Sicherheit zu bleiben. Sie hat zugestimmt, dass ich sie zur Arbeit bringen und von dort abholen darf, damit sie keine öffentlichen Verkehrsmittel benutzen muss. Sie hat weder E-Mail oder Telefon noch ein Bankkonto oder Fahrzeug. Wir müssen uns also keine Sorgen machen, dass sie auf offener Straße angegriffen wird oder so.«

»Aber sie werden dich vielleicht angreifen, wenn du bei ihr bist«, warf Slate ein.

»Das werden wir sehen«, sagte Mustang und wünschte sich fast, sie würden es versuchen. Wenn er die Gelegenheit bekäme, jemanden aus der Columbus-Familie persönlich zu erwischen, der möglicherweise geschickt wurde, um Elodie zu töten, würde er dafür sorgen, dass derjenige die Botschaft erhielt, dass sie nicht mehr allein und gut beschützt war. Er würde klarstellen, dass sie tabu war und dass es im Interesse der Familie läge, sie besser zu vergessen.

»Also wird sie bei dir wohnen?«, fragte Aleck.

Mustang hörte keine Kritik in seinem Ton und antwortete ehrlich. »Das ist noch nicht klar. Aber hoffentlich ja.«

»Der große, mächtige Mustang hat sie noch nicht dazu gebracht zuzustimmen, bei ihm einzuziehen«, Jag schaute übertrieben auf die Uhr, »achtundvierzig Stunden nach dem großen Wiedersehen?«

»Ach, halt die Klappe«, sagte Mustang und warf seinen Stift über den Tisch auf seinen Freund.

»Es würde die Dinge einfacher machen«, sagte Slate. Alle drehten sich um und starrten ihn ungläubig an.

»Warst du nicht gerade noch derjenige, der seine Beziehung zu dieser Frau infrage gestellt hat?«, fragte Pid.

»Ja, aber er hat es erklärt und jetzt bin ich voll bei der Sache«, sagte Slate sachlich.

Mustang musste grinsen. Diese Kerle konnten nerven, aber sie waren verdammt treu, genau wie er es ihnen gegenüber war. Sie hatten zu viel gemeinsam durchgemacht, um sich gegenseitig das Leben schwer zu machen. Sie waren vielleicht nicht immer mit allem einverstanden und würden alles kritisch hinterfragen, aber wenn es darauf ankam, würden sie zusammenhalten.

»Also spielen wir Verstecken und warten darauf, ob etwas passiert?«, fragte Midas. »Sollten wir nicht proaktiver sein?«

»Wenn die Typen herausfinden, dass wir sie überprüfen,

könnte ihnen das einen Hinweis darauf geben, wo Elodie sich aufhält«, sagte Pid.

»Aber wenn wir nicht genügend Informationen haben, könnten sie unbemerkt an uns vorbeischleichen und sie überfallen«, sagte Slate.

»Die Frage ist also, graben wir tief genug, sodass sie aufmerksam werden, oder legen wir uns auf die Lauer und schlagen zu, wenn wir müssen?«, fügte Aleck hinzu.

Im Raum war es für einen Moment still, als die Männer über die Optionen nachdachten.

»Ich denke, wir warten ab, was Pid auf diskrete Weise feststellen kann, und entscheiden dann das weitere Vorgehen. Wir müssen verhindern, dass wir den Zorn der gesamten Mafia auf uns ziehen«, sagte Mustang. »Außerdem sind unsere Hände in dieser Hinsicht sowieso etwas gebunden. Paul Columbus wird nicht so dumm sein, persönlich hierherzukommen, und selbst wenn er es tut, können wir ihn nicht einfach umbringen.«

»Genau«, sagte Midas und senkte dann die Stimme. »Aber wir kennen Leute, die Leute kennen. Wir sind vielleicht nicht in der Lage, selbst zu handeln, aber sie könnten es tun. Einschließlich einer gewissen Person, die hier auf der Insel lebt.«

Mustang nickte. Er würde nur ungern um solch einen Gefallen bitten, aber für Elodie würde er es tun. Sie hatte es verdient, ein Leben ohne Angst führen zu können, zu sein, wer sie sein wollte, und zu tun, was sie tun wollte. Wenn das bedeutete, als Dienstmädchen auf einem Schiff zu arbeiten, okay, aber wenn es bedeutete, dass sie ihr eigenes Restaurant eröffnen wollte, mit ihrem Namen an der Vorderseite und Werbung im ganzen Internet, dann würde er alles dafür tun, ihr diesen Wunsch zu erfüllen.

»Ich werde sehen, was ich bis heute Abend herausfinden kann«, sagte Pid. »In der Zwischenzeit ... wann wirst du sie uns vorstellen?«

Mustang lächelte, dankbar, dass das Team Elodie kennenlernen wollte. Gleichzeitig kam er sich ein wenig egoistisch vor. Er wollte sie für eine Weile für sich allein haben.

»Vielleicht kann sie morgens mal mit zum Training kommen«, schlug Aleck vor.

Mustang brach in Lachen aus und schüttelte den Kopf. »Nein, sie hat mich bereits darüber informiert, dass sie nichts für Sport übrighat.«

»Sie könnte uns zugucken?«, versuchte Aleck es erneut.

»Sie muss für ihren Job schon früh genug aufstehen. Wenn sie die Möglichkeit hat, etwas länger zu schlafen, dann soll sie das auch«, sagte Mustang zu ihm.

»Sie ist Köchin, oder? Vielleicht können wir uns zum Essen verabreden und sie kocht für uns«, schlug Pid vor.

Slate streckte die Hand aus und schlug ihm auf den Hinterkopf. »Wir werden sie nicht bei unserem ersten Treffen für uns alle kochen lassen. Meine Güte, was bist du nur für ein Idiot.«

»Es war nur ein Vorschlag«, sagte Pid. »Kein Grund, gleich gewalttätig zu werden.«

»Ich werde mir etwas überlegen«, sagte Mustang zu seinen Freunden.

Die Tür zum Konferenzraum wurde geöffnet und ihr Kommandant steckte den Kopf hinein. »Bereit für die Nachbesprechung der Situation in Benin?«

Die Männer wurden ernst und nickten. Benin lag in Afrika, nahe dem Äquator, und grenzte an Nigeria. Sie beobachteten schon länger Gefechte zwischen landesinternen Milizen, und es sah so aus, als stünde das Land kurz vor einem Staatsstreich. Wenn sie dorthin auf Mission geschickt würden, wäre es ihre Aufgabe, US-amerikanische und andere ausländische Personen zu retten. Es bestand schon längere Zeit die Aufforderung, das Land zu verlassen, aber es gab immer ein paar Leute, die leugneten, was direkt vor ihren Augen geschah, oder die dachten, sie wären in Sicherheit.

Das Thema Elodie war für den Moment vom Tisch, aber Mustang fühlte sich besser, jetzt, wo sein Team über ihre Situation Bescheid wusste. Er war beruhigt, dass sie nicht in unmittelbarer Gefahr war, aber er fühlte sich besser, dass Pid die Columbus-Familie unter die Lupe nahm. Er wäre begeistert, wenn sich herausstellen sollte, dass Elodie die Situation falsch eingeschätzt hatte und die Familie nicht wirklich zur Mafia gehörte, aber er zweifelte nicht daran, dass ihre Angst real war. Niemand würde sein Leben aufgeben, wenn keine reale Gefahr bestand.

Nein, er war sich sicher, dass Elodie das Gefühl hatte, ihr Leben wäre in Gefahr. Die Frage war nur ... wie akut war die Bedrohung? Er würde es herausfinden und dann würden er und sein Team sich darum kümmern, damit Elodie ein freies Leben führen konnte ... hoffentlich mit Mustang an ihrer Seite.

Scott wartete auf Elodie, als die *Fish Tales* am Nachmittag in den Hafen fuhr. Sie war den Großteil des Tages abgelenkt gewesen und ihre Emotionen schwankten zwischen wahnsinnig glücklich und der Frage, was zum Teufel sie tat. Sie war nicht die Art von Mensch, der sich auf das Negative konzentrierte, aber es schien, als hätte sich im letzten Jahr so viel Scheiße in ihrem Leben angestaut, dass es schwer war, das Positive zu sehen. Scott zu treffen war ein Lichtblick in ihrem sonst dunklen Leben gewesen.

Das Wochenende war unglaublich gewesen. Sie hatte Angst gehabt, Scott von Paul und dem, was in New York passiert war, zu erzählen, aber er war nicht ausgeflippt. Er hatte ihr nicht gesagt, sie solle sich zum Teufel scheren, oder angeschrien, weil sie die Mafia möglicherweise direkt vor seine Haustür gebracht hatte. Nicht dass sie geglaubt hätte, dass er das tun würde, aber es bestand immer die Möglichkeit.

Und noch besser war, dass er nicht sofort versucht hatte, ihr Leben zu übernehmen. Er hatte nicht verlangt, dass sie ihren Job kündigen oder sich verstecken sollte. Er hatte nicht darauf bestanden, dass sie zur Polizei ging. Er hatte zugehört und Vorschläge gemacht – Dinge, denen sie bereitwillig zugestimmt hatte. Sie hätte nie geglaubt, jemanden kennenzulernen, der sie so gut verstand wie Scott.

Und dann war da noch der Sex. Sie konnte nicht leugnen, dass sie darüber nachgedacht hatte, wie die Dinge zwischen ihnen sein würden, aber die Realität war so viel besser gewesen als ihre Fantasien. Scott war rau und ein wenig aggressiv und sie liebte es. Sie fühlte sich wie ein ganz anderer Mensch, wenn sie bei ihm war. Zu einer Beziehung gehörte mehr als Sex, aber wenn es nach ihr ging, hatten sie in dieser Beziehung bereits den Bogen raus.

»Bis morgen, Melody!«, rief Kai, als sie vom Boot stieg und auf Scott zuging, der am Ende des Docks auf sie wartete. Es war verrückt, wie falsch sich dieser Name anhörte, nachdem Scott für ein paar Tage ihren richtigen Namen verwendet hatte.

Sie winkte ihm zu, rief »Aloha!« und ging weiter in Richtung Scott.

Er lächelte, als sie zu ihm kam. »Hey Babe.«

»Hey«, sagte sie, trat dicht an ihn heran und hob den Kopf. Er gehorchte, beugte sich hinunter und küsste sie fest und tief vor all den Touristen und Einheimischen, die dort herumlungerten.

Als er nach einigen Augenblicken den Kopf hob, merkte Elodie selbst, dass sie ein lächerliches Grinsen im Gesicht hatte.

»Wie war dein Tag?« fragte er, legte seinen Arm um ihre Schultern und führte sie zu seinem Wagen.

»Gut, die Kunden haben einen Speerfisch gefangen und waren begeistert.«

»Das freut mich.«

»Wie war dein Tag?«, fragte sie.

»Normal«, sagte er.

»Hast du ... hast du mit deinem Team gesprochen?«

Er wusste, was sie meinte. »Ja, und es ist alles gut. Ich werde dir heute Abend davon erzählen. Möchtest du, dass ich dich zu dir nach Hause bringe, oder kommst du mit zu mir?«

Elodie dachte eine Sekunde darüber nach und sagte dann: »Zu mir bitte.«

Sie mochte es, dass er sich nicht beschwerte oder versuchte, sie zu überreden, mit zu ihm zu kommen. Er stand neben ihr, als sie in seinen Wagen stieg, und schloss die Tür hinter ihr, nachdem sie sich gesetzt hatte. Die Fahrt zu ihrer Wohnung verlief schweigend, aber Elodie fühlte sich etwas besser, als Scott ihre Hand in seine nahm, während er fuhr.

Als er vor dem Haus vorfuhr, stellte er den Motor ab und drehte sich zu ihr um. Sie hielt den Atem an, weil sein ernster Gesichtsausdruck sie extrem nervös machte.

»Die Männer haben gefragt, wann sie dich kennenlernen können. Sie hatten alle möglichen Ideen ... zum Beispiel mit uns zu trainieren oder zu kochen – wobei sie sich freiwillig gemeldet haben, die Mahlzeit zuzubereiten.« Er verdrehte die Augen und grinste. »Ich habe beides abgelehnt. Ich habe kein Problem damit, dass sie dich kennenlernen wollen, aber ich bin noch nicht bereit dazu, dich zu teilen. Ich hoffe, das ist okay. Es ist nicht so, dass ich versuche, dich zu verstecken, ich ... ich bin einfach nur egoistisch und möchte jede Sekunde meiner Freizeit damit verbringen, dich kennenzulernen und nicht Gastgeber für mein Team zu spielen.«

Elodies Nervosität verschwand. »Okay.«

»Ich weiß, dass das verrückt ist, und ich möchte, dass du sie triffst. Ich denke, ihr werdet gut miteinander auskommen. Es ist nicht so, dass ich befürchte, dass du sie nicht magst oder sie dich nicht.«

Sie lächelte. »Ich komme mir selbst ein bisschen egoistisch in Bezug auf unsere gemeinsame Zeit vor und es würde mir nichts ausmachen, mehr über dich zu erfahren, bevor ich den Wölfen zum Fraß vorgeworfen werde.«

Scott lächelte. »Gut, ich habe ihnen von deiner Situation erzählt ... und sie stellen ein paar Nachforschungen an.«

Elodie spürte, wie ihr bei seinen letzten Worten die Farbe aus dem Gesicht wich.

»Keine Panik«, sagte er. »Pid ist gut in dem, was er tut. Er wird nichts tun, was sie auf deinen Aufenthaltsort aufmerksam machen könnte. Er geht diskret vor. Wir müssen aber herausfinden, womit wir es hier zu tun haben. Wie ernst es ihnen ist, dich zu finden, und wie gefährlich sie wirklich sind. Vertraue uns! Vertraue mir!«, sagte er eindringlich.

Elodie erinnerte sich daran, dass sie gewusst hatte, dass das passieren würde, wenn sie sich Scott anvertraute. Es ging nicht einmal so sehr darum, dass er mit seinem Team über sie gesprochen hatte, aber sie war sich nicht so sicher, ob sie sich in ihre Situation hineinversetzen konnten. Schließlich nickte sie.

»Wir haben das im Griff«, sagte er leise. »Wir werden herausfinden, was los ist, das Problem lösen und dann für immer glücklich leben, okay?«

Elodie holte tief Luft. »Okay.«

»Leider muss ich zurück zum Stützpunkt, wir haben heute Nachmittag noch weitere Besprechungen.«

»Ist alles in Ordnung?«, fragte sie. Sie hatte keine Ahnung, was Scott normalerweise tagsüber tat, aber wichtige Besprechungen konnten für einen SEAL nichts Gutes heißen, oder?

»Alles ist in Ordnung«, antwortete er, ohne gestresst zu wirken. »Wir haben stets den Blick auf die ganze Welt gerichtet. Die Besprechungen dienen dem Zweck, über die neuesten Entwicklungen auf dem Laufenden zu bleiben. Möchtest du, dass ich dich abhole, wenn ich fertig bin?«

Ja, natürlich wollte sie das. Aber sie wollte auch nicht zu eifrig wirken. »Wenn du nach Feierabend müde bist und nach Hause willst, ist das auch okay.«

Plötzlich beugte Scott sich vor, legte die Hand hinter ihren Kopf und zog sie an sich. Dann küsste er sie fest und sagte: »Ich werde niemals zu müde sein, um dich zu sehen.«

Die Schmetterlinge in ihrem Bauch setzten zu einem

Höhenflug an. »Okay, ich würde mich freuen, wenn du mich abholst. Ich würde anbieten hierzubleiben, aber der Blick aufs Meer aus deiner Wohnung ist viel besser. Kann ich heute Abend für dich kochen?«

»Ja, aber nur, wenn es dir nicht zu viel Mühe macht.«

»Das wird es nicht«, versprach sie und ihre Gedanken rasten bereits, als sie darüber nachdachte, was sie für ihn kochen könnte.

»Wenn du noch etwas einkaufen musst, können wir das machen, wenn ich dich abhole.«

»Nein, ich denke ich brauche nichts«, sagte Elodie zu ihm, nachdem sie in Gedanken ihre Vorräte durchgegangen war.

»Okay, wir müssen darüber reden, dir ein Handy zu besorgen, aber ich rufe dich auf dem Festnetz an, sobald ich unterwegs bin.«

Elodie wollte nicht über das Handy streiten. Sie wollte nicht, dass Scott ein Telefon für sie bezahlte, weil sie wusste, dass es nicht billig war. Sie fühlte sich auch immer noch nicht wohl dabei, etwas bei sich zu tragen, das zurückverfolgt werden könnte. Sie hatte keine Ahnung, ob Paul oder seine Familie die Möglichkeit dazu hatten, aber sie musste davon ausgehen und wollte dieses Risiko nicht eingehen.

»Nun, ich werde Schwierigkeiten haben, dich davon zu überzeugen, oder?«, fragte Scott mit einem Lächeln. »Wir sehen uns in ein paar Stunden. El?«

»Ja?«

»Alles wird gut. Wir werden uns darum kümmern und Columbus wird nicht gewinnen, in Ordnung?«

Sie nickte. Was sollte sie sonst tun? Sie wollte ihm glauben, von ganzem Herzen wollte sie, dass er recht hatte.

Er beugte sich vor, küsste sie sanft auf die Stirn und lehnte sich dann zurück. Elodie stieg aus dem Wagen und winkte, als sie die Auffahrt entlang zum Seiteneingang ging. Sie musste duschen, sich umziehen und dann entscheiden, was sie zum Abendessen zubereiten wollte.

Es war lange her, dass sie sich darauf gefreut hatte zu kochen. Sie wusste nicht, ob es nur der Moment war und der Funke wieder verlöschen würde, sobald sie in der Küche stand, wie es in letzter Zeit so oft der Fall gewesen war, aber es war eine weitere Sache, für die sie Scott dankbar sein konnte. Er veränderte ihr Leben in so vielen Aspekten, dass sie bereits den Überblick verlor. Sie musste darüber lächeln, als sie ihre Wohnung betrat.

KAPITEL VIERZEHN

Die letzten drei Wochen waren unglaublich gewesen. Besser, als Elodie es sich jemals hätte vorstellen können.

Sie hatte erwartet, dass die Intensität zwischen ihr und Scott im Laufe der Wochen nachlassen würde, sobald die erste Aufregung vorbei war, aber das war nicht der Fall gewesen. Sie bekam immer noch Schmetterlinge im Bauch, wenn sie ihn nach der Arbeit sah, und bis jetzt waren ihnen die Gesprächsthemen noch nicht ausgegangen.

Jeden Tag lernte sie etwas Neues über Scott. Zum Beispiel, dass er Spinnen hasste, aber kein Problem damit hatte, Schlangen anzufassen. Oder seine Vorliebe für Schildkröten. Einmal im Monat half er sogar freiwillig an der Laniakea Beach an der Nordküste aus, um die riesigen Grünen Meeresschildkröten zu beschützen, die dort häufig an den Sand krochen, um sich zu sonnen. Ohne freiwillige Helfer wie ihn würden die Touristen den Schildkröten viel zu nahekommen und höchstwahrscheinlich Dummheiten machen – Bilder mit ihren Kindern auf dem Rücken oder die armen Tiere auf den Rücken legen. An einem Sonntag war sie mitgegangen und hatte ihren Mann drei Stunden lang aus dem Schatten beobachtet, wie er Touristen aufklärte und die Schildkröten beschützte.

Er hatte sie an zwei Wochenenden zur Arbeit begleitet. Er war lustig und charmant gewesen, und die Touristen hatten das Gefühl, auf ihre Kosten gekommen zu sein, weil er so aufmerksam gewesen war. Kai mochte Scott und hatte eine Million Fragen über die Navy gestellt, einschließlich der Frage, ob er es jemals bereut hatte, beigetreten zu sein.

Kahoni war beide Male mit auf dem Boot gewesen und hatte sie nach dem zweiten Ausflug beiseitegenommen und ihr gesagt, dass sie mit ihm einen guten Fang gemacht hatte und dass sie ihn nicht wieder vom Haken lassen soll. Abgesehen von der blöden Analogie zum Angeln war sie erleichtert, dass ihr Chef Scott gutgeheißen hatte.

Noch erleichterter war sie darüber, dass sie wirklich gern mit ihm kochte. Er befolgte ihre Anweisungen und freute sich jedes Mal, wenn etwas, das er zubereitet hatte, gelungen war. Obwohl er wusste, dass sie Köchin war, bestand er niemals darauf, dass sie kochte. An vielen Abenden hatte er sie auf die Couch gesetzt und sie gebeten, sich zu entspannen, während er sich um das Essen kümmerte.

Er war aufmerksam und fürsorglich und hatte ein sehr klares Empfinden für richtig und falsch. Eines Abends sahen sie zusammen die Nachrichten – etwas, das Elodie nicht mochte, aber tolerierte, weil Scott auf dem Laufenden bleiben musste – und es kam eine Meldung über ein fünfjähriges Kind, das das Auto seiner Eltern gestohlen hatte. Der Junge war auf der Autobahn angehalten worden, weil er dreißig Kilometer pro Stunde unter der Geschwindigkeitsbegrenzung gefahren war. Aber anstatt Schwierigkeiten zu bekommen, war der Junge jetzt eine Berühmtheit. Die Leute lachten und fanden es lustig, was er getan hatte.

Der Nachrichtensprecher sagte, dass ein großer Football-star davon gehört hatte, dass der Junge versucht hatte, nach Kalifornien zu fahren, um ihn zu sehen. Daraufhin hat er den Jungen persönlich besucht und brachte ihm eine ganze Ladung Trikots und Süßigkeiten. Scott hatte die Beherrschung verloren und gesagt, es sei lächerlich, dass der Junge dafür belohnt wurde, etwas Falsches getan zu haben. Er schimpfte und meinte, dass er sich glücklich schätzen müsste, dass niemand dabei ums Leben gekommen war. Die Eltern sollten ihm drei Jahre lang Hausarrest geben, anstatt diesen Rummel zu erlauben.

Elodie hatte zugestimmt. Es zeigte, wie leidenschaftlich Scott über seine Einstellung in Bezug auf richtig und falsch werden konnte.

Im Laufe der Wochen hatte sich Elodie Scott weiter geöffnet. Er wusste, dass sie früh aufstehen konnte, wenn es für die Arbeit notwendig war, aber sie war wirklich kein Morgenmensch. Auf die harte Weise hatte er gelernt, dass sie bei romantischen Filmen immer weinen musste. Eines Tages war er von der Arbeit nach Hause gekommen und hatte sie heulend auf seiner Couch vorgefunden. Es hatte wirklich eine Weile gedauert, bis er ihr geglaubt hatte, dass alles in Ordnung war und sie nur wegen der Sendung im Fernsehen weinte.

Sie beobachtete gern Leute und er hatte einen lustigen Nachmittag mit ihr am Strand verbracht, während sie sich ausführlich Geschichten über die vorbeigehenden Touristen einfallen ließ. Er hatte erfahren, dass sie viel lieber Geld sparen und zu Hause bleiben würde, als zwanzig Dollar auszugeben, um einen Film im Kino zu sehen (vom Preis für die Knabberei ganz abgesehen, das war sowieso die reinste Abzocke).

Und ihre physische Verbindung war noch genauso leidenschaftlich wie an diesem ersten explosiven Abend. Sie hatten nicht jeden Tag Sex. Manchmal wollten beide nur kuscheln. An manchen Abenden war Scott so aufgewühlt von seinen Besprechungen über das Weltgeschehen, dass er lange aufblieb und sinnlose Filme schaute oder trainierte, während sie allein in seinem Bett einschlief. Aber am nächsten Morgen wachte sie immer in seinen Armen auf.

Sie waren vielleicht erst ein paar Wochen zusammen, aber

es fühlte sich an wie Monate. Sie waren völlig im Einklang und waren sich ihrer Gefühle bewusst.

Als Scott am Freitagabend von der Arbeit nach Hause kam, wusste sie sofort, dass etwas nicht stimmte.

»Was ist los?«, fragte sie, als er näher kam.

»Woher weißt du, dass etwas los ist?«, fragte er und vermied es zu antworten.

»Weil ich dich kenne. Du hast diese kleine Falte zwischen deinen Augen, die tiefer wird, wenn du gestresst bist.«

Erstaunlicherweise lachte er. »Wenn mir vor zwei Monaten jemand gesagt hätte, dass ich heute hier wäre, hätte ich es nicht geglaubt.«

»Wenn du wo wärst?«, fragte Elodie verwirrt.

»Hier, zusammen mit meiner sehr ernsten Freundin in meiner Wohnung, die mir erzählt, dass sie mich gut genug kennt, um nach einem Blick in mein Gesicht zu wissen, wenn ich zu viel über etwas nachdenke.« Er trat auf sie zu und riss sie förmlich in seine Arme.

Elodie prallte von seinem Oberkörper ab und sah zu ihm auf, als er ihr Gesicht zwischen seine Handflächen nahm und sie küsste. Wie immer gab sie sich ihm hin. Sie entspannte ihren Körper, als seine Zunge in ihren Mund eindrang. Er war nicht aggressiv, er nahm sich Zeit und als er endlich den Kopf hob, war Elodie so verdammt heiß ... und noch besorgter.

»Sprich mit mir«, flehte sie. »Hat Pid etwas herausgefunden? Hat Paul mich gefunden?«

»Nein«, sagte Scott und schüttelte sofort den Kopf. »Nichts dergleichen.«

»Dann was?«, fragte sie und griff nach seinem Bizeps. »Du machst mich verrückt.«

»Wir werden nächste Woche auf Mission geschickt«, sagte Scott und hielt dann inne, als würde er auf ihre Reaktion warten.

»Und?«, fragte Elodie.

Er blinzelte. »Und was?«

»Darüber bist du gestresst? Warum? Wird es gefährlich?« Sie schüttelte den Kopf. »Nein, antworte nicht darauf. Natürlich ist es gefährlich. Du bist ein SEAL. Aber wird es gefährlicher als gewöhnlich? Bist du deshalb so aufgewühlt?«

»Ich bin deshalb so aufgewühlt, wie du es ausdrückst, weil es das erste Mal ist, dass ich auf Mission muss, seit wir zusammen sind.«

Elodie verstand es immer noch nicht. »Es tut mir leid, ich verstehe es nicht. Ich meine, ich wusste von Anfang an, dass du ein SEAL bist. Du hast die letzten Wochen sehr hart gearbeitet und ich weiß, das liegt daran, dass du viel in Dinge involviert warst, die irgendwo auf der Welt vor sich gehen. Es ist keine Überraschung für mich, dass du losgeschickt wirst, um die Welt zu retten ... also, was verheimlichst du mir?«

Scott schien sich zu entspannen. Er seufzte und ließ die Schultern sinken. Sie konnte spüren, wie sein Bizeps sich ebenfalls entspannte. Die kleine Falte zwischen seinen Augen – ein klares Zeichen dafür, dass er angespannt war – war jetzt weniger prominent. »Ich war besorgt darüber, wie du es auffassen würdest, dass ich wegmuss«, gab er zu.

»Scott«, sagte Elodie, jetzt leicht verärgert, »ich werde nicht gleich auseinanderbrechen, wenn du nicht da bist. Natürlich werde ich dich schrecklich vermissen und mir unablässig Sorgen um dich machen, aber du bist erwachsen und schon lange ein SEAL, und ich bin Mitte dreißig und werde auch eine Weile ohne dich überleben können. Weißt du, wie lange ihr weg sein werdet? Reden wir von Tagen, Wochen oder Monaten?«

Er grinste jetzt und Elodie ärgerte sich über ihn. Es passierte nicht oft und das Gefühl ließ normalerweise schnell nach, aber er schien es zu lieben, sie in solchen Situationen aufzuziehen.

»Ich weiß es nicht, aber es werden nicht Monate sein«, sagte er und grinste immer noch. »Bleibst du hier wohnen, solange ich weg bin?«

Elodie blinzelte überrascht. »Ähm ... nein! Dies ist deine Wohnung.«

»Ja, und du hast außer drei Nächten jede Nacht hier verbracht, seit wir zusammen sind«, gab er zurück.

»Du hast mitgezählt?«

»Verdammt, natürlich habe ich mitgezählt«, sagte Scott zu ihr. »Als du das erste Mal wieder die Nacht bei dir verbracht hast, habe ich beschissen geschlafen. Ich habe mich im Bett hin und her gewälzt und mich gefragt, was ich getan oder gesagt hatte, um dich zu verärgern.«

»Du weißt, dass das nicht der Grund war. Ich hatte Krämpfe und wollte dich nicht damit belästigen«, erinnerte Elodie ihn.

»Ich weiß, und ich habe dir gesagt, du sollst diesen Mist nicht noch einmal machen, dass es mir egal ist, ob du deine Periode hast. Ich meine, ich mag es natürlich nicht, dass du so schlimme Krämpfe hast, aber ich werde nicht jeden Monat ausflippen, weil du deine Regel bekommst. Das gehört zum Leben dazu. Beim zweiten Mal war Kalani gestürzt und hatte sich verletzt. Du wolltest sie nicht allein lassen, also hast du die Nacht bei ihr auf der Couch verbracht, bis ihre Kinder aus Maui übernommen haben. Das habe ich natürlich verstanden, aber ich habe es trotzdem vermisst, dich beim Einschlafen festzuhalten.«

Elodie starrte ihn überrascht an. Sie konnte nicht glauben, dass er sich an jedes Detail der Tage erinnerte, an denen sie nicht in seiner Wohnung geschlafen hatte.

»Und das dritte Mal hast du in den Nachrichten einen Bericht über ein Feuer in einem New Yorker Restaurant gesehen. Ich wusste, dass es dich zum Nachdenken über deine eigene Situation gebracht hatte und du Angst hattest. Ich habe es nur gehasst, dass du von mir weg anstatt in meine Arme gelaufen bist, aber ich habe dich tun lassen, was du wolltest, weil du eine erwachsene Frau bist.«

»Und um ein Uhr nachts habe ich ein Taxi gerufen, um zu

dir zurückfahren, weil ich nicht schlafen konnte und wusste, dass ich eine Idiotin gewesen war«, sagte Elodie leise.

»Es war wirklich idiotisch«, stimmte Scott zu. Er lächelte sie dabei aber an, damit sie wusste, dass er es nicht ernst meinte. »Ich war noch nie so sauer auf jemanden gewesen und gleichzeitig so froh, diesen Menschen wiederzusehen.«

»Die Fahrerin war nett«, verteidigte sich Elodie.

»Das ist nicht der Punkt. Du hättest ausgeraubt, verschleppt oder vergewaltigt werden können. Darf ich dich daran erinnern, dass du versprochen hast, das nie wieder zu tun?«

»Ich weiß, das werde ich nicht«, sagte sie.

»Zurück zum eigentlichen Thema. Du bist herzlich dazu eingeladen hierzubleiben. Du lebst sowieso praktisch hier, abgesehen von den paar Stunden, die du nachmittags bei dir verbringst, wenn ich dich nach deiner Schicht absetze. Kai hat gesagt, es wäre kein Problem für ihn, dich vor der Arbeit abzuholen und danach wieder zurückzufahren. Und wenn er nicht kann, werde ich dafür sorgen, dass ein Freund vom Stützpunkt einspringt.«

»Ich könnte mit Ben fahren, wenn du mir deinen Wagen anvertraust«, schlug Elodie vor.

»Ich vertraue dir alles an, was ich habe, aber es ist sicherer, wenn du nicht allein bist. Wir haben darüber gesprochen.«

Das hatten sie, aber Elodie wollte niemandem zur Last fallen. Es kam ihr nicht mehr sonderbar vor, wenn Scott sie herumchauffierte, aber es war ihr unangenehm, jemand anderen darum zu bitten. »Seit ich hier bin, habe ich nicht mehr das Gefühl, verfolgt zu werden«, argumentierte sie. »Und du hast selbst gesagt, dass dein Team nichts herausgefunden hat, was darauf hindeutet, dass Paul weiß, wo ich bin.«

»Das trifft auf gestern zu, aber das bedeutet nicht, dass es sich nicht jederzeit ändern könnte und er dich aufspürt, während wir weg sind«, konterte Scott. Er beugte sich vor und lehnte seine Stirn gegen ihre. »Du musst in Sicherheit bleiben, solange ich nicht da bin«, sagte er leise. »Aber wenn du wirklich mit meinem Wagen fahren willst, dann werde ich es nicht verbieten.«

Und das war einer der vielen Gründe, warum sie sich in diesen Mann verliebt hatte. Er war nicht anmaßend oder bestimmend. Er sagte seine Meinung, überließ ihr aber letzten Endes die Entscheidung.

»Kai kann mich abholen und wieder nach Hause bringen«, sagte sie schließlich.

Scott richtete sich auf. »Vielen Dank! Da gibt es noch etwas anderes.«

»Etwas anderes? Was?«, fragte sie.

»Sonntag werden wir mit den anderen Männern eine Wanderung zu den Maunawili Wasserfällen machen. Ich weiß, was du über das Wandern gesagt hast, aber ich glaube, es wird dir gefallen. Es sind weniger als fünf Kilometer hin und zurück. Ich bin die Strecke schon mehrmals gegangen. Wir brechen früh am Morgen auf, bevor die Touristen sich auf den Weg machen. Es wird allerdings etwas nass und schlammig werden. Danach fahren wir zu Aleck. Er lebt in einem Apartmentge-bäude mit riesigem Schwimmbecken, Pavillons und Grill.«

Elodie wartete, bis er fertig war, da er offensichtlich nervös war und sehr schnell sprach, damit sie ihn nicht unterbrach. »Klingt lustig.«

Scott starrte sie eine Sekunde lang an, als wollte er ihre Gedanken lesen. »Sagst du das nur oder meinst du es ernst?«

»Ich meine es ernst«, sagte Elodie.

Er seufzte erleichtert. »Gut, die Männer verlieren langsam die Geduld mit mir, weil ich dich nur für mich haben will. Sie haben schon angedroht, dich zu entführen, wenn ich nicht bald ein Treffen arrangiere.«

Elodie lachte, bemerkte aber, dass Scott nicht mitlachte. »Warte, du machst Witze, oder?«

»Nein, kein bisschen.«

Sie schüttelte den Kopf. »Na, dann ist es ja gut, dass ich zugestimmt habe, oder?«

»Jawohl. Ich weiß es zu schätzen, sowohl für mich als auch für dich. Denn wenn sie dich entführt und erschreckt hätten, hätte ich sie um die Ecke bringen müssen.«

Elodie hatte das Gefühl, dass er auch damit nicht scherzte. »Also hast du dir den Plan mit der Wanderung ausgedacht?«

»Ja, und ich dachte, Aleck könnte sich ruhig um die Burger und alles kümmern. Es ist wirklich unglaublich schön bei ihm. Wir haben ihn oft damit aufgezogen, dass er in so einer teuren Wohnung lebt, bis er uns gesagt hat, dass die Wohnung seinen Eltern gehört. Anscheinend haben sie viel Geld und als feststand, dass er hier stationiert sein würde, haben sie ihm die Wohnung überlassen und sich woanders etwas gekauft.«

»Wow«, sagte Elodie.

»Ja, wenn du ihn siehst, würdest du niemals glauben, dass seine Familie reich ist. Ich glaube, er war schon ungefähr sechs Monate im Team, bevor wir es herausgefunden haben. Ich dachte jedenfalls, wir könnten die Vorteile, die seine Wohnanlage bietet, auch nutzen.«

Elodie freute sich darauf, Scotts Freunde und Teamkameraden wiederzusehen. An Bord der *Asaka Express* hatten sie nicht die Gelegenheit gehabt, sich kennenzulernen. Sie hoffte, dass sie sie mochten.

»Du musst dir keine Sorgen machen«, sagte Scott, als er ihre Hand nahm und sie in Richtung Küche zog. »So viel wie ich über dich gesprochen habe, mögen sie dich schon jetzt. Komm schon, ich habe Hunger. Ich habe heute nicht zu Mittag gegessen, weil ich mir Sorgen gemacht habe, wie ich dir am besten beibringe, dass ich für eine Weile wegmuss. Jetzt fühlt es sich an, als würde mein Magen sich selbst auffressen.«

»Scott«, schimpfte sie. »Du darfst keine Mahlzeiten auslassen. Das ist nicht gut für dich.«

»Ich weiß. Was möchtest du heute Abend essen?«

Sie gingen ein paar Optionen durch und entschieden sich schließlich für Sriracha-Hühnchen-Tacos. Die waren schnell gemacht und relativ gesund.

Da Elodie früh zur Arbeit musste, gingen sie zeitig ins Bett. Nachdem Scott sie zweimal zum Höhepunkt gebracht hatte und selbst einmal gekommen war, lagen sie mit verflochtenen Armen und Beinen befriedigt und entspannt nebeneinander.

»Pass nächste Woche auf dich auf«, flüsterte Elodie gegen seine Schulter.

»Du weißt, dass ich das tun werde. Ich habe jetzt eine tolle Frau, zu der ich nach Hause zurückkehren will. Auf keinen Fall habe ich dich nach so langer Zeit gefunden, nur um mich jetzt von irgendeinem Arschloch umbringen zu lassen.«

Sie lächelte. »Ich werde mir jede Sekunde Sorgen um dich machen«, sagte sie zu ihm.

»Das ist angemessen, weil ich das Gefühl habe, dass ich mir auch Sorgen um dich machen werde«, sagte er.

Elodie hob den Kopf und runzelte die Stirn. »Nein, das darfst du nicht. Du musst dich auf deine Mission konzentrieren. Mir wird es gut gehen. Du bist derjenige, der in Gefahr ist.«

»Bis wir genau wissen, was mit Columbus los ist, weißt du das nicht.«

»Ich werde zur Arbeit gehen, den ganzen Tag auf dem Meer sein und dann hierher zurückkommen. Ich werde mich nicht auf der Insel rumtreiben. Ich bleibe in deiner Wohnung.«

»Unserer.«

»Was?«

»Unsere Wohnung«, sagte Scott leichthin.

Elodie lächelte. Das gefiel ihr. Nein, sie liebte es.

»Wenn es also unsere Wohnung ist, dann lässt du mich auch die Hälfte der Miete bezahlen?«

»Auf keinen Fall«, antwortete Scott.

Elodie hatte nicht wirklich erwartet, dass er zustimmte. So war er nun mal. Aber sie konnte andere Wege finden, einen Beitrag zu leisten. Dieser Mann aß viel. Sie könnte Lebensmittel bestellen, so wie sie es in ihrer eigenen Wohnung getan hatte. Er achtete nicht besonders darauf, was sich in seinem

Kühlschrank oder in der Speisekammer befand. Und wenn er vielleicht glaubte, dass sie sich magisch von allein wieder auffüllten, dann machte ihr das nichts aus.

»Du musst mit Kalani über deinen Mietvertrag sprechen«, sagte er. »Es gibt keinen Grund, Miete zu zahlen, wenn du die ganze Zeit hier bist.«

Er hatte recht, aber Elodie war noch nicht bereit, ihr Zimmer aufzugeben. Sie wusste, dass es schwer war, etwas so Billiges und Schönes wiederzufinden. Es war nur ein Zimmer, aber trotzdem. Für sie war es perfekt. Und sie mochte Kalani und wusste, dass sie das zusätzliche Geld gut gebrauchen konnte. So sehr sie glaubte, dass die Dinge zwischen ihr und Scott gut liefen, würde sie außerdem eine Bleibe brauchen, wenn seine Freunde entschieden, dass sie nicht gut zu ihm passte, oder er doch noch seine Meinung änderte. Sie brachte einen unverbindlichen Ton heraus.

Er seufzte unter ihr. »Ich weiß, es ist nicht fair von mir, dich zu bitten, deine Wohnung aufzugeben. Aber das mit uns wird funktionieren, El. Es ist in Ordnung, wenn du die Wohnung behältst, bis du dir sicher bist.«

Sie war sich sicher, dass das der Fall war, aber es schien ihr ein zu großer Schritt zu sein. Sie lebte praktisch schon bei ihm, wie er bereits betont hatte, aber trotzdem. »Danke«, sagte sie nach einer Weile.

Scott umarmte sie und sie zeichnete die Tätowierungen auf seiner Schulter und Brust nach. Sie sahen irgendwie aus wie Zeichnungen auf indianischer Keramik, die sie im Südwesten Amerikas gesehen hatte. Er hatte ihr erzählt, dass er sie direkt nach seinem Eintritt in die Navy bekommen hatte, als die anderen sich auch tätowieren ließen. Er bereute es nicht, aber das Design hatte auch keine tiefere Bedeutung.

»Ich glaube, ich war letzten Monat so zufrieden wie noch nie zuvor«, sagte Scott leise. »Ich weiß, dass die Dinge zwischen uns nicht immer so rosig sein werden, aber nachdem ich gesehen habe, wie gut wir zueinander passen, werde ich mich noch mehr bemühen, kein Arschloch zu sein und das hier zu ruinieren.«

Elodie fühlte sich wie ein Haufen Brei. »Ich glaube nicht, dass du jemals ein Arschloch sein könntest, selbst wenn du es versuchst.«

»Oh doch, das kann ich, aber ich werde mein Bestes geben, es nicht in deiner Gegenwart zu sein.«

Sie kicherte. »Ich fühle mich genauso. Es war mir nie wirklich wichtig, einem Mann zu gefallen. Ich war glücklich mit mir allein und hatte ohnehin keine Zeit. Aber mit dir habe ich das Gefühl, dass du mein bester Freund und mein Partner bist. Es ist schön, jemanden zum Reden zu haben, von dem man weiß, dass er nicht über dich urteilt oder schlecht über dich denkt.«

»Na ja, da war dieses eine Mal, wo du gesagt hast, dass du Pizza mit Ananas magst«, scherzte Scott.

Sie schlug ihm auf den Bauch und stöhnte übertrieben. Er nahm ihre Hand, führte sie an seinen Mund und küsste ihre Handfläche, bevor er seine Finger mit ihren verschränkte und ihre Hände auf seinen Bauch legte. »Wir werden gemeinsam glücklich bis an unser Lebensende sein. Das weiß ich«, erklärte er.

Elodie war zu zufrieden und zu glücklich, um überhaupt versuchen zu können, rational über ihre Beziehung zu denken. Nichts daran war normal gewesen, aber das war okay für sie.

»Geh schlafen, Baby. Ich werde dich rechtzeitig wecken, damit wir zusammen frühstücken können, bevor ich dich zum Hafen fahre.«

Das war nichts Neues, er machte ihr jeden Morgen ein gesundes Frühstück, seit sie das erste Mal in seiner Wohnung übernachtet hatte. »Läufst du morgen früh?«

»Nein, wir trainieren etwas weniger, weil wir nächste Woche auf Mission gehen.«

Elodie hasste es, daran erinnert zu werden, dass er wegmusste, aber sie versuchte, sich nicht davon unterkriegen zu lassen. Es war ein Teil von ihm und sie hatte es die ganze Zeit gewusst. »Okay«, sagte sie schläfrig.

Scott legte seinen Arm fester um sie und sie spürte, wie er sie auf den Kopf küsste.

Das Licht aus dem Bad schien ins Schlafzimmer und erinnerte sie an einen weiteren Grund, warum sie sich so sehr in diesen Mann verliebt hatte. Er kannte ihre Dämonen und tat alles, um sie zu verbannen. Auch wenn das bedeutete, bei eingeschaltetem Licht zu schlafen.

Die Worte »Ich liebe dich« lagen ihr auf der Zunge, aber sie hielt sie zurück. Es schien jetzt nicht der richtige Zeitpunkt zu sein, diese Gefühle herauszulassen. Stattdessen drehte sie den Kopf, küsste seine warme Haut und legte zufrieden ihre Wange auf seine Brust.

Ihr Leben mag nicht so verlaufen sein, wie sie es sich vorgestellt hatte, aber sie bereute nichts, da es sie genau hierher zu diesem Moment geführt hatte.

KAPITEL FÜNFZEHN

Elodie sah überrascht auf den Anfang des Wanderweges. Sie waren früh aufgebrochen und auf dem Hinweg hatte es kaum Verkehr gegeben, da sie das Stadtzentrum von Oahu umfahren hatten, um in die Gegend zu gelangen, in der sich der Ausgangspunkt für den Wanderweg zu den Maunawili Wasserfällen befand.

»Das ist wirklich anders als auf dem Festland, oder?«, sagte Elodie, als sie die nahe gelegenen Häuser betrachtete. Sie fragte sich, ob die Bewohner sich über die Leute ärgerten, die in ihren Straßen parkten, um wandern zu gehen.

»Ja, es ist eine Schande, dass einige Leute keinen Respekt haben«, sagte Scott, als er sich bückte, um eine Plastiktüte voller Müll aufzuheben, die jemand auf die Straße geworfen hatte. Sie half ihm, weiteren Müll aufzusammeln, und sie packten alles auf die Ladefläche seines Pritschenwagens.

Sie hörten einen anderen Wagen hinter sich, drehten sich um und sahen Alecks leuchtend gelben Jeep auf sich zu kommen. Midas, Jag und Aleck stiegen aus, nachdem er hinter Scotts Wagen geparkt hatte.

»Hallo!«, begrüßte Scott seine Freunde mit einem Nicken.

»Sie ist also doch keine Fantasievorstellung«, sagte Jag zu Scott.

»Haha, sehr lustig. Elodie, falls du dich nicht mehr an alle Namen erinnerst, das ist Jag. Das große gelbe Monster gehört Aleck, und wahrscheinlich erinnerst du dich noch an Midas.«

Elodie erinnerte sich an jeden einzelnen, weil Scott ständig über sie sprach. Sie lächelte schüchtern und winkte ihnen lahm zu. Sie wollte ihnen nicht die Hand geben, da das einfach komisch wäre, und eine Umarmung schied aus, weil sie die Männer kaum kannte.

Sie wurde von ihrer Verlegenheit erlöst, als ein weiteres Fahrzeug vorfuhr und Slate und Pid ausstiegen. Es gab eine weitere kurze Vorstellungsrunde und dann waren sie bereit, sich auf den Weg zu machen. Elodie trug eine kurze Hose und ein billiges Paar Turnschuhe aus dem ABC Store. Scott hatte sie gewarnt, dass der Weg sehr schlammig sein würde, also wollte sie nicht ihr einziges anderes Paar schöner Schuhe ruinieren. Unter ihrem T-Shirt und den Shorts trug sie einen Badeanzug, weil Scott ihr von dem kleinen See unter den Wasserfällen am Ende des Weges erzählt hatte. Er hatte ihr auch erzählt, wie viel Spaß es machte, vom Wasserfall hinunter ins Wasser zu springen. Sie war sich aber nicht so sicher, ob sie das tun wollte.

Sie hatten ein paar Snacks, Getränke, Handtücher und Sachen zum Wechseln eingepackt. Scott hatte darauf bestanden, auch einen Erste-Hilfe-Kasten mitzunehmen. Sie nahm an, dass sie sich daran gewöhnen musste, dass dieser Mann immer auf alles vorbereitet sein wollte.

»Bereit?«, fragte Midas die Gruppe.

Alle waren sich einig und Elodie blieb stehen, um das Schlusslicht zu bilden – aber keiner der Männer bewegte sich. Sie starrten sie nur an. »Was ist los?«, fragte sie, ohne nachzudenken.

»Geh los, du kannst hinter Midas gehen«, sagte Aleck zu ihr.

»Ich gehe einfach ganz hinten. Ich möchte euch nicht aufhalten«, sagte sie.

Alle Männer lächelten über ihre Bemerkung. Elodie hatte keine Ahnung, was so lustig war, aber Scott erklärte es ihr.

»Du wirst uns nicht aufhalten. Wir werden uns an dein Tempo anpassen, Baby. Und fürs Protokoll: Das hier ist kein Training. Wir hatten nicht vor, im Rekordtempo zu den Wasserfällen zu marschieren. Wenn du auf dem Weg etwas siehst, das du dir anschauen möchtest, dann werden wir anhalten. Wenn du dich ausruhen musst, machen wir eine Pause. Und auf keinen Fall würden wir dich ohne Rückendeckung als Letztes gehen lassen. Du bleibst zwischen uns. Wenn irgendetwas passiert, du ausrutschst oder ein Grizzlybär aus dem Nichts auftaucht, können wir uns darum kümmern, wie es sich für große böse Navy SEALs gehört.«

Elodie verdrehte die Augen. »In Hawaii gibt es keine Bären«, sagte sie mit einem Lachen.

»Das denkst du«, gab Pid zurück. »Vielleicht ist einer aus dem Zoo abgehauen.«

»In Ordnung«, sagte sie kopfschüttelnd. »Ich werde zwischen euch gehen, aber wenn ich zu langsam bin, sagt es mir einfach.«

»Ja, sicher, das werden wir machen«, entgegnete Scott.

Elodie fühlte sich anfangs etwas schlecht, dass sie die Einzige ohne Rucksack war, änderte aber schnell ihre Meinung, nachdem sie eine Weile gelaufen waren. Der Weg war nicht schwierig. Er schien einem Fluss zu folgen, aber wie Scott gesagt hatte, war es sehr schlammig. Sie musste aufpassen, wo sie hintrat, und nachdem sie ein paarmal ausgerutscht war, hatte sie Schlammspritzer bis an die Oberschenkel.

Es wäre ihr peinlich gewesen, dass sie immer wieder das Gleichgewicht verlor, aber die Männer rutschten genauso aus. Als Midas den Halt verlor, als er über einen Felsen stieg, konnte sie nicht anders als zu lachen. Es hatte einfach komisch ausgesehen, wie er mitten auf dem Weg im Schlamm saß. Zum Glück hatte er sich nicht wehgetan und lachte mit.

Danach fingen sie an, sich zu unterhalten, und sie genoss es, ihn ein wenig besser kennenzulernen.

»Geht es dir gut nach allem, was auf dem Containerschiff passiert ist?«, fragte er.

»Überraschenderweise ja, aber manchmal muss ich an Kapitän Conger denken und fühle mich schlecht«, sagte Elodie.

»Dem Bericht nach zu urteilen hat er alles richtig gemacht. Vielleicht fühlst du dich bei dem Gedanken daran etwas besser. Es war nicht seine Schuld, dass die *Asaka Express* so anfällig für einen Überfall war. Scheinbar wart ihr nur zur falschen Zeit am falschen Ort.«

»Du hast den Bericht gelesen?«, fragte Elodie überrascht.

»Ja, das haben wir alle. Warum?«

»Ich dachte nur ...« Sie zuckte die Achseln. »Ich dachte, diese Art von Mission wäre Routine für euch, und den offiziellen Bericht zu lesen würde irgendwann langweilig werden.« Sie wusste nicht wirklich, wie SEAL-Teams arbeiteten und was ihr Standardvorgehen war, aber es schien ihr seltsam, dass sie sich die Mühe gemacht hatten, eine Mission noch einmal durchzugehen, nachdem sie vorbei war.

»Nun, es ist immer gut, sich noch einmal anzusehen, was wir auf einer Mission getan haben, um aus unseren Fehlern zu lernen und sie bei der nächsten Mission nicht zu wiederholen. Außerdem hast du uns sehr beeindruckt. Das hat uns alle neugierig gemacht, unter welchen Umständen das Containerschiff überhaupt entführt wurde. Wir suchten nach jemandem, dem wir die Schuld geben konnten, stellten aber fest, dass es wirklich niemanden gab. Es waren einfach beschissene Umstände.«

Elodies Respekt für Scotts Team stieg um ein Vielfaches. Sie wusste, dass sie gut ausgebildete Elite-Soldaten einer Spezialeinheit waren, aber sie hatte ehrlich gesagt nicht bemerkt, wie viel Arbeit das sowohl vor als auch nach einer Mission bedeutete. »Was ist deine Geschichte?«, fragte sie. »Ich meine, du könntest auch Profi-Basketballer sein oder so.«

Midas lachte. »Weil ich groß bin? Ich hatte kein Interesse daran, Basketball zu spielen. Ich war Schwimmer. Im Sommer habe ich jeden Tag im Schwimmbad in unserer Nachbarschaft verbracht, von früh bis abends. Ich glaube, mein Vater hätte es gern gesehen, wenn ich mich für einen männlicheren Sport als Schwimmen interessiert hätte, aber da war dieses Mädchen ...« Er verstummte, drehte sich um und zwinkerte Elodie zu. »Sie war zwei Jahre älter als ich. Als ich erfuhr, dass sie im Schwimmteam war und ich bei Wettkämpfen und beim Training mit ihr rumhängen und sie im Badeanzug sehen konnte, war die Entscheidung für mich klar.«

»Warst du gut?«, fragte Elodie.

»Ich war ganz okay«, sagte Midas.

»Er spinnt«, sagte Aleck hinter ihr. »Er hat seinen Spitznamen bekommen, weil er in seinem letzten Jahr an der Highschool drei Goldmedaillen bei den Bundesmeisterschaften gewonnen hat. Er hatte so viele Goldmedaillen, dass alle ihn nur noch Midas nannten.«

»Wow, das ist irgendwie beeindruckend«, sagte Elodie. »Bist du mit diesem Mädchen ausgegangen?«

Midas grinste. »Nein, es stellte sich heraus, dass sie Frauen mochte, aber es gab einige andere Mädchen, die es toll fanden, mit einem gut gebauten Schwimmer auszugehen.«

Elodie lachte. »Richtig, ich bin mir sicher, die hautenge Badehose hat dabei geholfen.« Für eine Sekunde war sie erschrocken, dass ihr diese Bemerkung herausgerutscht war, aber als alle Männer in Lachen ausbrachen, entspannte sie sich.

»Dahingehend verweigere ich die Aussage«, sagte Midas.

»Frag ihn, in welchem Schwimmstil er am besten war«, rief Pid von hinten.

Erstaunlicherweise sah Elodie einen Hauch Schamesröte

auf Midas' Wangen. »Oh mein Gott, du warst Brustschwimmer, oder?«

Midas hob die Schultern. »Ich war auch gut im Kraulen«, fügte er augenzwinkernd hinzu.

Die Männer hinter ihr lachten jetzt so heftig, dass sie keine Ahnung hatte, wie sie sich auf dem schlammigen Weg aufrecht hielten.

Sie hatte Mitleid mit ihm und beschloss, ihn nicht weiter zu ärgern. Sie fragte: »Ist es von Vorteil für deinen Job als SEAL, die Bundesmeisterschaften gewonnen zu haben?«, fragte sie.

»Ja und nein. Wenn wir Einsätze im Wasser haben, kommt es nicht unbedingt auf Geschwindigkeit an. Wir müssen eher versuchen, uns anzuschleichen, oder wir tauchen.«

Das machte Sinn. Die Gruppe kam an eine Stelle des Weges, an der sie den Bach überqueren mussten. Quer durch das Wasser waren Steine im richtigen Abstand angeordnet, aber Midas machte sich nicht die Mühe, sie zu benutzen. Er ging, ohne zu zögern, durch das Wasser.

»Hier, halt dich an meinem Arm fest«, sagte Aleck, als er neben sie trat. Hinter sich sah Elodie, dass Scott den Abschluss ihrer kleinen Gruppe bildete. Es machte ihr nichts aus, dass er nicht an ihrer Seite war. Sie wusste, dass er, ohne zu zögern, zu ihr kommen würde, wenn es so aussah, als wurde es ihr unangenehm oder als würde sie sich unwohl fühlen. Sie schätzte es, dass er ihr den Raum gab, seine Kameraden kennenzulernen.

Sie packte Alecks Arm und tat es Midas gleich, als sie durch das kühle Wasser stapfte, ohne sich darum zu sorgen, dass ihre Füße nass wurden. Sie waren ohnehin bereits durchnässt und es fühlte sich sogar gut an, etwas von dem klebrigen Schlamm abzuwaschen, der hartnäckig an ihren Turnschuhen klebte.

Sie folgten weiter dem Pfad und Elodie ging jetzt hinter Aleck. »Also, du hast eine schicke Wohnung, oder?«, fragte sie.

Ohne sich deswegen zu schämen, nickte Aleck. »Ja, sie ist schön. Drei Schlafzimmer, eine riesige Küche und der Balkon, das ist schon ein Traum. Ich habe den Blick auf den Innenhof und nicht auf das Schwimmbecken, was wirklich großartig ist. Wenn ich mich nach einem langen Tag oder einer Mission erholen möchte, werde ich nicht durch den Lärm von badenden Kindern gestört.«

»Was machen deine Eltern beruflich, wenn ich fragen darf?«

»Du kannst fragen, was du willst. Sie sind im Immobiliengeschäft tätig. Sie haben vor langer Zeit angefangen, ihr eigenes Haus zu vermieten, als sie nach ihrer Hochzeit umgezogen sind und es nicht verkaufen konnten. Von da an ging es irgendwie immer weiter und jetzt besitzen sie so viele Immobilien, dass ich aufgehört habe zu zählen.«

»Ich kann mir nicht vorstellen, etwas zu vermieten, das mir gehört«, sagte Elodie. »Ich habe zu viele Horrorgeschichten über Mieter gesehen und gelesen, um das riskieren zu wollen.«

»Ja, das stimmt. Mir geht es genauso, sehr zum Leidwesen meiner Eltern. Ich weiß, dass sie gehofft hatten, ich würde in ihre Fußstapfen treten, aber als ich der Navy beigetreten bin, wurde ihnen klar, dass ich ein hoffnungsloser Fall bin. Ich muss aber sagen, dass ich jedes Mal dankbar bin, dass sie so erfolgreich sind, wenn ich bei geöffneter Balkontür einschlafe und dabei das Meeresrauschen hören kann.«

»Du hast keine Angst, mit offener Tür zu schlafen? Ich meine, hast du keine Angst, dass jemand hereinkommt?«

Aleck schmunzelte. »Wenn es jemand schafft, hoch zum vierzigsten Stock des Gebäudes zu klettern, um mich auszurauben oder zu töten, während ich schlafe, dann hat er meinen Respekt verdient.«

»Wow, der vierzigste Stock?«

»Er wohnt auf der Penthouse-Etage«, sagte Pid hinter ihr.

Elodie bekam große Augen. »Ernsthaft?«

»Ja, wenn er sagt, dass seine Eltern erfolgreich sind, dann macht er keine Witze«, fügte Midas vor ihnen hinzu.

»Erfolgreich?«, warf Aleck mit einem Schnauben ein. »Sie

sind so verdammt reich. Oh, es tut mir leid, dass ich geflucht habe.«

Elodie winkte ab. »Das hätte ich nie gedacht. Ich meine, du bist ...« Sie verstummte, bevor sie etwas sagte, das Scotts Teamkameraden beleidigen könnte.

Aleck lachte. »Du meinst, ich scheine nicht verwöhnt zu sein? Das bin ich auch nicht. Meine Eltern haben immer dafür gesorgt, dass ich wusste, wie glücklich ich mich schätzen konnte, als ich aufwuchs. Wir haben viel freiwillig in unserer Kirche und bei anderen Einrichtungen ausgeholfen, die sich für Menschen engagieren, die weniger Glück hatten. Meine Eltern haben sich den Arsch aufgerissen, um das zu erreichen. Ich bin froh, dass sie sich um ihren Ruhestand keine Sorgen machen müssen. Sie haben alles verdient, was sie haben.«

»Und er arbeitet daran, sie für seine Wohnung zu bezahlen«, warf Pid ein. »Nur für den Fall, dass du dachtest, dass er vom Geld seiner Eltern lebt.«

»Sie sind hartnäckig«, fügte Aleck hinzu. »Jedes Mal wenn ich ihnen Geld überweise, zahlen sie denselben Betrag auf das Rentenkonto ein, das sie als Kind für mich eingerichtet haben. Es ist nervig.«

»Oh ja, armes Baby. Total nervig«, scherzte Elodie.

»Hey, pass auf«, gab Aleck zurück.

Elodie dachte, er würde gleich kontern, also verdrehte sie die Augen. Aber eine Sekunde später stolperte sie über eine Baumwurzel, die in der Mitte des Weges aus dem Boden ragte. Sie stolperte in Alecks Rücken und warf ihn um. Kurz bevor sie übereinander fielen, packte Pid sie von hinten an der Taille.

Für eine Sekunde hatte Elodie keine Ahnung, was passiert war. Dann bemühte sie sich, nicht über den armen Aleck zu lachen. Er war mit dem Gesicht voran in einer Schlammpfütze gelandet. Als er aufstand, war er buchstäblich von Kopf bis Fuß mit dunkelbraunem Matsch bedeckt.

»Es tut mir leid«, stotterte sie. »Ich dachte, du würdest auf meinen bissigen Kommentar antworten. Ich wusste nicht, dass du mich tatsächlich vor etwas warnen wolltest! Aber ... oh mein Gott ... du siehst einfach zu komisch aus.«

Alle lachten jetzt los, also fühlte Elodie sich nicht schlecht, als sie mitlachte.

Dann machte Aleck einen Satz nach vorne und, bevor sie reagieren konnte, legte er seine Arme um sie und zog sie in eine dicke Umarmung.

»Igitt! Eklig! Nein!«, kreischte sie und versuchte, sich aus seinem Griff zu lösen. Als er sie endlich losließ, sah Elodie an sich hinunter und bemerkte, dass er es geschafft hatte, einiges von dem Matsch an ihr abzuwischen.

»So, jetzt sind wir quitt«, sagte Aleck mit einem Grinsen. Seine Zähne sahen in seinem schlammverschmierten Gesicht sehr weiß aus und er schien schrecklich stolz auf sich zu sein.

Elodie drehte sich zu den anderen Männern um und sah, dass Scott genauso heftig lachte wie die anderen. Sie versuchte, ein ernstes Gesicht zu behalten und sich aufzuregen, aber sie schaffte es nicht. Sie fing an zu kichern und konnte bald nicht mehr aufhören. Die sieben Gestalten mussten von Weitem wie Wahnsinnige ausgesehen haben, wie sie dort mitten auf dem Weg standen und lachten, aber es war ihr egal.

Genau das hatte sie gebraucht.

Diese Männer waren so bodenständig. Sie hätte wissen müssen, dass sie erstaunliche Menschen sein würden, so wie Scott über sie gesprochen hatte.

»Komm schon«, sagte Aleck und streckte seine Hand aus. »Waffenstillstand?«

Sie schlug sofort ein. Sie mochte Scotts Freunde. Sie behandelten sie wie ihre kleine Schwester, obwohl sie wusste, dass sie älter war als die meisten von ihnen.

Aleck hielt ihre Hand und half ihr durch den Schlamm, in den er gefallen war. Er ließ sie los, als sie auf der anderen Seite waren. Dann setzten sie ihre Wanderung fort. Sie lachte und scherzte mit Midas, Aleck und Pid, als sie weiter zum Wasserfall gingen. Sie hatte sehr viel Spaß dabei, die drei Männer kennenzulernen. Jag, Slate und Scott gingen weiter hinten und unterhielten sich leise.

Es dauerte nicht so lange, wie sie erwartet hatte, bis sie die Maunawili Wasserfälle erreichten. Auf dem Weg hatte es einige schöne Aussichtspunkte auf die umliegenden Berge gegeben. Aleck hatte ihr in der Ferne Kailua gezeigt, aber Elodie hatte schon seit Langem nicht mehr so etwas Schönes wie diesen Wasserfall gesehen.

Sie spürte, wie jemand einen Arm um ihre Taille legte, als sie am Rand des Sees am Fuß der Wasserfälle stand und starrte.

»Hübsch, nicht wahr?«, fragte Scott.

»Es ist wunderschön«, hauchte sie.

»Komm schon, da drüben ist ein guter Ort, um unsere Sachen abzustellen, damit wir schwimmen gehen können.«

Sie folgte dem Rest seiner Freunde, die das offensichtlich schon öfter getan hatten. Sie stellten ihre Rucksäcke ab und Aleck war der Erste, der sich auf den Weg zum Gipfel des Wasserfalls machte.

»Wird er wirklich springen?«, fragte sie.

»Oh ja«, sagte Scott. »Wir alle werden springen.«

Elodie schüttelte den Kopf. »Ihr vielleicht.«

»Es macht Spaß«, beharrte Scott.

»Es ist ein Aufnahmeritual«, sagte Pid. »Du musst es machen.«

»Wir sind doch nicht mehr an der Highschool und Gruppenzwang zieht bei mir nicht«, konterte sie.

»Komm schon, du verpasst etwas«, versucht Midas, sie zu überzeugen.

»Nein, das wird nicht passieren. Es ist vielleicht nicht das Meer, aber da gibt es trotzdem Lebewesen im Wasser«, sagte Elodie.

Scott blieb bei ihr, als die anderen Männer den Wasserfall hochkletterten – bis ganz nach oben – und mit lautem Gebrüll heruntersprangen.

Elodie musste lächeln, als sie ihre Mätzchen beobachtete. Sie waren wie kleine Kinder, die sich großartig amüsierten.

»Hast du Spaß?«, fragte Scott. Er stand jetzt hinter ihr und hatte seine Arme um ihre Taille und sein Kinn auf ihre Schulter gelegt.

Elodie nickte.

»Die Kerle gehen dir nicht auf die Nerven, oder?«

»Überhaupt nicht.«

»Gut, ich habe sie gebeten, sich von ihrer besten Seite zu zeigen.«

Elodie schüttelte den Kopf. »Das hättest du nicht tun müssen«, sagte sie.

»Äh, doch, das musste ich. Sonst hätten sie dir peinliche Geschichten über mich erzählt.«

Elodie drehte sich in seinen Armen herum. »Ach ja?«, fragte sie und hob eine Augenbraue. »Vielleicht möchte ich diese Geschichten hören.«

»Nein, das möchtest du nicht«, sagte Scott zu ihr. »Bist du sicher, dass du nicht springen willst?«

»Sehr sicher. Aber du mach nur. Ich weiß, dass du es möchtest.«

Sie merkte genau, wie sehr er sich danach sehnte, als er sie abwesend küsste und dann den Pfad zur Spitze des Wasserfalls hinauflief.

Elodie setzte sich auf einen Felsen und beobachtete ihren Freund und seine Kameraden dabei, wie sie sich wieder in Teenager verwandelten und riesigen Spaß hatten, als sie immer wieder den Wasserfall hinaufkletterten und heruntersprangen.

Irgendwann kam Pid und setzte sich neben sie. Er zog seinen Rucksack hervor, holte zwei Flaschen Wasser heraus und reichte ihr eine. Sie tranken und saßen eine Weile schweigend nebeneinander, bis Pid sagte: »Du hast das Richtige getan.«

Verwirrt sah Elodie ihn an. »Wie bitte?«

»Du hast das Richtige getan«, wiederholte er. »Ich bin sicher, Mustang hat es dir erzählt, aber ich bin der Elektronikexperte im Team und habe mich etwas mit der Columbus-Familie befasst. Es war sehr klug von dir, von dort zu verschwinden.«

Elodie war sich nicht sicher, ob sie jetzt über ihre Vergangenheit nachdenken wollte, wo sie gerade so entspannt war und Spaß hatte. Sie war aber auch neugierig, was Pid herausgefunden haben könnte. »Danke«, sagte sie.

»Während der letzten Jahrzehnte gab es in der Columbus-Familie viele interne Unruhen. Familienmitglieder, die an die Macht wollten, haben ihre eigenen Angehörigen umgebracht. Drogenhandel, Erpressung und Geldverleih zu Wucherzinsen sind ihre Hauptmethoden, um Geld zu machen. Ganz abgesehen von Mord. Das scheint ihre Universallösung für Leute zu sein, die sie nicht mögen oder die nicht tun, was sie wollen. Wenn du an diesem Abend das Gift benutzt hättest, hätten sie dich genau da gehabt, wo sie dich haben wollten. Sie hätten dich erpresst, um weiterhin das zu tun, was sie von dir verlangten. Und wenn du dich geweigert hättest, wärst du genau dort gelandet, wo all die anderen Menschen gelandet sind, die sie nicht kontrollieren konnten.«

Elodie begann zu zittern, zog die Knie an ihre Brust und schlang ihre Arme darum. »Ich habe vielleicht das Richtige getan, aber warum muss das Richtige so schwer sein ... und beängstigend?«

Pid beugte sich vor und stupste sie mit seiner Schulter an. »Der einzige einfache Tag war gestern.«

Sie sah ihn verwirrt an. »Was?«

»Das ist eines unserer SEAL-Mottos. Es bedeutet, dass man jeden Tag härter arbeiten muss als am Tag zuvor. Aber wenn man jeden Tag hart arbeitet und dann auf das zurückschaut, was man geschafft hat, erscheint einem der vergangene Tag einfach gewesen zu sein.«

»Ich bin mir nicht ganz sicher, ob ich das beruhigend finde«, sagte sie mit einem kleinen Stöhnen.

Pid rümpfte die Nase. »Okay, wenn ich es aus deiner Perspektive betrachte, war es vielleicht nicht gerade der beste Motivationsspruch.«

Das war es tatsächlich nicht, aber Elodie fühlte sich trotzdem besser. Dieser Mann versuchte, ihr zu helfen. Er kannte sie nicht, er schuldete ihr nichts und dennoch half er ihr. Sie legte ihre Hand auf seinen Arm. »Danke Pid.«

»Wofür?«

»Dafür, dass du versuchst, mir zu helfen.«

»Nun«, sagte Pid, »du gehörst jetzt zu Mustang, und er ist einer der besten Männer, die ich je in meinem Leben getroffen habe. Er hat mir so oft das Leben gerettet, dass ich es nicht mehr zählen kann. Ich würde alles für ihn tun. Mit dir zusammen zu sein macht ihn glücklicher, als ich ihn jemals zuvor gesehen habe, und ich möchte, dass das so bleibt. Wir waren schon auf diesem Containerschiff beeindruckt von dir. Es ist mir also eine Ehre, dir zu helfen. Wenn einer von uns bedroht wird, dann sind wir alle bedroht. So war es schon immer und so wird es immer sein.«

Elodie gefiel die enge Freundschaft, die Scott mit diesen Männern hatte. Daher war es ihr egal, ob sie ihr nur halfen, weil sie mit Scott zusammen war.

»Fühlst du dich nicht unwohl mit dem ganzen Schlamm am Körper?«, fragte Aleck hinter ihnen.

Elodie erschrak so sehr, dass sie fast von dem Felsen gefallen wäre, auf dem sie saß, wenn Pid sie nicht am Arm gepackt hätte. Sie schaute hinter sich und bemerkte, wie das Wasser von Alecks Haaren tropfte. Er hatte sein Hemd ausgezogen und sie konnte nicht anders, als seinen Körper bewundernd anzusehen. Sie fühlte sich nicht sexuell zu ihm hingezogen, aber sie wusste einen guten Körperbau zu schätzen.

»Mir geht es gut.«

»Du musst ja nicht von oben herunterspringen, aber ich fühle mich schuldig, wenn du den ganzen Weg bis zum Parkplatz mit diesen Schlammflecken gehen musst. Das Wasser ist kalt, aber es ist erfrischend. Bitte?«

Elodie seufzte. Wie konnte sie da noch widersprechen? Und Aleck hatte recht, der Schlamm war klebrig und begann, an ihren Beinen zu jucken. »Okay, aber wenn mich eine Anakonda unter Wasser zieht, erwarte ich, dass ihr mich alle rettet.«

»Abgemacht«, rief Aleck glücklich aus. »Komm schon.«

Sie nahm seine Hand und ließ sich von ihm zum Rand des kleinen Sees führen. Er sprang sofort ins Wasser, während Elodie sich bückte, um ihre Schuhe auszuziehen.

»Lass sie an«, sagte Jag zu ihr.

Elodie sah auf. Jag hatte bisher nicht viel gesagt, weder zu ihr noch zu den anderen. Sie nahm nicht an, dass er unhöflich war, es war vermutlich nur seine Persönlichkeit. Er war der stille, aber tödliche Typ. Zumindest war das der Eindruck, den sie von ihm hatte. Er war der Kleinste im Team, aber trotzdem ein paar Zentimeter größer als sie.

»Auf dem Grund liegen ein paar scharfkantige Steine. Ganz zu schweigen davon, dass deine Schuhe eine Wäsche vertragen können«, erklärte Jag.

Elodie nickte und beschloss, auch ihr Hemd und ihr Shorts anzubehalten. Ja, sie trug einen Badeanzug darunter, aber sie wollte erst den Schlamm abwaschen und sich dann ausziehen. Sie war sehr dankbar, dass Scott darauf bestanden hatte, Sachen zum Wechseln für sie beide in den Rucksack zu packen. Sie hatte es in dem Moment für übertrieben gehalten, aber offensichtlich wusste er, was er tat.

Vorsichtig watete sie ins Wasser – dann schrie sie vor Lachen auf, als Scott hinter ihr auftauchte und sie in seine Arme zog. Er ging ins Wasser und hielt sie oben.

»Lass mich nicht fallen!«, rief sie und legte ihre Arme um seinen Hals.

Er grinste sie an.

»Ich meine es ernst«, drohte sie, aber sie glaubte selbst nicht, dass sie überzeugend klang.

Er ging tiefer ins Wasser, bis sie es an ihrem Hintern spürte. Sie versuchte, sich hochzudrücken, um der Kälte zu entkommen, jedoch erfolglos.

»Halt dich fest«, sagte Scott zu ihr.

Sie wollte ihn nicht loslassen und Elodie schloss die Augen in der Erwartung, dass er sie fallen ließ. Aber stattdessen hielt er sie fest und tauchte zusammen mit ihr unter.

Es war eiskalt. Die Jungs hatte immer wieder gesagt, es wäre »frisch«, aber das war absolut untertrieben.

Nachdem beide untergetaucht waren, stand Scott sofort wieder auf und Elodie schnappte nach Luft. »Heilige Scheiße, das ist ja Eiswasser«, sagte sie.

Er lachte. »So schlimm ist es nicht.«

»Sicher, ihr seid ja auch große böse Navy SEALs und unempfindlich gegen Kälte.«

Er ging weiter zurück ans Ufer, ließ sich wieder nieder und setzte sich auf einen großen Felsbrocken im Wasser. Das Wasser reichte ihm ungefähr bis zur Brust. »In einer Sekunde wirst du dich daran gewöhnt haben.« Dann zog er sie auf seinen Schoß unter Wasser ... und strich mit einer Hand an ihrem Körper entlang. Er streichelte ihren Oberschenkel, dann ihren Bauch, dann ihre Brust.

Elodie bekam große Augen, als seine Berührung intimer wurde.

»Scott?«

»Ich befreie dich nur von dem Schlamm«, sagte er mit einem Glänzen in den Augen.

Elodie sah sich nervös um.

»Niemand schaut zu«, sagte er. »Und ich würde niemals etwas Unangemessenes tun, das dich vor meinen Freunden oder sonst jemandem in Verlegenheit bringen könnte.«

Sie musste zugeben, dass sie sich dank seiner Berührung

und des Untertauchens langsam an die Wassertemperatur gewöhnte. Elodie entspannte sich und vertraute darauf, dass Scott sie festhielt. »Danke, dass du diese Idee für heute hattest. Ich habe viel Spaß und es ist schön, deine Freunde kennenzulernen.«

»Sie mögen dich«, sagte Scott.

Elodie zuckte die Achseln. »Es wird etwas länger dauern, bis wir uns wirklich kennen, aber es ist offensichtlich, dass ihr euch alle sehr nahesteht. Ich fühle mich geehrt, zumindest ein wenig Teil eurer Gruppe sein zu dürfen, wenn das Sinn macht.«

»Das macht Sinn. Fühlst du dich jetzt wohler?«

»Mit ihnen?«

»Mit ihnen und im Wasser.«

»Ja, beides.«

»Gut.« Er stand auf und ließ sie los. Elodie bemerkte, dass das Wasser nicht wirklich sehr tief war. Sie stellte sich hin und das Wasser reichte ihr bis knapp unter die Brust. Scott zog sie wieder an sich und sie kuschelte sich gegen ihn. Er hatte sein Hemd ausgezogen und es gefiel ihr, wie die Sonne auf seiner braunen Haut und seinem Tattoo schimmerte. Wasser tropfte aus seinem Bart und ihr wurde wieder klar, wie gut ihr Mann aussah. Sie ging auf die Zehenspitzen und er senkte sofort den Kopf. Der Kuss war intim und tief, aber sie hielten es kurz.

Stimmen drangen vom Wanderweg in ihre Richtung und als Elodie sich umdrehte, bemerkte sie, dass sie nicht mehr allein waren.

»Und hier kommen sie«, murmelte Scott.

Sie war enttäuscht, wusste aber, dass das hier öffentliches Gelände war. Touristen war es genauso erlaubt, hierherzukommen, wie ihnen.

»Komm schon, Mann! Noch ein paar Sprünge, bevor hier alles überrannt wird«, rief Midas.

»Geh schon«, sagte Elodie, als er zögerte.

»Bist du sicher?«

»Na klar. Mir geht es gut.«

Scott grinste sie verlegen an und küsste sie dann noch einmal fest und schnell, bevor er sich umdrehte und ans Ufer ging.

Elodie tauchte unter und strich sich ihre Haare zurück, bevor sie sich daranmachte, den Rest des Schlamms aus ihrem Hemd und ihrer Hose zu waschen. Dann ging sie zurück zu dem Platz, an dem sie ihre Sachen gelassen hatten, und zog sich aus. Sie war ein wenig verlegen und daher erleichtert, dass Scott und sein Team anderweitig beschäftigt waren. Sie hatte bemerkt, dass sie kein Problem damit gehabt hatten, ihre Hosen auszuziehen, um im Wasser herumzutoben. Aber trotz Scotts Verehrung ihres Körpers bei ihrem allabendlichen Liebesspiel fühlte sie sich nicht besonders wohl, sich vor dieser offensichtlich durchtrainierten Navy-Spezialeinheit auszuziehen.

Sie setzte sich wieder auf den Felsen in der Nähe ihrer Rucksäcke und sonnte sich, während die Männer eine Wasserschlacht mit ein paar Teenagern anfingen. Dann zeigten sie ihnen, wie sie auf die verschiedenen Ebenen des Wasserfalls gelangen konnten, um herunterzuspringen. Als es um den Wasserfall herum zu voll wurde, waren alle bereit, sich auf den Rückweg zu machen.

Elodie zog neue Kleidung an und sie machten sich auf den Weg. Diesmal führte Slate die Gruppe an. Alle machten sich über ihn lustig, weil er so ungeduldig war. Jetzt, wo der Spaß vorbei war, wollte er nur noch zurück. Elodie konnte ihm jedoch nicht wirklich einen Vorwurf machen. In nassen Schuhen und Socken sowie einem feuchten Badeanzug zu gehen, war nicht gerade bequem.

Sie starrte auf Slates breite Schultern, während sie gingen, und sah zwischen ihm und dem Weg unter ihren Füßen hin und her. Der große Mann überraschte sie, als er sich umdrehte und sagte: »Lass es mich wissen, wenn ich zu schnell gehe.«

»Werde ich. Danke.«

»Hältst du noch durch?«, fragte er.

Elodie war noch überraschter, dass er ein Gespräch initiierte. Er und Jag waren den ganzen Tag ziemlich still gewesen. »Ja, ich war mir in Bezug auf diese Wanderung zunächst nicht sicher, aber sie ist großartig.«

»Ich meinte auch alles andere.«

»Oh, ich denke schon. Ich habe nicht wirklich eine Wahl.«

»Du hast immer eine Wahl«, sagte Slate. »Egal was im Leben passiert, du hast immer eine Wahl. Du könntest dich für das Falsche entscheiden, aber du hast eine Wahl.«

Elodie fragte sich, welche falsche Entscheidung er oder vielleicht jemand, der ihm nahestand, in der Vergangenheit getroffen hatte. Es klang so, als würde er aus eigener Erfahrung sprechen.

»Du hast recht. Ich habe mich entschieden, diesen Job in New York anzunehmen, ohne viel darüber nachzudenken. Ich hätte wissen müssen, dass es zu schön war, um wahr zu sein. Aber ich habe mich von der Gelegenheit, aus dem Restaurantgeschäft auszusteigen, und dem Gehalt blenden lassen.«

Slate grunzte zustimmend. Es war nicht gerade eine Ermutigung weiterzureden, aber sie tat es trotzdem. Sie sprach leise, sodass nur Slate und vielleicht Jag hinter ihr sie hören konnten. »Und ich habe mich entschieden, diese Stelle auf dem Containerschiff anzunehmen, weil ich gehofft hatte, dass es mich so weit wie möglich von New York wegbringen würde. Und es sind trotzdem schlimme Dinge passiert. Aber jetzt bin ich hier. Ich weiß noch nicht, ob meine Entscheidung, nach Hawaii zu kommen, auch nach hinten losgehen wird und ich damit auch Scott in Gefahr gebracht habe, aber du musst mir glauben, wenn ich dir sage, dass ich alles in meiner Macht Stehende tun werde, um das zu verhindern.«

»Auch weggehen?«, fragte Jag.

Ja, sie hatte recht gehabt. Er hatte sie hören können. Sie drehte sich zu ihm um und nickte. »Ja.«

Jag nickte zurück, als hätte sie gesagt, was er hören wollte.

»Das wird nicht nötig sein«, sagte Slate und Elodie drehte sich wieder nach vorne. »Wenn jemand aus dieser Familie es schafft, dich aufzuspüren und zu bedrohen, werden wir uns darum kümmern.«

»Warum?«, fragte Elodie. »Ich bin eine Fremde für euch und bringe möglicherweise euren Freund in Gefahr.«

»Weil wir Verbrecher nicht mögen«, sagte Jag. »Wir verbringen unsere gesamte militärische Karriere damit, gegen solche Arschlöcher zu kämpfen, die Unschuldigen nachjagen.«

»Und wir mögen dich«, fügte Slate hinzu

Elodie blinzelte. Er mochte sie? Slate hatte den ganzen Tag nur ein paar Worte mit ihr gewechselt, abgesehen von den letzten Minuten. Aber seine Bestätigung bedeutete ihr die Welt. Sie konnte verstehen, dass sie ihr um Scotts willen halfen, das hatte sie sogar erwartet. Das hatte Pid auch bereits bestätigt. Aber aus Slates Mund zu hören, dass er sie mochte, das fühlte sich an wie ein Sechser im Lotto. Sie konnte sich nicht vorstellen, dass Slate so etwas vielen Menschen gegenüber sagte.

»Und nur fürs Protokoll, sollte jemals jemand Hand an dich legen, werde ich ihn erledigen«, fügte Jag hinzu.

Elodie zitterte fast. Ja, er war definitiv der stille, aber tödliche Typ. Sie nahm sich vor, es sich niemals mit ihm zu verscherzen.

»Danke Leute«, sagte sie. »Ich kann gar nicht in Worte fassen, wie viel mir das bedeutet. Aber um ehrlich zu sein, mache ich mir im Moment mehr Sorgen um Scott als um mich selbst. Er hat es nicht verdient, dass er wegen meiner Scheiße Ärger bekommt. Versprecht mir, dafür zu sorgen, dass er nichts tut, was ihn bei der Navy in Schwierigkeiten bringen könnte, okay? Er lebt für diesen Job und wenn meinetwegen etwas passiert, das zu seiner Entlassung führt, würde das uns beide zerstören.«

»Wir passen auf ihn auf – und auf dich«, sagte Slate zu ihr.

»Herrgott, habt ihr es irgendwie eilig?«, rief Aleck hinter ihnen her.

Elodie wurde jetzt erst bewusst, dass sie beim Sprechen angefangen hatte, schneller zu gehen. Vielleicht war es unterbewusst passiert, damit Scott nicht mithörte.

Ohne lange nachzudenken, drehte sie sich um und schrie: »Was ist los? Kannst du nicht mehr mithalten, Aleck?«

Alle lachten. Es fühlte sich gut an, mit diesen Kerlen zu spaßen. Aleck und die anderen fingen an zu joggen, um sie einzuholen, und die Männer begannen, sich gegenseitig aus Spaß zu schubsen, als jeder von ihnen versuchte, die Führung zu übernehmen. Elodie ging aus dem Weg und beobachtete mit einem breiten Grinsen auf dem Gesicht das Spektakel. Sie wandte sich an Scott, der neben ihr aufgetaucht war. »Machst du nicht mit?«

»Oh nein«, sagte er. »Ich habe nur einen Satz saubere Klamotten dabei und ich möchte ungern schlammbedeckt zu Alecks Wohnung fahren.«

Die Männer beruhigten sich bald wieder und setzten ihren Weg zum Parkplatz fort. Alle paar Minuten kamen sie an einer Gruppe von Touristen vorbei und Elodie war froh, dass sie so früh aufgestanden waren, um den Menschenmassen aus dem Weg zu gehen. Ihr Magen knurrte. Sie bemerkte, dass es kurz vor Mittag war.

Ohne dass sie fragen musste, holte Scott einen Müsliriegel heraus und gab ihn ihr.

Elodie lächelte und seufzte zufrieden. Sie war wirklich glücklich. Ihr Leben war zwar nicht perfekt, es schwebte immer noch eine große dunkle Wolke über ihrem Kopf, aber in diesem Moment mit diesen sechs Männern im Schlamm spazieren zu gehen und von ihnen wie ein Teammitglied behandelt zu werden, war schön. Sie war zufrieden.

KAPITEL SECHZEHN

Mustang stand unter dem Pavillon und beobachtete Elodie, die neben Jag am Grill stand und bei der Zubereitung der Burger half. Sie hatte sich an diesem Morgen außergewöhnlich wacker geschlagen und er war erleichtert, dass sie sich so gut mit seinen Freunden verstand. Er war mit der Wanderung ein Risiko eingegangen, obwohl er eine relativ kurze und nicht sehr anstrengende Route gewählt hatte. Es war schön zu sehen, wie sie gelacht und sich mit den Männern unterhalten hatte.

»Sie ist ein guter Mensch«, sagte Midas, der neben Mustang stand und aus einer Wasserflasche trank.

Das war sie definitiv. »Glaubst du, es wird ihr gut gehen, wenn wir nächste Woche wegmüssen?«, fragte Mustang.

»Ja«, sagte Midas, ohne zu zögern.

Bei seiner sofortigen Reaktion entspannte Mustang sich für den Bruchteil einer Sekunde.

»Pid hat Paul Columbus und seine Gangsterbosse überprüft und sie sind alle dort, wo sie sein sollten – in New York.«

»Das heißt nicht, dass sie nicht einen Auftragsmörder schicken könnten, um die Drecksarbeit zu erledigen«, warf Mustang ein. Sie hatten schon mal darüber gesprochen und seitdem beschäftigte es ihn.

»Das stimmt, aber im Moment scheint es so, als hätte Paul alle Hände voll zu tun, seine Position als Familienoberhaupt zu verteidigen. Jerry Columbus versucht zu übernehmen. Ich sage nicht, dass er aufgegeben hat, denn so ein Typ vergibt niemals einen Verrat. Er wird auch nicht zugeben wollen, dass Elodie ihm entkommen ist. Das würde ihn schwach aussehen lassen. Ich glaube, im Moment weiß er nicht, wo Elodie sich aufhält.«

»Elodie hat ihn nicht verraten«, sagte Mustang streng.

»So habe ich es nicht gemeint. Ich weiß, dass es nicht so war, aber er wird das anders sehen. Sie war eine Angestellte der Columbus-Familie, und von denen wird erwartet, dass sie gehorchen. Sie hat sich ihm direkt widersetzt, als sie sich geweigert hat, dieses Gift unter das Essen zu mischen. Das wird er nicht einfach vergessen.«

Mustang nickte und holte tief Luft. »Ich weiß. Du hast recht.«

»Okay, wissen wir, wie lange wir ungefähr für diese Mission weg sein werden?«

»Eine Woche, vielleicht zehn bis zwölf Tage.«

»Es wird ihr gut gehen, Mustang«, sagte Midas. »Sie ist schlau, geht kein Risiko ein und hat es monatelang allein geschafft, sich vor ihm zu verstecken.«

Mustang nickte erneut. Sein Freund hatte recht. Elodie war nicht dumm. Sie war äußerst vorsichtig und tat alles, um nicht aufzufallen. Er hasste es, sie in der Öffentlichkeit »Melody« nennen zu müssen, aber er verstand, warum es notwendig war. Sie verbrachten viel Zeit zusammen in seiner Wohnung. Sie schauten Filme, kochten, liebten sich und verbrachten einfach Zeit miteinander. Sie schien nicht viel soziale Interaktion zu brauchen. Das trug dazu bei, sie zu schützen.

»Die Burger sind fertig!«, rief Jag vom Grill.

Mustang und seine Teamkameraden traten näher und füllten ihre Teller. Er biss von seinem Hamburger ab und wäre fast nach hinten übergekippt.

»Heilige Scheiße, Jag, das schmeckt unglaublich«, sagte Aleck mit vollem Mund.

»Ja, was hast du da reingetan?«, fragte Midas.

Jag zuckte die Achseln und deutete mit dem Kopf zu Elodie. »Das war ich nicht. Als ich in die Küche kam, um das Fleisch zu holen, habe ich gesehen, wie Elodie daran rumgebastelt hat. Das ist das Ergebnis.«

Mustang strahlte, als die anderen Elodie lobten und fragten, was sie gemacht hatte, damit die Hamburger so gut schmeckten. Er hatte ihr den ganzen Tag den Freiraum gelassen, seine Freunde kennenzulernen. Er war natürlich jederzeit bereit gewesen einzugreifen, wenn jemand eine Grenze überschritt oder sie sich unbehaglich fühlte. Elodie hatte sich aber behaupten können, wenn die Kerle etwas intensiver wurden.

»Ihr tut so, als hättet ihr noch nie einen guten Hamburger gegessen«, sagte sie kopfschüttelnd.

»Ich dachte eigentlich, dass ich ein ziemlich guter Grillmeister sei«, sagte Pid mit zusammengebissenen Zähnen. »Aber das schmeckt wie in einem Fünf-Sterne-Restaurant.«

Elodie lachte. »Nun, ich war einmal Köchin in einem Fünf-Sterne-Restaurant«, sagte sie.

»Verdammt, Mustang, pass besser auf, sonst klaue ich dir dein Mädchen«, sagte Aleck.

»Keine Chance, Aleck«, erwiderte Mustang und entschied, dass es an der Zeit war, seine Frau zurückzufordern.

Er ging zu Elodie hinüber, die neben einem Tisch mit Gewürzen und Snacks stand. In der Sekunde, in der er sich neben sie stellte, legte sie ihren Arm um seine Taille und lehnte sich an ihn. Es fühlte sich verdammt gut an.

»Wenn ihr wirklich das Geheimnis für einen guten Burger wissen wollt, es ist ziemlich einfach. Mit dem Finger eine kleine Delle in die Mitte drücken, nur mit Salz und Pfeffer würzen und beim Grillen auf hoher Stufe auf keinen Fall zusammendrücken. Am besten nur einmal wenden. Lasst die Hitze einfach ihre Arbeit machen und spielt nicht mit dem Fleisch herum, während es auf dem Grill liegt. Sobald es fertig ist, einen Moment ruhen lassen, damit sich die Hitze und verbliebene Feuchtigkeit im Fleisch verteilen kann. Wenn man den Burger sofort durchschneidet oder hineinbeißt, dann läuft er einfach nur aus. Oh ... und unterschiedliche Käsesorten verwenden. American Cheese und Cheddar sind okay, aber ich habe Monterey Jack und Munster verwendet, für etwas mehr Biss.«

»Aleck hat Munster Käse in seinem Kühlschrank?«, fragte Midas mit gespielter Überraschung.

»Ja, das habe ich, du Idiot«, entgegnete Aleck. »Ich mag vielleicht auch Erdnussbutter und Thunfisch, aber ich bin in Country Clubs aufgewachsen und weiß, was guter Geschmack ist. Nicht der Dreck, den ihr die ganze Zeit esst.«

Mustang lächelte, als seine Freunde miteinander scherzten. Er beugte sich vor und küsste Elodie auf den Kopf. »Amüsierst du dich?«, fragte er leise.

»Sehr«, antwortete sie. »Ich mag deine Freunde wirklich.«

»Gut, weil ich das Gefühl habe, dass sie dich nach diesen Burgern bei jedem Treffen, bei dem es etwas zu essen gibt, werden dabeihaben wollen. Nicht dass sie dich nur dabeihaben wollen, weil du gut kochen kannst ... ich meine, weil du Köchin bist, aber ... oh je. Ich halte jetzt lieber die Klappe, bevor ich mich noch um Kopf und Kragen rede.«

Sie lachte. »Schon in Ordnung, ich weiß, was du meinst. Und ehrlich gesagt macht es Spaß, für oder mit Freunden zu kochen. Für eine Weile hatte ich den Spaß am Kochen verloren. Die Zubereitung von Mahlzeiten für eine zwanzigköpfige Besatzung oder in einem Restaurant ist nicht dasselbe. Es wird schnell eintönig.«

»Das kann ich mir vorstellen. Hast du schon darüber nachgedacht, was du tun möchtest, wenn diese Sache mit Columbus hinter dir liegt?«

»Nein.«

Ihre Antwort war knapp ... und klang fast etwas verbittert.

»El?«

Sie seufzte und sah zu ihm auf.

»Was ist los?«

»Es ist nur … ich kann nicht weiter als an den heutigen Tag denken. Ich habe keine Ahnung, was meine Zukunft bringt, und ich möchte keine Pläne machen, die sich nicht umsetzen lassen, wenn ich wieder alles aufgeben und davonlaufen muss.«

Mustang stellte seinen Teller auf den Tisch und wandte sich an Elodie. Er nahm ihr den Teller aus der Hand und neigte ihr Gesicht zu sich. »Hör mir gut zu, Baby. Willst du wissen, was deine Zukunft bringen wird?« Er gab ihr keine Chance zu antworten, sondern fuhr fort: »Mich, das hier, sich am Wochenende mit Freunden zu entspannen, nicht mehr davonzulaufen, keine Angst zu haben und definitiv darüber nachzudenken, was wir in einer Woche, einem Monat oder in einem Jahr tun werden.«

Sie packte seine Handgelenke und sah ihn mit einem Blick an, der so voller Schmerz, Sorge und Hoffnung war, dass es ihn fast umbrachte. »Das kannst du nicht wissen.«

»Das kann ich«, argumentierte er.

»Elodie, dieser Paul wird nicht gewinnen«, fügte Pid leise hinzu.

Mustang hatte fast vergessen, wo sie waren und dass sein Team jedes Wort ihrer Unterhaltung mithören konnte. Er wusste, dass seine Kameraden ihn unterstützen würden … er wollte, dass Elodie daran glaubte, dass sie alles in ihrer Macht Stehende tun würden, damit sie ein Leben in Sicherheit führen könnte.

»Auf keinen Fall«, stimmte Jag zu.

»Er ist vielleicht im Moment noch das Familienoberhaupt, aber er ist ein verdammter Idiot und sein Nachfolger wird bald das Kommando übernehmen. Merke dir meine Worte«, fügte Slate hinzu.

»Hast du jemals mit Jerry Columbus gesprochen?«, fragte Midas.

Mustang holte Luft und ließ Elodies Gesicht los, nahm aber ihre Hände und drückte sie, als sie den Kopf drehte, um seine Freunde anzusehen.

»Pauls Sohn? Ich weiß, dass er immer in der Nähe war, aber er ist nie in die Küche gekommen und war auch nicht an meiner Einstellung beteiligt«, antwortete Elodie.

»Okay. Es scheint jedenfalls so, als sei er wesentlich klüger als sein Vater und weniger hitzköpfig. Aber von allen Mitgliedern der Columbus-Familie ist er der Gefährlichste«, sagte Midas.

»Und dabei soll mich besser fühlen?«, fragte Elodie leise.

»Ja, das ist genau der Punkt«, mischte Aleck sich ein. »Denn wie es aussieht, weiß er nichts über dich. Es ist ihm egal. Er macht sich mehr Sorgen um Paul und den Mist, den er verzapft. Er hat ziemlich klar seinen Unmut über die Ausbrüche seines Vaters geäußert. Es scheint nicht gerade ein Familiengeheimnis zu sein, dass der gute alte Herr ein bisschen instabil ist. Wir haben das Gefühl, dass Jerry schon bald etwas unternehmen wird, um das Familiengeschäft zu übernehmen. Sollte das passieren, wärst du wahrscheinlich in Sicherheit.«

Sie seufzte. »Das ist alles so dumm«, sagte sie. »Ich meine, ich bin doch gegangen. Es ist offensichtlich, dass ich nicht zur Polizei gehe, sonst hätte ich es längst getan. Selbst wenn ich es täte, hätte ich keine Beweise.«

»Männern wie Paul Columbus ist das egal. Ihnen geht es nur ums Gewinnen«, sagte Slate leise. »Vor allem, wenn sie nicht mehr ganz bei Verstand sind.«

»Nun, er wird nicht gewinnen«, erklärte Mustang entschlossen. »Wir sind dran, El. Pid überwacht seine Kartellbosse, die im Grunde das Kommando über ihre Söldner haben, die Kerle, die die eigentliche Drecksarbeit machen. Soweit wir das beurteilen können, sind sie alle in New York und kümmern sich um ihr schmutziges Tagesgeschäft. Sie suchen nicht nach dir.«

Mustang spürte, wie sie erleichtert seufzte.

»Wir werden nicht zulassen, dass eines dieser Arschlöcher dich in die Hände bekommt«, sagte Aleck. »Mustang war im letzten Monat viel netter und gelassener. Wir können nicht erlauben, dass er wieder zu diesem hartgesottenen, eiertretenden Teamleiter wird, der er in den zwei Monaten nach Verlassen der *Asaka Express* ohne dich war.«

»Ach, halt die Klappe«, sagte Mustang zu seinem Freund. »Dafür werden wir am Montag unseren Trainingslauf mit voller Ausrüstung machen.«

Alle stöhnten.

Elodie kicherte. Es war das Schönste, was Mustang jemals gehört hatte. Aleck hatte mit der Einschätzung seines Temperaments nicht unbedingt falschgelegen. Elodies Nähe hatte ihn in vielerlei Hinsicht nachgiebiger gemacht. Regelmäßiger Sex hatte wahrscheinlich auch etwas damit zu tun, aber er würde so etwas Krasses niemals zugeben ... besonders nicht vor Elodie.

»Wenn wir uns am Montag den Arsch aufreißen müssen, muss ich jetzt noch etwas Kraft tanken. Gibt es noch mehr Burger?«, fragte Pid.

»Ihr wollt noch mehr?«, fragte Elodie überrascht. »Ihr habt schon ein Dutzend davon verdrückt.«

»Sie haben immer Hunger«, informierte Mustang sie, als er ihre Hände noch einmal drückte und dann nach seinem Teller griff.

»Ich könnte auch noch einen essen, aber ich bin noch mehr daran interessiert zu sehen, wie Elodie diese Dinger grillt«, sagte Jag.

»Ich auch«, stimmte Midas zu.

»In Ordnung, ich werde es euch unter einer Bedingung zeigen«, versprach Elodie mit ernstem Gesicht.

»Alles.«

»Natürlich.«

»Kommt darauf an, was es ist«, sagte Slate misstrauisch.

Sie lächelte ihn an. »Aha, wenigstens einer, der nachdenkt und vorher wissen möchte, worauf er sich einlässt«, scherzte sie. »Ich wollte euch nur darum bitten zu versprechen, dass ihr nächste Woche auf euch aufpasst und gesund von der Mission zurückkehrt.«

Alle schwiegen.

Nach einer langen Pause wusste Mustang, dass er eingreifen und erklären musste, warum sich nicht alle sofort einverstanden erklärten.

»Babe ... es ist so ... so gut wir auch sind und uns vorbereiten, es kann immer irgendwelche Scheiße passieren. Wir sind darauf eingestellt, aber seit wir zusammenarbeiten, haben wir uns geschworen, niemals zu versprechen, lebend zurückzukommen, auch nicht, wenn wir Freundinnen haben oder heiraten sollten. Wir werden alles tun, was in unserer Macht steht, aber wir können es nicht versprechen.«

Er sah, wie Elodie schwer schluckte und dann nickte. »Ich verstehe. Ich hätte nichts sagen sollen. Es ist nur ... ihr seid meine einzigen Freunde. Und jetzt, wo ich euch alle wirklich kenne, nicht nur, was Scott mir über euch erzählt hat, kann ich mir einfach nicht mehr vorstellen, dass einer von euch vielleicht nicht wiederkommt. Ihr seid eine Einheit, ein Team, und es ist offensichtlich, wie nahe ihr euch steht.«

Überraschenderweise war es Slate, der zu ihr kam, sie in die Arme nahm und lange und herzlich festhielt. »Wir können dir nicht versprechen, nicht zu sterben, aber wir können dir versprechen, nichts Dummes zu tun oder uns unbedacht in eine Situation zu bringen, die nicht gerade ideal ist.«

Elodie lachte leise an Slates Brust. »Nicht gerade ideal, das ist eindeutig SEAL-Sprache für FUBAR, *fucked up beyond all recognition.*«

Slate lockerte seinen Griff und sah sie überrascht an. »Woher weißt du, wofür FUBAR steht?«

»Weil ich keine Idiotin bin?«, scherzte sie. »Ich weiß, wie man das Internet benutzt. Und vielleicht habe ich auch aufs Scotts Telefon nach militärischen Abkürzungen gesucht. Da ich jetzt mit einem Militärangehörigen zusammen bin, muss ich diese Sachen wissen, damit ich Scott verstehen kann, wenn er spricht. Und zusammen mit den eher normalen Dingen, wie die Bezeichnung der Ränge und lächerlichen Sachen wie COMNAVSEASYSCOM – wer benutzt so etwas eigentlich? –, habe ich auch ein paar interessantere Dinge nachgeschlagen, wie zum Beispiel FUBAR, FARP, BLT, BOHICA, DILLIGAFF und SWAG.«

Mustang konnte nicht anders, als zusammen mit seinen Freunden zu lachen. Dann übergab Slate Elodie an Pid, der sie ebenfalls lange umarmte, dann Aleck, Midas und schließlich auch Jag. Mustang hatte kein Problem damit, dass seine Freunde Elodie Trost spendeten. Er vertraute ihnen mit seinem Leben und dem von Elodie. Wenn sie sich mit einer Umarmung besser fühlten, dann war er damit einverstanden.

Der Gedanke, dass sie ihre einzigen Freunde waren, bedrückte ihn. Er hätte das gern geändert, war sich aber nicht sicher, wie er das anstellen sollte, ohne sie in Gefahr zu bringen.

Zum hundertsten Mal verfluchte er geistig Paul Columbus. Es stimmte, dass er Elodie niemals getroffen hätte, wäre sie nicht vor diesem Mann auf der Flucht gewesen, aber er hasste es trotzdem, dass sie so allein war und Angst davor hatte, tiefere Beziehungen einzugehen, falls sie wieder davonlaufen müsste.

Er trat zurück und beobachtete, wie Elodie seine Teamkameraden verzauberte. Sie zeigte ihnen, wie man die Delle in der Mitte der Burger machte, und schlug Jag auf die Hand, als er die Grillzange in die Hand nahm.

»Nicht berühren«, schimpfte sie. »Lass die Hitze ihr Ding machen.«

Mustang fand es lustig, dass seine Frau tatsächlich die

Kühnheit besaß, Jag auf die Hand zu schlagen. Er war nicht gerade von der heiteren Sorte, aber sie wusste offenbar, dass er ihr niemals wehtun würde.

Als der Nachmittag sich dem Ende neigte, konnte Mustang sehen, wie erschöpft Elodie war. Es war auch kein Wunder. Sie waren gewandert, geschwommen, noch mehr gewandert, dann hatte sie gekocht und sich die ganze Zeit unterhalten. Er wusste, dass sie von ihrer Arbeit auf dem Fischerboot daran gewöhnt war, Konversation zu machen, aber es könnte auch stressig sein, ständig freundlich zu Leuten zu sein, die man nicht richtig kannte.

Nachdem sie den Pavillon aufgeräumt und das Geschirr und die Essensreste wieder in Alecks Wohnung gebracht hatten, waren alle zurück zum Parkplatz gegangen. Elodie hatte die Männer noch einmal umarmt und sie gebeten, auf sich aufzupassen. Mustang verbrachte gern Zeit mit seinem Team, aber er war wirklich froh, Elodie wieder für sich allein zu haben.

Sie fuhren zurück zu seiner Wohnung, die im Vergleich zu Alecks winzig wirkte. Für einen Moment machte Mustang sich Sorgen, dass er Elodie eventuell nicht genug bieten konnte. Aber als hätte sie seine Sorge gespürt, drehte sie sich zu ihm um, sobald sie in seiner Wohnung waren, und umarmte ihn fest. »Alecks Wohnung ist der Wahnsinn, aber deine ist so viel gemütlicher.«

Gott, sie war einfach perfekt.

»Du siehst müde aus«, sagte er.

»Das liegt daran, dass ich müde bin«, antwortete sie mit einem Lächeln.

»Wie wäre es mit einem Bad?«

»Das würde mir gefallen.«

»Na dann los. Möchtest du ein Glas Wein?«

Sie grinste. »Das wird mich immer an das erste Mal erinnern, an dem wir hierherkamen und du mich gefragt hast, ob ich eine langsame Verführung mit einem Glas Wein wollte oder ob du mich schnell und hart direkt im Flur nehmen sollst.«

Mustang zuckte sofort der Schwanz. Das würde er auch niemals vergessen. »Allein durch deine Antwort wusste ich, dass du perfekt für mich bist.«

Elodie seufzte glücklich. »Soll ich dir dabei helfen, unsere Sachen in die Waschmaschine zu tun?«

»Nein, ich mache das schon. Lass du dir dein Bad ein. Ich bin gleich mit dem Wein wieder da.«

»Danke Scott. Und fürs Protokoll ... du hast tolle Freunde.«

»Ja, sie sind ziemlich großartig.«

Sie stellte sich auf Zehenspitzen, küsste ihn kurz auf die Lippen und ging ins Schlafzimmer.

Mustang sah ihr nach und wusste, dass er verloren wäre, sollte ihr jemals etwas zustoßen.

Zum ersten Mal in seiner Navy-Karriere wollte er nicht auf Mission gehen. Er wollte hier bei ihr bleiben und dafür sorgen, dass sie in Sicherheit war. Er wusste, dass Elodie ihm sagen würde, dass es lächerlich war. Aber der Gedanke daran, dass sie ihn möglicherweise brauchte, wenn er nicht da war, war schrecklich.

Er holte tief Luft und nahm den Rucksack, den sie mitgenommen hatten. Ihre Kleidung war nass und musste gewaschen werden. Danach musste er ein Glas Wein für seine Frau holen und dafür sorgen, dass sie sich entspannte. Nachdem sie von ihrem Bad und dem Alkohol locker und aufgewärmt war, würde er sie ins Bett bringen und ihr zeigen, wie viel sie ihm bedeutete.

Mustang lächelte bei dem Gedanken, später mit ihr zu schlafen, und ging in den kleinen Waschraum neben der Küche. Er hatte noch ein paar Tage Zeit, bevor sie nach Afrika aufbrechen mussten, und er würde jede Minute genießen, die er mit Elodie verbringen konnte.

Am Mittwoch tat Elodie ihr Bestes, sich zusammenzureißen, als Scott sie zum Hafen fuhr. Er brachte sie zur Arbeit und dann würde er zu seiner Mission abreisen. Sie hatte Angst um ihn, war aber entschlossen, ihn das nicht spüren zu lassen. Das war es, was Frauen machten, wenn sie mit einem Soldaten zusammen waren. Sie sorgten dafür, dass ihre Männer losziehen und ihrem Land dienen konnten, ohne sich um die Menschen sorgen zu müssen, die sie zurückließen. Das konnte sie schaffen. Sie war so lange allein gewesen.

Scott hielt an und stieg wortlos aus. Sie stieg ebenfalls aus und sie trafen sich vor dem Wagen. Er griff sofort nach ihrer Hand. Ihr Rucksack mit ihrer Kleidung hing über seiner Schulter und sie konnte nicht anders, als stolz zu sein, wie gut er in seiner blauen Navy-Uniform aussah.

»Bist du okay?«, fragte er leise, als sie zur *Fish Tales* gingen.

»Ja, und du?«

»Ich denke nur daran, wie sehr ich dich vermissen werde«, gab er zu.

»Ich auch. Aber du wirst beschäftigt sein und die Zeit wird schnell vergehen.« Sie hatte keine Ahnung, ob das stimmte oder nicht, aber sie hoffte es für ihn.

»Kai hat versprochen, dich abzuholen und nach Hause zu bringen, aber wenn er krank wird oder dich nicht mitnehmen kann, ruf einen meiner Kameraden an, über die wir gesprochen haben. Ich arbeite mit ihnen auf dem Stützpunkt zusammen und sie haben kein Problem damit, dich zurück in meine Wohnung zu fahren.«

»Es wird mir gut gehen, Scott.«

»Und wenn du zu deiner Wohnung fahren solltest, schließ die Tür hinter dir ab und lass die Fenster nachts nicht offen. Ich weiß, dass du die frische Brise magst, aber es ist nicht sicher in deinem Zimmer im Erdgeschoss.«

»Scott ...«

»Und vergiss nicht, das Prepaidhandy, das ich für dich gekauft habe, überall hin mitzunehmen. Selbst wenn du nur etwas einkaufst, obwohl du eigentlich gar nicht raus müsstest, weil die Lebensmittel direkt zu meiner Wohnung geliefert werden.«

»Scott ...«, versuchte Elodie es erneut, aber er redete einfach weiter.

»Ich wünschte, ich wüsste, wie lange ich weg sein werde, aber ich weiß es nicht. Ich schätze zwei Wochen, aber es könnte auch schneller gehen oder bis zu einem Monat dauern, wenn die Dinge nicht laufen wie geplant. Pass auf dich auf und wenn du das Gefühl hast, dass etwas nicht stimmt, ruf meinen Kommandanten an. Ich habe ihn über das, was mit Columbus passiert ist, aufgeklärt. Ich weiß, dass dir das nicht gefällt, aber er musste es wissen, damit er eingreifen kann, wenn etwas passiert, während ich auf Mission bin.«

»Scott!«, sagte Elodie zum dritten Mal und stellte sich ihm in den Weg, damit er stehen blieb. »Es wird alles gut gehen. Mir wird es gut gehen.«

Sie sah, wie er tief durchatmete. »Ich weiß«, sagte er leise.

»Danke, dass du dir Sorgen um mich machst. Es ist lange her, dass jemand sich um mich gekümmert hat.«

»Mich kümmert es«, sagte er in einem Ton, den sie nicht deuten konnte.

»Du darfst nicht darüber nachdenken, was mit mir ist, während du weg bist. Du weißt, was ich tun werde – arbeiten, schlafen und essen. Das ist alles. Ich werde keine Spaziergänge am Strand von Waikiki machen oder ins Ala Moana Einkaufs-zentrum fahren oder so. Du musst dich auf deine Mission und die Männer konzentrieren. Sie werden nicht gerade begeistert sein, wenn du eine Kugel in den Hintern bekommst, weil du darüber nachgedacht hast, wie es mir geht, und dadurch abge-lenkt warst.«

Elodie war erleichtert, als Scott lächelte. »Ich weiß.«

»Gut, jetzt küss mich und dann geh und tritt den bösen Jungs in den Hintern.«

»Hattest du heute Morgen noch nicht genügend Küsse?«, fragte er mit einem Grinsen.

Elodie konnte nicht anders, als rot zu werden. Scott hatte sie eine Stunde, bevor sie aufstehen mussten, geweckt und ihr wortlos gezeigt, wie sehr er sie vermissen würde. Das war zusätzlich zu dem unglaublichen Sex, den sie am Vorabend hatten. Er hatte sie so hart und schnell genommen, dass sie danach Gänsehaut am ganzen Körper gehabt hatte. Anschließend hatte er ihr Liebesspiel geändert und sie so oft bis kurz vor den Höhepunkt gebracht, dass sie ihn schließlich angefleht hatte, endlich kommen zu dürfen. Dann hatten sie gelacht und sie hatte ein bisschen geweint, als sie darüber nachgedacht hatte, wie sehr sie ihn vermissen würde. Sie hatte das Gefühl, dass sie sich durch ihr intensives Liebesspiel emotional noch nähergekommen waren.

»Ich werde nie genug von deinen Küssen bekommen«, gab sie ehrlich zu.

Sein Lächeln verblasste und er beugte sich zu ihr vor. Sie machten für wer weiß wie lange mitten auf dem Steg herum und hätten wahrscheinlich noch weitergemacht, wenn Kai nicht vorbeigegangen und nach ihnen gepfiffen hätte.

»Das Boot macht sich nicht von allein fertig«, scherzte er, als er weiter zur *Fish Tales* ging, um das Boot für den heutigen Ausflug vorzubereiten.

Scott starrte sie für einen langen Moment an. Keiner von ihnen sagte etwas, aber das war auch nicht nötig. »Pass auf dich auf, solange ich weg bin«, sagte er schließlich.

»Das werde ich. Du auch!«

Er nickte, nahm dann ihre Hand und sie gingen weiter zum Boot. Elodie wollte weinen, verdrückte sich aber schnell die Tränen. Sie musste jetzt stark sein für Scott und durfte nicht zusammenbrechen. Es war das erste Mal, dass er zu einer Mission aufbrach, seit sie zusammen waren, aber es würde nicht das letzte Mal sein. Sie würde damit umgehen können.

»Sag Midas, ich werde ihm in den Arsch treten, wenn er zulässt, dass du verletzt wirst«, scherzte sie.

Scott lächelte nicht. »Das werde ich.«

Als Elodie klar wurde, dass sie zuerst gehen musste, legte sie eine Hand in Scotts Nacken und zog ihn noch einmal zu sich hinunter. Sie küsste ihn kurz auf die Lippen. »Wir sehen uns, wenn du zurückkommst.«

Scott leckte sich über die Lippen und nickte.

Elodie holte tief Luft, ließ seine Hand los, drehte sich um und ging zu der Planke, die auf die *Fish Tales* führte.

»Hey Melody, bist du bereit für vier Kinder und zwei Erwachsene? Ich hoffe, dass sie nicht unausstehlich sein werden«, sagte Kai mit einem Lächeln.

Ihren falschen Namen zu hören klang jetzt beunruhigend, nachdem Scott und seine Freunde sie die ganze Zeit mit ihrem richtigen Namen angesprochen hatten. »Beschreie es bloß nicht«, scherzte sie. Ihr Herz war nicht wirklich bei der Sache, aber sie tat ihr Bestes.

Sie drehte sich noch einmal zu Scott um und sah, dass er bereits auf halber Höhe des Weges zum Parkplatz war.

»Es wird ihm gut gehen«, sagte Kai leise.

»Was?«, fragte Elodie und sah zu Kai hinüber.

»Deinem Freund, es wird ihm gut gehen. Er ist ein harter Typ und er wird zurück sein, bevor du dich versiehst.«

Sie lächelte ihn an. Kai war ein guter Kerl. Er war erst Anfang zwanzig und immer noch dabei herauszufinden, was er mit seinem Leben anfangen wollte, aber er war höflich und respektvoll und arbeitete hart. Sie genoss es, mit ihm zusammen auf dem Boot zu arbeiten, und wusste, dass sie es viel schlimmer hätte erwischen können. »Danke.«

»Du weißt ja, dass er mich gefragt hat, ob ich dich morgens abholen und nach der Arbeit nach Hause fahren kann ... aber wusstest du, dass er mich dann noch einmal angerufen hat, um mich daran zu erinnern, dass ich immer die Geschwindigkeitsbegrenzung einhalten soll, den Sicherheitsgurt anlegen muss und keinen Tropfen Alkohol anrühren darf, wenn ich dich fahre?«

»Hat er das?«, fragte Elodie.

»Oh ja. Dieser Mann ist bis über beide Ohren in dich verliebt, Mel. Es ist in gewisser Weise komisch. Er ist so ein muskulöser, harter, bärtiger Kerl, aber in deiner Gegenwart wird er weich wie ein riesiges Marshmallow. Ich kann mir nur wünschen, eines Tages so eine Beziehung zu haben, wie ihr sie habt.«

Elodie lächelte. Ja, Kais Beschreibung von Scott traf es ziemlich genau. »Er ist ziemlich großartig.«

»Guten Morgen«, war eine tiefe Stimme zu hören.

Elodie drehte sich um und sah, dass Perry auf sie zukam.

»Bereit für den heutigen Tag?«

Sie war es nicht, aber Elodie lächelte und nickte trotzdem. Sie hatte schon jetzt das Gefühl, dass Scott ihr jede Sekunde eines jeden Tages in den Gedanken herumspuken würde, bis er sicher wieder zurück war. Sie hatte ihn nicht darum gebeten, es zu versprechen. Nicht nach dem Gespräch mit seinem Team. Auch wenn sie es gewollt hatte. Sie konnte nur hoffen und beten, dass die Mission wie geplant verlief und die Männer schnell wieder zurück wären.

Es war definitiv eine Abwechslung, sich um etwas anderes Sorgen zu machen als darum, was Paul Columbus trieb.

KAPITEL SIEBZEHN

Paul saß an seinem Schreibtisch und trommelte mit den Fingern auf der Tischplatte. Andrew war schon seit Wochen weg, um diesen Valentino-Typen aufzuspüren, der mit seiner ehemaligen Köchin auf der *Asaka Express* zusammengearbeitet hatte. Sein Freund und Kartellboss reiste mit gefälschtem Ausweis und hatte alles Geld der Welt, um Menschen zu bestechen oder zu erpressen, um an Informationen über den Aufenthaltsort des Mannes zu kommen.

Bisher war er erfolglos dem Schiff mit dem Namen *Asaka Freedom* von Hafen zu Hafen hinterhergejagt, auf dem der Mann sich befinden sollte.

Paul ging langsam die Geduld aus. Jeder Tag, den diese Schlampe länger frei herumlief, war ein weiterer Tag, an dem sie sein Leben ruinieren könnte. Jerry bemühte sich immer mehr, die Kontrolle über die Familie zu übernehmen. Wenn er herausbekam, was passiert war und dass Paul Elodie immer noch nicht zum Schweigen gebracht hatte, würde er das zu seinem Vorteil nutzen.

Andrew hatte sich vor ein paar Tagen gemeldet und ihm mitgeteilt, dass die *Asaka Freedom* heute in Tunis andocken würde. In Tunesien war es fünf Stunden später als in New York, also hätte Andrew sich längst bei ihm melden sollen.

Gerade als Paul sich aufregen wollte, klingelte sein Telefon. Er benutzte ein Prepaidhandy, das zu keinem der beiden zurückverfolgt werden könnte.

»Was gibt es Neues?«, knurrte er in den Hörer.

»Ich habe ihn«, krähte Andrew.

»Das wurde auch Zeit. Was sagt er?«, fragte Paul.

»Nun, bis jetzt noch nichts. Ich habe eine Prostituierte bezahlt, ihm K.-o.-Tropfen in sein Getränk zu mischen. Die dumme Schlampe hat keine Fragen gestellt. Sie war nur auf das Geld für den nächsten Schuss aus. Ich werde ihn an einen Ort bringen, an dem ich ihn ungestört verhören kann.«

»Lass dir verdammt noch mal nicht zu lange Zeit«, grummelte Paul. »Ich will wissen, wo Elodie Winters steckt, und zwar so schnell wie möglich.«

»Er wird mir alles erzählen, was er weiß«, entgegnete Andrew und die Vorfreude war ihm anzumerken. »Wenn ich mit ihm fertig bin, wird er alles ausplaudern, was er jemals im Leben falsch gemacht hat.«

»Sorge nur dafür, dass er nicht zum Problem wird«, forderte Paul.

»Ich bin kein Idiot«, beschwerte sich Andrew. »Das ist nicht mein erstes Verhör.«

»Ich habe nur keine Lust herauszufinden, dass dieser Kerl ebenfalls plaudert, nachdem du mit ihm fertig bist.«

»Mach dir keine Sorgen, er wird nicht mehr plaudern können nach dem, was ich mit ihm vorhabe.«

»Gut«, sagte Paul. »Ich brauche dich so schnell wie möglich wieder hier. Die anderen beginnen langsam, sich zu fragen, wo du bist. Unsere Behauptung, dass deine Schwester krank ist, wird nicht mehr lange halten.«

»Höchstens noch ein oder zwei Tage, Boss«, sagte Andrew. »Dann komme ich zurück und wir können die nächsten

Schritte planen. Dieses Arschloch wird uns sagen, was wir wissen müssen. Das habe ich im Gefühl.«

»Wir bleiben in Kontakt«, befahl Paul und legte dann ohne ein weiteres Wort auf. Er hasste diese ganze Situation. Er konnte nicht glauben, wie eine schwache Frau wie Elodie es geschafft hatte, ihm immer einen Schritt voraus zu sein. Sie war nur eine verdammte Köchin und er war das Oberhaupt einer gefürchteten und angesehenen Mafia-Familie.

Wenn Jerry jemals herausfand, wie lange sie sich vor ihm versteckt hatte, wäre Paul ein toter Mann. Jerry und die anderen würden jeglichen Respekt vor ihm verlieren und ihn mit Sicherheit ausschalten.

Für einen Moment überlegte er, ob er sich selbst auf den Weg machen sollte, um die Schlampe zu erledigen, aber er verwarf den Gedanken sofort wieder. Er musste hier in New York bleiben, die Familie im Auge behalten und seine Position verteidigen. Wenn er abreiste, wäre er erledigt. Er musste sich darauf verlassen, dass Andrew tun würde, was getan werden musste, sowohl in Bezug auf diesen Valentino-Typen als auch auf Elodie.

Und er war so nahe dran, die Informationen zu bekommen, die er brauchte, um dieses Thema ein für alle Mal zu beenden.

Als er darüber nachdachte, wie ängstlich die Schlampe sein würde, wenn sie realisierte, dass sie sterben würde, schloss Paul zufrieden die Augen. Vielleicht würde er Andrew bitten, ihren Tod zu filmen. Es war riskant, aber er könnte das Video direkt nach dem Anschauen löschen. Er wollte sie leiden sehen. Er musste das sehen.

Er lächelte voller Vorfreude.

»Wirst du jetzt reden?«

Valentino blinzelte den Mann vor sich aus dem einen Auge

an, das nicht zugeschwollen war. Er hatte keine Ahnung, wo er sich befand oder wer der Mann war, der ihn bis zur Unkenntlichkeit verprügelt hatte. Er konnte sich nur noch daran erinnern, dass er mit einem verdammt heißen Mädchen in einer Kneipe in Tunis zusammen gewesen war. Er hatte sich so lange an Bord des Schiffes aufgehalten, dass er befürchtete, sein Schwanz würde abfallen, wenn er nicht bald eine Muschi bekam.

In den letzten beiden Häfen war ihm der Landurlaub verweigert worden, weil er der neueste Offizier an Bord war. Er war so verdammt froh gewesen, diesmal die Genehmigung für den Landgang in Tunesien bekommen zu haben, dass er die Sicherheitswarnungen so gut wie ignoriert hatte und direkt in den Stadtteil gegangen war, der berüchtigt für seine Huren war.

Er hatte fast sofort eine Frau gefunden, die sich an ihn rangeschmissen hatte. Sie war auf die Toilette gegangen und er hatte beschlossen, mit den Spielchen aufzuhören, wenn sie zurückkam. Er wollte ficken und er brauchte diesen ganzen Verführungsquatsch nicht. Er würde mit dieser Frau nicht ausgehen, er wollte sein Verlangen befriedigen und dann verschwinden. Vielleicht würde er danach noch eine andere für einen Blowjob finden.

Er wollte so oft wie möglich abspritzen, bevor er am nächsten Nachmittag wieder an Bord des Schiffes voller Männer zurückkehren musste, ohne zu wissen, wann er das nächste Mal an Land gehen durfte.

Aber irgendwann zwischen dem Moment, in dem die Frau zugestimmt hatte, ihn zu ficken, und jetzt war etwas extrem schiefgegangen.

Er befand sich in einem Raum zusammen mit einem Mann, den er noch nie zuvor gesehen hatte. Der Kerl hatte ihm bis jetzt nicht verraten, warum er ihn zusammenschlug. Er tat es einfach.

Valentino saß auf einem Stuhl. Die Hände waren hinter seinem Rücken gefesselt und die Beine gespreizt an die Stuhlbeine gebunden. Weder sein Hemd noch seine Hose waren irgendwo zu sehen. Und er hatte auch keine Stiefel und Socken mehr an. Er saß dort nur in seiner Unterwäsche.

Das Besorgniserregendste an der Situation war jedoch, dass unter dem Stuhl eine große Plastikplane ausgebreitet war und der andere Mann nicht maskiert war.

Valentino könnte ihn der Polizei ausführlich beschreiben. Er hatte langes, schwarzes, fettiges Haar, das mit einem Gummiband aus seinem Gesicht zurückgebunden war. Er konnte keine sichtbaren Tätowierungen erkennen, aber er trug ein schwarzes Hemd und eine schwarze Hose. Seine Zähne waren gelb und seine Nase war schief, weil sie irgendwann in seinem Leben einmal gebrochen gewesen war. Die Knöchel des Mannes waren blutig und zerkratzt von den Schlägen in sein Gesicht. Mit Entsetzen bemerkte Valentino das Messer, das der Mann an seinem Gürtel trug.

»Ich denke, du bist bereit«, sagte der Mann und beantwortete sich selbst seine Frage.

»Wer bist du und was willst du?«, fragte Valentino und hasste es, wie schwach seine eigene Stimme klang.

»Wer ich bin, spielt keine Rolle, aber was ich will ... ja, das ist die richtige Frage.«

Der Mann ging auf ihn zu und Valentino wollte ihn anspucken. Er wollte ihm zwischen die Beine treten und verdammt noch mal aus diesem Raum verschwinden. Aber als hätte der Mann seine Gedanken gelesen, holte er aus und schlug ihm mit der Faust so hart ins Gesicht, dass er einige Sekunden keine Luft bekam.

»Ich will wissen, wo Elodie Winters ist.«

»Wer?«, hauchte er, ohne nachzudenken.

Der Mann zögerte nicht einmal, sondern drehte sich um und ging zur anderen Seite des Raumes, um etwas zu holen, das an die Wand gelehnt war. Valentino hatte es zuvor nicht bemerkt.

Es war ein langes Stück Holz. Ohne ein weiteres Wort hob

der Mann es hoch und schwang es dann mit voller Wucht gegen Valentinos linkes Schienbein. Dann tat er dasselbe mit dem rechten.

Er schrie auf, als der Schmerz ihn traf und erbrechen ließ.

Der andere Mann lachte nur und schlug erneut zu.

»Wo ist sie? Das ist alles, was ich wissen will. Mach es dir selbst nicht schwerer als nötig«, riet der Mann.

»Ich kenne niemanden mit diesem Namen«, protestierte Valentino.

»Sie zu decken ist tapfer, aber dumm«, sagte der Mann zu ihm und schlug das Brett auf seine Oberschenkel.

»Ich weiß nicht, von wem du sprichst!«, schrie Valentino. Er wollte unbedingt, dass der Mann ihm glaubte.

Zum Glück hielt der Mann inne. »Hm, vielleicht glaube ich dir das sogar. Möglicherweise hat sie einen anderen Namen verwendet. Sie war mit dir auf der *Asaka Express*. Als ihr im Sudan von Bord gegangen seid, hattest du deinen Arm um sie gelegt. Läuten jetzt die Glocken?«

Valentino blinzelte. »Du meinst Rachel Walters?«

Der Mann strahlte, als hätte Valentino ihm gerade erzählt, dass er eine Million Dollar gewonnen hätte. »Ah, Rachel Walters. Ja, das ist sie. Jetzt erinnere ich mich, so wurde sie auch in der Nachrichtensendung genannt. Wo ist sie?«

Valentino rutschte das Herz in die Hose. Der Typ hatte ihn die ganze Zeit verarscht. Wenn er Rachels Namen gekannt hatte, warum hatte er ihn geschlagen? Es ergab keinen Sinn und Valentino hatte so große Schmerzen, dass er nicht mehr klar denken konnte. Er öffnete den Mund, um diesem Arschloch zu sagen, dass er keine Ahnung hatte, wo die verdammte Köchin steckte, aber bevor er etwas sagen konnte, traf ihn erneut ein qualvoller Schmerz in seinem Oberschenkel.

Schreiend versuchte Valentino, die Händen nach vorne zu reißen, und vergaß dabei, dass sie hinter seinem Rücken gefesselt waren. Als er nach unten schaute, sah er den Griff des

Messers, das sich zuvor am Gürtel seines Peinigers befunden hatte, aus seinem Oberschenkel ragen.

»Oh, daneben«, sagte der Mann und griff nach dem Messer.

»Nein! Nicht!«, schrie Valentino, aber er war zu spät. Der Mann zog das Messer aus seinem Bein und Valentino übergab sich erneut vor Schmerzen.

»Das wird alles sofort aufhören, wenn du mir nur sagst, was du über Rachel weißt und wo sie ist. Ihr saht schrecklich vertraut aus, als ihr vom Schiff kamt. Erzähl mir nicht, dass du nicht weißt, wohin sie verschwunden ist. Befindet sie sich auf einem anderen Schiff?«

Valentino drehte sich der Kopf. Er würde alles dafür tun, um diese Schmerzen zu stoppen, sogar Rachel verraten. Er hatte ihr gegenüber keinen Schwur oder so etwas geleistet. Aber das Problem war, dass er wirklich nicht wusste, wo sie steckte. Er hatte alles in seiner Macht Stehende getan, um diese eiskalte Schlampe ins Bett zu bekommen, aber sie hatte sich geweigert. Er hatte angenommen, dass sie auf Frauen stand ... bis er sie mit diesem verdammten Navy SEAL gesehen hatte. Es hatte ihn so geärgert, dass er noch einmal versucht hatte, sie zu ficken, aber sie hatte ihm erneut eine Abfuhr erteilt, als er bei dieser Pressekonferenz seinen Arm um sie gelegt hatte. Schlampe!

Anscheinend hatte er zu lange geschwiegen, denn das Messer kam wieder zum Einsatz. Diesmal gefährlich nahe an seinem Schwanz. Valentino schrie auf und zitterte. Ihm war kalt, so verdammt kalt.

Er schloss die Augen. Als er sie wieder öffnete, wurde das Messer gerade wieder aus seinem Bein gezogen. Es tat fast nicht mehr weh. Blut sammelte sich unter ihm auf dem Stuhl und Valentino wurde klar, dass er tief in der Scheiße steckte.

»Sag es mir einfach und ich höre auf«, sagte der Mann fast sanft.

»Ich weiß es nicht«, flüsterte Valentino.

»Falsche Antwort«, entgegnete das verrückte Arschloch.

Diesmal kam der Schmerz aus Valentinos Schulter. Mit zur Seite geneigtem Kopf sah er, wie der Griff des Messers nur wenige Zentimeter von seinem Gesicht entfernt aus seinem Oberarm ragte.

»Wo ist sie?«, fragte der Mann, als er das Messer langsam aus seinem Arm zog.

»Ich weiß es nicht!«, antwortete Valentino energischer. »Nach der Pressekonferenz habe ich sie nicht wiedergesehen.«

»Du musst etwas wissen«, beharrte der Mann. »Hast du gehört, wie sie mit jemandem aus der Unternehmenszentrale gesprochen hat? Hat sie jemanden angerufen? Sie kann doch nicht einfach verschwunden sein. Sag mir verdammt noch mal, was du weißt.«

Valentino zermarterte sich das Gehirn. Er musste sich etwas einfallen lassen, um diesem Kerl irgendetwas zu geben, sonst würde er weiterhin gefoltert werden. Die Schmerzen würden nicht aufhören.

Dann kam ihm etwas in den Sinn, das er so gut wie vergessen hatte.

»Die Nummer!«, schrie er.

»Welche Nummer? Du solltest besser anfangen zu reden oder ich werde dir als Nächstes den Schwanz abschneiden.«

»Ich hatte versucht, sie allein in der Waschküche zu erwischen.« Valentino stolperte fast über seine eigenen Worte, als er versuchte, es zu erklären, bevor dieser Verrückte ihm den Schwanz abhackte. »Sie ist weggelaufen, aber da lag ein Stück Papier, das sie verloren hatte. Es muss ihr aus der Hosentasche gefallen sein oder so. Es stand eine Telefonnummer darauf.«

»Was für eine verdammte Telefonnummer?«, fragte sein Peiniger und schlug ihm dann ins Gesicht.

Valentino spürte, wie Blut von seinem Kinn tropfte, hatte aber keine Ahnung, woher es kam. Aus seiner Nase, von Schnitten im Gesicht oder aus seinem Mund. Er tastete mit der Zunge um seinen Mund und stellte fest, dass ihm ein paar

Zähne fehlten. Scheiße, er hatte immer perfekt gerade Zähne gehabt. Er hatte nicht einmal eine Zahnspange gebraucht.

»Verdammt, du bist entweder dumm oder bescheuert«, murmelte der Mann und beugte sich dann vor ihm nach unten.

Valentino hatte keine Ahnung, was er tat, bis er einen fast unerträglichen Schmerz spürte, der jetzt von seinem Fuß ausstrahlte.

Der Mann stand auf und hielt triumphierend einen von Valentinos Zehen in die Höhe.

»Einer ab, bleiben noch neun ...«, sagte er und warf den Zeh zu Boden, als würde er sich plötzlich ekeln. »Rede!«, befahl er.

Valentino versuchte, sich an die Ziffern zu erinnern, als ihm schließlich klar wurde, dass er dies nicht überleben würde. Dieser Typ war eindeutig verrückt und offensichtlich genoss er diese Folter umso mehr, je länger es dauerte, an die Informationen zu kommen, die er haben wollte.

»Es war eine Telefonnummer. Ich erinnere mich nicht mehr genau, aber die Vorwahl war acht null acht. Dieser verdammte Navy SEAL hatte sie ihr gegeben. Da waren noch ein paar Dreien und eine Eins, glaube ich. Ich wollte ihr den Zettel erst zurückgeben, entschied mich dann aber dagegen, weil sie eine verdammte Schlampe war.«

Valentino sprach schnell und interessierte sich nicht dafür, welche Folgen es für Rachel haben könnte. Sie hatte ihn abgewiesen. Er hatte keine Ahnung, wer dieser Typ war oder warum er hinter dieser blöden Schlampe her war, aber es war ihm auch egal. Es war ihre Schuld, dass er solche Schmerzen hatte. Er würde diesem Kerl alles erzählen, was er wissen wollte, wenn dadurch diese Folter ein Ende hätte.

»Sie war verärgert. Wenn jemand sie fragte, warum sie so schlecht drauf war, dann antwortete sie, sie hätte ein wichtiges Schriftstück in ihrer Hose mitgewaschen. Aber sie hatte es nicht mitgewaschen. Ich habe das verdammte Ding verbrannt«, sagte Valentino und seine Stimme wurde jetzt noch lauter.

»Acht null acht, richtig?«, fragte der Mann.

Valentino nickte.

»Und das war die Nummer von einem Navy SEAL?«

»Ja, von einem der Kerle, die an Bord gekommen waren, um die Piraten auszuschalten. Sie hatte sich in ihn verguckt und wollte ihm an die Wäsche. Ich glaube, das Gefühl beruhte auf Gegenseitigkeit. Wenn sie mehr Zeit gehabt hätten, wären sie bestimmt sofort im Bett gelandet, aber er musste zurück zu seinem Schiff und wir mussten zum Hafen.«

Valentino sackte erleichtert zusammen, als der Mann aufstand und einen Schritt von ihm wegging.

»Du lügst mich nicht an, oder?«, fragte er.

Valentino schüttelte, so heftig er konnte, den Kopf. »Nein!«

»Weißt du was? Ich glaube dir.«

»Gott sei Dank!«

»Da du endlich schlau genug warst, mir zu sagen, was ich wissen wollte, werde ich dich jetzt schnell töten.«

Valentino öffnete den Mund und wollte um sein Leben betteln, bekam aber keine Gelegenheit mehr, etwas zu sagen. Der Mann stürzte sich auf ihn und rammte das Messer in seine Brust.

Als er nach unten schaute, sah er, wie der Griff vibrierte. Er hustete.

»Mitten ins Herz. Du wirst in wenigen Sekunden ausbluten. Kämpfe nicht dagegen an«, sagte der Mann, als er die Klinge herauszog.

Valentino wollte weinen, er wollte über die Ungerechtigkeit schreien, was mit ihm geschah. Aber er hatte nicht mehr die Energie dafür. Langsam sank sein Kopf nach vorne und er schloss die Augen, als sein Herz aufhörte zu schlagen.

Andrew zog eine Grimasse, als er sich bemühte, den Raum zu säubern. Er hasste diesen Teil seines Jobs. Er zog es vor, sich um die Folter zu kümmern und das Saubermachen seinen Handlangern zu überlassen. Aber diesmal musste er die Leiche dieses Arschlochs selbst entsorgen, dort wo die tunesische Polizei sie nicht finden würde. Er hatte einen Vater und seinen Sohn engagiert, die Leiche aufs offene Meer zu bringen und als Haiköder zu benutzen.

Valentino Russo würde genau wie viele andere vor ihm einfach vom Erdboden verschwinden. Dank der Kreaturen, die im Meer lebten, war es ein erstaunlich guter Ort, Dreck verschwinden zu lassen.

Andrew vergewisserte sich, dass der Zeh des Mannes mit in dem Plastiksack war, und dachte über das nach, was Valentino ihm erzählt hatte. Elodie hatte Interesse an einem Navy SEAL gezeigt und es klang, als hätte dieses Interesse auf Gegenseitigkeit beruht. Sie hatte den Zettel mit seiner Nummer nicht mehr, da Valentino ihn verbrannt hatte, aber vielleicht hatte sie sich die Nummer gemerkt. Schade, dass er selbst nicht die Nummer hatte. Aber es gab viele Militäreinrichtungen, wo Navy SEALs stationiert waren. Zumindest ging er davon aus. Er wusste nicht viel übers Militär. Für ihn käme es nicht infrage, sich von der Regierung vorschreiben zu lassen, was er zu tun und zu lassen hatte. Wenigstens kannte er die Vorwahl. Das würde ihm einen Vorteil verschaffen, den Kerl ausfindig zu machen. Sobald er bestimmt hatte, in welcher Stadt er lebte, würde er dorthin reisen und sehen, was er herausfinden konnte.

Andrew wusste nicht mit Sicherheit, dass Elodie mit diesem SEALs zusammen war, aber es gab keine andere Spur von ihr. Wahrscheinlich benutzte sie einen anderen falschen Namen. Es wäre ein großer Schritt, einzugrenzen zu können, wohin sie geflohen sein könnte.

Er konnte es kaum erwarten, nach New York zurückzukehren und weitere Nachforschungen anzustellen. Paul würde begeistert sein. Andrew hatte es satt, nur als Kartellboss in der dritten Reihe zu fungieren. Er wollte in der Mafia-Familie weiter aufsteigen und vielleicht Pauls Consigliere werden. Als sein direkter Berater hätte er viel mehr Macht, und die anderen Kartellbosse und der verdammte Jerry ständen unter ihm. Pauls Sohn wollte unbedingt seinen Platz einnehmen. Wenn das geschah, hätte Andrew keine Chance mehr, innerhalb der Familie weiter aufzusteigen.

Lächelnd erinnerte er sich an Valentinos Schmerzensschreie und räumte die Plane zusammen, in die er den Leichnam des Mannes gewickelt hatte. Andrew liebte es, andere leiden zu sehen. Es war eine Wohltat für seine Seele.

Wenn er die Columbus-Familie nicht gefunden hätte, wäre er höchstwahrscheinlich zu einem Serienmörder geworden. So konnte er im Namen der Familie töten und gleichzeitig seine Pflicht erfüllen. Er hatte sich noch nie besser gefühlt als in diesem Moment.

Er wusste, was Elodie getan hatte und warum Paul sie zum Schweigen bringen wollte. Andrew wusste, dass die ganze Mühe wahrscheinlich umsonst war. Hätte sie zur Polizei gehen wollen, hätte sie es längst getan. Aber es war ihm egal. Er freute sich darauf, den Ausdruck des Entsetzens auf ihrem Gesicht zu sehen, wenn sie realisierte, dass er sie gefunden hatte und sie sterben würde. Sein Plan war es, sie zu überraschen und ohne Vorwarnung zu töten.

»Ich werde dich finden, Elodie. Dein schlimmster Albtraum steht dir noch bevor«, sagte er zu sich selbst, als er die zusammengeschnürte Plane mit der Leiche in der Ecke des heruntergekommenen Motelzimmers zurückließ, wo Vater und Sohn sie später abholen würden. Er hatte dafür gesorgt, dass sie es wirklich tun würden, indem er die Frau des Mannes entführt hatte. Er hatte ihm versprochen, ihm zu verraten, wo er sie versteckt hatte, sobald er ihm bewiesen hatte, dass sie Valentinos Leiche entsorgt hatten.

Gott, er liebte seinen Job. Er bedauerte es, die alte Frau

nicht töten zu dürfen, aber manchmal war es genauso befriedigend, seine Opfer am Leben zu lassen. Andere unter seinen Handlungen leiden zu lassen, war das, was ihn befriedigte. Er war sich sicher, dass der Mann und sein Sohn alles tun würden, was er von ihnen verlangte, um ihre geliebte Frau und Mutter zurückzubekommen. Sie war zugegebenermaßen in etwas schlechterem Zustand als zuvor – er hatte ein bisschen mit seinem Messer geübt, bevor er sich Valentino gewidmet hatte –, aber sie würde es überleben ... wahrscheinlich.

Grinsend wusch Andrew ein letztes Mal seine Hände und verließ dann das Zimmer, ohne sich noch einmal umzudrehen. Er musste sein Flugzeug erreichen und einige Recherchen anstellen.

KAPITEL ACHTZEHN

Mustang war müde, aber er konnte nicht an Schlaf denken. Er konnte nur noch daran denken, so schnell wie möglich zum Hafen zu gelangen und Elodie wiederzusehen.

Ihre Mission in Afrika war relativ reibungslos verlaufen. Obwohl er sie schrecklich vermisst hatte, hatte es ihn überraschenderweise nicht von der Mission abgelenkt. Wenn überhaupt, war er noch fokussierter und aufmerksamer gewesen, damit nichts schiefging. Er wusste, es hatte daran gelegen, dass er auf jeden Fall zu Elodie nach Hause zurückkehren wollte.

Seine innere Uhr war vollkommen durcheinander, aber das war nicht ungewöhnlich, wenn sie von einer Mission nach Hause kamen. Trotz seiner Erschöpfung war er viel zu aufgeregt, um zu schlafen. Er musste Elodie wiedersehen. Er musste sich vergewissern, dass es ihr gut ging und ihr während seiner Abwesenheit nichts passiert war. Er überlegte, ob er sie anrufen und ihr mitteilen sollte, dass er zurück war, aber als er bemerkte, dass es kurz vor ihrer Feierabendzeit war, beschloss er, direkt zum Hafen zu fahren.

Er parkte seinen Wagen und sah, dass die *Fish Tales* bereits angelegt hatte. Er entdeckte Leute an Deck und musste lächeln, als er über den Steg ging.

Kai bemerkte ihn zuerst und stupste Elodie an.

Mustang wusste genau, wann ihr klar wurde, wer gerade auf das Boot zukam. Sie stieß einen kleinen Schrei aus und lief dann auf ihn zu.

»Scott!«, rief sie kurz, bevor sie ihn erreichte.

Mustang breitete die Arme aus und dann war sie da. Er trat einen Schritt zurück, um nicht umzufallen, und lachte, als sie sich an ihn klammerte.

Gott, das fühlte sich gut an. Tausendmal hatte er gesehen, wie Soldaten von ihren Freundinnen, Freunden, Ehepartnern und Kindern empfangen wurden, und jedes Mal hatte er sich für sie gefreut. Aber niemals hätte er mit diesem überwältigenden Gefühl von Erleichterung und Zufriedenheit gerechnet, wie er es empfand, als er Elodie wieder in seinen Armen hielt.

Sie ließ etwas locker und sah zu ihm auf. »Du bist zurück!«

Er lachte leise. »Ja, das bin ich.«

»Geht es dir gut?« Sie klopfte gegen seinen Oberkörper und seine Arme, als wollte sie sich selbst davon überzeugen, dass er noch in einem Stück war.

»Mir geht es hervorragend, jetzt, nachdem ich dich wiedergesehen habe.«

Sie unterbrach die Inspektion seines Körpers und schaute ihn an. Innerhalb einer Sekunde verschwand ihr Lächeln und sie brach in Tränen aus.

»Hey, Babe!«, beruhigte er sie, während ihr die Tränen übers Gesicht strömten. Sie drückte ihr Gesicht fest an seine Brust.

Mustang wollte lachen, aber es war nicht lustig, dass sie weinte. Er nahm an, dass es Tränen der Erleichterung waren, dass er unverletzt zurück war. Wenn er ehrlich war, fühlte er sich selbst ein wenig emotional.

Er gab ihr einen Moment Zeit, um die Kontrolle über ihre Gefühle zurückzuerlangen, und küsste sie dann auf die Schläfe. »Bist du fertig mit der Arbeit?«

Sie nickte und sah ihn an. Ihr Gesicht war fleckig und ihre Augen waren ein bisschen blutunterlaufen vom Weinen, aber er hatte noch nie etwas Schöneres gesehen. Sie wischte sich mit der Hand übers Gesicht und sagte: »Fast. Kai und ich haben gerade das Boot aufgeräumt, während Kahoni den Papierkram erledigt.«

Mustang griff nach ihrer Hand, hob sie an seinen Mund und küsste sie auf den Handrücken. Dann ging er den Steg hinunter zum Boot. »Komm schon, lass uns gemeinsam den Rest erledigen, damit ich dich nach Hause fahren kann.«

»Aloha! Schön, dich zu sehen«, rief Kai, als sie näher kamen.

»Danke gleichfalls! Es ist schön, wieder zu Hause zu sein«, entgegnete Mustang. Er ging mit Elodie über die Planke an Deck der *Fish Tales*.

Sie hatte recht, es sah so aus, als wäre der größte Teil der Arbeit bereits erledigt. Mustang betrachtete das kleine Deck mit der Sitzgruppe, wo die Gäste bei ihrem Angelausflug sitzen konnten. Gleich dahinter befand sich eine Tür, die zu einem überdachten Bereich mit zwei Tischen und mehren gepolsterten Bänken führte. Vor dem überdachten Bereich befand sich eine kleine Küche mit einem Waschbecken, einem Kühlschrank und einer Arbeitsplatte. Mustang wusste, dass der Tagesausflug ein Mittagessen beinhaltete. Hinter dem überdachten Bereich führten ein paar Stufen zur Toilette.

Auf der anderen Seite ging es zu der kleinen Brücke mit der Schiffselektronik und dem Ruder.

Alles hatte seinen Platz und war durchorganisiert. Die Angelruten waren an einer der Wände unter dem Dach befestigt. Die Schwimmwesten waren unter den Sitzbänken verstaut. Erste-Hilfe-Kästen waren leicht zugänglich an der anderen Wand befestigt. Es war ein sehr sauberes und gepflegtes Boot. Mustang war jedes Mal von Neuem beeindruckt, wenn er an Bord war.

»Danke, dass du ... Melody zur Arbeit und nach Hause

gefahren hast.« Es war sehr schwer für Mustang, Elodie nicht bei ihrem richtigen Namen zu nennen, wenn er mit anderen sprach, aber er würde lieber sterben, als irgendetwas zu tun, das sie in Gefahr oder in Verlegenheit bringen könnte. Davon abgesehen wäre es definitiv schwierig, zu erklären, warum er sie nicht Melody nannte.

»Überhaupt kein Problem. Ich nehme an, morgen muss ich sie nicht abholen?«, fragte Kai mit einem Grinsen.

»Nein, aber ich weiß deinen Einsatz sehr zu schätzen«, antwortete Mustang.

»Gern geschehen.«

»Wir sind für die nächsten Tage voll ausgebucht«, sagte Kahoni zu Elodie und Kai, nachdem er Mustang willkommen geheißen hatte. Er sah auf sein Handy und blätterte durch den Kalender. »Morgen haben wir ein volles Boot mit sechs Gästen, vier Erwachsene und zwei Kinder. Freitag und Samstag haben wir jeweils vier Gäste. Dann bekam ich heute einen Anruf von einem Mann, der verzweifelt einen Angelausflug machen will. Er ist hier im Urlaub mit seiner Frau und seinen zwei Töchtern, aber sie sind keine Angler. Ich habe ihm gesagt, dass wir Sonntag Ruhetag haben, aber er will das Doppelte bezahlen. Meint ihr, ihr würdet das auch allein schaffen? Ich weiß, dass Perry oder ich sonst immer mitkommen, aber mit nur einem Gast bekommt ihr das bestimmt ohne uns hin. Ich bezahle euch natürlich die Überstunden.«

»Ich bin dabei«, sagte Kai sofort.

Mustang lächelte. Die Aussicht auf mehr Geld hatte er als junger Mann auch niemals abgelehnt.

Kahoni wandte sich an Elodie. »Ich weiß, dein Mann ist gerade nach Hause gekommen, aber meinst du, du könntest einspringen?«

Elodie nickte. »Natürlich, ich weiß doch, dass deine Tochter am Sonntag Geburtstag hat und du dich schon lange darauf freust.«

»Danke, Melody, du bist die Beste. Ich schwöre euch, dass

es nicht zur Gewohnheit werden wird. Ich möchte nicht, dass ihr glaubt, wir nutzen euch aus, aber doppelte Bezahlung war für Perry und mich schwer abzulehnen«, sagte Kahoni.

»Kein Problem.«

»Er hat nur für vier Stunden gebucht. Ausgehend von den letzten Tagen werdet ihr vielleicht in der Gegend um Pinnacle etwas fangen. Wenn nicht, könntet ihr zur Penguin Bank fahren.«

Elodie und Kai nickten zustimmend.

»Pinnacle?«, fragte Mustang.

»Ja, das ist ein Meeresabschnitt, der im Vergleich zu Kaena Point ziemlich flach ist. Die Gebiete sind auch nicht weit von einigen der Fischsammelvorrichtungen entfernt«, erklärte Kahoni.

Mustang schüttelte den Kopf. »Will ich wissen, was das ist?«, fragte er. Es war offensichtlich, dass er so gut wie nichts übers Hochseeangeln wusste. Ja, er fuhr ab und zu gerne selbst raus, besonders mit seinem Team, aber er kümmerte sich nicht um die Details.

»Das sind Bojen, die vom Staat Hawaii ausgeworfen werden, um Thunfisch und andere Fischschwärme anzulocken. Ich persönlich finde, es ist in gewisser Weise Betrug, aber es hilft uns natürlich dabei, unsere Kunden zufriedenzustellen, also will ich mich nicht beschweren. Es macht keinen guten Eindruck, den Kunden ihr Geld abzunehmen und dann mit leeren Händen zurückzukommen«, erklärte Elodie.

»Das ist wohl richtig«, stimmte Mustang zu.

»In Ordnung, das ist dann geklärt. Ich weiß eure Einsatzbereitschaft zu schätzen. Ich schwöre, ich werde es wiedergutmachen«, sagte Kahoni. »Aber die gute Nachricht ist, dass ihr bis mittags fertig sein solltet.«

»Mahalo«, sagte Kai zu seinem Chef. »Ich bin hier draußen fertig mit dem Aufräumen.«

»Ich bin drinnen auch fast fertig«, fügte Elodie hinzu.

»Ihr könnt jetzt gehen«, sagte Kahoni mit einem Grinsen.

»Melody, ich weiß, dass du es wahrscheinlich nicht erwarten kannst, Zeit mit deinem Mann zu verbringen. Und auf dich warten die Wellen, Kai. Ich erledige den Rest.«

»Cool«, sagte Kai und verabschiedete sich bei Kahoni mit der Shaka-Geste. Dann griff er nach seiner Tasche und verließ das Boot.

»Bis bald«, sagte Elodie zu ihrem Chef und schnappte sich ihren Rucksack. Mustang nahm ihn ihr ab und legte seine Hand auf ihren Rücken, als sie vom Boot gingen.

Es war so schön, zurück und wieder mit Elodie zusammen zu sein, dass Mustang sich beherrschen musste, seine Hand nicht auf unanständige Regionen ihres Körpers zu legen. Sie sah so gut aus, nachdem er sie zwei Wochen in Afrika nicht gesehen hatte. Sie trug ein neues Paar billiger Flipflops aus dem ABC Store – einem ihrer Lieblingsgeschäfte –, dazu ein rosa Trägerhemd mit einer riesigen weißen Hibiskusblüte auf der Vorderseite und eine kurze Hose, die ihr bis zum Knie reichte. Ihr dunkles Haar hatte sie zu einem Knoten zusammengebunden. Es juckte ihm in den Fingern, diesen Knoten zu lösen.

Sie schaute Mustang an und er bemerkte die vielen neuen Sommersprossen auf ihrer Nase. Sie hatte auch mehr Farbe bekommen. Jeden Tag in der Sonne zu sein würde natürlich etwas mit ihren Hautpigmenten machen. Wahrscheinlich hätte er es nicht bemerkt, wenn er nicht so lange weg gewesen wäre. Nur durch ihre Trennung fielen ihm diese kleinen Veränderungen auf.

»Du siehst gut aus«, platzte es aus ihm heraus.

Sie lächelte ihn an. »Oh ja, nachdem ich den ganzen Tag auf dem Meer in salziger Luft verbracht habe, sehe ich bestimmt aus, als käme ich direkt vom Laufsteg.«

Mustang packte sie am Arm und hielt sie fest. Sie standen mitten auf dem Steg, aber er konnte keine Sekunde länger warten. Er senkte den Kopf und küsste sie, als hinge sein Leben davon ab.

Sie überließ ihm sofort die Kontrolle, was ihn nur noch mehr anspornte. Er hatte sie schrecklich vermisst und das Gefühl, sie wieder in den Armen zu halten, war fast überwältigend. Wie hatte er so lange ohne sie leben können? Er verstand nicht wirklich, warum in ihrer Gegenwart alles andere unwichtig zu werden schien, aber so war es.

Als beide Luft holen mussten, starrte Mustang sie an und versuchte, sich ihr Gesicht einzuprägen. Die grünen Flecke in ihren braunen Augen. Die kleinen Falten an den Rändern ihrer Augen. Die Art, wie sie sich sinnlich über die Lippen leckte, wenn sie wollte, dass er sie küsste. »Ich habe dich vermisst«, sagte er leise.

»Ich glaube, ich habe dich mehr vermisst. Deine Wohnung ist viel zu ruhig ohne dich.«

»Jetzt bin ich wieder da.«

»Ja, das bist du. Wo ich gerade von deiner Wohnung spreche, muss ich dir sagen, dass ich immer gekocht habe, wenn ich gestresst war. Bevor du fragst, nein, es ist nichts Seltsames passiert. Ich hatte nicht den Eindruck, dass mir jemand folgt oder sonst etwas. Ich war nicht wirklich schlecht drauf, aber ich habe mir Sorgen um dich und die Männer gemacht. Ich musste immer wieder daran denken, dass auf eurer Mission etwas schiefgehen könnte. In deinem Gefrierschrank befinden sich also genügend Gerichte für Wochen. Oh, ich weiß! Wir könnten den anderen etwas vorbeibringen. Ich bin sicher, Slate hätte gegen einen Auflauf nichts einzuwenden. Und Midas mag vielleicht den Hackbraten, den ich gemacht habe.«

Mustang beugte sich vor und küsste sie erneut. Sie lächelte und es gefiel ihm, zu spüren, wie glücklich sie war. Er zog sich zurück, nahm ihre Hand und sie gingen weiter zu seinem Wagen. »Niemand bekommt meine Mahlzeiten«, sagte er. »Ich bin noch nicht dazu bereit, diese Köstlichkeiten mit dem Team zu teilen.«

Elodie kicherte. »Es ist nur etwas zu essen, Scott, ich kann mehr davon zubereiten.«

»Nein, du hast das gemacht und es gehört mir.«

»Du bist egoistisch, weißt du das?«, fragte sie mit einem Grinsen.

»Wenn es um dich und deine Gerichte geht? Absolut!«, entgegnete er ohne schlechtes Gewissen. »Was hast du noch gemacht, während ich weg war?«

Mustang sah sich in der Umgebung um, als sie sich seinem Wagen näherten. Es war nichts Verdächtiges zu erkennen. Da waren Menschengruppen, die zu den Booten gingen und zurückkamen, ein paar Männer mit Angelruten und wie immer ein paar obdachlose Männer und Frauen, die unter den Bäumen in der Nähe im Gras lagen.

Er öffnete für Elodie die Tür und wartete, bis sie eingestiegen war. Dann ging er schnell zur Fahrerseite.

Als er seinen Sicherheitsgurt anlegte, sah er zu Elodie hinüber und bemerkte, dass sie ihn mit einem breiten Grinsen anstarrte. »Was?«

»Nichts, es ist nur ... du siehst gut aus, gesund. Ich habe mir Sorgen gemacht.«

»Worüber?«, fragte Mustang, als er den Wagen anließ.

»Dass du nicht richtig isst, im Dreck schlafen musst, dich überanstrengst.« Sie zuckte mit den Schultern. »Ich weiß, das ist dumm, du bist ein SEAL. Du hast für diese Sachen hart trainiert. Das heißt aber nicht, dass ich mir darüber keine Sorgen mache.«

Bevor er vom Parkplatz fuhr, legte Mustang seine Handfläche auf Elodies Wange. Sie lehnte sich sofort dagegen. »Abgesehen von dem zweiten Punkt habe ich mir über dich die gleichen Sorgen gemacht. Ich weiß nicht, wie es dazu gekommen ist, aber du bist mir so tief unter die Haut gefahren, El. Und es gefällt mir.«

»Mir geht es genauso«, sagte sie mit einem Lächeln.

Mustang fuhr kurz mit dem Daumen über ihre Lippen und zwang sich dann, sich zurückzuziehen und sich aufs Fahren zu konzentrieren. Er könnte den ganzen Tag neben ihr sitzen, aber er würde sie lieber nach Hause bringen.

»Also ... du hast meine Frage nicht beantwortet«, sagte er. »Was ist noch Interessantes passiert, während ich weg war?«

»Nichts«, entgegnete Elodie mit einem Achselzucken. »Ich habe gearbeitet. Einige Touristen waren nervig, aber die meisten waren cool. Ich habe gekocht und dir schon gebeichtet, dass dein Gefrierschrank bis oben voll ist. Vielleicht habe ich noch einen neuen Sessel für dein Schlafzimmer gekauft, vielleicht aber auch nicht.«

Mustang runzelte die Stirn. »Babe, ich möchte nicht, dass du Geld für mich ausgibst.«

»Das habe ich nicht«, beharrte sie. »Ich habe es für mich getan. Kai hat mich an einem Nachmittag, als mir die Decke auf den Kopf fiel, zu einem riesigen Flohmarkt mitgenommen. Ich war sehr vorsichtig und wir sind nicht lange geblieben. Ich habe diesen Sessel gesehen und konnte nicht widerstehen. Er hat ein sehr bequemes Sitzkissen und du versinkst einfach darin. Aber ich muss dich vorwarnen, er ist verdammt hässlich. Ich muss ihn neu beziehen lassen, um das Blumenmuster zu überdecken, aber ich dachte, das hat Zeit. Ich habe ihn direkt vors Fenster in deinem Schlafzimmer gestellt und es ist wunderschön, dort bei geöffnetem Fenster zu sitzen und den Wellen zu lauschen. Und ... er ist groß genug für uns beide.«

Mustang konnte sich vorstellen, wie sie dort saß, und er konnte es kaum erwarten, dort zusammen mit ihr zu sitzen. »Wie viel hat er gekostet? Ich werde es dir zurückzahlen.«

»Das wirst du nicht«, widersprach sie energisch.

»Entschuldige«, sagte er überrascht, »ich wollte dich nicht beleidigen.«

Sie seufzte. »Nein, mir tut es leid. Ich wollte nicht gleich laut werden. Aber du hast so viel für mich getan, Scott. Du gibst mir das Gefühl, gewollt und geschätzt zu sein. Du hast keine Ahnung, wie sehr ich das gebraucht habe. Als Köchin hält man sich meistens im Hintergrund auf. Die Gäste denken nur an dich, wenn etwas mit dem Essen nicht stimmt. Und in New York war ich nur die Angestellte. Dann war ich auf der Flucht und habe versucht, nicht aufzufallen.

Aber du hast mich gesehen – *mich*. Für all deine Freundlichkeit hast du nichts verlangt, und ich habe das Gefühl, als würde ich dich ausnutzen. Als ich diesen Sessel gesehen habe, wusste ich sofort, dass er perfekt neben dein Bett passt. Ich möchte nicht, dass du das Gefühl hast, für jede Kleinigkeit bezahlen zu müssen. Ich war sehr lange allein. Ich möchte nicht, dass du mich aushalten musst, okay?«

»Okay«, entgegnete Mustang sofort. »Aber du musst verstehen, dass es nicht in meiner Natur liegt, dich für jeden Mist bezahlen zu lassen. Ich weiß, wie wenig du verdienst. Es ist mir nicht entgangen, dass du in deiner Wohnung nicht sehr viel hast. Ich möchte dir alles geben, was du dir wünschst, El, und ich möchte nicht, dass du dein hart verdientes Geld für mich ausgibst. Wenn du unbedingt etwas kaufen willst, dann mach es, aber sei gewarnt, ich werde mich nicht wohl damit fühlen, wenn du eine Menge Geld für mich ausgibst.«

»Ich verstehe. Dieser Sessel ist genauso für mich wie für dich. Dasselbe gilt für die Nahrungsmittel. Ich möchte nicht, dass du jedes Mal komisch wirst, wenn ich mit zehn Tüten voller Lebensmittel aus dem Supermarkt zurückkomme.«

Mustang presste die Lippen zusammen. Er wollte nicht, dass sie ihr Geld für Gerichte ausgab, die sie beide verzehren würden, aber er verstand ihren Standpunkt. »Wie wäre es, wenn ich bezahle, wenn wir zusammen einkaufen. Wenn du allein gehst, werde ich mich nicht darüber beschweren, wenn du bezahlst.«

»Wirst du mich denn allein in den Laden gehen lassen, wenn du nicht auf Mission bist?«, fragte sie.

Das war eine sehr gute Frage, die Mustang zeigte, wie gut sie ihn kannte. »Ja?«

Sie lachte. »In Ordnung, wir müssen das nicht alles jetzt klären. Solange du anerkennst, dass ich über dreißig bin und nicht mehr zwölf, und einen Beitrag zu unserer Beziehung leisten will, sind wir uns einig.«

Mustang konnte nicht glauben, dass er weiter darüber streiten wollte. Er sollte froh sein, dass sie nicht wollte, dass er für alles bezahlt. Bei jeder anderen Frau wäre er dankbar, dass sie ihn nicht ausnutzen wollte, aber mit Elodie war es anders. Er wollte sich darum kümmern, dass es ihr an nichts fehlte. Sie hatte es in ihrem Leben zu schwer gehabt. Er wollte sie einfach nur glücklich machen.

Als könnte sie seine Gedanken lesen, sagte sie: »Allein mit dir zusammen zu sein macht mich glücklich, Scott. Ich brauche nichts Besonderes. Du weißt, dass ich gern im ABC Store einkaufe. Ich finde es toll, dass es hier fast an jeder Ecke einen gibt. Wenn wir jemals umziehen, weiß ich nicht, wie ich es ohne meine Maui-Zwiebel-Kartoffelchips aushalten soll oder wo ich hingehen soll, wenn ich eine Sonnenbrille, frische Ananas, Sonnencreme oder ein Strandkleid brauche.«

»Woanders heißt das Walmart«, neckte Mustang sie.

Elodie rümpfte die Nase. »Das ist nicht dasselbe, glaub mir.«

»Es ist eigentlich schon dasselbe. Du weißt, dass der ganze Mist dort hauptsächlich aus China kommt, oder?«

»Ach, halt den Mund. Du ruinierst meine hawaiianische Idylle.«

Mustang lachte.

Sie strahlte. »Gott, es ist so gut, dich zurückzuhaben. Ich hatte schon angefangen, mit mir selbst zu reden. Noch mehr als sonst.«

»Ist dieser Sessel groß genug, um darin Sex zu haben?«, platzte er heraus.

Elodie starrte ihn eine Sekunde lang an, dann wurde ihr Lächeln breiter. »Oh ja«, hauchte sie.

»Gut, das werden wir nämlich als Erstes tun«, informierte er sie.

»Sehr gern! Wirst du mich wieder im Flur ausziehen oder

werden wir diesmal versuchen, es bis ins Schlafzimmer zu schaffen?«

»Du redest immer vom Ausziehen. Vielleicht werden wir es nicht einmal bis in meine Wohnung schaffen.«

»Du hast schon geduscht, oder?«, fragte sie lässig.

»Was?«

»Geduscht! Ich werde keinen Sex mit dir haben, wenn immer noch Schmutz aus wer weiß welchem Land an dir klebt.«

Mustang bemühte sich, den Wagen in der Spur zu halten, als er laut lachte. Gott, Elodie war die einzige Frau, die ihn so glücklich machen konnte. »Ja, ich habe geduscht, Baby. Du hättest es definitiv bereits gemerkt, hätte ich das nicht getan. Das würde ich dir nicht zumuten.«

»Okay, Sessel-Sex und danach gebe ich dir eine Führung durch den Gefrierschrank. Du darfst entscheiden, was du essen möchtest. Und dann will ich im Bett oben sein. Ich habe viel zu lange allein dort geschlafen und davon geträumt, dich zu ficken. Anschließend können wir vielleicht duschen und gemeinsam im Sessel das Meer beobachten, während du mir so viel von deiner Mission erzählst, wie du darfst.«

Mustang verschluckte sich fast. »Verdammt, Frau.«

Sie strahlte. »Hey, Frauen können auch geil werden, weißt du?«

Zum Glück hatten sie sein Apartmentgebäude fast erreicht. Mustang wusste nicht, wie lange er es noch aushalten könnte.

»Oh, und ich sollte dich wahrscheinlich wissen lassen, dass ich mich noch um etwas anderes gekümmert habe, während du weg warst.«

»Und was war das?«, fragte er.

»Zwei Tage nach deiner Abreise habe ich Kalani gebeten, mich zum Frauenarzt zu begleiten. Sie hat mich gefahren ... und jetzt bin ich stolze Besitzerin eines Verhütungsstäbchens. Das Implantat sitzt in meinem Oberarm und hält bis zu vier Jahre. Wenn ich vorher schwanger werden möchte – was durchaus passieren kann, wenn ich ehrlich bin, denn ich werde ja auch nicht jünger –, kann es vorher entfernt werden.«

Mustang parkte seinen Wagen ein und starrte sie einen Moment lang an. Sie lächelte ihn schüchtern an. Er hatte Schwierigkeiten zu verdauen, was sie gerade gesagt hatte. Was genau hatte sie gesagt?

»Ich habe mich auch gleich testen lassen, nur für den Fall«, fügte sie hinzu. »Ich bin nicht davon ausgegangen, dass etwas nicht stimmt, aber ich wollte für dich sicher sein, dass es in Ordnung ist, ohne Kondom Sex mit mir zu haben.«

»Ich ... du ...« Mustang räusperte sich. Scheiße, er musste sich zusammenreißen, aber sein Schwanz pulsierte so stark, dass er nicht sicher war, ob er noch gehen könnte. »Ich bin auch gesund«, brachte er heraus.

»Das dachte ich mir. Also ... ich denke, wir können die Kondome in der Schublade lassen ... wenn du möchtest. Es ist auch in Ordnung, wenn du noch warten möchtest. Ich weiß, dass unsere Beziehung noch jung ist, und ich ...«

Sie wurde unterbrochen, als Mustang aus dem Wagen stieg und auf ihre Seite kam. Er ließ ihr nicht die Gelegenheit zu fragen, was er vorhatte. Er öffnete einfach die Tür und zog sie heraus. Diesmal warf er sie tatsächlich über seine Schulter.

Er hörte sie lachen, als er zum Wohnungseingang ging.

»Also, vielleicht fangen wir doch mit Sex im Flur an und arbeiten uns dann zum Sessel vor«, sagte sie.

Ja, das klang realistischer. Mustang wusste, dass er es nicht bis ins Schlafzimmer schaffen würde. Genau wie in ihrer ersten Nacht musste er diese Frau sofort haben. Und diesmal würde er sie direkt spüren. Er konnte es verdammt noch mal nicht erwarten.

In der Sekunde, in der sie in der Wohnung waren und er sie abgesetzt hatte, fielen sie übereinander her. Es dauerte länger, sie auszuziehen, weil sie noch ihren Badeanzug unter der anderen Kleidung trug. Aber bevor sie zu Atem kommen konnte, kniete er vor ihr und hatte seinen Mund an ihrer Muschi.

»Scott!«, rief sie aus.

Der Geschmack ihrer Erregung explodierte auf seiner Zunge und Mustang packte sie fest an ihren Hüften. Er hoffte, dass er keine blauen Flecke hinterlassen würde. Sie war genauso bereit für ihn wie er für sie, und innerhalb von zwei Minuten krümmte sie sich in seinen Armen und bettelte um mehr.

Noch bevor ihr Orgasmus abgeklungen war, schob er sich die Hose über seinen Hintern und hob Elodie hoch. Er machte sich nicht die Mühe, sich komplett auszuziehen.

Sie lehnte sich gegen die Tür, schlang ihre Beine um seine Taille und sah ihm mit so viel Leidenschaft und Liebe in die Augen, dass Mustang dachte, er würde explodieren, bevor er überhaupt in sie eingedrungen war. Mit einer Hand hielt er sie am Hintern fest und mit der anderen schob er seinen Schwanz an ihre feuchte Öffnung.

Er hielt den Atem an, als er langsam in sie hineinglitt. Sein Schwanz war dick und sie war so eng, aber wie immer fühlte es sich absolut erstaunlich an. Ohne das Kondom zwischen ihnen war es noch besser. Er schaute ihr tief in die Augen, als er anfing, sie hart und schnell zu ficken. Er fühlte sich ihr näher als jemals zuvor. Es war, als hätte die Befreiung von dem Kondom die letzte Barriere auch auf mentaler Ebene zwischen ihnen beseitigt.

»Ich liebe dich«, platzte es aus ihm heraus ... dann beruhigte er sich.

Er hatte es ihr noch nicht sagen wollen. Er wollte ihr mehr Zeit geben, um ihn kennenzulernen. Er wollte tun, was er konnte, damit sie ihn auch liebt. Er betete, dass er damit nicht alles ruiniert hatte.

Ihre Augen weiteten sich und füllten sich mit Tränen. Mustang geriet für den Bruchteil einer Sekunde in Panik.

»Ich liebe dich auch«, flüsterte sie.

Mustang stieß noch einmal hart in sie hinein und kam. Genau da und dort ohne weitere Anstrengung. Er füllte ihre Muschi mit dem größten Erguss, den er jemals gehabt hatte. Es fühlte sich an, als würde es gar nicht mehr aufhören.

Zu wissen, dass sie ihn auch liebte, war die größte Erleichterung, die er jemals gespürt hatte.

Ohne ihre Verbindung zu trennen, zog Mustang Elodie fest an sich und ging mit ihr in sein Schlafzimmer. Er musste etwas unbeholfen über den Boden schlurfen, weil ihm die Hose heruntergerutscht war, aber er wollte Elodie nicht loslassen. Sie lehnte sich an ihn und er spürte ihren weichen Atem an seinem Hals, als sie versuchte, wieder zu Atem zu kommen.

Als er sein Schlafzimmer betrat, beugte er sich vor, nahm die Decke vom Bett und warf sie über den hässlichsten Sessel, den er jemals gesehen hatte. Elodie hatte ihn gewarnt, dass das Muster hässlich war, und sie hatte nicht untertrieben. Aber er wollte den Stoff beim Sex nicht einsauen, wenn sie noch viel Zeit in diesem Sessel verbringen wollten.

Er setzte sich und stöhnte. Sie hatte recht gehabt, der Sessel war unglaublich bequem.

Elodie schob ihre Knie neben seine Hüften, setzte sich auf ihn und lächelte ihn an.

»Lachst du mich aus, Frau?«, fragte er knurrend.

»Ich? Nein, das würde ich niemals tun«, antwortete sie nicht gerade sehr unschuldig.

Mustang wurde ernst. »Sag es noch einmal«, befahl er.

Sie nahm seinen Kopf zwischen ihre Hände und streichelte über seinen Bart. »Ich liebe dich.« Sie zögerte nicht einmal.

Mustangs Schwanz zuckte in ihr und sie stöhnte, als sie sich auf seinem Schoß bewegte. Erstaunlicherweise war Mustang schon wieder bereit. Er hoffte nur, dass er diesmal länger durchhalten würde. Es wäre ihm peinlich gewesen, so schnell gekommen zu sein, aber er nahm an, dass sie ihm vergeben würde. Das letzte Mal war immerhin zwei Wochen her, und er war das erste Mal ohne Kondom in ihr, und die Frau seines

Lebens hatte gerade zugegeben, dass sie ihn genauso liebte wie er sie.

»Halt dich an mir fest«, sagte er und wartete darauf, dass sie nach seinen Schultern griff, bevor er anfing, seine Frau zu ficken.

Später ... viel später ... nachdem sie gegessen und geduscht und sich noch einmal geliebt hatten, lag Elodie in Mustangs Armen in seinem Bett und er lauschte ihrem Atem, während sie schlief. Er war wahnsinnig müde, aber auch zufriedener als jemals zuvor.

Mustang küsste Elodie auf die Schläfe und schloss dann die Augen. Er war froh, dass sie in Sicherheit war, und schwor sich, dass es so bleiben sollte.

Andrew sah mit finsterer Miene auf das Apartmentgebäude vor sich. Er war müde, hungrig und brauchte eine Dusche. Hawaii sollte ein Paradies sein, aber bisher war es für ihn nur eine Qual gewesen. Die Straßen waren verstopft, es war zu heiß und die Luftfeuchtigkeit war viel zu hoch. Außerdem hatte es viel länger gedauert, diese verdammte Elodie Winters zu finden, als es Paul und ihm lieb gewesen wäre.

Aber er hatte es endlich geschafft.

Es war leicht gewesen herauszufinden, dass das Navy SEAL-Team, das die *Asaka Express* gerettet hatte, in Honolulu stationiert war. Die Vorwahl der Telefonnummer hatte ihn direkt zum Militärstützpunkt Pearl Harbor-Hickam geführt. Paul hatte einen Informanten mit Zugang zu den Personalakten bezahlt und so die Namen der SEALs erfahren, die sich auf dem Containerschiff befunden hatten. Es war nicht schwierig gewesen, sich auch die Telefonnummern der Männer zu beschaffen, und nur eine Nummer passte zu den Ziffern, an die Valentino sich erinnert hatte.

Scott Webber.

Andrew war nach Honolulu geflogen, sobald er Personenbeschreibung, Adresse und Fahrzeuginformationen des Mannes erhalten hatte. Erst nachdem er die sonnige Insel erreicht hatte, erfuhr er von seinem Informanten, dass die SEALs auf Mission waren. Es wäre der perfekte Zeitpunkt gewesen, sich die Schlampe zu schnappen und sie ein für alle Mal loszuwerden ... aber obwohl er sie mit eigenen Augen gesehen hatte, war er nicht in der Lage gewesen, sich ihr zu nähern. Seit Andrews Ankunft hatte Elodie die Wohnung des SEALs nur verlassen, um zum Hafen zu fahren. Jeden Tag wurde sie von einem Mann abgeholt und wieder zurückgebracht, und das Apartmentgebäude hatte eine Sicherheitsanlage, die es ihm verwehrte, unerkannt eintreten zu können. Überall waren Kameras installiert.

Andrew hatte es geschafft, den einzigen Parkplatz zu finden, der sich wahrscheinlich außerhalb der Reichweite der Überwachungskameras befand. In der hintersten Ecke, direkt an der Straße. Sein unscheinbarer schwarzer Leihwagen fiel kaum auf, aber da er bisher keinen Zugang zu Elodie bekommen konnte, war er gezwungen gewesen, sich mehr Zeit zu nehmen und einen anderen Plan auszuarbeiten.

Er hatte gehofft, die Geschichte erledigt zu haben, bevor dieser Navy SEAL von seiner Mission zurückkehrte, aber das Glück war nicht auf seiner Seite gewesen. Er hatte vom Hafenparkplatz aus zugesehen, wie Elodie mit ihm auf dem Steg herumgemacht hatte. Der Ausdruck des Verlangens auf dem Gesicht des Mannes war ihm nicht entgangen, als er Elodie vor einigen Augenblicken in das Gebäude getragen hatte. Es würde jetzt noch schwieriger werden, an sie heranzukommen, aber nicht unmöglich. An diesem Morgen hatte Andrew endlich den perfekten Plan entwickelt, aber er musste bis Sonntag warten, um ihn auszuführen. Es würde Paul ein Vermögen kosten, aber am Ende würde es das wert sein. Andrew konnte es verdammt noch mal kaum erwarten. Er wollte nur noch nach New York zurückfliegen. Er hatte diese Schlampe so satt.

Andrew startete den Wagen und fuhr vom Parkplatz. Es war nicht nötig, das Apartmentgebäude die ganze Nacht zu überwachen, nicht, nachdem sein Plan in Gang gebracht war. Er war bei seiner Überwachung bisher sehr vorsichtig gewesen und hatte verhindern wollen, dass Elodie das Gefühl bekam, dass ihre letzte Stunde nahte. Das Überraschungsmoment war auf seiner Seite und er wusste ohne Zweifel, dass er diese Schlampe unvorbereitet treffen würde. Selbst ihre Beziehung mit einem Navy SEAL würde sie nicht vor Pauls Zorn retten können. Sie dachte vielleicht, dass sie hier im Paradies frei war und unerkannt mit einem SEAL ficken konnte ... aber da lag sie falsch.

Die Mafia würde am Ende immer gewinnen – immer!

KAPITEL NEUNZEHN

Elodie stand am Ende des Stegs und umarmte Scott fest. Es war Sonntag, was normalerweise ihr freier Tag war, aber sie hatte kein Problem damit, Perry und Kahoni den Gefallen zu tun, einen Kunden auf eine Angeltour zu begleiten. Sie waren das Risiko eingegangen und hatten sie eingestellt, obwohl sie keine Erfahrung gehabt hatte, was für sie damals ein Dach über dem Kopf und etwas zu essen bedeutet hatte. Die Arbeit hatte es ihr ermöglicht, in Hawaii zu bleiben und schließlich Scott zu treffen. Sie würde alles für die Besitzer der *Fish Tales* tun.

»Du wirst wirklich zur Arbeit fahren?«, fragte sie Scott. Nach seiner Mission hatte er ein paar Tage freigehabt. Aber so sehr er ihre Gesellschaft genoss, wenn sie nicht arbeitete, wusste sie, dass es ihn bereits juckte, wieder selbst zur Arbeit zu gehen.

»Ja, nur für ein paar Stunden. Wir hatten die Nachbesprechung bereits am Tag nach unserer Rückkehr, aber ich möchte noch mal den Papierkram durchgehen und mich davon überzeugen, dass wir nichts übersehen haben.«

Elodie war beeindruckt von Scotts Gründlichkeit. Er nahm

seinen Job als Teamleiter sehr ernst und dafür liebte sie ihn umso mehr. »Okay.«

»Ich hole dich gegen Mittag hier ab. Vielleicht können wir dann nach Makapuu fahren. Was meinst du?«

Elodie nickte. Makapuu hatte einen der besten Strände zum Surfen auf der Insel, aber sie würde nicht ins Wasser gehen, auf keinen Fall.

Scott lachte in sich hinein. »Ich weiß, du machst es nur mir zuliebe, aber ich weiß das zu schätzen. Du kannst ein Buch lesen, während ich eine Weile surfe. Danach können wir nach Waimanalo fahren und dort im Smokey Ranch Barbeque Restaurant essen. Ich garantiere dir, dass es dort das beste Fleisch gibt, das du jemals gegessen hast.«

»Das garantierst du? Du scheinst vergessen zu haben, dass ich Köchin bin und in einigen der besten Restaurants des Landes gegessen habe«, sagte Elodie.

»Das habe ich nicht vergessen. Aber ich verspreche dir, dass es dir dort gefallen wird.«

»In Ordnung, aber ich möchte nach der Arbeit erst zu Mittag essen. Dann kannst du deinen Spaß in Makapuu haben und ehe du fertig bist, werde ich verhungert sein.«

»Abgemacht«, sagte Scott mit einem Lächeln. »Fürs Protokoll, ich hatte vorgehabt, dir eine Kleinigkeit zum Mittagessen mitzubringen, um dich über Wasser zu halten, aber wir können auch essen gehen.«

»Du bist so gut zu mir«, sagte Elodie zu ihm.

»Ich liebe dich, es ist meine Aufgabe, gut zu dir zu sein.«

Sie würde es nie müde werden, ihn sagen zu hören, dass er sie liebte. Elodie machte sich keine Gedanken mehr darüber, was in einer Beziehung »richtig« oder »normal« war. In Bezug auf Scott und sie gab es kein Normal. Sie war zufrieden, wie die Dinge liefen, und hatte großes Vertrauen darin, dass sie füreinander bestimmt waren. »Ich liebe dich auch und wir sehen uns später.«

»Viel Spaß und pass auf dich auf«, sagte Scott.

»Das werde ich. Ich freue mich darauf, dass es heute etwas entspannter wird, da es nur ein Gast ist. Da müssen wir hoffentlich nicht so förmlich sein, vorausgesetzt der Typ sieht das auch so gelassen.«

»Das hoffe ich auch für dich.« Dann beugte Scott sich vor und küsste sie. Sie hatten den Morgen mit vielen Kuscheleinheiten im Bett begonnen, da sie beide noch müde vom Liebesspiel in der Nacht zuvor waren und nicht den Drang verspürt hatten, mehr zu tun, als leise miteinander zu reden, bevor sie aufstehen mussten.

Elodie umarmte Scott noch einmal, nahm dann ihren Rucksack und ging den Steg hinunter. Sie drehte sich um und winkte noch einmal, bevor sie sich der *Fish Tales* zuwandte. Kai war bereits an Bord und begrüßte sie mit einem herzlichen »Aloha!«, als sie an Bord kam.

Sie verbrachte ungefähr zwanzig Minuten damit, das Boot vorzubereiten, während Kai Papierkram erledigte und alle Anlagen auf Seetüchtigkeit überprüfte, damit sie nicht mitten auf dem Meer liegen blieben.

Ihr Gast für diesen Tag erschien pünktlich.

»Hallo?«, rief er mit tiefer männlicher Stimme.

Elodie ging auf das Achterdeck und winkte dem Mann zu, der am anderen Ende der Planke stand.

»Aloha! Sind Sie Steven Miller?«, fragte sie.

»Der bin ich«, antwortete der Mann fröhlich. Er trug Jeans und ein Polohemd, nicht gerade Angeluniform, aber Elodie hatte ihre Gäste schon in allem Möglichen auftauchen sehen, also überraschte sie nichts mehr. Steven hatte dunkles Haar, das mit einer Art Öl nach hinten gekämmt war. Seine Nase war etwas lang und an der Spitze irgendwie gekrümmt und seine Zähne waren ziemlich gelb. Er war glatt rasiert, seine braunen Augen leuchteten und er sah aus, als freute er sich auf den Tag.

In der Hand hielt er eine Schachtel. »Ich habe Donuts und Kaffee mitgebracht«, sagte er, als er an Bord kam.

»Das ist nett von Ihnen«, sagte Elodie, »aber das wäre wirklich nicht nötig gewesen. Wir haben Snacks und Kaffee an Bord.«

»Ich war mir nicht sicher. Ich habe so etwas noch nie gemacht«, sagte Steven. »Ich bin wahnsinnig aufgeregt.«

»Das ist großartig. Ich bin Melody und Kai ist unser Kapitän und wird uns mit dem Angeln helfen.«

Elodie bat Steven, Platz zu nehmen, und gab ihm ein paar Formulare zum Ausfüllen. Sie händigte ihm außerdem die Regeln und Vorschriften für den Ausflug aus. Darunter befanden sich das Rauchverbot, eine Erklärung, was passieren würde, sollte er einen Fisch fangen, und seine Angelerlaubnis für den heutigen Tag. Alle Kosten waren in der Miete für das Boot enthalten.

Er lachte und scherzte mit ihr und Kai, als er die Unterlagen ausgefüllt hatte und sie das Boot fertig machten.

»Also, Ihre Familie konnte sich nicht fürs Angeln begeistern?«, fragte Kai, nachdem Elodie Steven die Sicherheitsunterweisung gegeben und ihm gezeigt hatte, wo die Schwimmwesten für den Notfall aufbewahrt wurden.

»Nein, Margaret und die Mädchen schlafen immer noch. Sie sind keine Morgenmenschen und verbringen ihre Zeit lieber damit, in Waikiki einzukaufen und am Strand abzuhängen. Sie waren sehr schnell einverstanden damit, dass ich das allein mache. Ich kann es kaum erwarten, einen Speerfisch zu fangen. Meine Freunde zu Hause in Massachusetts werden so neidisch sein!«

Sie unterhielten sich weiter, während sie sich auf den Weg zum Pinnacle machten, dem Angelplatz, den Kahoni als erste Anlaufstelle vorgeschlagen hatte. Kai stand oben in dem kleinen Steuerhaus und Melody unterhielt sich mit Steven und vertrieb ihm die Zeit.

Es war eigentlich sehr interessant. Er hatte ihr erzählt, dass er Versicherungsvertreter sei. Das konnte man ihm förmlich ansehen. Er war kontaktfreudig und gesellig und brachte sie häufig zum Lachen. Er erzählte ihr Geschichten über seine

Frau und seine Töchter und erklärte, dass sie geschäftlich nach Hawaii geflogen waren. Er hatte an einer Tagung teilgenommen und neue Kontakte geknüpft, während seine Familie einkaufen war.

Nur dass er keinen Ehering trug, kam Elodie merkwürdig vor. Sie dachte sich aber nicht viel dabei. Es gab viele Gründe, warum ein Mann keinen Ring trug. Steven schien sich nicht an sie ranmachen zu wollen, also lag es vermutlich nicht daran, dass er andere Frauen abschleppen wollte.

Als sie die Gegend erreicht hatten, in der sie in der Vergangenheit viel Glück beim Angeln gehabt hatten, kam Kai herunter und warf mit Steven die Köder und die Leinen aus.

Angeln war nicht gerade Elodies Lieblingsbeschäftigung. Es war eigentlich ziemlich langweilig, darauf zu warten, dass endlich ein Fisch anbiss. Wenn das passierte, verwandelte sich die Langeweile allerdings in Aufregung, wenn die Gäste versuchten, ihren Fang einzuholen. Sie saß währenddessen im Schatten und versuchte, begeistert auszusehen. Normalerweise war sie damit beschäftigt, Kinder oder andere Gäste zu unterhalten, die nicht aktiv am Angeln beteiligt waren. Da heute aber nur Steven ihr Gast war und Kai mit ihm über die verschiedenen Arten hawaiianischer Fische in der Gegend diskutierte, war sie ihren eigenen Gedanken überlassen. Und natürlich drehten diese sich um Scott.

Sie hätte viel lieber den Morgen mit ihm verbracht, aber sie konnte sich nicht wirklich beschweren. Sie war in Hawaii und verdiente Extrageld mit Überstunden. Außerdem war es ein wunderschöner Tag.

Als Kai kurze Zeit später an ihr vorbei zur Treppe ging, runzelte sie verwirrt die Stirn. »Wir fahren schon?«

»Ich habe ihm von der Pinguin Bank erzählt und er war begeistert. Er möchte gern in tiefere Gewässer und als ich ihm erklärte, dass es dort Haie geben könnte, leuchteten seine Augen.« Kai lachte. »Ich weiß nicht, warum ihr Touristen so vernarrt in Haie seid.«

Elodie schauderte. »Ich bin keine Touristin und außerdem könnte ich mein ganzes Leben lang sehr gut ohne Haie auskommen.«

»Er scheint ohnehin nicht allzu sehr am Angeln interessiert zu sein«, fuhr Kai fort. »Er hat nur darüber gesprochen, wie unterschiedlich hier alles im Vergleich zu Massachusetts ist. Er ist außerdem neugierig, wie du dazu gekommen bist, an Bord eines Fischerbootes in Hawaii zu arbeiten.« Kai grinste. »Du musst schon zugeben, dass du nicht gerade eine typische Angestellte auf solchen Booten bist.«

»Du meinst, weil ich zu weiß, zu alt und nicht am Surfen interessiert bin?«, fragte Elodie lachend.

»Genau, du bist dran, ihn zu unterhalten, während ich uns in tiefere Gewässer bringe«, sagte Kai.

»Danke«, murmelte Elodie. Sie war nicht besorgt darüber, dass Steven mit Kai über sie gesprochen hatte, sie wusste, dass die Leute auf so einem Ausflug nicht eine Frau wie sie erwarteten. Aus irgendeinem Grund schienen die Gäste jedes Mal überrascht zu sein, eine Frau auf dem Boot vorzufinden. Als könnten Frauen keine Angler oder auf einem Fischerboot beschäftig sein. Solange sie dadurch nicht die Aufmerksamkeit der Columbus-Familie erregte, war es ihr egal, ob sich die Touristen über ihre Geschichte wunderten.

Dreißig Minuten später schaukelte die *Fish Tales* in tieferen Gewässern, weit vor der Küste von Waikiki, hin und her. Elodie mochte es nicht besonders, wenn sie so weit draußen waren, aber es gehörte dazu. Dieser Ausflug wäre zum Glück bald vorbei. Sie hatten nur noch zwei Stunden, bevor sie zurückmussten.

Elodie verlor sich etwas in Gedanken und dachte darüber nach, wie sie später mit Scott nach Makapuu fahren würde. Sie machte sich eine mentale Notiz, sich vorher noch einmal mit Sonnenschutz einzucremen. Ihre Haut war definitiv dunkler geworden, seit sie in Hawaii war, aber sie bekam immer noch viel zu leicht Sonnenbrand und wollte sich so gut wie möglich schützen.

Ein seltsames Geräusch kam vom Achterdeck, wo die Angelrouten ins Wasser hingen, und sie drehte sich um.

Steven stand mit in die Hüften gestützten Armen auf dem Deck und starrte sie mit einem Blick an, den sie nicht deuten konnte.

Ein Schauer lief ihr über den Rücken und sie fühlte sich unbehaglich. Elodie machte einen Schritt auf die Türen zu, die den überdachten Sitzbereich vom Achterdeck trennten. Dann erstarrte sie, als sie sah, was Steven in der Hand hielt.

Er hielt eine Pistole mit einem langen Lauf.

Dann entdeckte sie Kai. Er lag mit dem Gesicht nach unten auf dem Deck hinter Steven und rührte sich nicht.

Ihr Fluchtinstinkt aktivierte sich. Sie wirbelte herum und lief zu der Treppe, die zum Steuerhaus führte.

Sie wusste, dass die Tür Steven nicht lange aufhalten würde, und sie befanden sich buchstäblich mitten im Nirgendwo. Auf dem kleinen Boot gab es keinen Ort, an dem sie sich verstecken konnte, anders als auf der *Asaka Express*, wo es endlos viele Plätze gegeben hatte, um sich vor den Piraten zu verstecken.

»Elodie!«, rief Steven und sie zitterte wieder ...

Dann wurde ihr klar, dass er gerade ihren richtigen Namen verwendet hatte. Er hatte sie nicht Melody genannt.

Sie bekam Panik.

Scheiße, Paul Columbus hatte sie gefunden. Steven war natürlich nicht Paul, aber offensichtlich war er ein Vertrauter des Familienoberhauptes.

Adrenalin schoss durch ihren Körper, als sie sich im Steuerhaus umsah. Sie würde es auf keinen Fall bis an Land schaffen, bevor Steven oder wie auch immer er hieß in den kleinen Raum eindrang. Er würde sie töten. Das wusste sie so sicher wie ihren Namen.

Er bestätigte es ihr mit seinen nächsten Worten.

»Du kannst nicht entkommen, Elodie. Es ist vorbei. Du hast dich lange genug versteckt, aber deine Zeit ist abgelaufen. Du wusstest doch, dass du uns niemals entkommen würdest.«

Elodie schaute auf das kleine Seitenfenster des Steuerhauses und griff nach der Verriegelung. Sie würde nicht kampflos untergehen. Sie hatte zu viel zu verlieren. Sie hatte jetzt Scott und seine Freunde. Sie hatte ein Leben vor sich. Noch vor ein paar Monaten hätte sie vielleicht aufgegeben, aber nicht jetzt.

Sie schob sich mit dem Oberkörper durch das Fenster und schaffte es, ihre Füße ebenfalls hindurchzuzwängen, ohne den Halt zu verlieren. Da war ein schmaler Vorsprung und sie hangelte sich um den oberen Teil des Bootes herum, während sie verzweifelt versuchte, einen Plan auszuarbeiten. Dann erinnerte sie sich an das Notsignal, das Kahoni und Perry für Notfälle auf dem Boot installiert hatten. Wenn das Boot sank, würde es automatisch ausgelöst werden, um ihren Standort zu signalisieren, aber es konnte auch manuell vom Steuerhaus aus aktiviert werden.

Aber jetzt war es dafür zu spät. Sie sah, wie Steven den Kopf durch das Fenster steckte, aus dem sie gerade geklettert war. Er lachte sie aus.

»Wohin willst du denn, Elodie? Du kannst mir nicht entkommen. Sieh dich doch um, das wirst du nicht überleben. Komm zurück und ich werde dich schnell und schmerzlos töten.«

Elodie entfernte sich weiter von ihm, bis sie das Achterdeck überblicken konnte. Als sie nach unten schaute, sah sie Kai, der in einer Blutlache auf dem Deck lag. Sie wollte weinen. Genau davor hatte sie Angst gehabt, dass jemand anderes ihretwegen verletzt oder sterben würde.

Die Panik setzte wieder ein. Was sollte sie tun? Es gab nur sehr wenige Möglichkeiten. Sie hatte keine Waffe und Steven könnte sie leicht überwältigen. Sie glaubte ihm kein Wort, wenn er sagte, dass er sie schnell töten würde. Das böse Funkeln in seinen Augen sagte etwas anderes.

»Hallo, mein Mädchen.«

Sie zuckte überrascht zusammen und sah, wie Steven sie vom Deck aus anstarrte. Er war innerhalb von Sekunden vom Steuerhaus zum Deck gelangt.

Sie kletterte noch einmal um das Steuerhaus herum, damit Steven keine direkte Schusslinie hatte, wenn er sich entschloss abzudrücken.

Sie schaute über das Wasser und konnte Diamond Head in der Ferne kaum erkennen. Kai hatte ihm direkt in die Hände gespielt und sie weiter aufs offene Meer hinausgebracht. Und da es Sonntag war, waren heute nicht annähernd so viele Fischerboote unterwegs wie sonst. Elodie sah sich schnell um und bemerkte, dass sie das einzige Boot hier draußen waren.

»Du machst es uns so viel schwieriger, als es sein müsste«, spottete Steven. »Komm runter, bevor ich dazu gezwungen bin, dich zu erschießen. Dein Leichnam würde einfach ins Meer fallen, zu Grund sinken und von Haien gefressen werden.«

Damit wurde ihr klar, dass genau das die ganze Zeit sein Plan gewesen war. Er würde ihre Leiche ins Meer werfen und niemand würde jemals herausfinden, was mit ihr passiert war. Scott würde sich für immer fragen, ob sie wieder davongelaufen oder ob ihr etwas zugestoßen war.

Nein, er würde wissen, dass sie niemals ohne ein Wort zu ihm verschwunden wäre. Aber selbst wenn er das wüsste, würde ihr Verschwinden ihn zerstören.

Ihre Gedanken rasten und sie versuchte, eine Lösung für ihre missliche Lage zu finden, einen Weg, lebendig hier herauszukommen.

Und dann wusste Elodie, was sie zu tun hatte.

Alles in ihr rebellierte dagegen, aber sie wusste, dass es der einzige Weg war. Die einzige Chance, die sie hatte, um lebend zu entkommen. Es war nur eine geringe Chance und vieles konnte schiefgehen, aber sie hatte keine andere Wahl.

Elodie drehte den Kopf herum und sah, wie Steven sich gegen die Brüstung lehnte und sie anstarrte. Er hätte sie längst erschießen können, aber stattdessen genoss er ihre Panik. Das Böse leuchtete in seinen Augen und Elodie wusste, dass er sie foltern würde, wenn er sie in die Hände bekam.

»Es tut mir leid, Kai«, flüsterte sie.

Dann schob sie sich auf dem Boot so weit wie möglich nach vorne, holte tief Luft und sprang.

»Nein!«, hörte sie Steven noch schreien, als sie durch die Luft glitt. Dann hörte sie nur noch das Rauschen des Wassers, das über ihren Kopf schoss.

Aus Angst, Steven würde auf sie schießen, blieb sie, solange sie konnte, unter Wasser und hielt den Atem an, während sie verzweifelt versuchte, so weit wie möglich vom Boot wegzukommen.

Als sie schließlich Luft holen musste, drehte sie sich um und sah sich nach dem Boot um. Unglaublicherweise hatte sie es geschafft, sich mindestens fünfundzwanzig Meter zu entfernen. Steven stand immer noch auf dem Achterdeck. Er war nicht zum Steuerhaus gelaufen, um zu versuchen, das Boot zu lenken.

Sie strampelte mit den Füßen und versuchte, sich zu beruhigen. Ihr Herz raste und Elodie wusste, dass sie ohnmächtig werden würde, wenn sie ihre Atmung nicht verlangsamte.

»Was jetzt?«, rief Steven ihr zu. »Du weißt, wie dumm das war, oder? Schau dich um, Elodie. Willst du bis ans Ufer zurückschwimmen?« Er lachte. »Das wirst du nie schaffen. Komm zurück zum Boot und wir machen ein Geschäft.«

Elodie machte sich nicht einmal die Mühe zu fragen, was für ein Geschäft das sein sollte. Sie wusste, dass er log. Sie war nicht dumm. Sobald sie einen Fuß auf das Boot setzte, würde er sie töten – langsam und qualvoll. Ihre einzige Chance, hier lebend herauszukommen, bestand darin, dass Scott bemerkte, dass etwas nicht stimmte, wenn er sie abholen wollte und das Boot nicht da wäre.

»Schlampe! Ich habe gesagt, komm zurück! Auf der Stelle!«, rief Steven, als sie nicht die geringsten Anstalten machte, zum Boot zurückzuschwimmen.

Als Antwort darauf setzte Elodie sich wieder in Bewegung und entfernte sich weiter.

Sie sah, wie Steven auf dem Deck auf und ab ging, bevor er sich umdrehte und sich zum Sitzbereich begab. Als Elodie ihn schließlich im Steuerhaus entdeckte, spannte sie sich an. Er könnte sie leicht überfahren oder sie erschießen, wenn er näher dran war.

Sie hörte, wie der Motor ansprang, und das Boot fing an, sich im Kreis zu drehen.

Sie hätte gelacht, wenn die Situation nicht so brenzlig gewesen wäre. Es war offensichtlich, dass der Mann noch nie zuvor ein Boot gesteuert hatte. Kahoni hatte ihr ein paar Fahrstunden gegeben, als sie eingestellt wurde. Er hatte ihr auch die kleinen Macken des Bootes erklärt. Aus irgendeinem Grund hatte der Mechaniker das Steuer verkehrtherum eingesetzt. Um nach rechts zu fahren, musste man also nach links steuern und umgekehrt. Es war verwirrend, aber die Bootsbesitzer fanden es lustig und dachten, es wäre eine interessante Eigenart. Sie hatte sich an die Lenkung gewöhnt, war aber froh, dass sie nicht sehr oft für das Steuer verantwortlich war.

Sie sah, wie das Boot jetzt nach vorne schoss und Stevens Kopf hinter dem Ruder verschwand.

Kahoni und Perry hatten auch einen sehr starken Motor eingebaut. Wenn man mit dem Gas nicht sehr vorsichtig war, würde das Boot losrasen, wie es gerade der Fall gewesen war.

Trotz seiner Unfähigkeit schaffte Steven es, das Boot näher an sie heranzubringen. Er kam zurück zum Achterdeck und zielte mit der Pistole auf sie. Obwohl sie keine Schüsse hörte, sah Elodie, wie die Kugeln das Wasser vor ihr aufwirbelten. Jetzt wurde ihr klar, warum der Lauf der Waffe so lang war ... es war ein Schalldämpfer.

Elodie tauchte wieder unter und tat ihr Bestes, um außerhalb der Reichweite der Pistole zu schwimmen.

Als sie wieder Luft holen musste, sah sie, wie Steven sich über das Geländer des Bootes beugte.

»Weißt du was? Das ist sogar noch besser!«, schrie er. »Ich wollte es schnell und einfach machen, aber das gefällt mir. Paul wird das auch gefallen. Bleib ruhig im Wasser, bis du irgendwann müde wirst ... es wird immer schwieriger werden, sich über Wasser zu halten. Dann wirst du dehydrieren und die Sonne wird dich rösten wie einen Käfer auf dem heißen Asphalt. Ganz abgesehen davon, dass für heute Abend ein Sturm angekündigt ist ... wenn du es so lange schaffst. Ich habe gehört, dass die Ripströmungen in Hawaii ziemlich brutal sind. Und dann sind da noch die Haie. Ich habe noch ein Abschiedsgeschenk für dich ... ich werde den Köder auskippen, mit dem du mir helfen wolltest, einen verdammten Fisch zu fangen. Vielleicht findet ein Hai gefallen an deinen Zehen und nimmt einen Bissen.«

Elodie weinte jetzt. Sie konnte es nicht ändern, sie hatte Angst. Sie hatte nicht wirklich einen Plan gehabt, als sie ins Wasser gesprungen war. Sie hatte nur gewusst, dass sie von Steven wegmusste. Aber jetzt realisierte sie ihre Lage. Sie befand sich mitten im Meer, viel zu weit draußen, um an Land schwimmen zu können, und höchstwahrscheinlich würde sie einen langsamen Tod sterben, genau wie Steven und Paul es wollten.

»Ich habe nichts getan!«, schrie sie.

»Du hast Nein zu dem mächtigsten Mafia-Boss in New York gesagt!«, schrie Steven zurück. »Niemand widersetzt sich Paul Columbus!«

Und damit drehte Steven sich um und ging. Sekunden später war er zurück und goss die Köder ins Wasser. Er goss etwas auf jeder Seite aus und hinten über die Brüstung. Sie wusste aus Erfahrung, wie blutig und stinkend diese Köder waren. Viele Gäste hatten sich darüber beschwert, aber sie hatte ihnen immer geduldig erklärt, dass es für die Kreaturen im Meer umso attraktiver sei, je mehr der Köder stank.

Elodie sah sich verzweifelt um und versuchte, weiter von dem Boot wegzuschwimmen, auf dem sich ein Verrückter befand, der sie umbringen wollte. Sie sah noch keine Rückenflossen aus dem Wasser ragen, aber es war nur eine Frage der Zeit.

Steven hob seine Waffe und schoss noch ein paarmal auf sie, aber sie entfernte sich immer weiter. Dann herrschte für einen Moment Stille, bevor die Motoren der *Fish Tales* wieder ansprangen und das Boot erneut taumelte. Es wackelte hin und her, als Steven versuchte, den leistungsstarken Motor zu kontrollieren. Dann steuerte er auf die Insel Oahu zu, die in der Ferne kaum erkennbar war.

Für eine Sekunde starrte Elodie mit einer Mischung aus Erleichterung und Entsetzen dem Boot hinterher. Dann geriet sie wieder in Panik. Steven hatte sie mitten im Meer zurückgelassen. Sie war viel zu weit draußen, um bis zurück an die Küste zu schwimmen.

Andererseits war sie noch am Leben. Er hatte es nicht geschafft, sie zu erschießen.

»Was jetzt?«, murmelte sie, als sie weiter strampelte, um sich über Wasser zu halten.

Aber das war das Problem – sie hatte keine Ahnung, was sie tun sollte. Hierbleiben? In Richtung Diamond Head schwimmen, das sie am Horizont gerade so sehen konnte? Würde Steven zurückkommen? Aus irgendeinem Grund glaubte sie nicht, dass das sein Plan gewesen war. Er war sauer gewesen, dass er sie nicht hatte erschießen können, aber er schien auch ziemlich fröhlich gewesen zu sein, als er ihr die vielen Möglichkeiten erklärt hatte, wie sie hier draußen sterben könnte. Der Mann war eindeutig verrückt, aber er konnte es gut verbergen. Sie hatte ihm die Geschichte des verheirateten Familienvaters, der ein wenig Ruhe und Entspannung beim Angeln suchte, abgekauft.

Ihr kamen wieder die Tränen und diesmal würden sie nicht einfach aufhören. Elodie dachte an Scott, wie sehr sie ihn liebte und wie glücklich sie gewesen war, diese Art von Liebe gefunden zu haben. Auch wenn es nur für kurze Zeit gewesen war.

Dann wurde sie wütend. Dann weinte sie wieder.

Ihre Gefühle übermannten sie und mit der Zeit wurde sie immer müder und trieb in den Wellen auf und ab. Sie war dehydriert. Die hawaiianische Sonne war brutal und brannte ihr auf den Kopf, die Schultern und das Gesicht. Sie hatte keine Ahnung, wie viel Zeit vergangen war, aber irgendwie wusste sie, dass dieses Leiden nur der Anfang der Hölle war, die sie noch durchmachen würde.

Aber Elodie würde nicht aufgeben. Sie hatte keine Schiffsentführung überlebt und war monatelang einem Mafia-Boss entkommen, um jetzt zu sterben. Sie würde kämpfen, um zu leben. Wenn sie das hier überstehen würde, müsste sie sich immer noch Sorgen machen, dass Paul weiter versuchen würde, sie umzubringen. Er wusste jetzt, wo sie war, und ihr Überleben aus den Zeitungen herauszuhalten wäre ein Ding der Unmöglichkeit. Die Leute liebten solche Geschichten.

Frau überlebt tagelang im offenen Meer. Klicken Sie hier für die ganze Geschichte.

Sie konnte sich die Artikel im Internet schon vorstellen. Ihre Geschichte wäre einer dieser verdammten Klickköder. Sie würde wieder davonlaufen und einen anderen Ort zum Verstecken finden müssen.

Was wäre der Sinn, am Leben zu bleiben, wenn sie weiter gejagt würde?

Aber dann kam ihr Scotts Gesicht in den Sinn. Wie er aussah, wenn er sie anlächelte. Wie sich sein Bart auf ihrer Haut anfühlte, wenn er sie küsste und streichelte. Wie stolz er ausgesehen hatte, als ihm das Soufflé so gut gelungen war.

Ein Energieschub packte sie.

Elodie würde kämpfen, um für Scott zu leben.

Sie liebte ihn so sehr. Sie würde alles tun, um ihm den Schmerz zu ersparen, nicht zu wissen, was mit ihr passiert war. Das würde sie ihrem schlimmsten Feind nicht wünschen ... na gut, vielleicht würde sie es Steven oder Paul wünschen.

Elodie wusste, dass sie ein bisschen wahnsinnig wurde. Sie holte tief Luft und beruhigte sich. Dann richtete sie den Blick auf Diamond Head in der Ferne ... und begann zu schwimmen.

Vielleicht würde sie auf dem Weg auf ein anderes Fischerboot stoßen und müsste nicht die ganze Strecke schwimmen. Vielleicht würde ein Delfin neben ihr auftauchen und sie könnte sich an seiner Rückenflosse festhalten. Oder eine dieser berühmten Riesenschildkröten von Hawaii, eine Honu, würde Mitleid mit ihr haben und sie auf ihrem Rücken reiten lassen.

Es war ihr egal, wie es passierte, aber sie würde zu Scott zurückkehren, egal was es kostete.

KAPITEL ZWANZIG

Mustang sah zum zehnten Mal auf die Uhr. Die *Fish Tales* war immer noch nicht zurück. Er sollte vermutlich nicht so beunruhigt sein … aber aus irgendeinem Grund hatte er das Gefühl, dass etwas ganz und gar nicht stimmte. Die Angelausflüge waren sonst immer pünktlich auf die Minute. In dem seltenen Fall einer Verspätung hatte Elodie ihn bisher immer angerufen. Das Prepaidhandy, das er ihr gekauft hatte, trug sie immer bei sich. Der Empfang auf dem Meer war manchmal beschissen, aber sie hatte es immer irgendwie geschafft durchzukommen.

Sein sechster Sinn hatte ihn noch nie im Stich gelassen und Mustang hatte keine Gewissensbisse, sein Handy herauszuholen und Kahoni an seinem freien Tag zu stören. Der Mann hatte ihm vor der letzten Mission seine Nummer gegeben und gesagt, er könne ihn jederzeit anrufen. Vielleicht hatte Kai seinen Chef bereits kontaktiert, um ihn wissen zu lassen, dass sie einen Motorschaden hatten oder so. Wenn etwas mit dem Boot nicht stimmte, würde Kahoni es wissen.

»Hallo?«

»Hallo Kahoni, hier ist Scott Webber, Melodys Freund.«

»Aloha, Scott. Was gibt es?«

»Ich bin am Hafen, um Melody abzuholen, aber sie sind noch nicht zurück. Ich habe mich gefragt, ob Kai sich vielleicht wegen Motorproblemen oder so gemeldet hat. Oder vielleicht wollte der Gast noch länger draußen bleiben.« Mustang suchte nach möglichen Erklärungen für die Verspätung.

»Ach wirklich? Das ist seltsam. Moment ... ich schalte Perry dazu.«

Mustang wartete ungeduldig darauf, dass der andere Bootsbesitzer sich meldete.

»Perry?«

»Am Apparat«, sagte der andere Mann.

»Scott, bist du noch dran?«, fragte Kahoni.

»Ja.«

»Okay, also Scott sagt, dass die *Fish Tales* noch nicht zurück ist. Hast du etwas von Kai gehört?«, fragte er Perry.

»Nein, heute noch nicht. Gib mir eine Sekunde, ich werde das Boot per GPS orten.«

Mustang seufzte erleichtert, als er vor seinem Wagen auf und ab ging. Er hatte nicht gewusst, dass die Besitzer ein GPS-Gerät an Bord hatten, um den Standort des Bootes zu bestimmen, aber es überraschte ihn nicht.

Er wartete ungeduldig, während Perry daran arbeitete, die Position des Bootes auf seinem Computer zu bestimmen.

»Das ist komisch«, sagte er.

Mustang zuckte zusammen. »Was ist komisch?«, fragte er.

»Es scheint, dass die *Fish Tales* im Hafen von Ko Olina liegt.«

Ungeduldig fragte Mustang: »Wo ist das?«

»Nun, das ist bei Barbers Point. Du bist im Hafen von Ala Wai bei Waikiki, oder?«, fragte Perry.

»Natürlich bin ich da, wo das Boot abgelegt hat und sonst immer hin zurückkehrt.«

»Scheiße, was zum Teufel macht unser Boot in Barbers Point?«, fragte Kahoni.

Das wollte Mustang auch wissen. Er hatte keinen Anruf

von Elodie erhalten, dass es einen Notfall oder eine Planänderung bezüglich des Hafens gegeben hatte.

Irgendetwas stimmte hier ganz und gar nicht und er musste herausfinden, was es war. »Ich fahre dorthin«, sagte er zu den Männern.

»Ich auch«, sagte Kahoni. »Ich bin allerdings auf der Geburtstagsfeier meiner Tochter auf der anderen Seite der Insel. Es könnte eine Weile dauern, bis ich eintreffe.«

»Ich kann meine Kinder nicht allein zu Hause lassen«, sagte Perry. »Ich muss schauen, ob die Nachbarn zu Hause sind und auf sie aufpassen können. Aber ich komme, sobald ich kann.«

»Wir bleiben in Kontakt«, sagte Kahoni zu Mustang.

»Das werden wir«, bestätigte er und legte auf. Er stieg in seinen Wagen und wählte sofort Alecks Nummer.

»Hey, was geht ab?«

»Ich brauche dich und den Rest des Teams. Wir treffen uns am Hafen von Ko Olina.«

»Warum, was ist los?«, fragte Aleck und schaltete sofort in SEAL-Modus.

»Ich weiß es nicht genau. Elodies Boot ist nicht zurückgekommen. Perry hat es geortet und es liegt in diesem Hafen am anderen Ende der Insel. Dort legen sie sonst nie an.«

»Scheiße, okay, ich rufe die anderen an. Hast du Elodie erreichen können?«

»Nein«, antwortete Mustang kurz und knapp.

»Mist. Nur keine Panik«, sagte Aleck und Mustang nahm an, dass er mit sich selbst sprach.

»Columbus steckt dahinter«, mutmaßte Mustang, während er viel zu schnell in Richtung Schnellstraße fuhr.

»Das wissen wir nicht.«

»Doch, das tun wir«, konterte Mustang. »Setze Pid darauf an. Vielleicht findet er etwas heraus. Wir haben weder bei Columbus noch bei seinen Bossen Bewegung festgestellt. Elodie hat nichts Außergewöhnliches bemerkt und ich auch nicht. Wenn er oder jemand aus seiner Familie dahintersteckt, dann sind sie besser, als wir angenommen hatten.«

»Ich bin dran. Mach nichts Verrücktes, wenn du in diesem Jachthafen eintriffst«, mahnte Aleck.

»Das kann ich nicht versprechen«, entgegnete Mustang. »Wenn Elodie verletzt wurde, wird jemand dafür bezahlen müssen.«

»Ja, das wird der Verantwortliche auch tun«, sagte Aleck. »Niemand legt sich mit einem von uns an. Wir sind auf dem Weg.«

Mustang beendete das Gespräch und hielt das Lenkrad mit beiden Händen fest. Das alles gefiel ihm gar nicht. Er wusste, dass etwas nicht in Ordnung war. Man könnte es Instinkt oder Intuition nennen, aber er wusste, dass er auf dem Boot nichts Gutes vorfinden würde. Er betete nur, dass es nicht Elodies Leiche sein würde.

Die Fahrt dauerte länger, als ihm lieb war, sogar mit fünfundzwanzig Stundenkilometern über der Geschwindigkeitsbegrenzung. Als Mustang auf den Parkplatz des Hafens von Ko Olina fuhr, herrschte dort bereits Chaos. Ein Krankenwagen stand quer auf dem Behindertenplatz in der Nähe eines Stegs und sechs Polizeiautos säumten die Promenade.

Mustang lief zu den Polizisten, die den Zugang zum Steg blockierten.

Ganz am Ende konnte er die *Fish Tales* sehen. Sie war mit einem Tau an einem Laternenpfahl befestigt. Das entsprach auf keinen Fall dem normalen Vorgehen.

»Meine Freundin arbeitet auf diesem Boot«, sagte Mustang zu einem der Polizisten. »Was ist hier los?«

Der Mann sah bedrückt aus und Mustang blieb fast das Herz stehen. Sanitäter schoben eine Trage den Steg hinauf und er konnte den Blick nicht davon losreißen. Der Beamte hob das gelbe Polizeiabsperrband an und die Sanitäter schoben die Trage darunter hindurch.

Mustang sah einen Mann auf der Trage. Es war Kai. Er war

zugleich erleichtert und kurz davor durchzudrehen. »Kai!«, rief er, aber die Polizisten hielten ihn davon ab, sich ihm zu nähern.

Kai drehte den Kopf herum und sagte etwas.

Die Sanitäter blieben stehen und bedeuteten den Beamten, Mustang näher kommen zu lassen.

»Wo ist Elodie?«, fragte er und vergaß, ihren falschen Namen zu verwenden.

»Gesprungen«, antwortete Kai schwach. »Steven hat mir in den Rücken geschossen. Ich gab vor, tot zu sein ... er hat sie verspottet ... er wollte sie töten ... sie sprang über Bord. Dann wurde ich ohnmächtig. Es tut mir leid ...«

Mustang legte seine Hand auf Kais Schulter. »Ich werde sie finden«, versprach er dem Mann. Es war ein Wunder, dass Kai den Schuss in den Rücken überlebt hatte, und Mustang betete, dass sie ein weiteres Wunder erleben und Elodie lebend finden würden.

Die Sanitäter entschieden, dass er lange genug mit ihrem Patienten geredet hatte, und schoben ihn weiter zum Krankenwagen.

»Sir? Wir brauchen ein paar Daten über Ihre Freundin«, sagte einer der Beamten, aber Mustang war fertig mit ihnen. Ihm gefror das Blut in den Adern, als er daran dachte, dass Elodie über Bord gesprungen war, um dem Mann zu entkommen, der sie töten wollte. Hatte er es geschafft? Die Wahrscheinlichkeit, dass sie einem Mann mit einer Waffe auf einem Boot wie der *Fish Tales* entkommen konnte, war sehr gering. Aber er würde nicht ruhen, bis er wusste, was mit ihr passiert war.

Elodie hasste das Meer. Sie hatte oft genug darüber geredet, dass sie Angst vor Haien und Killerwalen hatte und am Strand im Wasser spazieren zu gehen, das Höchste der Gefühle war. Sie würde freiwillig nicht einmal bis zu den Knien ins Wasser gehen, egal wie sehr Mustang versuchte, sie zu besänftigen.

Aber darüber durfte er sich jetzt nicht den Kopf zerbrechen. Er musste sich darauf konzentrieren, sie zu finden. Und dann würde er sich mit dem Mann oder den Männern befassen, die es gewagt hatten zu versuchen, ihm wegzunehmen, was ihm gehörte. Und Elodie gehörte ihm, daran gab es keinen Zweifel.

Die Polizisten riefen ihm nach und versuchten, ihn dazu zu bewegen, ihre Fragen zu beantworten, aber Mustang hatte Midas und den Rest seines Teams gesehen.

Er verschwendete keine Zeit und klärte sie über die Situation auf. »Kai wurde in den Rücken geschossen, aber er lebt. Er hat mir erzählt, Elodie sei über Bord gesprungen, um dem Mistkerl zu entkommen. Das ist alles, was ich weiß.«

Jag sah auf und nickte. »Ich werde mit den Hafenmitarbeitern die Überwachungskameras prüfen. Vielleicht sehen wir, wie er das Boot verlassen hat.«

»Ich werde meinen Freund anrufen, der uns zum Angeln mitgenommen hat, und fragen, ob sein Boot verfügbar ist«, sagte Aleck.

»Ich rufe Tex an«, erklärte Slate leise, aber bestimmt.

»Was kann er tun?«, fragte Midas.

»Er wird einen Weg finden, diesen Paul Columbus ein für alle Mal auszuschalten«, sagte Slate. »Wir wissen alle, dass er Leute kennt, die dafür sorgen können, dass so eine Scheiße nicht noch einmal passiert. Hätten wir ihn vorher gefragt, wäre es gar nicht erst so weit gekommen.«

Mustang stimmte seinem Freund zu. Er war zu nachlässig mit Elodies Sicherheit gewesen. Er war nicht davon ausgegangen, dass sie außer Gefahr war, aber er hatte gedacht, dass die Mafia nach so langer Zeit vielleicht aufgegeben hatte.

Er hätte es besser wissen sollen. Diesen Fehler würde er nicht zweimal machen.

Im schlimmsten Fall würde er die Gelegenheit dazu nicht mehr bekommen. Wenn Columbus' Schläger es geschafft hatte, sie zu töten, hätte er das Beste verloren, was ihm jemals in seinem Leben passiert war.

Mustangs Telefon klingelte und er sah Perrys Namen auf

dem Display. Er wollte jetzt nicht mit ihm sprechen. Er hatte Wichtigeres zu tun, als auf einem Parkplatz herumzustehen. Er musste nach Elodie suchen. Aber er wusste, dass der Mann sich auch Sorgen um sein Boot und Kai und Elodie machte. Er hatte das Recht zu erfahren, was los war.

»Hast du sie gefunden?«, fragte Perry, sobald Mustang abgenommen hatte.

Er fasste die Lage zusammen, so gut er konnte, und endete mit: »Aber soweit ich sehen kann, ist das Boot in Ordnung.«

»Scheiß auf das Boot«, fluchte Perry. »Ich kann nicht glauben, dass dieses Arschloch Kai angeschossen hat und Melody über Bord gesprungen ist! Was brauchst du?«

»Was meinst du?«

»Kahoni und ich sind keine Idioten. Wir wissen, dass du in der Navy bist. Kai ist auch nicht entgangen, dass du ein SEAL bist. Ich weiß, dass du bereits an der Sache dran bist. Also, was können wir tun, um zu helfen?«

Mustang war plötzlich beeindruckt von der Courage des Mannes.

»Frag ihn nach dem GPS«, sagte Pid.

Mustang stellte das Telefon auf Lautsprecher und hielt es hoch, als das Team sich darum versammelte. »Frag ihn selbst«, sagte er zu Pid.

»Hat die *Fish Tales* ein GPS-System an Bord?«, fragte Pid.

»Natürlich, es gibt einen Sender, der die Position des Bootes übermittelt. Dadurch wusste ich, wo es sich befand. Ein weiteres System dient der Orientierung auf offener See. Wir markieren damit auch Gegenden, in denen wir Fische finden oder andere Boote Erfolg haben.«

»Läuft das GPS die ganze Zeit mit? Gibt es eine Aufzeichnung über die Route?«

»Auf jeden Fall«, sagte Perry. »Ich kann es nachschlagen und dir die Koordinaten schicken.«

»Perfekt, je früher, desto besser«, sagte Mustang.

»Ich werde die anderen Bootsbesitzer anrufen und fragen,

ob sie uns bei der Suche nach Melody helfen können. Wenn ihr irgendetwas braucht, und ich meine, egal was, ruft Kahoni oder mich an. Wir kennen sehr viele Leute auf dieser Insel. Melody ist vielleicht noch nicht sehr lange hier, aber sie gehört für uns zur Familie.«

»Danke«, sagte Mustang. Er versuchte, die Fassung zu bewahren, aber es wurde immer schwieriger.

Er legte auf und wandte sich an sein Team. Er war ratlos, was sie als Nächstes tun sollten.

»Ich werde den Kommandanten anrufen und anfragen, ob wir einen Hubschrauber zur Unterstützung aus der Luft bekommen können. Er wird auch die Küstenwache informieren. Wir werden sie finden, Mustang. Ich schwöre bei Gott, wir werden sie finden«, sagte Jag.

Mustang nickte, drehte sich um und starrte aufs Meer. Früher hatte es ihn beruhigt, auf die Wellen zu schauen, aber jetzt schienen sie ihn zu verspotten. Elodie war irgendwo da draußen, das wusste er. Er hatte keine Ahnung, ob sie noch lebte oder schon tot war, aber sie war da draußen und er musste sie finden.

Elodie war es gewohnt, allein zu sein. Mit ihrem stressigen Zeitplan als Köchin war es schwer gewesen, Freunde zu finden, und nachdem sie aus New York geflohen war, hatte sie näheren Kontakt zu anderen Menschen vermieden. Sie hatte kein Problem damit, allein zu sein und sich mit einem Buch oder einem sinnlosen Film zu unterhalten.

Aber das Gefühl, allein mitten im Meer zu treiben, war etwas ganz anderes. Es war, als wäre sie der einzige Mensch auf der Welt. Es war erschreckend.

Sie war den ganzen Tag im Wasser gewesen und die Sonne begann endlich unterzugehen. Das verschaffte ihr ein wenig Erlösung von den sengenden Strahlen. Aber der Anblick der aufziehenden Gewitterwolken gefiel ihr gar nicht. Sie hatte Diamond Head den ganzen Tag im Blick behalten können, was etwas beruhigend war, aber sie schien nicht näher zu kommen, egal wie hart oder lange sie darauf zuschwamm.

Zum ersten Mal seit Stunden schlichen sich negative Gedanken in ihren Kopf. Niemand würde sie hier draußen finden. Es wäre buchstäblich wie die Suche nach der Nadel im Heuhaufen. Selbst wenn Scott herausfand, was passiert war, und nach ihr suchte, war Kai von ihrer geplanten Route abgewichen und in tiefere Gewässer gefahren.

Sie mochte das Meer nicht, aber das bedeutete nicht, dass sie keine gute Schwimmerin war. Das war es, was sie den ganzen Tag über am Leben gehalten hatte. Sie schwamm in Richtung Ufer, wenn sie die Energie dazu hatte. Aber die meiste Zeit hatte sie sich auf dem Rücken treiben lassen, um ihre Kräfte zu sparen. Sie hatte Hunger und sie war erschöpft und verängstigt, aber sie weigerte sich aufzugeben.

Elodie war noch nie so durstig gewesen wie in diesem Moment. Sie hatte sich bereits übergeben müssen, weil sie zu viel Salzwasser geschluckt hatte, aber jetzt war ihr Magen leer. Das Salz würde das Leben aus ihrem Körper genauso schnell aussaugen wie die Sonne. Sie wusste es besser, als das Wasser um sich herum zu trinken, aber mit jeder Minute wurde es schwerer, der Versuchung zu widerstehen.

Sie hätte schwören können, vor einer Weile ein Boot in der Ferne gesehen zu haben. Sie hatte ihren Arm gehoben und hysterisch gewinkt und um Hilfe gerufen, bis ihr aufgefallen war, dass sie halluziniert hatte. Da war kein Boot und niemand, der sie retten würde.

Wenn Steven zurückkäme, würde sie vielleicht freiwillig zurück aufs Boot klettern. Selbst mit der Gewissheit, erschossen zu werden. Alles wäre besser, als hier mitten im Meer zu sterben.

Sie spürte, wie etwas ihr Bein streifte. Sie schrie entsetzt auf und zog verzweifelt die Beine hoch. Mit rasendem Herzen versuchte Elodie zu erkennen, was sich unter der Wasseroberfläche befand.

Als in fünf Metern Entfernung eine Rückenflosse auftauchte, begann sie zu wimmern.

Dann erschien eine weitere Flosse und noch eine.

Sie war umzingelt und würde jeden Moment als Haifutter enden. Scott würde nie erfahren, was mit ihr passiert war. Es würde nichts mehr von ihr übrig bleiben.

Plötzlich hörte sie ein komisches Geräusch. Es klang wie ein Kichern. Sie drehte den Kopf herum.

Aus weniger als drei Metern Entfernung starrte ein Delfin sie an.

Als hätte er bemerkt, wie sie ihn musterte, bewegte er seinen Kopf auf und ab und tauchte dann unter.

Elodie leckte sich über ihre trockenen, rissigen Lippen. Ein anderer Delfin hob den Kopf aus dem Wasser und machte ein paar Klickgeräusche, bevor er verschwand. Die Delfine begannen, in ihrer unmittelbaren Umgebung zu spielen. Mit Leichtigkeit glitten sie durch das Wasser und kamen ihr näher, ohne sie zu berühren.

So beängstigend die Situation im Angesicht des Todes auch war, Elodie konnte nicht anders, als von dem magischen Schauspiel beeindruckt zu sein. Sie hatte keine Ahnung, warum die Delfine da waren oder was sie taten, aber irgendwie fühlte sie sich plötzlich nicht mehr so allein.

Bis sie es sah.

Eine größere Flosse in etwa fünfzig Metern Entfernung.

Sie blinzelte und war sich für einen Moment nicht sicher, ob sie wieder halluzinierte. Aber dann tauchte die Flosse wieder auf und sie wusste ohne Zweifel, dass das kein Delfin war. Sie geriet erneut in Panik und begann, so schnell sie konnte in die andere Richtung zu schwimmen. Die Delfine blieben bei ihr und schwammen neben ihr, während sie versuchte, dem Hai zu entkommen.

Es war lächerlich, der Hai könnte sie innerhalb von

Sekunden einholen. Dem war sie nicht gewachsen. Sie befand sich in seiner Welt. Der Hai war der Jäger und sie die Beute. Sie dachte darüber nach, ob es Rache für die vielen Fische war, die die *Fish Tales* aus dem Meer gezogen hatte. Es war lächerlich, aber sie konnte nicht klar denken.

Schließlich war sie so erschöpft, dass sie eine Pause machen musste. Sie sah sich um und versuchte herauszufinden, wohin der Hai verschwunden war, aber sie konnte ihn nicht mehr sehen. Entweder war er untergetaucht, um sie aus der Tiefe anzugreifen, oder er hatte das Interesse verloren.

Aber die Delfine waren während ihrer panischen Flucht vor dem Hai in ihrer Nähe geblieben. Als sie sich wieder orientiert hatte, bemerkte sie, dass sie in die falsche Richtung geschwommen war, weiter weg von Oahu. Sie wollte weinen.

Mit der einbrechenden Dunkelheit und dem aufziehenden Gewitter wurde es immer schwieriger, Diamond Head zu sehen. Im Dunkeln würde sie die Orientierung komplett verlieren. Außerdem wurde ihr langsam kalt und sie fing an zu zittern. Das Wasser vor der Küste von Hawaii war warm, aber es lag weit unter Körpertemperatur. Die Bewegung hatte sie warm gehalten, aber die Kälte drang immer tiefer in ihre Knochen ein.

Einer der Delfine kam ihr so nahe, dass Elodie seine gummiartige, glatte Haut fast berühren konnte. Ihr kam noch einmal der Gedanke von früher in den Sinn, dass sie sich vielleicht an der Rückenflosse eines Delfins festhalten könnte, der sie ans Ufer bringen würde. Sie stellte sich vor, sich mit ihnen anzufreunden, wie der Junge in dem Film *Free Willy* es mit dem Killerwal getan hatte.

»Finde Scott«, sagte sie zu dem Meeressäuger. »Sag ihm, wo ich bin. Aber du musst dich beeilen. Ich weiß nicht, wie lange ich noch durchhalte. Ich versuche mein Bestes, aber ich hasse das Meer. Nichts für ungut.«

Der Delfin antwortete nicht, aber er stupste ihre Hand an, bevor er wieder unter der Wasseroberfläche verschwand.

Elodie drehte sich auf den Rücken und starrte in den Himmel. Sie konnte keine Sterne sehen, zum Teil, weil es noch nicht dunkel genug war, aber auch, weil Wolken aufzogen.

Elodie schloss die Augen, trieb in den Wellen auf und ab und ließ ihre Gedanken schweifen. Sie versuchte, sich an alle gemeinsamen Momente mit Scott zu erinnern. Die guten und die schlechten Zeiten. Wenn sie sterben würde, wollte sie dabei an den Mann denken, den sie liebte.

KAPITEL EINUNDZWANZIG

Mustang stand am Bug des Bootes und bemühte sich, etwas zu sehen, irgendetwas. Es hatte viel zu lange gedauert, den Ausgangspunkt für ihre Suche zu bestimmen und das Boot von Alecks Freund zu organisieren.

Die Küstenwache war ebenfalls auf der Suche, hatte aber bisher kein Glück gehabt, Elodie zu finden. Nachdem Mustang Kais Geschichte gehört hatte, wie der Mann vom Boot aus auf Elodie geschossen hatte, wusste er, dass die Küstenwache sich keine großen Hoffnungen machte, sie zu finden. Aber er würde niemals aufgeben. Sie war da draußen und zählte darauf, dass er sie finden würde.

Die Polizei hatte sofort versucht, das GPS-System der *Fish Tales* auszuwerten, musste aber feststellen, dass es zerstört worden war. Wer auch immer auf Kai geschossen hatte und hinter Elodie her war, war nicht so dumm, wie Mustang gehofft hatte.

Aber Perry war schnell zu ihrer Rettung gekommen. Er hatte die Tagesroute von seinem Computer heruntergeladen und an die SEALs weitergeleitet ... aber sobald Mustang gesehen hatte, wo die *Fish Tales* an diesem Morgen gewesen war, wurde ihm klar, dass die Suche nach Elodie nicht schnell und einfach werden würde. Sie mussten ein riesiges Gebiet absuchen. Der Gedanke daran, dass sie allein da draußen war und seine Hilfe brauchte, war fast zu viel für Mustang.

Ironischerweise war es Slate, der ihn beruhigt hatte, obwohl er sonst der Ungeduldigste im Team war.

»Wir werden sie finden«, hatte Slate ihm versichert.

Mustang war verzweifelt und hatte gefragt: »Glaubst du wirklich, dass sie noch lebt?«

»Ja«, hatte Slate geantwortet, ohne zu zögern. »Weil ich noch nie zwei Menschen gesehen habe, die so eine Verbindung haben wie ihr beide. Anfangs war ich skeptisch, aber jetzt verstehe ich, warum ihr zusammengehört. Es kann einfach nicht sein, dass etwas so Besonderes und Seltenes vorbei sein soll.«

Seine Worte hatten Mustang getröstet, aber jetzt war er auf das Meer vor sich konzentriert. Die Küstenwache hatte wegen des herannahenden Sturms davon abgeraten hinauszufahren, aber sein Team hatte die Warnung ignoriert. Sie waren verdammte Navy SEALs, sie hatten keine Angst vor dem Meer. Außerdem wussten sie alle, dass Elodie die Nacht auf keinen Fall überleben würde, nachdem sie den ganzen Tag dort draußen gewesen war.

Mustang hatte eine leistungsstarke Taschenlampe, die sonst nur von den Strafverfolgungsbehörden eingesetzt wird. Jag stand neben ihm und hielt eine weitere in der Hand. Sie suchten die Wasseroberfläche vor sich ab, während Pid und Aleck auf beiden Seiten Ausschau hielten. Slate stand hinten und tat dasselbe. Midas stand am Steuer und pflügte durch die Wellen, als wären sie gar nicht vorhanden.

Der Regen kam von der Seite und das Boot schaukelte auf und ab, aber Mustang bemerkte es nicht einmal. Er war bis auf die Knochen durchnässt, wischte sich aber nur das Wasser aus den Augen, wenn es seine Sicht beeinträchtigte.

Sie hatten die Koordinaten studiert, die Perry ihnen gesendet hatte. Zuerst waren sie etwa fünf Kilometer von

Pinnacle entfernt gewesen, bevor sie zur Penguin Bank gefahren waren. Dort hatte sich das Boot für ungefähr fünfundvierzig Minuten nicht bewegt, bevor es in Richtung Ufer gesteuert wurde ... über eine Stunde später als geplant.

Auf den Aufzeichnungen der Überwachungskameras von Ko Olina war ein einzelner Mann zu sehen, der die *Fish Tales* nach einem ungewöhnlichen Andockmanöver verlassen hatte. Er war einfach ans Ende des Stegs gefahren und hatte das Tau um den Laternenpfahl gewickelt. Die Beamten versuchten herauszufinden, wohin der Mann danach gegangen war, aber Mustang wusste, wohin er unterwegs war – zurück nach New York.

Pid hatte ihn als Andrew Ferry identifiziert, einen von Pauls Kartellbossen. Es gab keine Aufzeichnungen darüber, dass er New York verlassen hatte. Offensichtlich benutzte er einen falschen Namen. Kai hatte ihn »Steven« genannt.

Slate hatte nicht viel über sein Telefonat mit dem berüchtigten Tex gesagt, außer dass der Mann »dran« war.

Im Moment konnte Mustang an nichts anderes denken, als Elodie zu finden. Sie würden sich um die Columbus-Familie kümmern, sobald er sie gesund und munter in seinen Armen hielt. Die Möglichkeit, sie nicht zu finden, war undenkbar und inakzeptabel.

Aber je länger sie den Bereich absuchten, wo Kai angeschossen und Elodie wahrscheinlich über Bord gesprungen war, desto gestresster wurde Mustang.

»Komm schon, wo bist du?«, murmelte er, wissentlich, dass er bei dem Lärm des Motors nicht zu hören sein würde. Er bemühte sich, selbst die kleinste Unregelmäßigkeit ausfindig zu machen, aber bisher ohne Erfolg.

Dann bewegte sich etwas zu seiner Linken.

Mustang leuchtete in die Richtung und sah, wie ein Delfin aus dem Wasser sprang. Dann tat er es wieder ... oder vielleicht war es ein zweiter Delfin, Mustang war sich nicht sicher. Es war nicht ungewöhnlich, Delfine im Meer zu sehen, aber diese spielten nicht vor oder hinter ihrem Boot, sondern schienen neben ihnen herzuschwimmen.

Mustang konnte den Blick nicht von den Tieren abwenden. Er hatte es immer genossen, Delfine beim Spielen zu beobachten, aber ihr Verhalten schien mehr zu bedeuten als nur Spielerei. Andererseits könnte er sich das auch einbilden.

Das Boot stieg auf eine Welle und krachte herunter, aber für den Bruchteil einer Sekunde hatte Mustang etwas anderes gesehen, bei dem ihm fast das Herz in der Brust stehen blieb.

Er schlug gegen die Plexiglasscheibe, die ihn von Midas am Steuer trennte, und zeigte nach links. Er hatte etwas auf der Seite gesehen, wo die Delfine gespielt hatten.

Midas drehte das Boot sofort in diese Richtung. Die Wellen krachten jetzt von der Seite gegen das Boot, was gefährlich war, da sie das Deck überfluten könnten, aber Mustang war das egal. Midas offensichtlich auch, denn er fuhr weiter in die Richtung, die Mustang angegeben hatte.

Zuerst dachte er, er hätte sich etwas eingebildet. Überall um sie herum waren nichts als Schaumkronen und sie fuhren jetzt von Oahu weg. Wenn Elodie noch bei Bewusstsein war, würde sie vermutlich in die andere Richtung schwimmen.

Aber dann, als eine weitere Welle gegen das Boot krachte, entdeckte Mustang, wonach er gesucht hatte. Wonach sie alle gesucht hatten.

Eine Person trieb im offenen Meer. Sie lag ruhig da, als würde sie ein Nickerchen machen.

Mustang hielt seine Faust hoch, das Zeichen für Midas, anzuhalten und den Motor abzustellen.

Mustangs Teamkameraden drängten sich neben ihn. Er gab Aleck seine Lampe, zog seine Stiefel und die Hose aus, bevor er, ohne lange zu zögern, vom Boot ins Wasser sprang.

Seine Teamkameraden versuchten nicht, ihn aufzuhalten. Sie wussten, dass er sich im tobenden Wasser behaupten konnte. Für diese Scheiße hatten sie trainiert und niemand würde sich zwischen ihn und seine Frau stellen.

Mustang wusste, dass sein Team das Boot so nahe wie möglich an sie heranbringen und das Erste-Hilfe-Set bereithalten würde, um sich um Elodie zu kümmern, bis sie an Land waren. Aber im Moment galt seine gesamte Aufmerksamkeit der Frau, die vor ihm im Wasser trieb. Er schwamm so schnell wie noch nie zuvor – und dann hatte er sie plötzlich erreicht.

Für den Bruchteil einer Sekunde war er sich nicht sicher, was er als Erstes tun sollte, sie einfach packen oder sie zuerst warnen, dass er da war, um sie nicht zu erschrecken.

Und natürlich wollte ihn auch der Gedanke, dass sie vielleicht tot war, nicht loslassen. Er würde sich nie davon erholen, wenn sie bereits steif und kalt war, wenn er sie berührte.

Aber auf ihre typische Art nahm Elodie ihm die Entscheidung ab. Als hätte sie seine Gegenwart gespürt, öffnete sie die Augen und starrte ihn an.

»Das hat aber lange gedauert«, sagte sie so leise, dass er es fast nicht gehört hätte.

Mustang wollte zugleich lachen und weinen. Gott, er liebte diese Frau.

Er legte einen Arm um ihre Brust, zog sie an sich und legte ihren Körper auf seinen, während sie in den Wellen trieben. Sie war kalt, viel zu kalt. Sie war außerdem sehr träge und bewegte sich kaum. Mustang spürte, wie ihr Körper sich an seinem vollkommen entspannte.

»Es tut mir leid, dass es so lange gedauert hat, Baby. Aber jetzt bin ich da.«

»Ich hasse das Meer«, murmelte sie.

»Ich weiß, aber ich bin so verdammt stolz auf dich«, sagte er zu ihr.

»Kai ...« Ihre Stimme brach.

Mustang sah sich nach dem Boot um, das gerade näher kam. »Er ist okay. Er lebt.«

»Gott sei Dank! Ich bin gesprungen«, klärte sie ihn auf.

»Ich weiß, Kai hat es mir erzählt.«

»Hast du Steven gefunden?«

Zum Glück griff in diesem Moment Slate nach ihnen, sodass er nicht erzählen musste, dass der Mann, der versucht hatte, seine Freundin zu töten, entkommen war und immer noch lebte, um weiter versuchen zu können, sie umzubringen.

Slate packte Mustangs Schultern und Pid griff nach Elodie.

»Wir haben dich, El, in zwei Sekunden bist du aus dem Wasser.«

»Ich mag das Meer nicht«, wiederholte sie.

Und genau wie er es versprochen hatte, waren sowohl er als auch Elodie dreißig Sekunden später an Bord und sie lag auf dem Deck des Bootes, das sie ausgeliehen hatten. Während Midas Vollgas gab und zurück in Richtung Ufer fuhr, wickelte Aleck Elodie in eine Wärmedecke ein. Mustang rollte sich an ihre Seite, während Jag auf der anderen Seite kniete, um ihr eine Infusion zu verabreichen.

Es waren nicht gerade ideale Bedingungen, um eine Nadel in ihre Vene zu stechen, aber SEALs mussten manchmal unter noch schlechteren Bedingungen funktionieren und innerhalb von Sekunden hatte Jag den Zugang für die Kochsalzlösung gesetzt.

Mustang behielt Elodie im Auge. Sie sah schlecht aus. Selbst in dem schwachen Licht konnte er sehen, dass ihr Gesicht so stark verbrannt war, wie er es noch nie zuvor gesehen hatte. Ihre Lippen waren trocken und rissig.

»Ihre Temperatur ist vierunddreißig Komma sechs«, stellte Pid fest.

Scheiße, sie wussten alle, dass das viel zu niedrig war. Eine Körpertemperatur unter fünfunddreißig Grad bedeutete Unterkühlung.

»Hast du sie gesehen?«, fragte Elodie.

»Wen?«, fragte Mustang, während die Männer ihr Bestes gaben, um Decken und andere Dinge aufzutreiben, um sie aufzuwärmen oder zumindest zu verhindern, dass sie auf dem Weg zur Küste nicht noch weiter auskühlte. Midas würde den Rettungswagen rufen und sich wahrscheinlich auch mit Perry, Kahoni und der Küstenwache in Verbindung setzen.

»Meine Delfine! Sie haben den Hai vertrieben und sind bei mir geblieben, als ich müde wurde.«

»Scheiße … Wahnvorstellungen«, murmelte Slate.

Mustang wusste, dass Halluzinationen bei einer Unterkühlung auftreten konnten, bevor der Körper vollständig abschaltete, aber das war hier nicht der Fall.

»Ja, ich habe sie gesehen«, sagte er zu Elodie. Er beugte sich vor, sodass sein Gesicht direkt über ihrem war. Sein Bart streifte ihr Kinn, als er sprach. »Sie haben mich zu dir geführt. Sie haben in den Wellen getanzt, um meine Aufmerksamkeit zu erregen. Als ich nach ihnen sah, habe ich dich entdeckt.«

Sie lächelte schwach, schloss dann die Augen und runzelte die Stirn. »Ich werde niemals frei sein.«

Mustang wusste genau, worauf sie sich bezog. »Zum Teufel, du wirst frei sein«, sagte er energisch. »Schau mich an.«

Als sie die Augen nicht öffnete, sprach Mustang mit ernstem Ton: »Öffne deine Augen und sieh mich an, Elodie.«

Er wartete, bis sie tat, was er verlangt hatte.

»Ich habe das nicht so ernst genommen, wie ich es hätte tun sollen, und das tut mir leid. Ich habe dich in diese Position gebracht, aber das wird nie wieder passieren. Es wurde bereits alles in Bewegung gesetzt, um das ein für alle Mal zu beenden.«

»Ich muss meinen Namen noch einmal ändern«, flüsterte sie mit verschwommener Stimme.

»Du hast recht, das wirst du«, stimmte Mustang zu.

»Moment mal, was?«, fragte Aleck, aber Mustang ignorierte ihn.

Er stützte sich auf einen Ellbogen und legte eine Hand auf Elodies Wange, sodass sie keine andere Wahl hatte, als ihn anzusehen. »Du wirst ihn zu Elodie Webber ändern. Du wirst mich heiraten und wir werden glücklich bis an unser Ende leben.«

Sie schüttelte den Kopf. »Das kann ich dir nicht antun.«

»Das wirst du«, beharrte Mustang.

»Dafür liebe ich dich zu sehr ...«

»So etwas gibt es nicht«, sagte er zu ihr. Mustang hatte keine Ahnung, woran sie sich von diesem Gespräch erinnern würde, wenn es ihr wieder besser ging, aber es war ihm egal. Sie würde ihn heiraten. Er konnte nicht mehr ohne sie leben.

»Hast du ihr gerade befohlen, dich zu heiraten?«, fragte Pid. »Sehr geschickt, Mustang, wirklich verdammt geschickt.«

Mustang spürte, wie Elodie unter ihm erschlaffte. Sie hatte den Kampf gegen die Bewusstlosigkeit verloren. Die anderen bemerkten es auch und verstärkten ihre Bemühungen, sie warm zu halten, bis sie medizinisch versorgt wurde.

Mustang wandte sich an Slate. »Bist du sicher, dass Tex sich darum kümmern kann?«

»Positiv«, sagte Slate. »Er kennt mindestens zwei Teams, die sich gern um diese Scheiße kümmern. Eines aus Colorado Springs und das andere aus Indianapolis. Er hat mir versichert, dass er auch mit Rawlins sprechen wird.«

»Rawlins?«, fragte Jag überrascht. »Verdammt, ich hätte sofort an ihn denken sollen, als diese Scheiße losging.«

Bei dem Gedanken daran, dass Tex und wahrscheinlich Baker Rawlins – ein mysteriöser und verdammt gefährlicher Navy SEAL im Ruhestand, der auf der Insel lebte – sich darum kümmern würden, entspannte Mustang sich ein wenig. Aber er würde sich für den Rest seines Lebens Vorwürfe machen, dass er Tex nicht gleich hatte sein Ding machen lassen. Er war sich so sicher gewesen, dass er und sein Team Columbus unter Kontrolle hatten. Er hatte sich geirrt und Elodie in Lebensgefahr gebracht. Das durfte nie wieder passieren.

Paul Columbus musste sterben – zusammen mit allen anderen, die es auf seine Frau abgesehen hatten.

Als Elodie aufwachte, wusste sie sofort, dass sie im Krankenhaus war. Sie hatte immer noch das Gefühl, auf und ab zu schaukeln, aber bei dem Geruch von Desinfektionsmittel wusste sie, dass sie festen Boden unter sich hatte.

Sie erinnerte sich nur an Bruchstücke ihrer Rettung, aber sie wusste, dass Scott und sein Team da gewesen waren. Sie hatten länger gebraucht, als sie gehofft hatte. Für eine Weile hatte sie befürchtet, dass sie es nicht schaffen würden, besonders als es angefangen hatte zu regnen und sie von den Wellen auf und ab getrieben wurde. In der Aufmerksamkeit der Delfine hatte sie aber einen seltsamen Trost gefunden. Sie schienen zu wissen, dass sie kurz davor war zu sterben, und wollten nicht, dass sie aufgab. Sie stupsten sie immer wieder an und sorgten dafür, dass sie wach blieb.

Die Lichter des Bootes waren ihr zunächst wie eine weitere Halluzination erschienen, aber dann war Scott neben ihr im Wasser aufgetaucht. Er war gekommen, um sie festzuhalten und zu beschützen.

Sie drehte den Kopf herum mit dem Wissen, dass er immer noch bei ihr sein würde. Und das war er auch. Er hatte die Arme vor der Brust verschränkt und sein Kopf ruhte auf der Stuhllehne. Sein Mund stand offen und er sah erschöpft aus ... sie hatte in ihrem ganzen Leben noch nie etwas Schöneres gesehen.

Für ein paar Minuten beobachtete sie ihn. Sie hatte keine Ahnung, was ihn geweckt hatte, aber aus heiterem Himmel öffnete er seine braunen Augen und sah, wie sie ihn anstarrte.

Schneller, als sie es sich jemals hätte vorstellen können, war er von seinem Stuhl aufgestanden. Er beugte sich über sie und schien Angst zu haben, sie zu berühren.

»El?«

Sie versuchte zu sprechen, aber außer einem Krächzen kam nichts heraus. Scott griff sofort nach der Tasse neben ihrem Bett, legte seine Hand in ihren Nacken und half ihr, einen Schluck Wasser zu trinken. Das Wasser war lauwarm und es schmeckte verdammt gut. Sie wollte die Tasse am liebsten komplett austrinken, aber Scott ließ sie nicht. Er senkte die Tasse und stellte sie zurück auf den Tisch neben dem Bett. Dann beugte er sich wieder über sie.

Elodie leckte sich die Lippen und zuckte zusammen, als sie bemerkte, wie aufgesprungen sie von der Trockenheit und dem Salzwasser waren.

Schließlich sagte sie nur: »Ja, ich werde dich heiraten.«

Ein breites Grinsen erleuchtete sein Gesicht. »Ich weiß, dass du das wirst. Ich lasse dir keine andere Wahl.«

»Er wird zurückkommen.«

Das Lächeln verschwand aus Scotts Gesicht, als wäre es nie dort gewesen. »Nein, das wird er nicht. Du musst mir vertrauen. Die Columbus-Familie wird dir keine Probleme mehr bereiten. Das schwöre ich bei meinem Titel als Navy SEAL. Du wirst vor ihr sicher sein.«

Elodie hatte keine Ahnung, wie er das erreichen wollte. Er könnte es nicht allein mit der Mafia aufnehmen, aber sie vertraute ihm. Wie könnte sie ihm nicht vertrauen nach allem, was passiert war? »Okay.«

»Okay?«

Sie nickte.

»Ich liebe dich, Elodie Winters, bald Webber. Ich liebe dich so sehr!«

»Ich liebe dich auch«, flüsterte sie. Ihre Augen wurden schwer und sie war plötzlich erschöpft.

»Es gibt eine Menge Leute, die darauf warten, dich zu sehen, aber die können warten«, sagte Scott zu ihr. »Perry, Kahoni, Kalani und die anderen Männer. Kai schimpft schon, dass er aus seinem Zimmer auf einem anderen Stockwerk hergebracht werden will. Dann sind da noch die Dame aus dem Lebensmittelgeschäft, die Familie, die ein paar Etagen unter uns wohnt ... verdammt, sogar die Familie, die am Samstag euer Boot gemietet hatte, will dich sehen, bevor sie nach Australien zurückfliegt, nachdem sie gehört hat, was passiert ist. Du bist sehr beliebt, Elodie, und wir sind alle verdammt froh, dass du da draußen so stark gewesen bist.«

Sie wollte ihm sagen, dass er der einzige Grund dafür war, dass sie durchgehalten hatte, aber sie war zu müde.

»Schlaf jetzt, Liebling. Wir haben den Rest unseres Lebens vor uns, auf den wir uns gemeinsam freuen können«, sagte Scott und sie fühlte, wie er sie sanft auf die Stirn küsste.

Sie fiel in einen tiefen, heilenden Schlaf und war froh zu wissen, dass der Mann, den sie liebte, bei ihr war und irgendwie dafür sorgen würde, dass sie für immer zusammen sein könnten.

EPILOG

Es war zwei Wochen her, seit Elodie aus dem Meer gefischt worden war. Sie hatte drei Tage im Krankenhaus verbracht und sich seitdem in Scotts Wohnung erholt und viel Zeit in ihrem bequemen Sessel in seinem Schlafzimmer verbracht. Scott musste arbeiten, aber wenn er nicht bei ihr sein konnte, sprang einer seiner Teamkameraden ein. Nachdem Kai aus dem Krankenhaus entlassen worden war, hatte seine Mutter ihn ebenfalls zu einem Besuch vorbeigebracht.

Elodie wusste, dass sie sehr viel Glück gehabt hatte, und es fiel ihr schwer, überhaupt daran zu denken, Scotts Wohnung irgendwann wieder zu verlassen. Sie hatte Angst. Sie wusste, dass Paul Columbus nicht aufgeben würde, bis sie tot war.

Aber heute hatte Scott so lange gebettelt, bis er sie schließlich einfach hochgehoben und zu seinem Wagen getragen hatte. Er hatte ihr gesagt, dass es an der Zeit sei, wieder in die Welt zurückzukehren.

Sie hatte nicht zugestimmt, aber sie wollte nicht mit ihm streiten. Sie fühlte sich immer noch unwohl, obwohl sie ihm glauben wollte, wenn er sagte, sie sei in Sicherheit.

Er hatte sie zu Alecks Wohnung gebracht und jetzt war Elodie froh, dass Scott die Initiative ergriffen hatte. Sie liebte diese Männer wie Brüder und nachdem sie die Geschichte gehört hatte, wie sie alle zusammen nach ihr gesucht hatten, war ihr Herz noch mehr dahingeschmolzen.

Sie waren etwas grob und sagten manchmal dumme Sachen und fluchten viel. Es war offensichtlich, dass ihr Beruf sie irgendwie beeinflusst hatte. Aber sie liebte sie so, wie sie waren.

Sie saß auf Alecks Couch und alle lachten und scherzten über nichts Besonderes, als es an der Tür klopfte. Elodie war überrascht. Sie hatte keine Ahnung, wer es sein könnte. Vielleicht hatte jemand etwas zu essen bestellt.

Slate öffnete die Tür. Elodie konnte die Tür von ihrem Platz aus nicht sehen, aber sie hörte eine tiefe, unbekannte Stimme. Als Slate zurück in den Raum kam, war er in Begleitung eines anderen Mannes.

Elodie hatte den Mann noch nie gesehen, aber sie musste einen zweiten Blick auf ihn werfen.

Er war wunderschön.

Er war schon etwas älter, vielleicht zwischen Mitte vierzig und Anfang fünfzig. Aber Männern schien das Altern im Allgemeinen besser zu stehen als Frauen. Er hatte schwarzes Haar, das von vielen grauen Strähnen durchzogen war. Sein Haar war oben etwas länger, und gerade als sie ihn anstarrte, fuhr er mit seiner Hand hindurch, wodurch es noch wilder aussah. Sein ordentlich gestutzter kurzer Bart war mehr grau als schwarz, und es stand ihm. Er trug schwarze Jeans und ein schwarzes T-Shirt. Seine Haut war dunkel gebräunt und sie konnte die Ränder eines Tattoos sehen, das unter dem rechten Ärmel herausschaute.

Aber es waren seine Augen, die sie am meisten beeindruckten. Sie waren dunkelgrün, fast jadefarben, und schienen viel gesehen zu haben. Sie wusste auf Anhieb, dass dieser Mann dunkle Geheimnisse hatte, ohne dass es ausgesprochen werden musste.

Sie zitterte und unterbrach den Augenkontakt mit dem

Neuankömmling, als Scott ihr eine Decke über die Schultern legte.

Seit dem Vorfall im Meer hatte sie Schwierigkeiten, sich warm zu halten. Ihre Körpertemperatur war so niedrig gewesen, dass ihre Organe kurz davor gestanden hatten zu versagen. Es schien, als wären ihre Finger und Zehen jetzt immer kalt. Die Ärzte sagten, dass es mit der Zeit besser werden würde.

Der Fremde begrüßte jedes Mitglied von Scotts Team mit einem Handschlag oder einem Nicken und stellte sich dann in gebührendem Abstand vor sie.

»Elodie, das ist Baker Rawlins. Er ist ein pensionierter Navy SEAL, der hier auf der Insel lebt«, sagte Scott.

»Es ist schön, dich kennenzulernen«, sagte Elodie. »Danke für deinen Dienst an unserem Land.« Sie war sich nicht sicher, warum dieser Mann ihr vorgestellt wurde, aber sie hatte kein Problem damit, höflich zu jemandem zu sein, der mit Scott und seinem Team befreundet war.

Und sie mochten und respektierten diesen Mann definitiv. Es war leicht zu erkennen an der Art, wie sie sich ihm gegenüber benahmen. Ihr Verhalten war fast ehrerbietig.

Baker zog Alecks schicken Couchtisch etwas vor, setzte sich darauf und musterte sie.

Elodie war in seiner Nähe etwas unbehaglich zumute, aber er spannte sie nicht lange auf die Folter, warum er da war und sich so sehr auf sie konzentrierte.

»Ich habe gehört, dass du Probleme mit der Columbus-Familie in New York hast.«

Sie blinzelte überrascht, als er direkt zur Sache kam. Sie warf einen Blick auf die anderen und alle nickten ihr ermutigend zu. Scott drückte ihre Hand. Geistig zuckte sie die Schultern. Wenn die Jungs diesem Mann vertrauten, hatte sie absolut keinen Grund, dies nicht auch zu tun. Sie sagte zu ihm: »Ja, das könnte man so sagen.«

»Nun, dieses Problem ist gelöst.«

»Äh ... was?«

»Du musst dir keine Sorgen mehr machen, dass Paul Columbus oder einer seiner Gangster hinter dir her ist.«

»Ich bin nicht sicher, ob das so einfach ist«, protestierte sie. Sie wollte ihm glauben, aber sie wusste aus erster Hand, wie rücksichtslos Paul war.

»Das ist es, denn er ist tot«, antwortete Baker.

Elodie runzelte die Stirn. »Er ist tot?«

»Ja, seit etwa einer Woche. New York ist ein gefährlicher Ort. Er und sein Fahrer wurden in seinem Wagen durch Kopfschüsse getötet. Sein Mercedes wurde gestohlen und die Leichen zurückgelassen.«

Elodie wollte diesem Mann glauben, wirklich. Aber sie hatte Angst davor zu hoffen. »Ich bin mir sicher, dass sein Nachfolger dort weitermachen wird, wo er aufgehört hat«, flüsterte sie.

Baker schüttelte den Kopf. »Nein, es ist so ... Paul war ein Arschloch. Die meisten Mafia-Bosse sind so, aber er war so verrückt geworden, dass seine eigene Familie ihn hasste. Sein Sohn Jerry hat jetzt die Verantwortung und er weiß nichts über Pauls Rachefeldzug gegen dich.«

Elodie konnte den Blick nicht von Bakers grünen Augen abwenden. »Woher weißt du das alles?«

»Ich habe ihn gefragt.«

»Ach ja?«

»Ja, ich kenne Leute, die Leute kennen, und habe einen Ausflug aufs Festland gemacht, als mein Freund Tex mich um Hilfe gebeten hat.«

»Tex?«

Baker sah zu Scott hinüber. »Sie weiß nicht, wer Tex ist?«

Scott schüttelte den Kopf. »Nein.«

Baker begegnete erneut ihrem Blick. »Tex ist eine Legende. Er war ebenfalls ein Navy SEAL, bis er im Einsatz sein Bein verloren hat. Seitdem ist er im Ruhestand. Er ist ein Computergenie, der einfach jeden kennt. Und das meine ich wörtlich. Er hat eine Menge Kontakte. Slate hat ihn angerufen und ihn gebeten, sich darum zu kümmern. Das alles hätte längst getan werden sollen, bevor du verletzt wurdest.«

Elodie sah, wie er Scott einen Blick zuwarf, und sträubte sich innerlich.

»Gib ihm keine Schuld«, sagte sie unerbittlich. »Es ist nicht seine Schuld.«

»Es ist okay«, sagte Scott und drückte erneut ihre Hand. »Er hat recht. Ich hätte die Situation von Anfang an ernster nehmen und sofort Tex einschalten sollen. Nur weil keiner von uns die Gefahr gespürt hat, hieß das nicht, dass sie nicht doch da war.«

»Wie auch immer, ich habe mich mit einem Team aus Indiana getroffen und von Pauls unglücklichem Unfall erfahren. Dann habe ich mich mit Jerry Columbus zum Mittagessen verabredet.«

Elodie fiel es schwer, Bakers Geschichte zu folgen. Er hatte sich mit einem Team getroffen? Er hatte mit einem Mafia-Boss zu Mittag gegessen? Wer war dieser Typ? Aber sie hatte keine Gelegenheit, Fragen zu stellen, als Baker fortfuhr.

»Ich habe das Thema beiläufig auf Pauls Besessenheit von dir angesprochen und Jerry hat gesagt, dass er keine Ahnung habe, wovon ich rede. Er weiß nur, dass du seine Köchin warst und eines Tages abrupt aufgehört hast. Er ist sehr zufrieden mit dem neuen Koch, den sie eingestellt haben.«

»Was ist mit dem Kerl, der hierhergekommen ist und versucht hat, Elodie zu töten?«, fragte Midas.

»Andrew Ferry – er war es, der mit Paul zusammen umgebracht wurde«, erklärte Baker. »Es stellte sich heraus, dass der Mann in den USA wegen Mordes gesucht wurde. Seine DNA-Spuren wurden an Tatorten in New York, L.A., Miami, Chicago und in einer kleinen Stadt in Virginia namens Fallport gefunden. Ein Team erfahrener Such- und Rettungskräfte hatte in den Appalachen trainiert und ist dabei über die Leichen zweier Männer gestolpert, die gefoltert und dort abgeladen worden waren. Neben den Morden hier in den

USA wird er auch mit Fällen in London, Paris und Berlin in Verbindung gebracht. Der Mann war buchstäblich ein Serienmörder und Jerry Columbus tut es nicht leid, dass er tot ist.«

»Was wird Jerry davon abhalten, nach Elodie zu suchen?«, fragte Slate.

Elodie war dankbar für diese Frage. Das wollte sie auch gern wissen.

»Er hat mir sein Wort gegeben«, antwortete Baker, ohne zu zögern.

Die anderen Männer nickten, aber Elodie war das nicht genug. »Das ist alles? Vertraust du ihm?«

»Ich vertraue ihm keinen Meter weit«, gab Baker zurück. »Ich vertraue niemandem. Aber er weiß, dass du für ihn tabu bist und dass du kein Problem für ihn darstellen wirst.«

»Ich bin tabu für ihn?«, fragte sie.

»Ja, denn du stehst unter Tex' Schutz – und unter dem von mir, Silverstone und Rex. Das reichte, um ihm klarzumachen, dass er nicht versuchen sollte, dort weiterzumachen, wo sein Arschloch-Vorgänger aufgehört hat. Andernfalls wird seine ganze Familie darunter leiden. Er ist nicht dumm, er ist bereit, die Vergangenheit auf sich beruhen zu lassen. Solange du nicht mit dem, was passiert ist, zur Polizei gehst, bist du in Sicherheit. Du gehst deiner Wege und er geht seiner. Ende gut, alles gut.«

Elodie drehte sich der Kopf. Sie kannte weder Tex noch wusste sie, wer oder was Silverstone war. Von Rex hatte sie auch noch nie gehört. Warum war Baker überhaupt dazu bereit, sie unter seinen Schutz zu stellen?

Nichts ergab einen Sinn ... aber als sie in Scotts Augen sah, verschwanden alle ihre Zweifel. Es war offensichtlich, dass er Baker vertraute, genau wie die anderen Männer um sie herum.

Sie wollte nur, dass dieser Albtraum ein Ende hatte. Und sie war dankbar, wenn es dank dieses Tex-Typen und Baker so wäre. Sie würde definitiv nicht zur Polizei gehen, um einen

Toten anzuzeigen. Sie wollte einfach vergessen, dass es überhaupt passiert war.

»Danke. Ich werde dir den größten und köstlichsten Apfelstreuselkuchen backen, den du je in deinem Leben gegessen hast. Und wann immer du eine hausgemachte Mahlzeit brauchst, musst du nur zu mir kommen.«

»Abgemacht«, sagte Baker mit ernstem Gesicht. »Ich habe deine Nummer, ich werde mich melden.« Dann stand er auf und nickte dem Rest der Männer zu, bevor er zur Tür ging.

»Warte!«, rief Elodie, stand auf und wartete darauf, dass der mysteriöse Baker sich noch einmal umdrehte.

»Ja?«, fragte er.

Elodie ging, ohne nachzudenken, auf Baker zu und legte ihre Arme um ihn, bevor er sich aus dem Staub machte.

Er zögerte einen kurzen Moment, als wäre er überrascht, dass jemand es wagen würde, ihn zu berühren. Dann spürte sie, wie er ihre Umarmung erwiderte.

»Danke. Ich denke, es war so bestimmt. Schließlich bin ich Köchin und dein Name ist Baker. Ich werde für immer in deiner Schuld stehen«, sagte sie.

Sie spürte, wie er sie kurz fester umarmte, bevor er sich räusperte und zurücktrat. Sie hatte keine andere Wahl, als ihn loszulassen. Er hob die Hand und fuhr mit einem Finger über ihre Wange, bevor er sich zu Scott umdrehte. »Sie ist süß. Davon findet man nicht mehr so viele. Vermassle das nicht!«

»Das habe ich nicht vor«, entgegnete Scott, als er hinter sie trat und einen Arm um ihre Taille legte.

Baker nickte ihnen noch einmal zu, dann drehte er sich um und verließ das Apartment.

In der Sekunde, in der sich die Tür hinter ihm schloss, drehte Elodie sich zu den Männern um. »Und ich danke euch allen, dass ihr geholfen habt, mich zu finden. Und ich danke diesem Tex-Typen und der Küstenwache. Ich schulde euch etwas.«

»Du schuldest uns nichts«, sagte Scott.

»Warte«, sagte Midas. »Ich könnte auch so einen Apfelstreuselkuchen vertragen.«

»Ich weiß nicht einmal, was genau das ist, aber ich glaube, ich auch«, warf Aleck ein.

»Ich möchte, dass du uns noch ein paar Burger machst«, fügte Pid hinzu.

»Wie wäre es mit thailändischem Essen?«, schlug Jag vor.

»Schokoladenkuchen«, sagte Slate.

Elodie kicherte. »Alles, was ihr wollt, aber vielleicht nicht gleichzeitig. Wir werden uns sehr oft sehen müssen, damit ich jedem sein Lieblingsessen machen kann.«

Als die Männer anfingen zu diskutieren, was sie zuerst zubereiten sollte, drehte Scott sie zu sich um, damit sie sich in die Augen sehen konnten. »Jetzt hast du es geschafft«, sagte er.

Elodie lachte. »Ich koche gern für sie. Ich bin ihnen so dankbar. Woher kommt dieser Baker? Was ist seine Geschichte? Er ist irgendwie beängstigend.«

»Das ist er«, stimmte Scott zu. »Aber er ist ein guter Mann. Er hat viel Scheiße in seinem Leben gesehen und ist eine Art Einsiedler. Er lebt an der Nordküste und verbringt die meiste Zeit mit Surfen, um seinen Dämonen zu entkommen. Aber der Admiral unseres Stützpunktes scheint ihn auf Kurzwahl zu haben. Er ist als Berater bei vielen wichtigen Missionen aktiv und, wie du jetzt weißt, hat er auch einige ziemlich mächtige Kontakte. Wenn er sagt, dass du unter seinem Schutz stehst, dann kannst du dich darauf verlassen.«

»Ist es wirklich vorbei?«

»Ja Baby, das ist es.«

Elodie schloss die Augen und lehnte sich an Scotts Oberkörper. »Es ist schwer zu glauben.«

»Glaube es. Also, wann wirst du mich heiraten?«

Sie öffnete die Augen. »Ernsthaft?«

»Ja, ich hatte an eine Hochzeit am Strand gedacht, einfach, nichts Ausgefallenes, ich stehe nicht auf schick.«

»Darüber werden wir noch reden«, sagte sie zu ihm und

ihre Gedanken drehten sich bereits fieberhaft um Ideen für ihre Hochzeit.

»Ich liebe dich, Elodie. Ich verspreche, dich nie wieder so im Stich zu lassen, wie ich es mit diesem Columbus getan habe.«

»Du hast mich nicht im Stich gelassen«, protestierte sie.

»Doch, das habe ich, aber es wird nie wieder vorkommen.«

Sie beschloss, das Thema fallen zu lassen. Tief in ihrem Inneren hatte sie gewusst, dass Paul Columbus sie irgendwann finden würde. Sie war diejenige gewesen, die selbstgefällig geworden war. Gott sei Dank war niemand getötet worden. Sie hatten alle großes Glück gehabt.

»Darf ich Baker zu unserer Hochzeit einladen?«, fragte sie.

»Du darfst einladen, wen du willst, aber mach dir nicht zu große Hoffnungen, dass er kommt. Er ist wirklich ein Einsiedler. Ich bin überrascht, dass er zugestimmt hat, heute hierherzukommen, um mit dir zu sprechen. Ich glaube, er wollte sich vergewissern, dass du weißt, dass du in Sicherheit bist.«

»Ich mag ihn. Er ist intensiv und erschreckt mich irgendwie … aber ich mag ihn trotzdem.«

Scott küsste sie auf die Stirn. »Ich auch, Liebling, ich auch.«

Elodie wusste nicht, wie es so weit kommen konnte, aber zwei Wochen später stand sie auf einer Jacht, die Scott gemietet hatte, nachdem sie ihr Gelübde abgelegt hatten, sich für den Rest ihres Lebens zu lieben und zu ehren.

Er hatte sie dazu überredet, auf dem Meer zu heiraten, obwohl sie Angst gehabt hatte, wieder auf ein Boot zu steigen. Die Erinnerung hatte sie zu überwältigen gedroht, sobald sie an Bord gekommen war. Aber sie war so beschäftigt damit, sich anzuziehen, sich von Kalani verwöhnen zu lassen und sich darum zu kümmern, dass alle anderen Spaß hatten, dass sie ihre Angst bald vergessen hatte.

Vor der Kulisse eines wunderschönen Sonnenuntergangs gaben sich Scott und sie das Jawort auf dem Oberdeck. Alle waren gekommen, außer Baker. Er hatte abgelehnt, ihnen aber seine Glückwünsche übermittelt.

Da waren Kai und seine Mutter, Perry und Kahoni mit ihren Familien, natürlich Scotts Team und sogar Manuel hatte Scott ausfindig gemacht und eingeflogen. Sie hatte ihn nicht mehr gesehen, seit sie die *Asaka Express* verlassen hatte. Sie trug eine Nachbildung des Kleides, das sie getragen hatte, als Scott und sie zum ersten Mal zum Abendessen ausgegangen waren, nachdem sie sich zufällig wiedergefunden hatten.

Scott war losgezogen und hatte so viele Exemplare des Kleides gekauft, wie er finden konnte. Er hatte es auch in verschiedenen Größen gekauft und gesagt, er wollte, dass sie es auch in Zukunft tragen könnte, egal ob sie zu- oder abnahm. Es war eine schöne Geste und sie liebte ihn dafür umso mehr.

Das violette Kleid mit den weißen und rosa Blütenblättern war so weit von einem Hochzeitskleid entfernt, wie es nur ging, aber um nichts in der Welt hätte sie etwas anderes tragen wollen. Scott trug schwarze Shorts und ein Hawaiihemd, das fast perfekt zu ihrem Kleid passte. Sie hatten beide hawaiianische Blütenketten um den Hals, genau wie ihre Gäste. Die Stimmung an Bord war fröhlich und entspannt, und Elodie freute sich darüber, ihren besonderen Tag mit ihren Freunden verbringen zu können.

»Bist du glücklich?«, fragte Scott, als er sie von hinten umarmte. Elodie hatte sich nie sicherer gefühlt als in seinen Armen. Im Meer zu schwimmen würde nie wieder ihr Ding sein, aber jetzt, wo sie mit einem Mann verheiratet war, der praktisch Kiemen hatte, musste sie sich daran gewöhnen, auf dem Wasser zu sein.

»Ja, sehr«, versicherte sie ihm.

Sie standen einfach da, hörten den Gästen hinter sich zu und genossen den Ausblick, während die Sonne am Horizont unterging.

Dann schnappte Elodie nach Luft, als zwei Delfine in den Bugwellen auftauchten. »Sieh nur«, sagte sie zu Scott.

»Ich sehe sie. Wusstest du, dass es Glück bringt, wenn Delfine mit einem Boot mitschwimmen?«, fragte er.

»Als ich allein da draußen war, tauchte ein Hai auf und ich hatte solche Angst. Aber dann tauchte eine Schule Delfine auf und hat mich beschützt. Bis du mich gefunden hast, sind zwei in meiner Nähe geblieben. Sie kamen so nahe, dass ich sie berühren konnte. Meinst du, das sind die Gleichen?« Elodie wusste, dass die Chance dafür sehr gering war, aber sie durfte träumen.

»Ich weiß es nicht, aber Delfine sind sehr schlau. Manche Leute denken, dass sie schlauer sind als Menschen. Es würde mich nicht wundern, wenn sie genau wussten, was sie taten, als sie dir geholfen haben. Es könnte sein, dass sie wissen, dass du jetzt hier bist.«

Elodie seufzte zufrieden und sah den beiden Delfinen im Wasser beim Spielen zu. Dann drehte sie sich um und sah ihren Mann an. »Ich liebe dich.«

»Und ich liebe dich«, antwortete er. Er beugte sich vor und küsste sie lange, langsam und intensiv. Nach ihrer Tortur hatte es eine Weile gedauert, bis Elodies Libido zurückgekehrt war, aber in den letzten Tagen war sie noch schärfer gewesen als zuvor.

»Das einzig Schlechte an einer Party auf einem Boot ist, dass wir uns nicht früher davonschleichen können«, sagte sie zwischen ihren Küssen.

Scott lächelte. »Wer hatte überhaupt diese Idee?«, beschwerte er sich.

»Äh ... du!«

Das stimmte, Scott hatte ihre gesamte Hochzeit praktisch alleine geplant. Sie war für das Menü verantwortlich gewesen, aber sonst hatte er sich um alles gekümmert.

»Ich werde es wiedergutmachen, wenn wir im Hotel sind.«

Er hatte die Flitterwochen-Suite im Halekulani Resort

gemietet, inklusive Heimkino und Whirlpool. Es war übertrieben und völlig unnötig, aber Elodie konnte es kaum erwarten.

»Ich werde dich daran erinnern«, sagte sie mit einem Lächeln.

»Hey, kommt ihr und schiebt euch endlich gegenseitig ein Stück Kuchen in den Mund, damit wir auch etwas davon abbekommen, oder was?«, rief Aleck.

Elodie lächelte.

»Wir kommen ja schon, Herrgott, jetzt bleib mal ruhig«, grummelte Scott.

»Das ist eigentlich mein Text«, scherzte Aleck, bevor er verschwand.

»So ein verdammter Klugscheißer«, spottete Scott, aber er lächelte, als er es sagte.

Sie lachte. »Ich mag deine Teamkameraden, alle von ihnen. Ich bin froh, dass ihr aufeinander aufpasst.«

»Das tun wir«, stimmte Scott zu. »Komm schon, lass uns dieses Kuchending erledigen, dann den ersten Tanz, und dann werde ich den Kapitän bestechen, uns schnell zurückzubringen.«

Elodie wusste, dass sie mit ihrem Mann streiten sollte, damit ihre Gäste bis spät in die Nacht feiern konnten, aber sie wollte mit Scott allein sein. Sie konnte es kaum erwarten, den Rest ihres gemeinsamen Lebens zu beginnen.

»Scheiße«, fluchte Mustang erneut, als sie darauf warteten, dass ihr Kommandant zu dem von ihm einberufenen Notfalltreffen kam.

»Es tut mir leid, Mann«, sagte Midas zu ihm, »dass du noch während deiner Flitterwochen zu einer Mission einberufen wirst.«

Mustang zuckte die Achseln. »Keine Ausnahmen, nehme

ich an. Elodie und ich haben sowieso nur bei mir rumgehangen. Es ist nicht so, als hätten wir eine Reise geplant oder so.«

»Natürlich, bei dir rumhängen«, scherzte Aleck.

»Ach, halt die Klappe«, entgegnete Mustang und warf einen Bleistift in seine Richtung.

Alle warteten darauf, dass ihr Kommandant eintraf, um ihnen mehr über die Mission zu erzählen, für die sie am nächsten Tag aufbrechen würden. Manchmal hatten sie wochenlang Zeit, um sich vorzubereiten, manchmal wurden sie bei einem Notfall fast sofort losgeschickt.

Midas lehnte sich zurück und hörte zu, wie die anderen mit Mustang scherzten. In Wahrheit freuten sie sich alle für ihren Teamleiter. Elodie war unglaublich. Sie war bodenständig und lustig. Sie schien es ihnen nicht übel zu nehmen, dass ihr Mann viel Zeit mit ihnen verbrachte, und sie war eine verdammt gute Köchin.

»Danke, dass ihr so kurzfristig gekommen seid«, sagte der Kommandant, als er den Raum betrat. Er verteilte Ordner, bevor er sich setzte. »Diese Mission ist sehr zeitkritisch. Wie ihr wisst, wurden vor etwa drei Monaten eine amerikanische und ein dänischer Entwicklungshelfer in Somalia entführt. Die Entführer haben zehn Millionen Dollar für die Freilassung verlangt. Der Bruder des dänischen Mannes hat die Hälfte davon aufgebracht, sagt aber, dass er auf keinen Fall mehr Geld organisieren kann. Das Außenministerium hat erfolglos versucht, mit den Entführern zu verhandeln. Es gibt mehrere Videos, die bestätigen, dass sie noch leben, aber wir haben Informationen, dass der Däne sehr krank ist und die Zeit für beide knapp wird.«

»Wir gehen rein?«, fragte Pid. Die Aufregung war in seiner Stimme zu hören.

»Ja, ihr werdet im Schutz der Dunkelheit reingehen, die Geiseln befreien und die Entführer töten. Alle Informationen, die wir über die Geiseln haben, befinden sich in den Ordnern, die ich gerade verteilt habe.«

Midas klappte seinen Ordner auf und sah eine Standbildaufnahme aus einem der gesendeten Videos. Die Frau hatte braune Haare, die wohl seit Ewigkeiten nicht mehr gebürstet oder gewaschen worden waren. Ihr Gesicht war verbrannt von der Sonne und ihre haselnussbraunen Augen waren voller Angst. Der Mann hatte blondes Haar und blaue Augen und sah selbst auf dem Foto sauer und trotzig aus.

Er hatte gehört, dass sie Dagmar und Elizabeth hießen, aber das war schon alles, was Midas wusste. Er studierte die Akte und erstarrte, als er die Informationen über die Frau in sich aufnahm.

Elizabeth Lexie Greene, dreiunddreißig Jahre alt, Absolventin der Grant Highschool in Portland, Oregon.

Scheiße, er kannte sie.

Lexie war in seiner Abschlussklasse gewesen. In ihrem letzten Jahr war sie nach Portland gezogen. Sie hatten unterschiedliche Freundeskreise gehabt. Midas war im Schwimmteam gewesen und sehr beliebt, Lexie hatte als Neuling meistens allein rumgehangen. Midas war in Bezug auf schulische Leistungen immer unter den zehn Besten seines Jahrgangs gewesen, und die Akte vor ihm besagte, dass Lexie sich im unteren Drittel befunden hatte.

Er dachte an den Englischunterricht zurück. Sie hatten bei einem Projekt zusammenarbeiten müssen. Obwohl er zunächst enttäuscht gewesen war, dass er nicht mit dem Mädchen zusammenarbeiten durfte, in das er damals verliebt war, hatte er festgestellt, dass Lexie großartige Ideen für ihr Projekt hatte und es Spaß gemacht hatte, mit ihr zusammenzuarbeiten. Normalerweise schob er Gruppenarbeit immer bis kurz vor Abgabetermin vor sich her, aber sie hatte sich sehr engagiert und so waren sie lange vor Ablauf der Frist fertig gewesen. Er hatte keine Ahnung, warum ihre Noten nicht widerspiegelten, dass sie klug, lustig und engagiert gewesen war.

Seit seinem Abschluss hatte er nicht mehr an sie gedacht, aber jetzt konnte er nicht anders, als die Frau auf dem Bild vor ihm mit dem Mädchen zu vergleichen, das er in seiner Jugend gekannt hatte.

Warum hielt sie sich in Somalia auf? Wie war sie entführt worden? Ging es ihr gut? Hatte sie Angst?

Natürlich hatte sie Angst.

Midas biss die Zähne zusammen. Das war eine dieser Missionen, bei denen sie nicht versagen durften. Es war selten, dass ihre Missionen persönlich wurden, aber er würde Afrika auf keinen Fall ohne sie verlassen. Sie erinnerte sich vielleicht nicht mehr an ihn, aber er erinnerte sich noch an sie. Midas würde alles dafür tun, sie gesund wieder nach Hause zu bringen.

Elizabeth Lexie Greene lag auf der Palette, die ihre Entführer ihr vor Monaten gegeben hatten, und versuchte, ihre Gedanken auszublenden. Sie starrte in die Sterne, die über ihr am Nachthimmel leuchteten, und versuchte, sich zu erinnern, welcher der Nordstern war. Es war hoffnungslos. Sie wusste überhaupt nichts über Sterne.

Sie war nie eine gute Schülerin gewesen, sehr zum Leidwesen ihres Vaters. Sie hatte es wirklich versucht, aber wenn sie versuchte zu lesen, gerieten jedes Mal die Buchstaben durcheinander. Sie wusste jetzt, dass sie Legasthenikerin war, aber als Schülerin hatte sie geglaubt, sie sei einfach nur dumm. Sogar ihr Vater hatte oft die Geduld mit ihr verloren und ihr vorgeworfen, sie sei geistig zurückgeblieben. Sie hasste diesen Ausdruck bis heute. Er war so abstoßend und diskriminierend.

Sie vergrub die unangenehmen Gedanken an ihre Vergangenheit und blickte auf ihre trostlose Umgebung. Wie war sie überhaupt hier gelandet?

Ach ja, sie hatte sich vor Jahren freiwillig bei der Tafel für Arme in Portland, Oregon gemeldet. Sie hatte gehört, wie zwei ihrer Mitarbeiter über eine Hilfsorganisation mit dem Namen

Food For All sprachen, die alles dafür tat, ärmeren Menschen zu helfen. Nachdem sie das Unternehmen recherchiert und mehr über dessen Leitbild und Engagement herausgefunden hatte, hatte sie sich um eine Stelle beworben.

Und nun, zehn Jahre später, war sie immer noch dabei. Sie hielt sich gerade in Somalia auf, als sie und einer der wichtigsten Bosse der Organisation, ein Däne namens Dagmar, direkt vor dem Gebäude der Organisation entführt worden waren. Sie wurden in die Wüste verschleppt ... und seitdem waren sie hier. Sie waren angeschlagen und praktisch ausgehungert. In der Wüste zu leben war nicht gerade lustig, aber zumindest wurden sie und Dagmar die meiste Zeit ignoriert, solange sie nicht aus der Reihe tanzten.

Die Tatsache, dass die Entführer zehn Millionen Dollar verlangten, war ein Witz. Sie hatten zunächst fünf Millionen verlangt, aber als Dagmars Zwillingsbruder das Geld aufgetrieben hatte, wurde das Lösegeld, anstatt sie freizulassen, auf zehn Millionen erhöht. Fünf für jeden von ihnen.

Lexie wünschte, sie hätten die fünf Millionen für Dagmar genommen und ihn gehen lassen, während sie versuchten, mehr Geld für sie zu bekommen. Es ging ihm überhaupt nicht gut.

Sie vermutete, dass er während des letzten Monats einen leichten Schlaganfall gehabt hatte. Seitdem war er nicht mehr derselbe. Er redete undeutlich und er vergaß immer wieder, wo sie waren und was los war. Die Entführer verloren langsam die Geduld mit ihm. Sie hatte gehört, wie sie darüber gesprochen hatten, sie beide an einen anderen Mann in der Gegend zu übergeben, jemanden, der Ausländer hasste.

In diesem Fall wären sie so gut wie tot.

Sie wollte nicht sterben. Ihr Leben war nicht genau so verlaufen, wie sie es sich erhofft hatte, aber sie hatte immer noch das Ziel, sich niederzulassen, eine Familie zu gründen und den amerikanischen Traum zu leben.

Von einem Land ins nächste zu reisen war nicht förderlich

dabei gewesen, jemanden zu finden, mit dem sie den Rest ihres Lebens verbringen könnte. Aber sie hatte endlich etwas gefunden, wo sie sich weder für ihre Behinderung noch für sich selbst schämen musste. Sie war nicht der klügste Mensch auf der Welt, aber sie war freundlich und treu.

Seufzend schloss sie wieder die Augen. Und dann wurde sie entführt. Sie hatte ihre neu entdeckte Selbstsicherheit nicht lange genießen können.

Abgesehen davon, zu hoffen, ignoriert anstatt vergewaltigt oder geschlagen zu werden, war das Schwierigste an der Gefangenschaft die Langeweile. Tag für Tag, Stunde für Stunde gab es absolut nichts zu tun, außer zu beobachten, wie der Sand vorbeiwehte.

Sie betete, dass ihr Arbeitgeber alles dafür tat, sie zu befreien. Sie glaubte nicht, dass Dagmar oder sie wichtig genug wären, dass das Militär eingreifen würde, aber ein Mädchen durfte Träume haben.

Lexie schlief ein und träumte davon, dass ein Sondereinsatzkommando ihr Lager stürmen, ihre Entführer töten und sie befreien würde. Es war nicht sehr wahrscheinlich, aber andererseits war es auch nicht sehr wahrscheinlich, entführt zu werden. Trotzdem war es passiert.

Lexie brauchte einen Helden, und sie brauchte ihn jetzt.

Buch 2 in Die SEALs von Hawaii, *Die Suche nach Lexie*, bereit zum Bestellen!

BÜCHER VON SUSAN STOKER

Die SEALs von Hawaii:
Die Suche nach Elodie
Die Suche nach Lexie (10 Aug 2021)
Die Suche nach Kenna (Ost 2021)
Die Suche nach Monica
Die Suche nach Carly
Die Suche nach Ashlyn
Die Suche nach Jodelle

Mountain Mercenaries:
Die Befreiung von Allye
Die Befreiung von Chloe
Die Befreiung von Morgan
Die Befreiung von Harlow
Die Befreiung von Everly
Die Befreiung von Zara
Die Befreiung von Raven

Ace Security Reihe:
Anspruch auf Grace
Anspruch auf Alexis

SUSAN STOKER

Anspruch auf Bailey
Anspruch auf Felicity
Anspruch auf Sarah

<u>Die Delta Force Heroes:</u>
Die Rettung von Rayne
Die Rettung von Emily
Die Rettung von Harley
Die Hochzeit von Emily
Die Rettung von Kassie
Die Rettung von Bryn
Die Rettung von Casey
Die Rettung von Wendy
Die Rettung von Sadie
Die Rettung von Mary
Die Rettung von Macie
Die Rettung von Annie (Feb 2022)

<u>SEALs of Protection:</u>
Schutz für Caroline
Schutz für Alabama
Schutz für Fiona
Die Hochzeit von Caroline
Schutz für Summer
Schutz für Cheyenne
Schutz für Jessyka
Schutz für Julie
Schutz für Melody
Schutz für die Zukunft
Schutz für Kiera
Schutz für Alabamas Kinder
Schutz für Dakota

Hier ist außerdem eine Liste mit Susans englischen Büchern:

SEAL Team Hawaii Series

Finding Elodie
Finding Lexie (Aug 2021)
Finding Kenna (Oct 2021)
Finding Monica (TBA)
Finding Carly (TBA)
Finding Ashlyn (TBA)
Finding Jodelle (TBA)

Mountain Mercenaries Series

Defending Allye
Defending Chloe
Defending Morgan
Defending Harlow
Defending Everly
Defending Zara
Defending Raven

Ace Security Series

Claiming Grace
Claiming Alexis
Claiming Bailey
Claiming Felicity
Claiming Sarah

Silverstone Series

Trusting Skylar
Trusting Taylor
Trusting Molly (Jun 2021)
Trusting Cassidy (Nov 2021)

Delta Force Heroes Series

Rescuing Rayne
Rescuing Aimee (novella)
Rescuing Emily

Rescuing Harley
Marrying Emily (novella)
Rescuing Kassie
Rescuing Bryn
Rescuing Casey
Rescuing Sadie (novella)
Rescuing Wendy
Rescuing Mary
Rescuing Macie (novella)
Rescuing Annie (Feb 2022)

Delta Team Two Series
Shielding Gillian
Shielding Kinley
Shielding Aspen
Shielding Jayme (novella)
Shielding Riley
Shielding Devyn (May 2021)
Shielding Ember (Sep 2021)
Shielding Sierra (Jan 2022)

SEAL of Protection Series
Protecting Caroline
Protecting Alabama
Protecting Fiona
Marrying Caroline (novella)
Protecting Summer
Protecting Cheyenne
Protecting Jessyka
Protecting Julie (novella)
Protecting Melody
Protecting the Future
Protecting Kiera (novella)
Protecting Alabama's Kids (novella)
Protecting Dakota

SEAL of Protection: Legacy Series

Securing Caite

Securing Brenae (novella)

Securing Sidney

Securing Piper

Securing Zoey

Securing Avery

Securing Kalee

Securing Jane

Badge of Honor: Texas Heroes Series

Justice for Mackenzie

Justice for Mickie

Justice for Corrie

Justice for Laine (novella)

Shelter for Elizabeth

Justice for Boone

Shelter for Adeline

Shelter for Sophie

Justice for Erin

Justice for Milena

Shelter for Blythe

Justice for Hope

Shelter for Quinn

Shelter for Koren

Shelter for Penelope

BIOGRAFIE

Susan Stoker ist die New York Times, USA Today und Wall Street Journal Bestsellerautorin der Buchreihen »Badge of Honor: Texas Heroes«, »SEAL of Protection«, »Die Delta Force Heroes« und einigen mehr. Stoker ist mit einem pensionierten Unteroffizier der US-Armee verheiratet und hat in ihrem Leben schon überall in den Vereinigten Staaten gelebt – von Missouri über Kalifornien bis hin zu Colorado. Zurzeit nennt sie die Region unter dem großen Himmel von Tennessee ihr Zuhause. Sie glaubt ganz und gar an Happy Ends und hat großen Spaß daran, Geschichten zu schreiben, in denen Romantik zu Liebe wird.

Besuchen Sie Susan im Netz!
www.stokeraces.com
facebook.com/authorsusanstoker
twitter.com/Susan_Stoker
bookbub.com/authors/susan-stoker
instagram.com/authorsusanstoker
Email: Susan@StokerAces.com

www.ingramcontent.com/pod-product-compliance
Lightning Source LLC
Chambersburg PA
CBHW060316100726
47907CB00002B/421